BASTEI
LÜBBE

Von Meagan McKinney erschienen bei BASTEI-LÜBBE:

11858 Bis die Liebe das Dunkel besiegt
11890 Wenn Engel fallen
11972 Kampf der Liebe
12004 Brennende Küsse
12033 Der Gigant und die Lady
12181 Geheimnisvoll wie die Rose

Meagan McKinney

Im Zauberbann der Liebe

Aus dem Englischen
von Hedda Pänke

BASTEI LÜBBE

BASTEI-LÜBBE-TASCHENBUCH
Band 12271

Deutsche Erstveröffentlichung
Titel der amerikanischen Originalausgabe:
The Ground She Walks Upon

Published by Bantam Doubleday Dell Publishing Group, Inc.

Printed in France, Januar 1995
Einbandgestaltung: Roland Winkler
Titelfoto: Pino Daeni / Agentur Thomas Schlück
Satz: Fotosatzstudio »Die Letter«, Hausen/Wied
Druck und Bindung: Brodard & Taupin, La Fleche
ISBN 3-404-12271-2

Der Preis dieses Bandes versteht sich einschließlich
der gesetzlichen Mehrwertsteuer.

Für T. Y. Roberson, meinen Schwiegervater,
mit meinem Dank dafür, daß er ein so großer
Fan ist.
Dank auch an die anderen beiden Toms.
Mit all meiner Liebe.

Teil 1

Beltaine

Die Liebe kennt nicht Zeit noch Raum,
noch Stunden, Tage, Monate, denn diese sind vergänglich.

The Sun Rising
John Donne (1572–1631)

1

Irland 1828

Der Tag hatte begonnen wie jeder andere. Nach dem Frühstück unternahm Reverend Jamie Drummond, der einzige Vikar der anglikanischen Church of Ireland im katholischen County Lir, einen Spaziergang mit seinem Spaniel. Gegen Mittag las er in seinem Arbeitszimmer in den Paulus-Briefen und nahm um Punkt vier Uhr seinen Tee. Danach machte er auf dem Plüschsofa ein Nickerchen, während die Haushälterin Mrs. Dwyer in der Kirche putzte und Staub wischte.

Reverend Drummond schlief so friedlich, daß er ohne den Schrei vermutlich die Dinnerstunde verpaßt hätte.

»Jesus, Maria und Josef! In der Kirche treibt der Teufel sein Unwesen!« Mrs. Dwyer kam schreiend ins Pfarrhaus gerannt.

Der Reverend fuhr kerzengerade hoch und griff hastig nach seinem Rock.

»Was ist denn nur los?« murrte er, höchst verlegen, daß ihn Mrs. Dwyer in Hemdsärmeln erblickte. »Sie kreischen ja wie eine Banshee.« Er glättete sich die grauen Haare und fuhr sich über die Koteletten.

»Das ist das Werk des Satans! In meinem ganzen Leben habe ich so etwas noch nicht zu Gesicht bekommen!« Die dralle Haushälterin wischte sich die Hände an der Schürze ab. Der Saum ihres Kleides war vom Aufwischwasser durchnäßt und ihr Gesicht schreckensbleich.

»Der Teufel, Mistress Dwyer, wagt sich nicht in meine Kirche. Das kann ich Ihnen versichern«, sagte Drummond so nachsichtig, als sei er es gewohnt, sich mit Heiden auseinandersetzen zu müssen.

»Es war das Werk des Teufels, Reverend. Ich habe es mit meinen eigenen Augen gesehen, und niemand wird mich vom Gegenteil überzeugen können. Gehen Sie doch hinüber und überzeugen Sie sich selbst!«

Drummond richtete seinen Kragen, trank einen Schluck kalten Tee und verspürte absolut keinen Drang zur Eile. »Warum sagen Sie mir nicht erst einmal, *was* Sie eigentlich gesehen haben?«

»Das Kreuz! Es geht ums Kreuz!«

»Welches Kreuz? Das Kreuz über dem Altar oder das auf dem Kirchturm?« Seine Miene verfinsterte sich. Diese Iren waren aber auch zu leicht erregbar! Wenn etwas fehlte, so war das eindeutig das Verschulden von Griffen O'Rooney. Dieser schwerfällige irische Flegel kümmerte sich um Friedhof und Kirche, aber unter seinen ungeschickten Händen ging immer wieder etwas schief.

»Es geht um das Kreuz, Reverend.« Mrs. Dwyer senkte ihre Stimme zu einem Flüstern. »Um das alte Druidenkreuz neben dem Taufbecken. Es leuchtet. Das schwöre ich bei allem, was mir heilig ist, und wenn ich lüge, möge ich dafür auf ewig in der Hölle schmoren.«

Reverend Drummond spürte, wie sich seine Nackenhaare sträubten. Damit hätte er nun wirklich nicht gerechnet. Aber diese Iren waren ja ganz närrisch nach Feen und Geistern. Der kleinste Anlaß, ein unerwartetes Geräusch, ein unverhoffter Schatten, ließ sie doch sofort an Gespenster denken. Und nun hatte Mrs. Dwyer auch eins gesehen.

Dennoch weckte die Erwähnung des alten keltischen Gegenstands eine leichte Unruhe in ihm, ein gewisses Unbehagen.

»Das alte Druidenkreuz, sagen Sie? Das soll Sie in Angst und Schrecken versetzt haben?«

Mit furchtsam zusammengekniffenen Lippen nickte die Haushälterin.

Drummond starrte sie schweigend an. Seine Gedanken schweiften plötzlich ab.

Das konnte doch nicht sein. Er hatte das Gespräch fast vergessen, das er als Junge mit seinem Vater geführt hatte. Jetzt kam es ihm wie ein Traum vor, wie eine uralte Sage, die in der Alltäglichkeit seines dreiundsechzigjährigen Lebens verblichen war.

»Sind Sie wirklich sicher, daß es das Druidenkreuz war, das Ihnen seltsam vorkam? Kann es nicht auch der Silberkelch auf ...«

»Es war das Druidending, Reverend. Ich weiß, was ich gesehen habe.« Mrs. Dwyer bekreuzigte sich – zweimal, um ganz sicherzugehen.

»Also gut«, meinte er zögernd. »Ich werde es überprüfen. Kommen Sie mit und erklären Sie mir genau, was Sie gesehen haben wollen.«

»Auf keinen Fall setze ich einen Fuß in die Kirche! Jedenfalls nicht, solange der Teufel dort sein übles Spiel treibt!«

»Unsinn!« rief der Reverend. »Der Teufel vergreift sich nicht an meiner Kirche! Kommen Sie jetzt.«

»O Reverend, bitte zwingen Sie mich nicht, dorthin zurückzugehen!« jammerte sie, und Drummond fühlte sich höchst unbehaglich.

»Beruhigen Sie sich, gute Frau.« Er nahm ihren Arm. »Wir werden jetzt zusammen in die Kirche gehen und nachsehen. Höchstwahrscheinlich sind Sie einer optischen Täuschung zum Opfer gefallen. Ihre abergläubische irische Seele hat Ihnen einen Streich gespielt. Ich werde Ihnen beweisen, daß es in meiner Kirche absolut nichts Teuflisches oder Übersinnliches gibt.«

Drummond zog die widerstrebende Haushälterin hinter sich her aus dem Pfarrhaus.

Schon vom Vorraum der Kirche aus sah er, daß das Gotteshaus in ein fast überirdisches Licht getaucht war – ein Phänomen, das leicht durch die Sonnenstrahlen zu erklären war, die durch die schnell dahinziehenden Wolken brachen und durch die acht Buntglasfenster ins Kircheninnere fielen. Auf dem Schieferfußboden spiegelte sich das Saphirblau, Smaragdgrün und Rubinrot der Fenster wider. Altar und Gestühl schienen in Ordnung zu sein. Das einzige Ungewöhnliche war Mrs. Dwyers Eimer, der umgekippt neben dem Taufbecken lag. Sein Inhalt bildete eine gräuliche, seifige Lache auf dem Fußboden.

Die Haushälterin neben ihm bebte am ganzen Leibe. Drummond hätte es zwar nie zugegeben, aber auch er benötigte eine oder zwei Sekunden, bis er den Mut aufbrachte, zum Druidenkreuz in seinem Glasbehälter aufzublicken.

Er erinnerte sich an die Worte, die sein Vater vor einem halben Jahrhundert zu ihm gesagt hatte: ›Jamie, mein guter Junge, behalte gut in Erinnerung, was ich dir heute erzähle. Wenn ich diese Welt verlassen habe, mußt du die Last tragen, der Wächter des Kreuzes zu sein. Du wirst in den kommenden Jahren vielleicht glauben, die Verantwortung abschütteln zu können, aber vergiß nie, daß du der Wächter des Kreuzes bist. Du mußt den Rat anrufen. In deinem Herzen wirst du wissen, wann der rechte Zeitpunkt gekommen ist.‹

»Nun, ich kann hier wirklich nichts entdecken, was ungewöhnlich wäre.« Er sah zu dem kleinen Glasbehälter hinüber. Mit großer Erleichterung stellte Drummond fest, daß alles völlig normal wirkte. Er war glücklicherweise kein gottverdammter Narr. Anglikaner oder nicht, sein Vater hatte sich vom Aberglauben dieser Leute stets anstecken lassen, doch er, Jamie Drummond, würde derartigen Torheiten nicht erliegen. Der Augenblick zum Handeln, zum Befolgen der Wünsche seines toten Vaters, war noch nicht gekommen.

»Verzeihen Sie, Reverend«, riß Mrs. Dwyers Stimme ihn aus seinen Gedanken, »aber von hier aus können Sie es nicht sehen.« Sie blickte ihn so argwöhnisch an, als verdächtigte sie ihn der Feigheit.

Er riß sich zusammen und trat ein paar Schritte vorwärts. »Nein, da ist nichts. Das Kreuz sieht aus wie immer.« Er spähte in den Behälter. Auf purpurfarbenem Satin lag ein silbernes Druidenkreuz. Von einem christlichen Kreuz unterschied es sich durch die gleichlangen Balken, und der große Amethyst in der Mitte funkelte, aber keineswegs mehr oder anders als sonst. Es widerstrebte dem Vikar, einen vorchristlichen Kultgegenstand in seiner Kirche zur Schau zu stellen, aber es war unmöglich gewesen, sich über die örtlichen Traditionen hinwegzusetzen. Das Druidenkreuz gehörte länger zu dieser Kirche als er selbst.

»Ich sage Ihnen, das Ding hat geleuchtet! Es funkelte und strahlte, obwohl sich die Sonne draußen hinter den Wolken versteckt hatte.« Vorsichtig trat die Haushälterin einen Schritt näher – halb ängstlich, halb empört, daß man sie des Lügens verdächtigen könnte.

»Kommen Sie, sehen Sie es sich doch noch einmal an, Mrs. Dwyer. An dem Kreuz ist absolut nichts Ungewöhnliches.« Der Reverend streckte die Hand aus, und die alte Haushälterin hielt sie ganz fest, während sie in den Behälter spähte.

Verwirrt schüttelte sie den Kopf. »Ich schwöre Ihnen, daß es mich fast geblendet hat. Es gab purpurfarbene Strahlen von sich, die fast bis an die Decke reichten.« Sie hob den Kopf, als könnte sie an der Kirchendecke noch Spuren des merkwürdigen Geschehens erblicken. Doch das Maßwerk des Steingewölbes zehn Meter über ihren Köpfen wirkte unberührt.

»Der Farbschimmer der Fenster hat Ihre Augen getäuscht, glaube ich«, sagte Drummond freundlich und wollte die ganze Angelegenheit so schnell wie möglich hinter sich bringen und vergessen. Alles, was mit dem alten Kreuz zusammenhing, machte ihn seltsam unruhig. Es ließ ihn an Dinge denken, an die man besser nicht dachte. »Die Sonne läßt das bunte Glas in alle Richtungen funkeln und blitzen. Es steht fest, daß alles nur ein Irrtum war. Eine Mischung aus eigenartigem Lichteinfall und allzu blühender irischer Phantasie.«

»Ich lasse mir nichts einreden, Hochwürden. Ich habe gesehen, was ich gesehen habe«, erwiderte Mrs. Dwyer beleidigt. »Mit meiner irischen Abstammung hat das absolut nichts zu tun.«

»Seien Sie doch nicht eingeschnappt. Lassen Sie uns das Ganze vergessen. Und gehen Sie wieder an Ihre Arbeit. Morgen habe ich einen Beerdigungsgottesdienst, und die Kirche muß dringend geputzt werden.«

»Wenn Sie es mir befehlen, wische ich hier auf, aber ich sage Ihnen noch einmal, daß es keine Sinnestäuschung war, und ich werde die Kirche auf gar keinen Fall allein saubermachen.«

Drummond seufzte. Wann würden sich diese Menschen endlich eines logischen, emotionslosen Verhaltens befleißigen? »Also gut. Ich setze mich in die erste Reihe und formuliere meine Sonntagspredigt vor. Ich kann nur hoffen, daß Sie zum Gottesdienst kommen, Mistress Dwyer. Ich habe vor, über die verhängnisvollen Folgen von Schauergeschichten zu predigen.«

Mrs. Dwyer warf einen letzten hastigen Blick auf den Glasbehälter und eilte dann ins Pfarrhaus hinüber.

Ohne sie war es ungewöhnlich still. Normalerweise liebte er seine Kirche so ruhig – ohne ungebärdige Kinder, die ihn von seiner Predigt ablenkten, ohne gewaltige Orgelklänge, die die Fenster erzittern ließen, ohne Mrs. Dwyer mit ihren Geistererscheinungen ...

Doch jetzt wirkte die Stille direkt unheimlich.

Die Torheiten dieser Frau färben bereits auf mich ab, wies er sich energisch zurecht, setzte sich in die erste Kirchenbank und holte einen Bleistiftstummel nebst einem Stück Papier aus der Tasche seines Rocks. Angestrengt grübelte er über die Einleitung seiner Predigt nach, suchte nach Formulierungen, die die Gemeindeglieder aufmerken und die Ohren spitzen lassen würden, aber immer wieder wanderte sein Blick zu dem Glasbehälter hinüber.

Schließlich stand er auf und ging hinüber. Eine feine Staubschicht lag auf dem Glas, keinerlei Fingerspuren waren zu sehen. Mrs. Dwyer wischte das Glas einmal wöchentlich ab, ansonsten blieb es unberührt. Also hatte niemand den Behälter geöffnet, um sich am Inhalt zu schaffen zu machen. Das ginge auch gar nicht. Vor langer Zeit hatte sein Vater das wertvolle Kreuz luftdicht von Glas umschließen lassen, damit das Silber nicht anlief. Selbst jetzt, fünfzig Jahre später, schimmerte das Metall wie frisch poliert.

Drummond betrachtete das Kreuz. Es hatte in der Tat heute etwas Merkwürdiges an sich, auch wenn er nicht genau sagen konnte, was es war. Aber es leuchtete nicht, dessen war er sich sicher. Er starrte es einen Moment lang an und wußte dann, was ihn verstörte. Zum zweiten Mal an diesem Tag sträubten sich ihm die Nackenhaare.

Das Kreuz war bewegt worden. Im Verlauf der letzten fünfzig Jahre war der Satin durch das einfallende Sonnenlicht verblichen, hatte nur direkt unter dem Kreuz seine ursprüngliche Farbe behalten. Und diesen Umriß sah man jetzt – es war bewegt worden, daran bestand keinerlei Zweifel.

Er atmete schneller. Es gab keine Möglichkeit, das Kreuz zu verschieben, ohne das Glas zu zerbrechen.

Gebannt blickte er auf das uralte heidnische Kreuz. Das

konnte doch nicht wahr sein. Irgendwo mußte ein Sprung, eine Spalte im Glas sein. Vielleicht war eine Scheibe herausgenommen und wieder eingesetzt worden.

Drummond beäugte den Behälter mit großer Sorgfalt, aber da gab es keine Sprünge, keine Spalten, keine Anzeichen dafür, daß hier ein Glaser am Werk gewesen war. Jamie Drummond staunte. Der Behälter war nicht geöffnet worden, aber das Kreuz lag jetzt anders.

Er kniff die Augen zu und schlug die Lider ganz langsam wieder auf – fest überzeugt davon, daß die Vision nun verschwunden war. Aber das Kreuz befand sich noch immer in dem luftdicht verschlossenen Glasbehälter – verschoben wie durch Gottes Hand. Also mußte jemand gegen den Behälter gestoßen sein. Ja, sagte er sich, so ist's gewesen. Jemand war ganz zufällig und so heftig gegen den Behälter gestoßen, daß sich das Kreuz darin verschoben hatte. Er sagte es sich, aber er glaubte es nicht. Dafür war das Kreuz zu sorgsam verschoben. Es schien der Beweis für etwas zu sein, was er kaum zu glauben wagte.

Es war ein Zeichen.

... In deinem Herzen wirst du wissen, wann der rechte Zeitpunkt gekommen ist ... wann der rechte Zeitpunkt gekommen ist... hallten die Worte seines Vaters in ihm wider.

»Mistress Dwyer! Mistress Dwyer!« dröhnte seine Stimme durch die leere Kirche.

»O du grundgütiger Himmel! Was ist denn jetzt wieder los?« erscholl es furchtsam vom Kirchenportal her.

»Laufen Sie zu Timothy Sheehan. Sagen Sie ihm, ich hätte eine wichtige Botschaft, die er unverzüglich überbringen muß.«

»Was haben Sie gesehen? Hat es wieder geleuchtet?« Mrs. Dwyer äugte um den Türbalken, wagte sich aber nicht in die Kirche hinein.

»Nichts habe ich gesehen«, rief er mürrisch. »Holen Sie

mir nur den Jungen ins Pfarrhaus. Ich habe ihm etwas aufzutragen.«

»Dann soll ich die Kirche also ganz allein putzen?«

»Nein! Gehen Sie zu Sheehan und dann nach Hause. Lassen Sie die Kirche erst einmal so, wie ist ist.«

»Ja, Sir.« Sie trocknete sich die Hände an der Schürze und machte sich auf den Weg zu Timothy Sheehan.

Reverend Drummond blickte ein letztes Mal auf das Kreuz. Bildete er sich ein, daß es bewegt worden war? Fiel er etwa den gleichen Sinnestäuschungen zum Opfer, die er seinem Vater immer unterstellt hatte? Er legte beide Hände auf die Oberfläche und und starrte durch das Glas. Nein, er konnte schwören, daß das Kreuz verschoben worden war. Und dieses unwahrscheinliche Ereignis ließ ihn furchtsam erschauern.

»Das kann nicht sein. Das kann einfach nicht sein«, murmelte er vor sich hin und ging zum Altar, um den großen Silberkelch zu holen. Er flüsterte diese Worte immer noch vor sich hin, als er vor den Glasbehälter trat, den schweren Kelch hob und mit ihm das Glas zerschmetterte.

Es klirrte so laut, daß er sich nicht gewundert hätte, wenn das Getöse noch in der nächsten Grafschaft zu hören gewesen wäre. Die Scherben knirschten unter seinen Füßen, als er vortrat, um das alte Keltenkreuz an sich zu nehmen, das ihm sein Vater vor so vielen Jahren anvertraut hatte.

... Du mußt die Last tragen, der Wächter des Kreuzes zu sein ...

Er betrachtete das feingearbeitete Kunstwerk. Das Kreuz fühlte sich nicht ungewöhnlich an. Es war schwer und erwärmte sich unter dem Druck seiner Hände wie es sich in vergangenen Jahrhunderten in anderen Händen erwärmt hatte. Er wußte viel über das Kreuz – nur nicht, wie seine Familie in seinen Besitz gelangt war. Das war durch ein Geheimnis verschleiert, das er nie ergründet hatte, da alle, die es kennen konnten, seit langer Zeit tot waren.

»O Gott, hilf mir, das Richtige zu tun«, flüsterte er. Dann steckte er das Kreuz in die Tasche und lief ins Pfarrhaus hinüber.

Es war an der Zeit, den Rat einzuberufen.

2

Der Junge flitzte aus dem Pfarrhaus, als wäre ihm der Leibhaftige auf den Fersen. Ohne Respekt für die Plackerei des alten Mannes rannte er quer durch O'Sheas sorgsam angepflanzten Roggen. Auf O'Sheas Boden gab es keinen einzigen Stein, der nackte Füße aufschürfen konnte, aber der Junge schien die samtweiche Erde unter seinen Sohlen nicht würdigen zu können. O'Shea und seine Söhne hatten sich für die saftiggrünen Roggenhalme auf ihrem Feld fast zu Tode geschuftet, durch das sich nun eine Trampelspur rücksichtslos niedergetretener Halme zog.

»Warum hast du es so eilig, Junge?« rief Griffen O'Rooney. Die gebeugte Gestalt des alten Mannes hatte eine verblüffende Ähnlichkeit mit den knorrigen Eiben, die ihn umgaben. Er jätete gerade Unkraut von einem Grab, aber da Kirche und Friedhof auf einer Anhöhe lagen, sah er selbst aus seiner gebückten Position, daß Michael O'Shea mit geschwungener Hacke aus seinem Haus gestürmt kam und wütend seinen zertrampelten Roggen betrachtete.

»Ich soll für den Vikar eine Botschaft überbringen!« schrie der Junge zurück und rannte noch schneller, als er die drohend erhobene Hacke erblickte.

Griffen O'Rooney sah Timothy nach, während Michael O'Shea mit seiner Hacke auf den Friedhof geschlendert kam.

»Habe ich eben richtig gehört?« fragte O'Shea erstaunt. »Hat der Junge wirklich gesagt, er habe für den Pfarrer eine Botschaft zu überbringen?«

»Erstaunlich, erstaunlich«, erwiderte Griffen angestrengt nachdenklich und blickte noch immer dem Jungen nach. Er war so taub wie eine Dubliner Hinterhofratte, hätte das aber nie zugegeben. Aber seine Augen waren scharf. Er wußte, was er gesehen hatte. Und er wußte auch, was es bedeutete.

Beide Männer sahen zu, wie der Junge durch Doyles pralle Kohlköpfe raste, dann den Hügel hinunter und quer über Maguires Brachland. Weiter hinten erhoben sich die Sorra Hills im Purpurhauch des Sonnenuntergangs und gaben etwas von ihrem Glanz auch an die Ansammlung alter Cottages zu ihren Füßen ab. Zu ihnen wollte der Junge. Wie vieles in der Grafschaft Lir wurden die flachen Reetdächer, die Mauern aus lehmverputzten Feldsteinen der wilden Schönheit der Landschaft bei weitem nicht gerecht, legten jedoch allein durch ihr Alter ein Zeugnis für geduldige Beharrlichkeit ab.

Leichter Dunst trieb vom Carlingford Lough heran. Unvermittelt fiel Griffen auf, wie eigenartig die Umgebung wirkte. Im heranwogenden Nebel schienen die uralten aufrechten grauen Ogham-Steine der Druiden Leben anzunehmen und zu Schlangen und Geistern zu werden, obwohl sie doch nur Felsblöcke waren.

Er wußte, was kommen würde. Sein ganzes Leben lang hatte er auf diesen Augenblick gewartet. Sein Vater hatte ihm davon erzählt, so vertraulich, als handelte es sich um eine besondere Vorbereitung auf das Erwachsenenleben. Doch obwohl er irgendwie nie ganz ausgeschlossen hatte, daß es tatsächlich geschehen könnte, hätte er doch nicht gedacht, daß es so sein würde. Daß es ihm das Land, Irland selbst, sagen würde, wenn es soweit war. Durch die unheimliche Art, wie die Sonne den Dunst durchglühte, durch die seltsame Weise, wie die Sorra Hills in der Ferne fast in Flammen zu stehen schienen. In den ganzen siebzig Jahren, die er im Freien verbracht hatte, hatte er sie noch nie so gesehen wie jetzt, da der Junge auf sie zulief. Sie waren geheimnisvoll verwunschen, unnatürlich, vermutlich verzaubert.

Durch den heranwabernden Dunst konnte O'Rooney in der Ferne noch immer die See ausmachen, die gischtend gegen die felsige Küste brandete. Es würde eine stürmische Nacht werden. Und während eines Sturms sollte es geschehen.

Er sah auf seine Hände hinunter, die vom Gräberschaufeln und Unkrautjäten alt und verbraucht waren. Im Licht der untergehenden Sonne blitzte ein goldener Ring auf, der so klein war, daß er ihn auf den kleinen Finger stecken mußte. Fast sein ganzes Leben lang hatte er ihn getragen, er war für ihn so etwas wie ein guter Freund geworden, doch nun würde er sich bald von ihm trennen müssen. Es war der mittlere Reif eines Liebesrings, in den ein Herz eingraviert war. Sein Vater hatte ihm das alte Schmuckstück gegeben und von seiner Bestimmung erzählt. Nach der Verlobung trug der Bräutigam einen Reif und die Braut einen anderen. Bei seiner Hochzeit sollte Griffen alle drei Ringe am Finger der Braut vereinen. Das Schmuckstück stammte angeblich aus der vorchristlichen Zeit Irlands.

Es war eine sehr eigentümliche Atmosphäre heute abend. Zu friedlich, auch wenn die See ein Toben der Elemente verhieß. Selbst die Luft fühlte sich irgendwie anders an. Mit dem Dunst wehte der Geruch des Meeres heran. Das salzige, mineralische Aroma kündete von längst vergangenen, aber nie vergessenen Zeiten und Bereichen. O'Rooney empfand einen fast unwiderstehlichen Drang, sich zu bekreuzigen.

»Heute sind die Geister unterwegs, nicht wahr?« flüsterte O'Shea neben ihm und ließ gleichfalls keinen Blick von der sich ständig verändernden Landschaft.

Griffen hatte O'Sheas Anwesenheit fast vergessen. Als er jetzt sah, daß der Junge in der Ferne an die Tür des Pfarrers klopfte, antwortete er nicht. Die Tür des Cottages schloß sich wieder, und Griffen blickte sich um. Der Dunst hatte sich unvermutet aufgelöst, und die Landschaft sah so aus, wie er sie in Erinnerung hatte, ihre vielfältigen Grüntöne wirkten matter unter dem Einfluß des Unwetters, das sich über der Irischen See zusammenbraute.

Entschlossen schien O'Shea als guter Katholik, der er war, alle Gedanken an Geister und Feen aus seinem Kopf zu verdrängen und schlenderte zu seinem Cottage zurück. Nur zögernd nahm Griffen seine Arbeit wieder auf und rupfte das Unkraut vom Grab einer Frau, die er gut gekannt hatte. Hin und wieder sah er sich verstohlen um, als rechnete er damit, daß jeden Augenblick die eigentümliche Vereinigung von Licht und Schatten die Landschaft wieder verändern würde. Und seine Gedanken waren bei dem Jungen und der Botschaft, die er mit Sicherheit zu überbringen hatte.

*

Father Patrick Nolan saß in einem alten, zerschlissenen Armsessel und hielt die Nachricht von Drummond in den Händen. Seine Haushälterin Moira rührte in dem Topf mit Hammelfleisch und Kohl, der an einem Wandhaken über der Feuerstelle hing. Sie schien sich ganz auf ihren Eintopf zu konzentrieren, aber ihrer gerunzelten Stirn entnahm der Priester, daß sie über die Botschaft aus dem Pfarrhaus der Church of Ireland ebenso besorgt war wie er.

Erneut las Nolan den Brief und bewegte lautlos die gefurchten, sorigen Lippen. Seine offenen, runden und sehr irischen Gesichtszüge, die von sechs Jahrzehnten des Leids und der Freude kündeten, schienen mit jedem Satz älter zu werden. Älter und blasser. Schließlich faltete er das Schriftstück und steckte es in eine verborgene Tasche seiner Soutane.

Mit hochgezogenen Brauen stellte Moira Fennerty den gesprungenen Staffordshire-Teller neben das silberne Eßbesteck, wie sie es seit zwanzig Jahren jeden Abend tat. Doch heute war es anders. Er sah, daß sie vor Neugierde brannte, ihm Fragen zu stellen.

»Heute ist mir das Stew besonders gut gelungen«, sagte sie in der Hoffnung, eine Unterhaltung in Gang zu setzen. »Ich habe etwas Brot von Mistress McGrath bekommen. Sie hat von ihrer Fahrt nach Waterford weißes Mehl mitgebracht. Möchten Sie ein Stück, Father?«

»Sprechen Sie mit *mir*, Moira?« erkundigte er sich streng auf Gälisch.

Moira zuckte sichtlich zusammen. »Ich ... ich... Möchten Sie vielleicht eine Scheibe Brot zu Ihrem Essen, Father?« wiederholte sie in Gälisch und zerbrach sich fast die Zunge an ihrer Muttersprache, die nach Jahrhunderten unter der britischen Krone für sie fremder geworden war als das Englische.

Father Nolan schüttelte den Kopf und starrte wieder nachdenklich ins Feuer.

»Was steht denn in dem Brief, Father?« platzte Moira heraus, die ihre Unruhe nicht mehr zügeln konnte.

»Nichts, was Sie vielleicht befürchten«, beruhigte er sie in der Sprache, die sie am besten kannte. »Der Vikar und ich haben etwas zu erledigen, was nicht gleich der ganze Landkreis zu erfahren braucht.«

»Ich sage zu niemandem ein Sterbenswörtchen, das verspreche ich.«

Der Priester wurde zugänglicher. »Moira Fennerty, ich weiß, daß Sie keine Klatschbase sind. Aber nehmen Sie es mir nicht übel, ich kann Ihnen nichts darüber erzählen. Ich habe vor langer Zeit mein Wort gegeben, sehen Sie das ein?«

Sie sah es eindeutig nicht ein, und er blickte sich in dem behaglichen Raum um, als suchte er nach den rechten Worten, es ihr begreiflicher zu machen. »Sie sollten vielleicht davon ausgehen, daß ich mit Reverend Drummond heute abend an einem gesellschaftlichen Zusammensein teilnehmen muß.«

Moira ließ die Kelle sinken und sah den Priester an, als hätte er ihr geraten, sich den Teufel austreiben zu lassen. »Sie haben doch nicht wirklich die Absicht, mit diesem ... diesem Mann gesellschaftlich zu verkehren?«

»Dieser Mann war einst mein Jugendfreund. Als wir erwachsen wurden, hat uns die Politik auseinandergebracht, aber das müssen wir für heute abend einmal vergessen.«

»Politik! Und warum bestehen Sie dann darauf, daß wir alle Gälisch sprechen? Sie und Ihresgleichen waren es doch, die insgeheim Schulen einrichten ließen, damit unsere Kinder unsere irische Muttersprache wieder lernen können. Sie und Ihresgleichen sind es doch, die uns an die englische Unterdrückung erinnern. Und nun erklären ausgerechnet Sie mir, Sie müßten mit dem Vikar gesellschaftlich verkehren? Mit dem Mann, dessen Kirche keine Gemeinde hat, aber in ganz Irland Steuern erhebt?«

Der Priester seufzte tief auf. »Reverend Drummond hat nichts damit zu tun, daß die Engländer unser Land gestohlen haben. Schließlich ist er in Lir zur Welt gekommen. Unser anglo-irischer Landadel ist vor Cromwell aus England gekommen. Manche sogar vor Einführung des Protestantismus. Und vergessen Sie nicht, daß selbst Lord Trevallyans Mutter Irin war. Mitunter ist es schwierig, da genau zu unterscheiden ...« Er fuhr mißmutig mit der Hand durch die Luft, als verwirrten ihn seine eigenen Worte. »Ich weiß genau, das ist schwer zu verstehen, und manchmal verstehe ich das alles selbst nicht richtig, aber denken Sie doch einmal an unsere Mythen von den Feniern und den Rittern der Red Branch. Es gibt eben Dinge, die Zeit und Politik überdauern. Und dieses Zusammensein heute abend gehört zu diesen Dingen. Sie sollten verstehen, daß mir keine andere Wahl bleibt. Ich muß mich mit dem Vikar treffen. Wir müssen tun, was getan werden muß. Aber ich verspreche Ihnen, daß es unser letztes Zusammensein in unserem Leben sein wird.«

»Aber wovon reden Sie eigentlich? *Was* müssen Sie tun?«

Ein seltsam entrückter Ausdruck erschien auf dem Gesicht des Priesters. »Es geht um eine sehr ernste Pflicht. Mein eigener Vater hat mir gesagt, daß davon die Zukunft unseres fruchtbaren Landstrichs abhängt.«

»Und dafür müssen wir unseren Glauben hintanstellen?«

»Nicht unseren Glauben, unsere politischen Überzeugungen.«

Moira starrte ihn an und schlug sich dann leicht mit der flachen Hand auf den grauhaarigen Kopf, als müsse sie sich vergewissern, daß sie trotz ihrer unwirklichen Unterhaltung noch immer leibhaftig vorhanden war. Aus irrwitzigen Gründen empfahl Father Nolan nichts anderes, als daß sich das Lamm zum Löwen legte. Hätte der Sorra Mountain wie der Vesuv Feuer gespien, wäre sie kaum verblüffter gewesen. »Ich verstehe zwar kein Wort von dem, was Sie da sagen, Father, aber wenn Sie heute abend ausgehen müssen, um sich mit dem Vikar zu treffen, werde ich zu niemandem darüber sprechen. Das verspreche ich bei der unvergänglichen Seele der Heiligen Jungfrau.«

Ein heftiger Donnerschlag erschütterte das Tal. Gleich darauf begann es zu regnen. Zunächst leicht, dann immer heftiger.

»Das scheint ein unangenehmer Abend zu werden. Sind Sie sicher, daß sie unbedingt ausgehen wollen?«

Der Priester lächelte. Die Höflichkeit verbot es Moira, auf sein Alter hinzuweisen, aber leicht würde es nicht werden, sich bei diesem Wetter zum anglikanischen Pfarrhaus zu begeben, wenn man nur einen Pony-Karren zur Verfügung hatte.

»Vor langer Zeit hat mich mein Vater auf meine Pflichten hingewiesen. Ich gehöre einem Rat an, der nur äußerst selten zusammentritt. Das Treffen heute ist das erste meines Lebens.«

»Wenn ich nicht wüßte, daß der Vikar Ihnen eine Botschaft geschickt hat, könnte ich annehmen, Sie wollten die White Boys wieder zum Leben erwecken.«

Er musterte sie ernst. »Ich wünsche mir die Selbstbestimmung wie jeder Ire, aber ich habe keineswegs die Absicht, für sie zu stehlen und zu zerstören!« Dann wurde er wieder zugänglicher. »Und jetzt beenden Sie Ihre Mutmaßungen. Ich werde zu dieser Zusammenkunft gehen, mehr ist dazu nicht zu sagen.«

Er wandte sich ab, um ins Feuer zu sehen, aber sein Blick wurde wie magnetisch von seiner rechten Hand angezogen, die lässig über die Sessellehne hing. Die Flammen ließen einen goldenen Ring aufblitzen, der in das dralle Fleisch seines Fingers einschnitt. Es war ein ungewöhnlicher Reif, keltisch und geformt wie eine Schlange. Der Ring einer Braut. Er würde ihn fortgeben, vielleicht noch heute abend. Sobald sie wußten, wer sie war. Sein Vater hatte ihm diesen Ring vor langer Zeit gegeben. »Du bist der Wächter dieses Ringes, mein Sohn«, hatte er gesagt. »Auf deinen Schultern ruht die Verantwortung für ihn.«

Die Verantwortung für ihn ...

Ein weiterer Donnerschlag ließ das fensterlose Cottage erbeben. Moira blickte nach oben, als könnte das schäbige Reetdach jeden Moment auf sie herunterstürzen. »Das ist ja ein furchtbares Wetter«, murrte sie und rührte energisch in ihrem Topf. »Sie sollten auf keinen Fall ausgehen. Ich jedenfalls werde dem nie zustimmen.«

Er öffnete den Mund, aber sie erstickte seinen Protest mit einer Handbewegung. »Sie können mich nicht vom Gegenteil überzeugen, Father.«

»Tun Sie, was Sie nicht lassen können, Moira Fennerty«, sagte er und hob seine alterssteifen Glieder aus dem Sessel. Er warf einen Blick auf sein warmes Abendessen und seufzte bedauernd auf. »Ich werde es heute abend genauso halten.«

3

Father Nolans Pony trabte durch den strömenden Regen die Straße zum Trevallyan Castle hinauf. Das Schloß stand dort seit Menschengedenken und sollte angeblich auf keltischen Ruinen erbaut worden sein. In der großen Halle hatten einst irische Könige getafelt, aber im 14. Jahrhundert war es von den Engländern erobert worden. Als Henry VIII. den Trevallyans das Land zum Lehen gab, hatten sie die eleganten Granittürme errichten lassen. Die Trevallyans waren West Britons im wahrsten Sinne des Wortes, irischer Landadel, dessen Vorfahren aus England stammten. Es gab Menschen in Lir, deren bitterer Haß auf die »Westbriten« auch durch die Jahrhunderte nicht zu besänftigen war, in denen Engländer Irinnen und Iren Engländerinnen geheiratet hatten. Diese Menschen bewahrten die Erinnerung an das Land ihrer Vorväter, das ihnen vor langer Zeit auf höchst brutale Weise geraubt worden war. Aber in den meisten Fällen hatte sich dieser Haß längst gelegt. Nach dreihundert Jahren betrachtete selbst Father Nolan die wohlhabenden Trevallyans, die immer wieder Einwohner von Lir geheiratet hatten, als einheimische Familie. Einheimisch und unbestreitbar irisch.

»Guten Abend, Father!« rief Seamus, der Kutscher der Trevallyans, als er ihm im Schloßhof entgegenkam. Seamus ergiff die Zügel und half dem betagten Priester dann beim

Aussteigen. »Was führt Sie denn bei diesem schauderhaften Wetter hierher? Ich kann nur hoffen, daß es nicht wieder mein Sohn ist. Dieser Tunichtgut! Nichts als Ärger mit den Mädchen!«

Die kalte Nässe ließ den Priester zwar erzittern, aber seine Stimme war so kräftig wie in seinen jungen Tagen. »Nein, heute abend habe ich keine schlechten Neuigkeiten im Hinblick auf den Burschen, Seamus McConnell. Ich würde gern ein Wort mit Ihrem Herrn reden. Ich nehme an, daß Greeves mich an den warmen Kamin führen kann?«

»Bestimmt, Father.« Seamus pfiff nach einem Stalljungen, der den Pony-Karren übernahm, während er selbst den Priester zum schweren Eichenportal geleitete. Dort begrüßte ihn der Butler Greeves, und kurz darauf saß Father Nolan in der Bibliothek vor dem Kamin und schlürfte ein anregendes Gebräu aus Whisky und Sahne.

»Was führt Sie denn an einem solchen Abend zu uns, Father?«

Father Nolan wandte sich um. An der Tür stand der Schloßherr. Obwohl erst neunzehn Jahre alt, wirkte Niall Trevellyan sehr viel älter. Der junge Mann hatte das Gesicht eines Dichters, klar und offen, aber mit einem Hauch von Tragik und einer fast königlichen Ausstrahlung. Wie er da an der Tür stand, warf das Kaminfeuer düstere Schatten über seine gutgeschnittenen, edlen Züge, und den Priester überkam das unheimliche Gefühl, daß so Brian Boru ausgesehen haben mußte, der legendäre keltische Herrscher, der dann Hochkönig von ganz Irland wurde.

»Mylord Trevallyan, wie gut, Sie zu sehen, mein Sohn.« Father Nolan wollte aufstehen, aber Trevallyans Handbewegung ließ ihn wieder in den Sessel sinken.

»Es überrascht mich, Sie hier vorzufinden, Father. Es ist kaum das geeignete Wetter für einen Besuch.«

Trevallyan betrat die Bibliothek, und Father Nolan stellte

verblüfft fest, wie sehr der Raum Trevallyans Charakter entsprach. Der Schimmer der vergoldeten Lederbuchrücken spiegelte die kluge, aristokratische Ausstrahlung des jungen Mannes wider. Aber das Dominierende im Raum war nicht das in Tausenden von Bänden angesammelte moderne Wissen, sondern das Portrait seiner toten Mutter über dem Kamin. Der Keltin. Der Nachfahrin eines Volkes von Königen, eines Volkes, das von modernen Spitzfindigkeiten und modernem Verhalten nichts wußte. Eines Volkes, das seine Freunde so ungehemmt leidenschaftlich umarmte, wie es seine Feinde tötete. In Trevallyans meerblauen Augen lag eine gewisse Rücksichtslosigkeit, die Father Nolan wohlvertraut war. Das anglo-irische Trevallyan-Blut war eine erstaunliche Mischung aus Kultiviertheit und Barbarei.

Niall nahm auf dem Ledersessel gegenüber dem Priester Platz. Greeves näherte sich dem jungen Mann mit einem Silbertablett, um auch ihm einen Drink anzubieten, aber der schüttelte den Kopf und deutete auf die Tür. Diskret ließ sie Greeves allein.

»Ich habe heute abend ein seltsames Anliegen, mein Sohn.« Father Nolan streckte fast flehend die zitternde Hand aus. Der Schlangenring an seinem Finger funkelte im Kaminfeuer. »Und eine seltsame Geschichte zu erzählen.«

Trevallyans arrogante Lippen verzogen sich amüsiert. »Sie sind also den langen Weg gekommen, um mir eine Geschichte zu erzählen? Wie bemerkenswert, Father. Ich dachte, in unserer Gegend wäre Griffen O'Rooney derjenige, der Geschichten spinnt.«

»Diese Geschichte unterscheidet sich von seinen Erzählungen. Und Sic tun gut daran, sie sich anzuhören.«

Father Nolan musterte den jungen Mann. Trevallyan trug eine schwarze Hose, eine smaragdgründe Seidenweste und ein gestärktes weißes Hemd, aber kein Halstuch. Er blickte den Priester mit arrogant geneigtem Kopf an. Niall Trevallyans Überheblichkeit war im ganzen Landkreis berüchtigt, aber der Priester sah sie dem jungen Mann nach. Im Alter von fünfzehn Jahren hatte Trevallyan beide Eltern bei einer Diphterie-Epidemie verloren. Damals ging das Gerücht, der Besitz wäre verschuldet, und der Verwalter hätte sich auf Kosten des Jungen bereichert – eine schwere Bürde für einen Fünfzehnjährigen.

Aber Trevallyan hatte die Last auf sich genommen – und bewältigt. Inzwischen waren die Ländereien wieder ertragreich, das Schloß schuldenfrei, der Verwalter hinter Gittern, und Niall Trevallyan hatte gerade sein zweites Studienjahr am Trinity College in Dublin beendet. In den Augen des Priesters war die Arroganz durchaus verständlich, vielleicht sogar berechtigt. Aber Father Nolan nahm an, daß es noch einen anderen Grund dafür gab. Als der Junge seine Eltern in die kalte irische Erde betten mußte, hatte er keine Träne geweint. Father Nolan war zu ihm geeilt, um ihn in dieser Stunde der Not zu trösten, und er hatte fast eine Stunde lang neben dem Jungen gestanden, während der nur schweigend in die beiden frisch ausgehobenen Gräber gestarrt hatte. »Wollen wir nicht ein Gebet für sie sprechen?« hatte er schließlich leise gefragt, um den Jungen aus seiner lethargischen Trauer zu reißen. Daraufhin hatte Trevellyan mit tonloser, kalter Stimme geantwortet, die dem alten Priester noch heute einen Schauer über den Rücken jagte: »Es wäre besser, wenn Sie sich Ihre Gebete für mich aufsparten, Father.« Dann hatte der Junge kein Wort mehr über die Lippen gebracht, während der Wind und die Kälte den Priester schließlich nötigten, ihn allein zu lassen.

Trevallyan war in der Tat arrogant, aber Father Nolan fragte sich, ob er seine Borniertheit nicht als Schutzwall benutzte, um den einsamen, furchtsamen Jungen zu verstecken, der am Grab seiner geliebten Mutter nicht weinen konnte.

»Ich bin aber auch gekommen, um Ihnen zu Ihrem Geburtstag meine Glückwünsche auszusprechen, Mylord«, leitete Father Nolan die Geschichte ein, die er loswerden mußte.

In Trevallyans meerblauen Augen erschien ein argwöhnisches Lächeln. »Der Jahrestag meiner Geburt ist erst morgen, wie Sie sehr wohl wissen, Father. Sie haben mich auf Bitten meiner Mutter getauft, obwohl ich, wie ich gestehen muß, kein Bedürfnis verspüre, die Messe zu besuchen.«

»Ihre Mutter war eine gute Katholikin und weilt jetzt im Himmel, daran hege ich keinerlei Zweifel.«

»Und mein Vater?« Das Lächeln vertiefte sich, wurde fast boshaft.

Unbehaglich verlagerte der Priester sein Gewicht. »Der Earl fühlte sich an seine Wurzeln in der Church of Ireland verbunden. Aber das heißt nicht, daß ich Ihre Seele vernachlässigen werde, Trevallyan.«

Jetzt lächelte Trevallyan wirklich. *«Touché*, Father, aber Sie haben mich noch immer nicht über den Anlaß Ihres Besuches aufgeklärt. Mein Geburtstag ist es nicht ...«

»In gewisser Weise schon. Sie wurden doch um Mitternacht geboren, ist es nicht so? Sie kamen an Beltaine zur Welt, am magischsten Tag des keltischen Jahres, an dem Abend, an dem die Druiden das Fest von Bel feiern. In wenigen Stunden werden Sie ein Mann von zwanzig Jahren sein. Mehr als alt genug, um sich eine Braut zu erwählen.«

Trevallyan lachte. »Was haben Sie eigentlich vor?«

Der Priester rutschte an den Rand seines Sessels. Seine ernste Miene ließ Trevallyans Lachen verstummen. »Mein Sohn, Sie wissen über *geise* Bescheid?«

»Ich weiß natürlich, was ein *geis* ist, wenn Sie das meinen. Wie schnell Sie vergessen, daß ich der Sohn meiner Mutter bin.«

Das Schweigen des Priesters deutete an, daß er es so nicht gemeint hatte.

Trevallyans Miene verdüsterte sich. »Was? Wollen Sie etwa behaupten, ich unterstünde einem *geis*? Lassen Sie es mich einmal genau definieren ... Dabei geht es um eine Art Verpflichtung, einen Ehrenkodex oder ein Ritual, das vollzogen werden muß, damit seinen Empfänger kein Unglück befällt. Oder irre ich mich?«

»Sie irren sich nicht.«

»Und ich unterliege also einem *geis*?«

»Alle männlichen Trevallyans unterliegen einem *geis*. Das ist der Preis für das Land, das Sie jetzt Ihr Eigentum nennen.«

Niall lächelte den Priester ungläubig an. »Ich bitte Sie, Father. Irland hat zwar den Anschluß an die moderne Zeit noch nicht ganz geschafft, aber Sie glauben doch nicht wirklich an diesen keltischen Hokuspokus?«

»Die Römisch-Katholische Kirche glaubt nicht an derartige Dinge.«

»Und das schließt Sie ein, nehme ich an?«

Father Nolan legte dem jungen Mann eine Hand auf den Arm. »Ich lebe schon lange Jahre in Irland. Es ist schwer, in einem uralten Land nicht an uralte Dinge zu glauben.«

»Father«, protestierte Niall. »Wir schreiben das Jahr 1826. Die Gälen sind seit langem ausgestorben. Es gibt keine Druiden mehr, keine Zauberer und Hexen. Auch keine *geise*.« Er deutete auf die hohen Bücherregale. »In keinem dieser Bücher, und ich habe sie alle gelesen, werden *geise* für möglich oder wahrscheinlich gehalten. Wenn ich daran denke, was man am Trinity dazu sagen würde, überläuft mich ein Schauder.«

»Ich weiß, daß es phantastisch klingt, aber Sie müssen mich anhören.«

»Aber das ist doch grotesk.«

»Niall, Sie sind ein gebildeter, moderner Mann. Aber ist das alles, was man Sie am Trinity College gelehrt hat? Nur

Fakten und Zahlen, nur das, was scheinbar real ist? Aber ich frage Sie, ist Poesie real? Ist die Liebe real? Ist der Himmel über uns real oder ist er ein großes Nichts? Hätte man Sie nicht auch lehren sollen, diese Dinge zu bestaunen und anzuerkennen?«

Der leidenschaftslose Tonfall des Priesters schien Trevallyan zu reizen. Er senkte die Stimme, als müsse er einem Begriffsstutzigen gut zureden. »Derartige Dinge sind selbstverständlich in Erwägung zu ziehen, aber doch nicht Zauberei, Feen und Geister... diese ganzen dümmlichen Paddy-Lügengespinste.«

Father Nolan donnerte mit der Faust auf die Sessellehne. »Es *gibt* die Unirdischen! Das ist ein fester Bestandteil unseres gälischen Bewußtseins, das uns niemand nehmen kann!«

Trevallyans Lippen verzogen sich zu einem dünnen Strich. »Die Bewahrung dieser Überlieferungen wird den Griff der Krone nicht lockern, mit dem sie diese Insel festhält. So etwas macht Irland nur lächerlich.« Er sah den alten Priester an, und seine Miene entspannte sich, wenn auch nur geringfügig. »Daran werde ich mich nicht beteiligen, Father. Das möchte ich unserem Irland nicht antun. Wäre der Intellekt bei uns doch nur ähnlich hochgeschätzt wie die Zaubererei«, fluchte er.

»Niall, Sie bewerten den Intellekt doch nur so hoch, weil Sie vor dem davonlaufen, was in Ihnen ist. Aber hören Sie mir gut zu: Wie schnell Sie auch laufen, eines Tages wird das, was in Ihnen ist, doch siegen. Ihr Blut ist so irisch wie meins. Das Gälische lebt auch in Ihnen weiter. Bereiten Sie sich auf seinen Sieg vor, sonst werden Sie untergehen.«

»Kommen Sie zur Sache, Father. Sagen Sie mir jetzt endlich, weshalb Sie gekommen sind«, grollte Niall mit funkelnden Augen.

»Vor der Zusammenkunft des Rates weiß noch niemand Bescheid. Wir kommen noch heute abend zusammen. Dann wird Ihnen alles Nötige mitgeteilt, und Sie können sich frei entscheiden.«

»Rat?« erkundigte sich Trevallyan mit gerunzelten Brauen. »Also weiß jeder über den Trevallyan-*geis* Bescheid, nur wir selbst nicht?«

»Ihre Eltern haben sich aus eigenem Antrieb gefunden und ineinander verliebt. Sie brauchten keinen *geis,* daher hat man ihnen nie davon erzählt. Aber Sie – Sie sind jetzt zwanzig Jahre alt und haben noch immer keine Braut. Und das Kreuz hat uns zum Handeln gemahnt.«

»Das Kreuz? Was ist das nun wieder für ein Unsinn?«

»Bitte, mein Sohn.« Father Nolans Gesicht drückte die besorgte Unruhe aus, die ihn innerlich zu verzehren schien. »Tun Sie ein paar alten Männern den Gefallen. Nehmen Sie an dem Zusammensein teil. Kommen Sie und erfahren Sie Ihr Schicksal. Dann werden Sie es auch beherrschen können.«

Trevallyan stand auf und starrte den Priester lange an. Dann schloß er wie angewidert die Augen und stieß einen langen Seufzer aus. »Also gut, ich komme zu Ihrer Zusammenkunft, Father.«

Der alte Priester lehnte sich in seinen Sessel zurück und wirkte noch erschöpfter als zuvor. »Gut, mein Sohn. Sehr gut«, sagte er.

»Aber das sollte mir ein Jahr lang die Sonntagsmesse ersparen.« Trevallyan zog an der Klingelschnur, um Greeves die Kutsche vorfahren zu lassen.

*

Vier alte Männer versammelten sich in Drummonds Pfarrhaus, während über ihren Köpfen das Unwetter tobte. Vier alte Männer, deren Gesichter von der Last ihres Geheimnisses gezeichnet waren. Mrs. Dwyer servierte ihnen Tee und Honigkuchen, während Trevallyan am Kamin stand und eher wie ein distanzierter Beobachter wirkte als wie der Anlaß der Zusammenkunft.

Von seinem Posten aus beobachtete Trevallyan die vier Männer, deren runzlige Gesichter im Geflacker der einzigen Kerze aufleuchteten. Es war in der Tat eine heillose Versammlung. Vier alte Männer, die so verschieden waren wie die vier Bereiche von Lir. Drummond und der Priester unterschieden sich wie das Gelände, das zu den Hügeln führte, und das, das bis ans Meer reichte. Peter Maguire, der Bürgermeister des Dörfchens Lir, wirkte so alltäglich, wie die Felder, auf denen Kohl, Kartoffeln und Roggen angebaut wurden. Und schließlich saß auch noch Griffen O'Rooney bei ihnen, der verhutzelte Totengräber und gelegentliche Märchenerzähler. Er repräsentierte den letzten Bereich von Lir. Das Gelände, das schon so manchen irischen Bauern ruiniert hatte. Das Gelände, auf dem es nur Steine und Felsen gab.

Und ich, dachte Trevallyan verächtlich, bin der Ogham-Stein, der in ihrer Mitte steht.

»Ich denke, ich sollte beginnen.« Reverend Drummond sah seine Tischgenossen an. Sein Gesicht wirkte so bleich und ernst, als wäre er aufgefordert, eine Predigt in der St. Patrick's- Kathedrale in Dublin zu halten.

»Wenn Sie nichts dagegen haben, halte ich mich für geeigneter, ihm die Dinge zu erklären«, widersprach Father Nolan. »Selbst Sie müssen zugeben, Reverend, daß die Church of Ireland sehr wenig von unserer Vergangenheit weiß.«

Griffen O'Rooney schüttelte den Kopf. »Mir ist ganz und gar nicht heiß. Im Gegenteil.«

Peter Maguire unterdrückte mit hochrotem Kopf ein Lachen.

»Nein, Griffen, ich sagte ›weiß‹ von wissen, nicht ›heiß‹«, korrigierte Father Nolan gereizt.

Griffen nickte zum Beweis, daß er verstanden hatte.

»Wer fängt denn nun an?« fragte Bürgermeister Maguire und stopfte sich noch ein Stück Honigkuchen in den Mund. Ein Donnerschlag ertönte, und sein Gesicht verlor jede Farbe. Wie betend blickte er zur Zimmerdecke. »Offen gestanden sollte ich derjenige sein, der den jungen Trevallyan ins Bild setzt. Der *geis* bezieht sich auf den Bereich von Lir, und ich bin der Bürgermeister.«

»Ihnen wird immer heißer?«

Alle am Tisch schienen sich zu winden.

Diesmal übernahm der Reverend die Erklärung. »Griffen, wir reden nicht von Temperaturen. Wir reden vom *geis*.«

»Der *geis*. Ja, natürlich. Wir wollen ihm vom *geis* erzählen«, nickte Griffen so ernst, als wäre das Kommende so unausweichlich wie der Tod eines weiteren guten Freundes. Er schneuzte sich die Knollennase mit einem roten Taschentuch, und alle verfolgten gespannt, ob seine zittrigen Finger das ausgeblichene Tuch lange genug an der Nase halten konnten. Als er fertig war, sah er sich um. »Wie ich sehe, warten Sie alle darauf, daß ich anfange, da ich der Geschichtenerzähler bin. Also gut, ich beginne ...«

»Nein, Griffen, so etwas sollte er von seinem Seelsorger erfahren«, sagte Father Nolan.

»Aber ich bin der Bürgermeister, und der *geis* bezieht sich auf Lir«, verteidigte Maguire seinen Anspruch.

»Nein, ich sollte es ihm erzählen, weil meine Familie Wächter des Kreuzes ist«, verkündete Drummond.

»Hören Sie auf, sich zu zanken wie Hunde um einen Knochen.« Trevallyan verließ seinen Beobachtungsposten am Kamin und trat an den Tisch, an dem die vier Männer um die geisterhaft flackernde Kerze saßen. »Keiner von Ihnen braucht die alleinige Verantwortung zu übernehmen, mir den *geis* zu erläutern, denn ich werde Fragen stellen, und Sie werden der Reihe nach antworten. Welche Bewandnis hat es mit dem Kreuz, Drummond?«

Drummond reagierte ein wenig verwirrt über die Frage, als wäre er nicht darauf vorbereitet, als erster das Wort zu ergreifen. »Es ist ein altes Kreuz, kein christliches, sondern ein keltisches Kreuz, ein Amulett. Es befindet sich in der Obhut meiner Familie, seit sie hierher gezogen ist. Und ich möchte Sie alle daran erinnern ...« – er blickte betont zu Father Nolan hinüber – »daß die Drummonds seit zweihundertundfünfzig Jahren in der Grafschaft Lir ansässig sind.«

»Gut, gut. Aber was hat es mit diesem Kreuz auf sich?« Trevallyan verlor langsam die Geduld.

»Es hat sich in seinem Glasbehälter bewegt, Mylord«, erwiderte Drummond lakonisch.

»Es hat was?«

»Es hat sich in seinem Behälter bewegt.« Hilfesuchend sah sich Drummond unter seinen Ratsmitgliedern um. »Das Kreuz befand sich in dem Glasbehälter, den mein Vater in der Kirche errichten ließ, als er Vikar war. Das Glas des Behälters war fugenlos verschlossen. Und dennoch hat sich das Kreuz bewegt. Das war das Signal zum Handeln.«

»Zu welchem Handeln?« Niall verschränkte die Arme vor der Brust. Er hatte entschieden etwas von einem unzufriedenen Herren. Drummond schien inzwischen vollends die Sprache verloren zu haben.

»Die Haushälterin Mary Dwyer – Mary – sagte, sie hätte gesehen, daß von dem Kreuz ein Leuchten ausging«, beeilte sich Peter Maguire mit einer gestotterten Erklärung.

»Ja, aber es ist allgemein bekannt, daß diese Frau vor ihrem eigenen Schatten erschrickt«, wiegelte Father Nolan ab. Er warf Drummond einen argwöhnischen Blick zu, als wäre ihm plötzlich ein schrecklicher Gedanke gekommen. »Es hätte ein Signal sein können, aber woher wollen wir wissen, daß es nicht doch eine Sinnestäuschung war? Und Sie ... Auch Sie könnten sich irren, wenn Sie behaupten, das Kreuz hätte sich bewegt. Wo sind Ihre Beweise, daß es sich tatsächlich bewegt hat – jetzt, nachdem Sie den Behälter zerschlagen haben? Unter Umständen haben wir diese Ratssitzung umsonst einberufen – lediglich aufgrund einer weiteren protestantischen Fehleinschätzung.«

»Ich bin weder einer Sinnestäuschung noch einer Fehleinschätzung erlegen!« Drummond stand auf und sah ganz so aus, als wollte er Father Nolan an die Kehle.

»Das können Sie nicht ausschließen!« Auch Father Nolan stand auf. »Und wenn es so ist, haben wir uns alle ziemlich blamiert.«

»Father«, mischte sich Trevallyan ein und legte dem Priester eine Hand auf den Arm. »Warum haben Sie mich dann hergeholt, wenn Sie Zweifel haben?«

Der Priester sah erst Trevallyan, dann Drummond an. Er erblaßte und nahm ernst seinen Platz wieder ein. »Ich habe keine Zweifel«, erklärte er mürrisch. »Reverend Drummond, dieser englische Landräuber, sagt die Wahrheit. Es ist an der Zeit, den *geis* zu erklären.«

»Dann fangen Sie auch endlich damit an. Unverzüglich«, forderte Trevallyan und funkelte die vier Alten böse an, bis sie zerknirscht die Köpfe senkten.

»Bevor Ihr Land vom englischen Heinrich Ihrer Familie übereignet wurde, gehörte es einer Müllersfamilie«, begann Father Nolan.

»Und als die herausfand, daß ihnen der Grund und Boden nicht mehr gehörte, ließ sie alle männlichen Mitglieder der Familie Trevallyan von einem Zauberer mit einem *geis* belegen«, sagte Drummond.

»In jeder Generation muß der männliche Erbe vor seinem zwanzigsten Lebensjahr heiraten, sonst wird der *geis* wirksam«, fügte der Bürgermeister hinzu.

»Nun sagen Sie mir endlich, um was es bei diesem *geis* geht.« Trevallyan sah jeden der Männer an. Die blickten alle auf Griffen O'Rooney.

Wie aufs Stichwort öffnete Griffen die Lippen. »Ich werde Ihnen alles über den *geis* erzählen, mein Junge.« Er schaute Trevallyan an, und trotz seines Alters wirkten seine Augen klar und hellwach. »Ihr *geis* hat vier Bedingungen, da Lir über vier Bereiche verfügt, die durch die vier aufrechten Steine getrennt sind, auf die das *ogham* geschrieben ist. Die erste Bedingung besteht darin, daß das Kreuz Ihnen eine Braut erwählen muß. Die zweite, daß sie eine Nichtadlige aus unserem geliebten Lir zu sein hat. Und die dritte, daß dieses Mädchen im zwanzigsten Lebensjahr des Erben von Trevallyan gefunden sein muß. Die Einzelheiten des Trevallyan-*geis* sind geheimgehalten worden. Durch die Jahrhunderte wurden sie vom Vater zum Sohn weitergegeben, und die Männer, die Sie vor sich sehen, sind die einzigen Nachkommen des ursprünglichen Rats.«

Es wurde sehr still im Raum. Alle warteten gespannt auf Trevallyans Reaktion. Der junge Mann wirkte außerordentlich ernst. Dann brach er in helles Lachen aus. »Das ist ein Witz. Das *muß* ein Witz sein. Sie erwarten doch wohl nicht wirklich, daß ich Ihnen gestatte, mir meine Braut auszusuchen?«

»Wir suchen Ihnen keineswegs ihre Braut aus. Das hier wird Ihnen Ihre Braut erwählen.« Damit zog Drummond das Kreuz aus seiner Rocktasche. Seine Schönheit verschlug den Männern die Sprache. Das Kreuz schien von einem geheimnisvollen Leben erfüllt. Es glühte und funkelte im Kerzenlicht, und die Feinheit seiner Ornamente war zu exquisit, um von menschlichen Händen geschaffen worden zu sein.

Trevallyan griff nach dem Kreuz und hob es in Augenhöhe. Vom Zentrum des Amethysten schienen purpurfarbene Funken zu sprühen und die verschlungenen Verzierungen wirkten so lebendig wie sich windende Schlangen. Er starrte das Kreuz an wie ein König, der seiner Nemesis begegnet.

»Mylord«, hauchte Drummond, »in all den Jahren, in denen ich nun schon über das Kreuz wache, habe ich es nie so gesehen. Der *geis* muß echt sein. Das ist ein Zeichen.«

»Es ist nur das Licht, das es so seltsam aussehen läßt.« Niall warf das Amulett dem Reverend zu. Die Männer stöhnten entsetzt auf. Drummond reckte sich und griff so behende zu, als müsse er ein kleines Kind vor dem Sturz bewahren.

»Es ist nicht gut, das Jenseitige herauszufordern, mein Sohn«, sagte Griffen. Er beäugte den jungen Mann so mitleidig, als hätte er bereits einen Blick in dessen Zukunft getan und dort das ganze Elend gesehen, über das Trevallyan jetzt spottete.

O'Rooneys Blick schien Trevallyan unsicher zu machen, denn es sah so aus, als hätte er die Überheblichkeit des jungen Mannes durchdrungen und in seine Seele gesehen. Doch stets Herr jeder Lage, riß sich Trevallyan zusammen und erklärte mit kühler Stimme: »Ich kann nichts herausfordern, das es nicht gibt. Das alles ist blanker Unsinn. Ich glaube kein einziges Wort. Das da ...«, damit zeigte er auf das Kreuz, »ist ein herrliches keltisches Kunstwerk, aber es kann keine Wunder wirken und mir eine Braut erwählen. Wie denn auch? Sollen ihm etwa Flügel wachsen, damit es in der ganzen Grafschaft nach ihr suchen kann?«

»Das Kreuz hat das Mädchen bereits gefunden.«

Alle Köpfe wandten sich Drummond zu. Sein Gesicht war totenblaß. »Es ist, wie ich sage. Ich bin heute abend auf eigene Faust losgezogen und dachte, das Kreuz würde mich vielleicht zu dem Mädchen führen ...«

»Und wo haben Sie es gefunden?« flüsterte Peter Maguire.

»Ich hielt das Kreuz in meinen Händen, und es wies mir mit seinem Leuchten wie ein Kompaß den Weg. Vor einem Cottage weit hinter dem Dorf in einem Kiefernhain strahlte es so stark wie nie zuvor.«

»Sie haben das Mädchen gefunden«, stellte Father Nolan fast ehrfürchtig fest.

»Und wer ist es?« fauchte Niall.

»Das Kreuz führte mich zu Granias Cottage.«

Trevallyans dröhnendes Lachen ließ die Wände des Pfarrhauses erbeben. »Grania! Die alte bucklige Grania! Die alle Welt eine Hexe nennt! Nun, das ist stark! Ich soll eine uralte Frau heiraten, die meine Großmutter sein könnte!«

»Es könnte sich um ihre Tochter Brilliana handeln, die das Kreuz auserwählt hat«, wandte Maguire ein. »Grania hat ihre Tochter sehr spät bekommen, Mylord. Sie muß ungefähr in Ihrem Alter sein.«

»So ist es!« bestätigte Drummond.

»Wir müssen uns die Braut ansehen.« Father Nolan erhob sich.

Trevallyan schüttelte den Kopf. »Ich denke gar nicht daran, diese Frauen mitten in der Nacht zu belästigen. Jedenfalls nicht wegen eines absurden *geis*.«

»Man hat mir einmal von einem jungen Mann erzählt, der sich über den *geis* lustig machte, mit dem ihn eine alte Frau belegt hatte«, begann Griffen O'Rooney. Beim Klang seiner Stimme schienen sich die anderen Männer aneinanderzudrängen, als hätten sie Furcht vor unbekannten Mächten, die über sie kamen wie der Sturm von der See. »James Fitzherbert war ein prachtvoller junger Mann, groß von Statur und mit gefälligem Gesicht. Er lebte hundert Jahre vor Ihnen in dieser Grafschaft, Trevallyan. Er spottete des *geis'*, und eine große Hungersnot kam über Lir. Als erste starb das Mädchen, das er über alles liebte. Das hübsche Kind schwand dahin, bis es nichts mehr war als ein Skelett mit riesengroßen Augen, die um einen Bissen Essen flehten. Manche sagen, der Hunger hätte Fitzherbert verrückt werden lassen, aber andere meinen, es wäre die Schuld gewesen, die ihn um seinen Verstand gebracht hat.«

Trevallyan starrte O'Rooney schweigend an.

»Wir müssen zu dem Cottage gehen, Mylord«, bat Father Nolan.

»Sie werden um Mitternacht zwanzig Jahre alt«, rief Maguire.

»Sehen Sie doch, wie spät es ist!« ächzte Drummond.

Alle Köpfe drehten sich zu der Nußbaumuhr auf dem Kaminsims um. Sie zeigte fünf Minuten vor Mitternacht.

»Es wäre eine unsinnige Annahme, daß ich dieses Mädchen heiraten könnte. Ich habe es noch nie gesehen. Es könnte einen Buckel haben wie die Mutter. Ich liebe es nicht. Ich kenne es nicht...«

»Aber Trevallyan, Sie haben noch gar nicht nach der vierten Bedingung des *geis'* gefragt«, unterbrach Griffen O'Rooney.

»Dann sagen Sie sie mir, Sie alter Märchenerzähler. Erzählen Sie mir auch den Rest der Geschichte«, spottete Trevallyan, wenn auch nicht mehr ganz so überheblich wie zuvor.

Griffen blickte den jungen Mann ebenso mitleidig wie hoffnungsvoll an. »Sie werden auch den Rest erfahren. Wenn wir im Cottage sind.«

4

Reverend Drummonds Kutsche hielt vor einem niedrigen, halb verfallenen Cottage, in dessen Tür eine alte Frau stand, als hätte sie auf sie gewartet.

Die Männer betraten das düstere winzige Haus, und Trevallyan blickte sich fast angewidert um. Ein Stück Ölpapier verkleidete die kleine Fensteröffnung. Der Fußboden war festgestampfte Erde, und an den Wänden hatte sich der Herdruß von Jahrzehnten abgesetzt. Überall sah er Katzen. Wohlgenährte, geschmeidige Katzen schliefen vor dem Kamin, äugten von Spindbrettern und kämpften miteinander, während in den dunklen Ecken des Raumes Ratten raschelten und quiekten. Es gab Armut in Lir, aber so etwas wie das hier hatte er noch nie gesehen.

»Gute Frau«, sagte er freundlich und blickte auf ihre Hände. Diese verarbeiteten, gichtigen Finger hätten in der Anwesenheit ihres Herrn zittern müssen, lagen aber still wie schlafende Mäuse. »Diese Männer haben mich hierhergebracht, weil sie annehmen, ich stünde unter einem *geis*. Sie glauben, es sei mir bestimmt, eine junge Dame aus diesem Cottage zu heiraten. Aus diesem Grund suchen wir Sie zu dieser ungewöhnlichen Stunde auf.« Trevallyan suchte nach einer Reaktion im Gesicht der Frau, konnte hinter ihren vielen Falten aber keine entdecken.

»Ich weiß, weshalb Ihr gekommen seid«, erwiderte sie ruhig.

»Hat es Ihnen der Reverend bereits gesagt?«

»Das hat er nicht getan.«

»Woher wissen Sie dann von unserem Besuch?«

Die alte Frau lächelte ihn seltsam traurig an. »Ich bin Grania, Lord Trevallyan, eine Seherin. Ich weiß viele Dinge, die andere Menschen nicht wissen.«

Verstohlen warf Trevallyan dem Priester einen ungläubigen Blick zu, aber Father Nolan hing an den Lippen der alten Frau, als hätte er vor jedem ihrer Worte den höchsten Respekt.

»Kommt, setzt Euch doch ans Feuer.« Die Greisin deutete auf den einzigen Stuhl im Raum, einen dreibeinigen Eichenstuhl, auf dem Alter und Ruß ihre Spuren hinterlassen hatten.

»Ich weiß Ihre Gastfreundschaft zu schätzen, Mistress Grania, aber wir haben nicht vor, lange zu bleiben«, lehnte Trevallyan ab.

Grania betrachtete sein Gesicht so hingebungsvoll, als würde sie einen goldenen Kelch anschauen. »Ihr seid jetzt ein erwachsener Mann, Lord Trevallyan. Und Ihr seid gekommen, um Euch eine Braut zu erwählen.«

»Ich bin hier, um diesen Herren einen Gefallen zu tun«, berichtigte er. »Ich glaube nicht an den Trevallyan-*geis*.«

Grania nickte. »Und doch seid Ihr hier. Und Ihr wollt sie kennenlernen.«

»Sie erzählten mir, daß Sie eine Tochter haben.«

»Brilliana wurde durch Zauber empfangen. Die Feen haben sich meines Leibes bemächtigt und schenkten mir ein Kind, als jede Vernunft sagte, ich wäre viel zu alt dafür.«

Trevallyan sah wieder zu Father Nolan hinüber. Diesmal bemerkte der Priester den Blick und trat unbehaglich von einem Fuß auf den anderen.

»Wie alt ist Brilliana?« fragte er in der brennenden Hoffnung, diese lästige Sache so schnell wie möglich hinter sich bringen zu können.

»Vor einem Monat ist Brilliana zwanzig Jahre alt geworden.«

»Ist sie hier?« Trevallyans Blick wanderte zu einem verschlissenen Vorhang, der den Raum teilte.

Grania nahm seine Hand, und er war überrascht, wie weich und warm sich der Druck ihrer schwieligen Finger anfühlte.

»Lord Trevallyan, ich will Euch meine Tochter zeigen. Ich möchte, daß Ihr seht, wie schön sie ist.« Tränen traten in die Augen der alten Frau.

Nialls Miene verdüsterte sich. »Stellen Sie mich Ihrer Tochter vor, gute Frau, aber hegen Sie keine falschen Hoffnungen, denn ich kann nicht versprechen, sie zu heiraten. Ich werde nur die Frau heiraten, die ich liebe.«

Die Greisin lächelte. »Hat man Euch denn noch nicht die vierte Bedingung des *geis'* mitgeteilt, Mylord?«

Trevallyan schüttelte den Kopf.

»Ihr seid es nicht, der die Wahl hätte. Nein, der vierte Teil des *geis'* besagt, daß Ihr *ihre* Liebe erringen müßt. Ob Ihr sie liebt oder nicht ist belanglos. Nur auf sie kommt es an.« Lächelnd führte sie ihn durch den Vorhang.

Eine tropfende Kerze beleuchtete den schäbigen Schlafraum. In einer Ecke verrotteten Lumpen, ein Nachttopf verströmte seine Gerüche, und auf dem schmalen Bett in der anderen Ecke lag eine Frau.

»Das ist meine Tochter, Lord Trevallyan. Nehmt die Kerze und macht Euch selbst ein Bild von ihrer Schönheit.« Grania reichte ihm den Zinnleuchter.

Aus einem unerfindlichen Grund zögerte Niall. Die Kerze flackerte, und er wußte, daß die alten Männer hinter ihm den Vorhang geöffnet hatten, um Zeugen dieser gespenstischen Begegnung zu sein. Er betrachtete die ausgestreckte Gestalt auf dem Bett und machte sich unbehaglich bewußt, daß ihm Grania ihre schlafende Tochter zur Begutachtung darbot.

Widerwillig verzog er die Lippen. Er war es weder gewöhnt, den Schlaf einer jungen Frau zu stören, noch sie so zu betrachten, als wäre sie eine gemeine Belfaster Prostituierte. Er wollte sich schon weigern, aber das hätte diese absurde Situation nur verlängert.

Er trat auf das Mädchen zu. Es schlief ohne Bettdecke und trug lediglich ein schlichtes beigefarbenes Nachtgewand, das sich eng an ihre Figur schmiegte. Ihre Brüste und Hüften waren wohlgerundet. Selbst in dieser Düsternis sah er, daß sie höchst attraktive Formen hatte.

Er hielt die Kerze in die Nähe ihres Gesichts.

Und erbleichte.

»Ist sie nicht wunderschön, Lord Trevallyan?« fragte Grania hinter ihm.

»Ja«, flüsterte er, von der Schönheit des Mädchens tief berührt. Es besaß eine porzellanweiße Haut und pechschwarze Haare, die aufreizend wirr um ihre Schultern lagen. Ihre schmale, fast königliche Nase akzentuierte ein ovales Gesicht von betörender Feinheit. Ihre vollen Lippen waren reizvoll geschwungen, aber ...

Trevallyan bekreuzigte sich und blickte in die samtblauen, leeren Augen der jungen Frau. Sie war in der Tat schön, unglaublich schön. Mit Sicherheit hatte es eine Zeit gegeben, in der dieses Mädchen lachend durch die Wiesen von Lir gerannt war. Von einer Frau wie ihr hatte er geträumt. Aus dem Nebel heraus war sie zu ihm getreten, unberührbar in ihrer ätherischen Schönheit, unvergeßlich. Im Traum hatte er die Hände nach ihr ausgestreckt, um ihre Wärme zu spüren, sie an sich zu ziehen, aber sie hatte sich vor ihm wieder im Nebel verborgen. Verzweifelt war er ihr nachgelaufen, mußte mit zunehmendem Zorn aber feststellen, daß die Hand, nach der er sich sehnte, immer gerade außerhalb seiner Reichweite war. Nie hätte er geglaubt, sie eines Tages wirklich ergreifen zu können – nur um feststellen zu müssen, daß sie eiskalt war.

Die junge Frau war seit etwa zwei Tagen tot.

Er berührte ihre kalte Wange, fuhr mit dem Daumen über die Haut, die so weich wie Samt war, so leblos wie Marmor. Ihr starrer Blick quälte ihn, und er verfluchte den Tod, der diese Jugend, diese Schönheit vernichtet hatte. Sie war schlicht vollkommen, mit rabenschwarzem Haar und einer Haut wie Milch und Blut. Von einer solchen Frau hatten die Barden gesungen. Es war nur schwer zu glauben, daß sie verschieden war, daß ihre Augen nie wieder funkeln würden, um einen Mann in ihren Bann zu ziehen.

Niall hatte sich mit allen Fasern gegen diese unsinnige Vorstellung eines *geis'* gewehrt, aber als er jetzt auf diese vergangene Schönheit blickte, die wie eine Statue auf dem erbärmlichen Bett lag, verspürte er eine absurde und irrationale Verbitterung, hatte das eigentümliche Gefühl, vom Schicksal betrogen worden zu sein. Nun brauchte er sich zwar mit den abergläubischen Vorstellungen alter Männer nicht mehr zu befassen, aber die Erinnerung an dieses wunderschöne Mädchen würde ihn mit Sicherheit lange Zeit verfolgen.

Fast unbewußt beugte er sich zu ihr hinunter und berührte ihre kalten Lippen mit einem leichten Kuß – als wünschte er sich, an Märchen glauben zu können und an die lebensspendende Macht von Küssen.

Er richtete sich auf, aber ihre Augen starrten noch immer blicklos zur Decke empor. Unendlich traurig zog er ein schäbiges Tuch über ihr Gesicht.

»Wie ist sie gestorben?« Seine Stimme klang eigentümlich ausdruckslos. Er sah Grania an, die die Hände vors Gesicht geschlagen und zu weinen begonnen hatte.

»Es war ein langer, leidvoller Tod, Mylord. Ich habe ihn vorausgesehen und tat alles, um ihn zu verhindern, aber sie hatte ihren eigenen Willen.« Grania wischte sich mit der schmutzigen Schürze über die Augen.

»Wie ist sie gestorben?« fragte er noch einmal, fast tonlos. Er sehnte sich nach der Abgeschiedenheit seiner Bibliothek, in der er über das Schicksal dieses armen Mädchens nachdenken und ein Glas auf sein Seelenheil trinken konnte ... Und die Männer verfluchen konnte, die ihn in dieser Nacht in diese Hütte gebracht hatten.

»Sie war schön, nicht wahr? Auch die jungen Burschen fanden sie schön. So wunderschön ...« Die Greisin begann zu schluchzen.

Abrupt drehte sich Trevallyan um und blickte die vier

Männer zornig an, die mit schreckgeweiteten Augen neben dem Vorhang standen.

»Lassen wir diese arme Frau in ihrem Schmerz allein. Wir hätten nicht herkommen dürfen.« Die Tränen der Frau empfand er wie Stiche mitten ins Herz.

»Aber ... aber was wird aus dem *geis*?«

»Dieser Unsinn hat ein Ende. Es gibt keinen *geis* mehr.« Dieser Gedanke hätte ihn trösten müssen. Spätestens morgen, wenn er diesen schrecklichen Ort hinter sich gelassen hatte, würde er ihn auch trösten, sagte er sich entschlossen.

»Aber das Kreuz! Es funkelt noch immer in nahezu überirdischem Licht!« Reverend Drummond hielt das Amulett hoch. Von dem faustgroßen Edelstein gingen funkelnde Blitze aus. Reflektionen konnten es nicht sein, denn im Cottage war es fast dunkel.

Ächzend trat Father Nolan einen Schritt zurück. Griffen O'Rooney schützte seine Augen mit der Hand. Maguire ging in die Knie.

Wütend griff Trevallyan nach dem Amulett und hielt es ihnen entgegen. »Da ist nichts Übernatürliches! Das Feuer vom Herd spiegelt sich in diesem Amethysten wider. Mehr nicht! Nicht das Kreuz hat Sie hergebracht, Sie selbst waren es! Sie haben so fest an diesen *geis* geglaubt, daß Sie Zeichen sehen, wo gar keine sind!« Um ein Haar hätte er das Kreuz voller Verachtung auf den Boden geschleudert. »Dieses keltische Amulett ist nichts anderes als Metall und Stein. Und wegen der unsinnigen Vorstellungen von Männern, die längst der grüne Rasen deckt, sind wir hergekommen und stören die Trauer dieser armen Frau um ihre Tochter!«

»Ist das tatsächlich so? War der *geis* nichts anderes als ein grausamer Scherz, den sich unsere Väter mit uns erlaubt haben?« rief Father Nolan mit verwirrt-furchtsamer Stimme.

»Selbstverständlich!« schrie Trevallyan in seiner Erbitterung über eine Suche, die sie ans Totenbett einer Frau geführt hatte, deren wunderschönes Gesicht er vergessen wollte, aber nicht vergessen konnte.

»Nein«, sagte die alte Frau.

Alle sahen Grania an. Sie hatte aufgehört zu weinen. Über ihnen erklang einer dumpfer Donnerschlag, der Regen rauschte. Tropfen kamen durch das Dach und bildeten Pfützen auf dem Fußboden.

»Eure Braut ist hier, Trevallyan. Sie *ist* hier.«

Trevallyan sah in die rotgeränderten Augen der Frau. »Ihre Tochter ist tot«, sagte er langsam. »Und Sie, Grania, kommen nicht in Betracht. Sie sind zu alt, um mir einen Erben schenken zu können. Und wer befindet sich sonst wohl noch in diesem verdammten Cottage?«

Grania humpelte zum Lumpenhaufen in der Ecke des Schlafraums und hob ein neugeborenes Kind hoch, ein kleines Mädchen mit rosiger Haut und rabenschwarzen Haaren. Liebevoll und traurig blickte sie das Kind an. »Mein guter Lord Trevallyan, ich habe keine Milch für die Kleine, und sie wird sterben, wenn ich niemanden finde, der mir hilft.«

Trevallyan sah von dem Kind zu Brilliana, dann wieder zurück. »Ist das ihr Kind?«

»Ich habe es Euch gesagt. Die Männer fanden meine Tochter wunderschön, Lord Trevallyan. Den Vater kenne ich nicht. Ihr Tod war lange und qualvoll, aber wenigstens hat sie mir das hier hinterlassen.« Grania streckte ihm das Neugeborene entgegen.

Trevallyan nahm es ihr nicht ab.

»Wenn Sie Milch für das Kind brauchen, werde ich dafür sorgen, daß noch heute nacht eine Amme zu Ihnen kommt«, sagte er leise. »Die Trevallyans haben noch nie zugelassen, daß in Lir ein Kind verhungern muß.« Er sah sich anklagend zu Maguire, O'Rooney, Father Nolan und Drummond um. »Ich glaube, jetzt begreife ich. Das alles war ein Trick, um mich herzulocken, ist es nicht so? Aber Sie hätten mir auch gleich die Wahrheit sagen können, daß ein Kind in Not ist, dann hätte ich das Nötige veranlaßt. Dieses ganze theatralische Unternehmen war absolut überflüssig. Also heraus mit der Sprache! Haben Sie sich das alles ausgedacht, damit ich mich um ein Waisenkind kümmere?«

»Ich bin wegen des *geis* hier, Lord Trevallyan«, erklärte Peter Maguire mit ruhiger Würde. »Mein Vater hat mir davon berichtet, als ich noch ein Junge war. Er hat mich zur Geheimhaltung verpflichtet. Wenn das hier ein Trick sein soll, so habe ich damit jedenfalls nichts zu tun.«

»Es ist kein Trick, Lord Trevallyan«, mischte sich Grania ein, während das Kind in ihren Armen zu jammern begann. »Ich habe die Zukunft vorhergesehen. Ich wußte, daß Sie heute nacht herkommen würden. Der *geis* muß erfüllt werden.«

»Und wie soll das geschehen?« murrte Trevallyan. »Erwarten Sie etwa, daß ich dieses Kind heirate? Den Teufel werde ich tun!«

»Nehmt es, Mylord. Haltet dieses Kind in Euren Armen und denkt im Augenblick nicht über den *geis* nach.« Damit legte sie die Kleine in Nialls Arme. Der nahm sie, aber nur, um sie vor einem Sturz auf den Boden zu bewahren.

»Es wird noch eine Weile dauern, bis Ihr heiratet, Mylord. Das habe ich gesehen. Wenn Ihr den *geis* mißachtet, wird eine Tragödie über Euch hereinbrechen.«

»Gute Frau«, brachte Trevallyan mit Mühe über die Lippen, dann wandte er sich an die vier alten Männer: »Sie alle! Ich sage Ihnen, daß das himmelschreiender Unsinn ist. Ich lehne es ab, mich weiter daran zu beteiligen. Sie können meinetwegen weiter an Ihren *geis* glauben, aber ich, ein Trevallyan, will damit nichts mehr zu tun haben!«

»Mein Sohn! Sehen Sie auf das Kreuz!« rief Drummond und hob das keltische Amulett. Wieder verströmte es einen purpurfarbenen Glanz.

»Das bilden Sie sich alle nur ein!« rief Trevallyan, drückte das Kind wieder in Granias Arme und fügte hinzu: »Ich sage Ihnen noch einmal, daß ich Ihr Spiel nicht weiter mitmache. Sie verlangen von mir, daß ich fast zwanzig Jahre auf meine Braut warte – um dann eine Frau zu heiraten, die ich überhaupt nicht kenne, die ich vielleicht sogar verabscheue ... Nein, nie im Leben!«

»Euch bleibt keine Wahl, Mylord«, erhob sich Granias Stimme über den Donner und den strömenden Regen. »Der *geis* wird erfüllt, ob Ihr das nun wollt oder nicht. Wenn Ihr Euch weigert, werdet Ihr leiden müssen. Die Engländer haben sich unser Land nicht umsonst genommen. Das ist der Preis dafür, ein Trevallyan zu sein.«

»Sie haben doch alle den Verstand verloren!«

»Es handelt sich schließlich um nichts, was Sie sofort entscheiden müßten, Trevallyan«, meinte Father Nolan und warf einen ängstlichen Blick auf das Kreuz. »Ihnen bleiben noch viele Jahre, um sich an das Arrangement zu gewöhnen.«

»Es gibt kein Arrangement. Es wird nie eins geben. Die Trevallyans bezahlen nicht mit meinem Blut für ihr Land. Ich schwöre bei meinem Grab, daß ich innerhalb eines Jahres heiraten werde, und daß meine Kinder nicht viel jünger als dieses Neugeborene sein werden!« Donner grollte und ließ seine Worte unheimlicher klingen, als sie wirklich waren.

»Mylord, tun Sie so etwas nicht!« flehte Father Nolan.

»Ich heirate die erste Frau, in die ich mich verliebe, und dieses Kind wird mit meinen Söhnen und Töchtern spielen«, wiederholte Trevallyan, warf noch einen Blick auf das Kind in Granias Armen, warf sich dem Umhang um und verließ die Hütte.

»Großer Gott, was wird aus dem Jungen?« fragte sich Drummond laut, nachdem die Tür ins Schloß gefallen war.

»Elend und Verderben«, stöhnte Maguire auf.

»Ich hatte gehofft, er würde mit seiner Entscheidung das Unglück abwenden, das ich für ihn vorhergesehen habe«, flüsterte Grania.

»Das Schicksal der Trevallyans war stets ein düsteres«, merkte Father Nolan an.

»Er hat seinen Weg gewählt«, erklärte Peter Maguire.

Mit schreckensbleichen Gesichtern sahen sie Griffen O'Rooney an.

Aber der nickte nur und faltete die schwieligen Hände. »Es geschieht, was geschehen muß.«

Teil 2

DER LIEBESRING

> Ich war ein Kind, und sie war ein Kind,
> in diesem Königreich am Meer...
>
> *Annabel Lee*
> Edgar Allen Poe (1809–1849)

5

Grafschaft Lir 1841

»Er ist ein Zauberer! Hockt da oben in seinem Schloß und denkt darüber nach, wie er unser schönes Dorf verhexen kann!« Der Junge bückte sich und ließ einen flachen Stein über den Wasserspiegel des kleines Sees vor Trevallyan Castle hüpfen. Seine Freunde saßen auf einem umgestürzten Eichenstamm.

»Aye. Er fährt fast jedes Jahr nach London und kommt wochenlang nicht zurück.« Ein rothaariger Junge stand auf und blickte zum Schloß hinüber. »Meine Mam sagt, mit ihm haben wir den Teufel in County Lir.«

»Er hat seine eigene Frau umgebracht!« schrillte die Stimme eines hochgewachsenen, dünnen Burschens.

»Deshalb geht er jeden Tag zu ihrem Grab!« rief ein anderer. »Die Schuld macht ihm zu schaffen!«

»Unsinn«, erklärte ein schwarzhaariges Mädchen in ihrer Mitte. »Wenn er der Teufel ist, hat er doch gar kein Gewissen.«

»Aber er hat seine eigene Frau ermordet!«

»Grania sagt, sie sei im Kindbett gestorben«, entgegnete das Mädchen.

»Und warum erschreckt er die Leute dann jedesmal zu Tode, wenn er sich im Ort blicken läßt?«

»Das stimmt«, meldete sich ein anderer Junge. »Trevallyan jagt mit seinem Hengst über die Felder, als wäre der Leibhaftige hinter ihm her. Meine kleine Schwester Janey hätte er fast zu Tode gebracht, als er sturzbetrunken mit seinen Freunden auf der Fuchsjagd war. Wenn er nicht der Teufel ist, dann weiß ich nicht ...«

»Grania sagt, man brauche sich nicht vor ihm zu fürchten. Also habe ich keine Angst.« Das Mädchen verschränkte die Arme vor der Brust und reckte erhaben das Kinn.

»Ravenna«, hielt ihr der rothaarige Junge entgegen, »er ist der Teufel, sage ich dir, und Grania sollte es eigentlich besser wissen, denn sie ist eine Hexe.«

»Ist sie nicht!« rief das schwarzhaarige Mädchen wütend. »Grania ist keine Hexe! Das weiß ich genau.«

»Du hältst dich für etwas besseres und siehst auf uns herab, weil wir uns nicht in so feinen Worten ausdrücken können wie du, aber das hindert die Dorfbewohner auch nicht daran, deine Großmutter für eine Hexe zu halten.«

»Die Dorfbewohner sind Dummköpfe«, wandte sich Ravenna zornig an den rothaarigen Jungen. »Weshalb glaubst du eigentlich diese Lügen, Malachi?«

»Die Dorfbewohner nennen Grania eine Hexe und Trevallyan einen Zauberer. Und das sage ich auch, solange man mir nicht das Gegenteil beweist.«

»Beweise! Ich werde dir deine Beweise geben! Grania hat mich selbst aufgezogen. Ich liebe sie wie meine Mutter. Und wenn sie eine Hexe wäre, müßte ich das wissen. Denn dann wäre auch ich eine Hexe!«

Die Jungen wurden mucksmäuschenstill, und Ravenna erkannte, daß sie gerade ihre Gedanken laut ausgesprochen hatte.

»Bist du eine Hexe?« fragte Malachi leise. »Meine Mam sagt, du bist eine, weil du für ein Mädchen viel zu viel lernst und nie zur Messe kommst.«

»Stimmt!« pflichtete ihm Tommy, der lange dünne, Junge bei.

»Beweist es, daß man keine Hexe ist, wenn man die Messe besucht?« erkundigte sich Ravenna zornig. »Und ich weiß mehr als ihr, weil Grania mir Lehrer besorgt hat, damit ich eines Tages eine feine Lady werde. Was sollte daran falsch sein? Ich bin nicht anders als alle anderen.« Sie drehte sich um und ihre schwarzen Haare verbargen ihren Gesichtsausdruck vor den Jungen.

»Und warum kommst du nicht zur Messe, Ravenna?« Malachi berührte ihre Schulter. Er war ein paar Monate älter als sie, aber gut zehn Zentimter kleiner.

Ravenna wandte ihm kurz das blasse ovale Gesicht zu. »Ich gehe nicht zur Messe, weil diese alten Klatschweiber die Nasen rümpfen, wenn sie mich sehen. Ich habe keine Lust, mich von ihnen aus der Kirche werfen zu lassen, weil ich ein Bastard bin.«

Sie stand auf und lief zum Seeufer hinunter. Die Jungen sahen ihr schweigend nach. In ein paar Jahren würden die Männer mit Sicherheit ihre Feingliedrigkeit und Zartheit bewundern, doch im Moment war die Dreizehnjährige größer als die meisten der Jungen, ihre funkelnden veilchenblauen Augen schüchterten sie ein, und die geheimnisvolle Macht ihrer knospenden Weiblichkeit verunsicherten sie.

»Ravenna«, rief Malachi ihr nach. »Mir macht es nichts aus, wenn du eine Hexe bist. Ich wäre sogar froh, wenn du eine wärst. Denn dann könntest du beweisen, ob Trevallyan ein Zauberer ist oder nicht.«

Ravenna drehte sich zu ihm um. »So etwas würde ich nie tun. Du meinst doch, ich könnte ihn verzaubern, oder?«

Malachi wich unwillkürlich vor ihren blitzenden Augen zurück, riß aber allen Mut zusammen. »Ich brauche deine Hilfe gar nicht, Ravenna. Auch ohne deine Zauberkräfte kann ich beweisen, daß Trevallyan ein Hexenmeister ist.« Er schoß herum und sah den anderen Jungen in die schmutzigen Gesichter. »Wer von euch ist mutig genug, Trevallyan im Schloß unter die Augen zu treten?«

»Was hast zu vor, Malachi?« Der hochaufgeschossene Junge stand auf und warf Ravenna einen flüchtigen Blick zu. Das Mädchen betrachtete sie alle mit in die Hüften gestemmten Händen.

»Ich brauche einen Burschen, der sich zutraut, mir eine Locke von Trevallyans Haar zu beschaffen.«

Silberhelles Lachen klang auf. »Und was willst du damit machen, wenn du sie hast?« fragte Ravenna.

»Um zu beweisen, daß ein Mann ein Zauberer ist, braucht man einige seiner Haare«, entgegnete Malachi mit gerunzelter Stirn.

Wieder lachte Ravenna. »Wie unsinnig! Wer hat dir das denn erzählt? So einen Blödsinn habe ich ja noch nie gehört.«

Malachi blickte sie argwöhnisch an. »Einen Zauberer erkennt man an seinen Haaren. Diese Tatsache ist doch so alt wie Lir. Hat dir Grania das denn nie gesagt?«

»Über solche Dinge sprechen wir nicht ... Dafür sind wir viel zu sehr mit unserem Hexenkessel beschäftigt ...«

Die entsetzten Mienen der Jungen ließen Ravenna in noch helleres Lachen ausbrechen.

»Aye, du bist eine Hexe, Ravenna«, zischte Malachi mit vor Verlegenheit hochroten Wangen. »Wir haben nur noch nicht herausgebracht, von welcher Sorte.«

»Ich bin keine Hexe. Wenn ich eine wäre, könnte ich einen Zauberer von einem normal Sterblichen unterscheiden. Aber das kann ich ebenso wenig wie ihr.«

Malachi ballte die Hände zu Fäusten und stemmte sie in die Seiten. »Ich kann sehr wohl beweisen, daß Trevallyan ein Hexenmeister ist, und wenn hier einer von den Burschen mutig genug ist, mir eine Locke von ihm zu beschaffen, werde ich es auch tun!«

»Edle Ritter«, begann Ravenna und schritt langsam um die Jungen herum. »Ihr habt Malachis verwegene Bitte vernommen. Ist unter euch einer tapfer genug, Trevellyan gegenüberzutreten und um eine Locke seines Haares zu bitten?«

Die Jungen starrten sie mit großen Augen stumm an.

Ravenna sah Malachi an und hob verächtlich eine Augenbraue. »Euer Begehr, Sir, ist nobel, aber Euren Rittern mangelt es an Mut.«

»Warum gehst du nicht selbst zu ihm, Malachi MacCumhal?« spottete der dünne Junge.

»Und warum du nicht, Sean O'Malley«, fauchte Malachi.

Die beiden Jungen standen sich Nase an Nase gegenüber, aber Ravenna trat zwischen sie. »Ihr streitet um nichts, edle Ritter. Denn mit oder ohne Trevallyans Haare kann Sir Malachi nicht beweisen, daß der Lord ein Zauberer ist.«

»Verflucht, Ravenna! Ich kann es beweisen. Bring mir die Haare, und ich werde es dir zeigen.«

»Also gut. Ich werde dir ein paar Haare von Trevallyan bringen, dann kannst du es beweisen – wenn du kannst.«

Mit angehaltenem Atem sahen die Jungen Ravenna an.

»Hast du den Verstand verloren, Mädchen?« ächzte Malachi.

»Keineswegs«, erwiderte Ravenna und umkreiste wieder die Jungen. »Das ist wahrlich keine allzu schwierige Aufgabe.«

»Einem Zauberer Haare abzuschneiden?« hauchte Sean ungläubig.

»Nay, ich schneide ihm die Haare nicht vom Kopf. Ich hole sie mir aus seinem Kamm, wenn der Lord gerade nicht im Schloß weilt. Fiona McClew wird mir sagen, wenn die Luft rein ist.«

»Du meinst, du willst in das Schlafgemach des Lords eindringen?« erkundigte sich Malachi beeindruckt.

»Es ist die einzige Möglichkeit, Euch zu beweisen, welch ein Narr Ihr seid, Herr Ritter. Denn wenn ich mit den Haaren zurückkomme, Ihr aber nicht halten könnt, was Ihr versprochen habt, bin ich bestätigt und gerechtfertigt.«

Malachi funkelte sie unverwandt mit seinen grüngrauen Augen an. »Wenn du mir die Haare bringst, werde ich beweisen, daß der Herr von Trevallyan ein Zauberer ist.« Er trat ganz nahe an sie heran. »Du brauchst mir nur die Haare zu beschaffen.«

*

»Ravenna, was willst du denn, Mädchen?« Fiona McClew stand in der Küchentür von Trevallyan Castle.

»Ich habe gesehen, wie der alte Griffen O'Rooney wieder drüben auf dem Kirchhof des Herrn gewettert hat und dachte, Lord Trevallyan sollte das wissen. Oder ist er fort?« Ravenna starrte auf ihre schmutzigen nackten Füße. Sie haßte es, zu lügen. Grania hielt ihr stets vor, wenn sie zuviel log, würden die Elfen kommen und ihr die Zunge fortnehmen.

Fiona strich sich ein paar Haarsträhnen aus der Stirn. »Schon zum dritten Mal in diesem Monat! Der arme Mister O'Rooney! Wann wird er den Trevallyans endlich ihre Ruhe gönnen?« Sie schnalzte mißbilligend mit der Zunge. »Der Herr ist nach Galway gefahren. Vor morgen kommt er nicht zurück. Ich werde den Lakaien bitten, Mister Greeves Bescheid zu sagen.«

»Vielen Dank, Fiona ... und wie geht es den Kindern?« fügte sie unschuldig lächelnd hinzu.

Das Küchenmädchen warf einen bezeichnenden Blick auf ihren ausladenden Leib. »Das ist das vierte. Ich hoffe nur, daß ich nicht fünfzehn bekomme wie meine Mutter.«

»Grania sagt, Kinder sind ein Segen Gottes.«

Fiona blickte Ravenna fast erstaunt an und dann schnell wieder fort. Ravenna wußte, daß die katholische Kirche ihre

Geburt keineswegs als Segen betrachtete. Aber Grania tat es, und das war alles, was für sie zählte.

»Nun, ich werde Grania von dir grüßen ...«

»Grania? Ach ja, Grania.« Fiona verschwand in den Gewölben der Schloßküche und kehrte mit einer kleinen Zinndose zurück. »Hier. Nimm das deiner Großmutter mit. Es ist Zimtrinde. Vielleicht kann sie es zum Backen gebrauchen. Würdest du Grania bitten, mir einen Trank aus Kleeblütenhonig und Rosmarin zu schicken? Mir ist morgens immer so übel, daß ich mich kaum noch zu meiner Arbeit aufraffen kann.«

Ravenna steckte den Zimt ein und nickte. »Aye, ich werde ihn dir heute abend bringen.«

»Gott segne dich, Ravenna. Du bist ein gutes Kind, trotz der Sünden deiner Mutter.« Fioana rang sich ein Lächeln ab und schloß die Küchentür.

Bedrückt starrte Ravenna auf die Tür. Es gefiel ihr nicht, wenn man so über ihre Mutter sprach. Ihre Mutter konnte keine schlechte Frau gewesen sein, davon war sie fest überzeugt, aber niemand in Lir schien es Brilliana verzeihen zu können, daß sie ein uneheliches Kind zur Welt gebracht hatte. Diese Geburt ohne den Segen der Kirche machte sie zu einer Hure, obwohl sie dabei ihr Leben gelassen hatte, zu einer moralisch Verworfenen, der selbst ein anständiges Begräbnis verweigert wurde. Und dieser Makel fiel auch auf ihre Tochter.

Ravenna wandte sich ab. Es würde ihr nie gelingen, die anderen davon zu überzeugen, daß ihre Mutter keine Hure gewesen war, wie energisch sie sie auch verteidigte. Sie war wie ihre Großmutter. Sie würde nie wirklich nach Lir passen. In Lir war kein Platz für Menschen wie sie beide, daher war es nur natürlich, daß Grania und sie unter sich blieben. Doch dadurch bereiteten sie auch den Boden für weitere Spekulationen darüber, ob Grania nun eine Hexe war oder nicht.

Aber meine Großmutter ist keine Hexe, dachte sie zornig. Und wenn es Malachi behauptete, sollte er sich zum Teufel scheren. Sie würde ein paar Haare des Lords für ihn besorgen und dann laut lachen, wenn er versuchte, seine »Beweise« zu liefern. Das war doch Unsinn. Kindischer Unsinn, den sie langsam leid hatte. Vielleicht wurde sie auch langsam zu alt für derlei Dinge. Sie sah auf ihre schwellenden Brüste und bedeckte sie verlegen mit den Armen. Die Entwicklungen ihres Körpers gefielen ihr nicht, waren ihr unbehaglich. Seit geraumer Zeit schien alles aus dem Lot zu sein. Sie ließ die Kindheit hinter sich und trat in eine neue Phase ein, aber in welche?

Ravenna lief über den Hof zum Hintereingang des Schlosses und dachte an die Zukunft. Das war ein heikles Thema zwischen ihr und Grania. Alle Leute im Dorf sagten, Grania hätte das zweite Gesicht, könne in die Zukunft sehen. Aber falls das wirklich so war, hatte ihr Grania zumindest nichts über ihre Zukunft mitgeteilt. Jedesmal, wenn sie danach fragte, erklärte Grania, sie könne nicht wissen, was das Schicksal für sie bereithielt, und statt sich darüber Gedanken zu machen, sollte sie lieber ihren Kopf beim Lernen haben und ihre Schuhe anziehen – kaum befriedigende Antworten für eine Dreizehnjährige, die mit jedem neuen Tag feststellte, wie sehr sich ihr Körper veränderte. Ravenna hätte brennend gern gewußt, was vor ihr lag. Würde sie wie Brilliana werden? Oder hatte das Schicksal Besseres mit ihr vor? Sie dachte an all die Lehrer, die Grania in den vergangenen Jahren in ihre kleine Hütte gebeten hatte. Ravenna war überzeugt davon, daß ihr Vater sie bezahlte. Grania sprach zwar nie von ihm, aber woher sonst sollte das Geld für ihre Ausbildung kommen? Es mußte von ihrem Vater stammen. Ganz sicher. Er sorgte für sie, und wenn sie ihn nur finden könnte, würde er sich auch zu ihr bekennen. Dann hätte sie endlich feine Kleider, eine Kutsche und einen Vater, der sie liebte – wie Kathleen Quinn.

Doch bis es soweit war, wußte sie nur, daß sie sich von Malachi und den anderen Bewohnern des Dorfes unterschied. Aber sie unterschied sich auch von Kathleen Quinn, die in der nächsten Grafschaft in einem prachtvollen Haus lebte und jeden Sonntag mit ihrem jüngeren Bruder und ihren Eltern zu Reverend Drummonds Gottesdienst kam. Dort hatte sie Ravenna auch zum ersten Mal gesehen. Sie saß in einer Kutsche zwischen ihren Eltern und hielt eine wunderschöne Puppe in den Händen, deren Samtkleid mit goldenen Tressen verziert war – genau wie das von Kathleen. Überhaupt war die Puppe eine Miniaturausgabe des Mädchens gewesen, bis zu dem winzigen Muff aus Fuchsfell. Nie zuvor hatte Ravenna eine so hübsche Puppe gesehen, und jahrelang hatte sie alle ihre Träume beherrscht.

Doch jetzt träumte sie nicht länger von Puppen. Statt dessen sehnte sie sich danach, wie Kathleen zu sein: ein Mädchen mit Seidenbändern im Haar, das in einer Kutsche saß und von seinem Vater beschützt wurde...

Ravenna schob den Riegel der alten Eisentür zur Seite und trat ein. Niemand von der Dienerschaft war zu sehen und leichte Furcht überkam sie. Wenn man sie erwischte, würde man annehmen, sie wollte etwas stehlen. Der Herr von Trevallyan würde für ihre Bestrafung sorgen, dies vielleicht sogar höchstpersönlich übernehmen. Sie dachte daran, daß man ihn für den Teufel hielt, schluckte ihre Angst aber tapfer hinunter. Malachis »Beweise« warteten ebenso wie ihre Zukunft. Und sie würde es allen zeigen, daß daran kein Körnchen Wahrheit war. Trevallyan verfügte über keine Zauberkräfte, und sie, die Tochter der »Hexe« würde das beweisen. Leise schloß sie die schwere Tür hinter sich.

*

»Griffen O'Rooney stellt meine Geduld auf eine sehr harte Probe. Ich werde mit ihm sprechen müssen.« Der Herr von Trevallyan blickte mißmutig aus dem Fenster der Kutsche.

»Griffen bemüht sich nach Kräften, mein Sohn. Er wird älter-wie wir alle.« Father Nolan legte beide Hände um den Spazierstock aus Schlehenholz, auf den er seit einigen Jahren angewiesen war. Der prächtige Brougham war zwar gut gefedert, aber der Geistliche spürte doch jede Unebenheit der Straße in seinen Knochen.

»Das gilt vielleicht für Sie, Father. Ich werde nicht älter.«

Father Nolan lachte. »Nein? Nun, das muß es wohl an dem Schummerlicht hier drinnen liegen, wenn ich sicher bin, einen Mann vor mir zu sehen und keinen Jungen.« Sein Lächeln schwand, als er sah, wie düster Trevallyan aus dem Fenster blickte.

Seit jenem Abend in Granias Cottage hatte sich Niall sehr verändert. Mißmut und Zorn hatten die Seele des Mannes verbogen wie der Sturm die Eiben auf dem Kirchhof. Glück war der einzige Balsam für Trevallyans Wunden, und mitunter befürchtete Father Nolan, es könnte zu spät kommen. »Sie sind dreiunddreißig Jahre alt, Niall«, stellte der Priester ruhig fest. »Viele mögen das für jung halten, aber Sie sehen älter aus. Das Leben hat Sie verhärtet.«

Trevallyan sah den Priester kühl an. »Halten Sie nur Griffen O'Rooney von meinem Friedhof fern.«

»Er fühlt sich verantwortlich.«

»Aber das ist er nicht, verdammt noch mal!«

»Es ist kein Geheimnis, daß Sie das Mädchen nicht geliebt haben«, entgegnete der Father gelassen. »Sie haben es nur geheiratet, um sich gegen uns und gegen den *geis* zu wehren. Wir alle glauben, auf gewisse Weise dafür verantwortlich zu sein. Und vergessen Sie nicht, daß Griffen sie begraben, sich um sie gekümmert hat...«

»Lassen Sie diese alten Geschichten, alter Mann«, unterbrach Trevellyan ungehalten. »Und sagen Sie Ihren Freunden, sie mögen gefälligst das gleiche tun. Meine Frau ist vor dreizehn Jahren nicht wegen eines *geis* sondern an den Folgen einer Schwangerschaft gestorben – einer Schwangerschaft, mit der Sie nichts zu tun hatten.«

»Und einer Schwangerschaft, mit der auch Sie nichts zu tun hatten.«

Ein frostiges Schweigen verwandelte das mit weinrotem Samt ausgeschlagene Innere der Kutsche in ein Mausoleum.

»Mein Sohn«, begann Father Nolan schließlich versöhnlich, »kommen Sie am Sonntag zur Messe. Das wird Sie ein wenig zur Ruhe kommen lassen ...«

»Ich komme zur Ruhe, wenn es Ihnen gelingt, O'Rooney von meinem Friedhof fernzuhalten«, entgegnete Trevallyan verbittert und starrte wieder zum Fenster hinaus.

Stumm fuhren sie weiter, bis Father Nolan erneut das belastende Schweigen brach.

»Erinnern Sie sich noch an ihr Lachen?« fragte er leise.

Trevallyan schloß die Augen, sagte aber kein Wort.

»Ich kann mich noch sehr gut an die Qual in Ihrer Stimme erinnern, als Sie mir von Ihren Flitterwochen erzählten. Als sie das Geheimnis nicht mehr bei sich behalten konnte. Sie hat gelacht, sagten Sie. Sie befanden sich in einem Hotelzimmer auf dem Montmartre, und Sie hatten das Gefühl, daß ganz Paris von ihrem Lachen widerhallte. Sie wußte, daß sie schwanger war. Hatte es die ganze Zeit gewußt ...«

Trevallyan schlug mit der Faust gegen die Polsterverkleidung der Kutsche. »Genug davon!«

»Aber Sie *müssen* mir zuhören. Sie sind nicht schuld an ihrem Tod«, fuhr Father Nolan unbeeindruckt fort.

Trevallyan musterte ihn kalt. »Das sollten Sie besser wissen als ich, Father. Sie haben ihr die Letzte Ölung erteilt. Sagen Sie mir, hat mich Helen kurz vor ihrem Tod von jeder Schuld freigesprochen?«

»Es war Schicksal«, erwiderte der Priester bekümmert. »Es war eine Gnade Gottes. Das müssen Sie hinnehmen.«

Trevallyan lachte hart und verzweifelt auf.

Der Father nahm eine Hand von dem Schlehenstock, die Hand, die einst den goldenen Ring getragen hatte, der genauso aussah wie der Trevallyans, und griff dem Lord an die Schulter. »Es konnte Ihnen doch gar nicht schnell genug gehen, eine Frau zu finden. Da hat sie das Mädchen in die Falle gelockt. Sie konnten nicht wissen, daß sie das Kind eines anderen erwartete. Sie war berechnend, Niall, und allein Gottes Liebe hätte sie retten können. Ich bete täglich für ihre Seele, und für ihr Kind.«

»Ich hätte sie retten können«, flüsterte Trevallyan rauh. »Ich hätte alles zum Guten wenden können. Schließlich hätte ich das Kind wirklich als mein eigenes angenommen – so wie es auf dem Grabstein steht.«

»Damit hätten Sie recht und nobel gehandelt, mein Sohn. Aber Sie sind nicht Gott, Trevallyan. Sie können nicht alles Böse und Schlechte auf der Welt wiedergutmachen. Was geschah, war Gottes Wille.«

»War es auch Gottes Wille, daß ich sie verstoßen habe?«

Die Frage bedurfte keiner Antwort, aber Father Nolan fühlte sich dennoch zu einer Entgegnung bemüßigt. »Sie waren außer sich vor Zorn. Es war die einzige Lösung, die Ihnen einfiel, nachdem sie Ihnen gestanden hatte, wie sehr sie Sie hinters Licht geführt hatte. Beziehen Sie doch Trost aus der Tatsache, daß Sie die Ehe nicht annullieren ließen und sie der Mittellosigkeit überantworteten, wie es ein weniger nobler Mann getan hätte. Statt dessen blieb ihr Trevallyan Castle mit all seinem Luxus.«

»Meine Frau hat das Schloß verabscheut, das wissen Sie genau. Für sie war es die Hölle, in einer abgelegenen irischen Grafschaft leben zu müssen, weit entfernt von allem, was sie so liebte. Ich wußte genau, warum ich sie hierherschickte. Und was den Luxus anbelangt ...« Trevallyans Züge wurden hart wie Stein, »... da fehlte doch das Entscheidende: Ein Arzt, der den Schwachköpfen in ihrer Umgebung sagte, daß es höchst bedenklich ist, wenn es fünf Wochen nach dem Platzen der Fruchtblase noch immer nicht zur Geburt gekommen ist.«

»Selbst ein Arzt hätte sie vermutlich nicht retten können.«

»Nichtsdestotrotz hätte sie einen haben sollen. Und wenn ich sie nicht hergeschickt hätte, wäre es auch so gewesen.«

»Jetzt verfügen wir über einen Arzt. Sie haben für Lir viel Gutes bewirkt.« Der alte Priester hob eine zitternde Hand. »Mein Sohn«, flüsterte er, »es ist Zeit, daß Sie Ihren Frieden finden. Seit Helens Tod sind Sie nach Kräften bemüht, den denkbar verworfensten Eindruck zu machen. Es ist jedoch keine Lösung, die schlechtesten Vorurteile gegen den angloirischen Landadel zu bestätigen.«

»Was ist denn die Lösung?«

»Mylord, die kennen Sie genau.«

Trevallyan lachte verächtlich. »Ach ja, der *geis*. Mein Unglück hat seine Ursache darin, daß ich mich über den hinweggesetzt habe. Wollen Sie darauf hinaus?«

»Sie sind ein guter Mann, Niall. Sie sorgen für die Grafschaft. Hier braucht niemand zu verhungern, keinem fehlt ein Dach über dem Kopf. Ihre Fürsorge für Lir ist ausgezeichnet, vielleicht zu ausgezeichnet. Manche Menschen haben sie so gar nicht verdient, wie Sie sehr wohl wissen. Diese Dorfbewohner in ihrer beschränkten kleinen Welt begreifen doch gar nicht, daß Sie es nur Ihnen zu verdanken haben, daß sie nicht unter den Hungersnöten und den Krankheiten leiden müssen, die in anderen Grafschaften an der Tagesordnung sind. Weil Sie vor derartigen Schrecken nicht die Augen verschließen, kommt es in Lir nicht dazu. Aber das kann sich ändern. Eines Tages werden sie auch in Lir an die Türen klopfen. Wenn Sie den *geis* nicht befolgen.«

»Ich habe nicht die Absicht, ihn zu befolgen. Das Schicksal von Lir hängt von mir ab, nicht von irgendeinem *geis*.« Mit arroganter Entschlossenheit widmete sich Trevallyan wieder der Betrachtung der Landschaft.

»Ihr Stolz ist Ihre Größe und Ihr Niedergang, Mylord«, erklärte der Priester ernst.

»Ich dachte, der *geis* sei mein Niedergang.«

Trevallyans beißender Sarkasmus verschlug Father Nolan die Sprache.

Die Kutsche passierte das Vorwerk und rumpelte auf den Schloßhof. Vor dem Portal zur Großen Halle hielt sie an, aber die Lakaien warteten mit dem Öffnen der Türen, bis die Insassen ihr Gespräch beendet hatten.

»Wollten Sie gerade nach Hause laufen, als ich Ihnen begegnete, Father, oder soll mein Kutscher Sie zu einem anderen Ziel bringen?« wandte sich Trevallyan an den Priester.

»Heiraten Sie das Mädchen nicht.«

Trevallyans Augen funkelten fast böse. »Ich werde Elizabeth in zwei Wochen heiraten. Sie ist wunderschön und wird eine gute Ehefrau werden.«

»Sie lieben sie nicht.«

»Das wird sich in der Hochzeitsnacht herausstellen. Und darüber hinaus diskutiere ich derartige Dinge nicht mit einem Priester.«

»Als Sie vor vier Jahren Mary Maureen Whelan heiraten wollten, standen Sie bereits vor dem Altar, als ich Ihnen endlich das Geständnis abringen konnte, daß Sie sie nicht lieben. Als ich Sie fragte, ob Sie Mary Maureen so lieben, wie man eine Ehefrau lieben sollte, konnten Sie mich nicht belügen. Lügen Sie auch jetzt nicht, mein Sohn. Sie lieben diese Elizabeth nicht. Sie fordern eine Tragödie geradezu heraus.«

In Trevallyan schoß Zorn hoch. »Ich bin dreiunddreißig Jahre alt. Es ist mein gutes Recht, mir eine Frau zu erwählen, und niemand sollte es mir verwehren.«

»Die Liebe wird es Ihnen verwehren, Trevallyan. Sie lieben dieses Mädchen nicht. Es ist nicht die Richtige für Sie, und Sie wissen das genau.«

»Dann lassen Sie uns über ›die Richtige‹ für mich sprechen«, schlug Niall höhnisch vor. »Wie alt ist sie jetzt? Zwölf? Dreizehn? Wollen Sie, daß ich dieses Kind heirate? Wollen Sie seine Schreie in unserer Hochzeitsnacht hören? Ist das Ihrc Vorstellung von Liebe?«

»Sie müssen Geduld haben. Eines Tages wird sie eine Frau sein. Und dann, wenn Sie ihre Liebe gewonnen haben, werden Sie erkennen, daß Sie Ihr ganzes Leben lang auf diese eine Frau gewartet haben.«

»Wenn das Kind Ravenna eine Frau ist, die mir eine Gefährtin sein kann, habe ich meinen vierzigsten Geburtstag längst hinter mir. Das ist eine lange Zeit des Wartens auf ein Mädchen, das dann mit Sicherheit keinen Greis zum Ehemann haben möchte.« Trevallyan klopfte an die Wand zum Kutscher. Der sprang vom Bock und ein Lakai öffnete die Kutschentür.

»Sagen Sie die Hochzeit ab, mein Sohn«, flüsterte Father Nolán und machte keine Anstalten aufzustehen. »Sie wollen es zwar nicht glauben, aber der *geis* hat sich bereits als wahr erwiesen. Wenn Sie eine Frau heiraten, die Sie nicht lieben, kommt es zu einem großen Unglück.«

»Bring den Father heim«, befahl Trevallyan dem Kutscher. Dann wandte er sich ein letztes Mal an den Priester. »Hören Sie, Father, hören Sie mir gut zu: Das Kind Ravenna interessiert mich nicht.« Er schlug die Tür zu und sah der Kutsche nach, wie sie den Schloßhof verließ.

*

Ravenna konnte Trevallyans Schlafgemach unter den unzähligen Zimmern und Gelassen im Schloß kaum ausmachen. Es gab Räume für die mittelalterlichen Rüstungen der Familie, Zimmer für die Diener, Räume zum Baden und selbst moderne, mit Plüsch ausgestattete Salons, aber sie mußte die Wendeltreppe zum Nordturm hinaufsteigen, um die Gemächer des Lords zu finden.

Im Schlafzimmer mit seinem riesigen Bett aus dunkler Eiche erregte eine kleine Tür zu ihrer Linken ihre Aufmerksamkeit. Sie lief über den dichten Axminster-Teppich und bewunderte, wie er ihre nackten Füße – ja, den ganzen Raum – wärmte. Ravenna drehte den Messing-Türknauf und fand sich in einem Ankleideraum wieder. Intarsierte Mahagonischränke standen an den Wänden, und unter einem wappenförmigen Spiegel fand sie auf einer Kommode mit Füßen wie Löwenpranken Trevallyans Kamm.

Sie hielt den Schildpattkamm gegen das Licht, das durch das kleine bleiverglaste Fenster hereinfiel. Drei blonde Haare hatten sich in den Zähnen verfangen. Triumphierend zog sie sie heraus, barg sie in der Handfläche und bestaunte, wie sich das Licht in ihnen fing.

»Kevin, sag Greeves, er soll dafür sorgen, daß ich baden kann und daß mir mein Abendessen heraufgeschickt wird.«

Die wohlklingende Männerstimme ließ Ravenna erstarren. Hilflos blickte sie sich um. Die einzige Tür führte ins Schlafzimmer zurück. Und dort mußte in jedem Moment der Schloßherr auftauchen.

»Sehr wohl, Mylord. Ich werde dafür Sorge tragen, daß Feuer im Ofen gemacht wird. Sie kehrten unerwartet früher zurück, sonst wäre das längst erledigt.«

»Gut, gut«, erwiderte die Männerstimme abwesend.

Eine Tür knarrte. Dann Stille.

Ravenna wagte kaum zu atmen. Ihre schlimmsten Befürchtungen waren eingetroffen. Der Herr von Trevallyan befand sich in seinem Schlafzimmer, und sie war im Ankleideraum gefangen.

Mit wild klopfendem Herzen schlich sie lautlos zur Tür,

spähte ins Schlafzimmer und sah den Schloßherrn. Er stand neben seinem Schreibtisch am Fenster. Ravenna hatte Lord Trevallyan bisher nur ein- oder zweimal gesehen, aber er hatte einen tiefen Eindruck auf sie gemacht. Er war weder besonders groß noch besonders massig, aber im hochmütigen Zucken seiner Brauen, im anmaßenden Blick seiner blaugrauen Augen lag etwas, was sie – nein, alle Einwohner von Lir – davon überzeugte, bei ihm könnte es sich durchaus um einen Sprößling des Teufels handeln.

Überrock und Halstuch hatte er achtlos aufs Bett geworfen. In seinem feinen Bastisthemd, schwarzer Seidenweste und schwarzer Hose stand er mit verschränkten Armen am Fenster und blickte in die dunstverhangene Landschaft hinaus, hinüber zum Ogham-Stein. Ravenna verspürte unwillkürlich Mitleid, als sie sein feingeschnittenes Profil mit den schulterlangen, blonden Haaren betrachtete, den verlorenen Ausdruck in seinen Augen.

Macht und Melancholie üben eine faszinierende Anziehungskraft aus, und Ravenna fühlte sich spontan zu der einsamen Gestalt am Fenster hingezogen. Am liebsten wäre sie auf ihn zugelaufen und hätte ihn gebeten, doch nicht so traurig zu sein, aber die Angst vor ihm überwog. Sie drückte sich furchtsam an die Wand und dachte über eine Fluchtmöglichkeit nach. Vielleicht bot sich ihr eine Möglichkeit, den Raum ungesehen zu verlassen, wenn der Diener erschien. Die drei blonden Haare brannten wie Feuer in ihrer Hand.

Sie hörte ein Rascheln im Schlafzimmer, dann Schritte. Ravennas Hand griff zum Riegel eines Schranks, um sich in ihm zu verstecken.

»Gott steh mir bei«, hauchte sie. Ihr Blick fiel auf Trevallyan, und wie angewurzelt blieb sie neben der halbgeöffneten Schranktür stehen.

Nie zuvor hatte sie einen Mann so entsetzt gesehen. Trevallyan sah sie an, als wäre sie ein Geist, eines der vielen Gespenster, die angeblich im Schloß herumspukten. Es dauerte eine ganze Minute, bis die Zornesröte in seine Wangen stieg.

»Was machst du hier?« Der Ärger gab seinen Worten eine eigentümliche Betonung. Fast kam es ihr vor, als hätte er gefragt: »Was machst *du* hier?«

»Ich wollte Sie nicht bestehlen, Lord Trevallyan. Das schwöre ich, bei der Ehre meiner Mutter«, sagte sie mit bebender Stimme. In panischer Furcht sah sie an ihm vorbei, suchte nach einem Fluchtweg.

Seine Lippen verzogen sich zu einem schmalen Strich. Sein Blick ließ sie an die äußerste Wand zurückweichen. »Ausgerechnet du schwörst bei der Ehre deiner Mutter!« zischte er.

»Nay«, flüsterte sie, tief getroffen von seiner Beleidigung aber auch zu ängstlich, sich energisch zur Wehr zu setzen. Er war der Herr von Lir. Er konnte sie nach seinem Gutdünken bestrafen. Die Tränen wollten ihr in die Augen steigen, aber entschlossen unterdrückte sie sie, wie so oft in ihrem Leben. Als ein Herr aus Dublin Malachis Vater vor den Augen seines Sohnes mit der unsinnigen Begründung erschoß, er sei ein Schmuggler, der mit Daniel O'Connell unter einer Decke stecke, hatte Malachi keine Träne vergossen. Sie würde jetzt auch nicht weinen.

»Was hast du da in der Hand?«

Trevallyans verächtlicher Blick richtete sich auf ihre kleine schmutzige Faust, und Ravennas Herz verkrampfte sich. Wenn sie ihm die Haare zeigte, könnte er annehmen, sie sei eine Art Hexe, die ihn verzaubern wollte, und dann hätte sie kaum Gnade von ihm zu erwarten. Aber wenn sie sich weigerte, ihm den Inhalt ihrer Hand zu zeigen, wäre sein Vorwurf des Diebstahls bekräftigt.

»Nichts, Mylord. Ich habe Sie nicht bestohlen, das schwöre ich bei allem, was mir heilig ist ...« stotterte sie hilflos.

Er trat auf sie zu, sie wich noch weiter zurück. Er war kein allzu hochgewachsener Mann, aber auf eine verschreckte Dreizehnjährige wirkte er wie ein Riese.

»Zeig mir, was du in der Hand hast!«

Wenn sie Malachi nicht verraten wollte, konnte sie es ihm nicht zeigen. Und Malachi würde sie nie die Schuld in die Schuhe schieben.

»Wirklich nichts, Mylord. Jedenfalls nichts von irgendwelchem Wert.« Wieder flog ihr Blick an ihm vorbei zur rettenden Tür. Wenn ihr die Flucht gwelang, könnte sie sich in der nächsten Grafschaft verstecken. Malachi würde ihr helfen. Auf ihn konnte sie sich verlassen.

»Zeig es mir endlich!« Wieder machte er einen Schritt auf sie zu.

Ravenna suchte ihr Heil in der Flucht und schoß an ihm vorbei aus dem Ankleidezimmer. Ihr fadenscheiniges blaues Hemd verfing sich an einem Sessel und stürzte ihn um, aber die rettende Tür war noch immer in Sichtweite. Verzweifelt streckte sie beide Hände danach aus, aber starke Arme griffen sie um die Taille und warfen sie auf das große Bett.

»Du verdammte Range! Zeig mir, was du hier gestohlen hast oder ich bringe dich und deine Großmutter vor den Richter.«

»Nichts! Nichts!« weinte sie auf, während er sie auf dem Bett festhielt und dazu zwang, endlich die Faust zu öffnen.

»Was ist denn das?« Seine Augen waren so kalt wie die Irische See. »Sieht so aus, als wären es meine Haare...«

»Ich bin keine Hexe. Ich bin keine ... bin keine«, schluchzte sie.

Er sah auf sie hinunter, als fiel ihm ihre Verzweiflung erst jetzt auf. Auf ihren schmutzigen Wangen hatten die Tränen Streifen sauberer Haut hinterlassen und ihr abgetragenes, geflicktes Hemd schien seine Abscheu zu erregen. »Selbstverständlich bist du keine Hexe. So etwas gibt es gar nicht, du törichtes Mädchen.«

Es tröstete sie keineswegs, daß er ihr glaubte. Jedenfalls nicht, solange sein Gesicht drohend über ihr schwebte.

»Nun gestehe endlich. Was hattest du mit meinen Haaren vor?« Er schüttelte sie, als wolle er die Wahrheit mit Gewalt aus ihr herausholen. »Hast du dir es dir etwa in deinen närrischen Kopf gesetzt, deine Großmutter könnte mich mit einem Zauberbann belegen?«

Bildete sie es sich in ihrer Angst ein oder sah er wirklich amüsiert aus?

»Nay«, brachte sie leise über die Lippen. »Es ist genau anders herum. Meine ... meine Freunde nennen Sie einen Zauberer ...«

»Deine Freunde. Aber du nicht?« Er blickte sie so intensiv an, als wäre er an ihrer Antwort in höchstem Maße interessiert.

»Ich ... Ich glaube es nicht, aber sie meinten, sie könnten beweisen, daß Sie einer sind, wenn ich ihnen eine Locke Ihres Haares bringe.« Sie sah ihn an. Ihre Antwort schien ihn zu verblüffen.

»Dann hast du dich also hier eingeschlichen, um meine Ehre zu verteidigen?« erkundigte er sich langsam.

Sie nickte.

Er hob den Kopf und lachte, als könne er sich gar nicht mehr beruhigen. Es hätte erfreulich, lustig klingen sollen, aber es war ein hartes, rauhes Lachen – ganz so, als könnte er gar nicht anders lachen, als wüßte er, daß es in seinem Leben keine Freude gab. Plötzlich erkannte sie, warum die Leute im Dorf zu der Ansicht gelangt waren, er könnte ein Zauberer und Hexenmeister sein.

»Sag mir, wer die Leute sind, die mich einen Hexer nennen, mein Kind«, verlangte er spöttisch.

Sie starrte ihn schweigend an, reckte trotzig das Kinn.

»Nun sag schon. Sonst ...« Er kam näher, bis sie in seinem festen Griff Aug in Auge mit ihm lag, unfähig, sich zu rühren. »Sonst bringe ich dich vor den Richter.«

Ihre Unterlippe begann zu zittern. Und wenn er sie wegen Diebstahls ins Gefängnis werfen ließ – sie würde ihre Freunde nicht verraten.

»Das werde ich Ihnen nicht sagen. Und wenn Sie mich hängen lassen«, erwiderte sie, atemlos vor Angst.

»Dich hängen lassen«, wiederholte er, als wäre diese Vorstellung ebenso absurd wie lächerlich. Dennoch schien ihm ihre Furcht zu passen. »Gestehe, du ungebärdiges Kind. Wenn du es nicht tust, reiße ich dir die Haut von dieser Hand.«

Mühsam kämpfte sie gegen neue Tränen an. Sie würde nicht wieder weinen. Auf keinen Fall. »Ich werde meine Freunde nicht verraten ...« Die Worte erstarben ihr auf den Lippen.

Sein Blick folgte ihren Augen. Sie starrte auf den Ring an seinem kleinen Finger, einen goldenen keltischen Ring in Form einer Schlange. Das war natürlich die Natter aus dem Familienwappen der Trevallyans. Das sah sie jetzt. Aber sie begriff nicht, warum sein Ring so genau zu dem Reif an ihrer Hand paßte, den Grania vor vielen Jahren auf ihren Zeigefinger geschoben hatte, weil er für die anderen Finger noch viel zu groß war.

»Sie passen«, hauchte sie unendlich erstaunt.

So etwas wie Entsetzen flog über sein Gesicht, während sein Blick zwischen ihren Händen hin- und herflog, die nahezu identische Ringe trugen. Unvermittelt machte er seinem Zorn Luft.

»Verschwinde, bevor ich dich besinnungslos schlage und dafür Sorge trage, daß du als Diebin an den Galgen kommst!« Er sprang vom Bett und hieb mit der Faust gegen einen Bettpfosten.

»A ... Aber warum habe ich einen Ring, der genauso aussieht wie der Ihre? Dafür muß es doch einen Grund geben ...« stotterte sie fassungslos.

Er hob sie wie eine Puppe vom Bett und stellte sie unsanft

auf die Beine. Sein Blick musterte sie von Kopf bis Fuß und blieb an ihren sanft schwellenden Brüsten hängen. Er schien außer sich vor Wut. »Raus hier« schrie er. »Du bist ein Kind! Du hast in meinem Schlafzimmer nichts zu suchen! Verschwinde, bevor ich dich dem Henker überantworte!« Damit stieß er sie unsanft auf die Tür zu. Schluchzend riß sie sie auf und rannte wie von Furien gehetzt die Wendeltreppe hinunter. Sie blickte sich kein einziges Mal um.

6

»Hol Father Nolan. Sofort!« schrie Trevallyan den verdutzten Diener an, der gekommen war, um Feuer zu machen. Der junge Mann flitzte fast so schnell zur Tür hinaus wie Ravenna wenige Minuten zuvor.

Eine Stunde später saß Father Nolan in der Bibliothek und schlürfte Greeves' berühmten heißen Whisky.

»Sie war in meinem Schlafzimmer«, erklärte Trevallyan mühsam beherrscht. »Aus irgendeinem kindischen Grund. Dann wollte sie wissen, warum sie und ich den gleichen Ring haben.« Er sah den Priester durchdringend an. »Warum haben wir gleiche Ringe?«

Father Nolan nahm einen großen Schluck Whisky und zögerte, schien sich gegen die Verärgerung des anderen Mannes zu wappnen. »In jener Nacht, in der wir alle in Granias Cottage waren, habe ich dem Neugeborenen meinen Ring gegeben – den, der zu Ihrem paßt. Sie gehören zu einem Liebesring, zu einem mittelalterlichen Traureif.«

»Erläutern Sie mir, was Sie mit Traureif meinen«, forderte Niall.

»Ein Liebesring wird bei der Verlobung, beim Eheversprechen übergeben. Es ist ein dreiteiliger Ring. Braut und Bräutigam tragen je einen Reif, den dritten eine dritte Person. Bei der Eheschließung werden alle drei Ringe an der Hand der Braut vereinigt.«

»Diesen Ring habe ich von meinem Vater erhalten. Meine Mutter hat ihn nicht getragen.«

»Lord Trevallyan, Sie vergessen, wie sich Ihre Eltern ineinander verliebt haben. Ihr Vater war vor seinem zwanzigsten Geburtstag bereits verheiratet. Sie brauchten keinen *geis*.«

Trevallyans Faust schoß auf eine schwarze griechische Vase zu und fegte die kostbare Antiquität vom Kaminsims. »Dieser *geis* bringt mich noch um den Verstand. Ich kann bereits das Wort nicht mehr hören!«

Lange betrachtete ihn der Priester schweigend. »Was verlangen Sie von uns?« fragte er schließlich zögernd.

»Schicken Sie sie fort! Fort aus Lir! Ich will nicht, daß mir dieses Kind jemals wieder unter die Augen kommt.«

»Das läßt sich machen.«

Niall blickte den Priester an, als könnte er seinen Ohren nicht trauen. »Wenn es so einfach ist, sie loszuwerden, warum ist es dann nicht schon längst geschehen?«

»Ich kann dafür sorgen, daß sie Ihnen als Kind nicht mehr unter die Augen kommt. Daß sie Ihnen als Frau nicht wiederbegegnet, kann ich allerdings nicht versprechen.«

Trevallyan starrte den Ring an seinem kleinen Finger an, zog ihn langsam ab und machte Anstalten, ihn ins Kaminfeuer zu werfen.

»An Ihrer Stelle würde ich das nicht tun«, sagte Father Nolan fast unhörbar.

»Als mir mein Vater diesen Ring gab, sagte er, ich solle ihn bis zu meiner Hochzeit tragen. In zwei Wochen heirate ich, also brauche ich ihn nicht mehr.«

»Es ist nur ein Ring, Trevallyan. Wenn Sie ihn vernichten, schaffen Sie damit noch längst nicht den *geis* aus der Welt. Und Sie werden in zwei Wochen nicht heiraten. Sie lieben das Mädchen nicht, das wissen Sie.«

»Ich sehne mich nach einer Frau«, stöhnte Trevallyan auf. »Ich sehne mich nach einem Menschen, der mein Leben und mein Bett mit mir teilt, der sich abends mit mir zu Tisch setzt und mir hilft, mich der Reichtümer zu erfreuen, die mir ein grausamer und rachsüchtiger Gott in die Hände gelegt hat, mich aber davon abhält, sie mit jemandem zu teilen. Sie sind Priester. Kennen Sie die Einsamkeit?«

»Ich kenne sie nur zu gut«, erwiderte der Father leise, »aber Sie werden nicht einsam bleiben, mein Sohn, das verspreche ich Ihnen. So wie ich Ihnen auch verspreche, Ravenna fortzuschicken. Allerdings müssen Sie mir auch etwas versprechen: Keine Hochzeit ohne Liebe. Wir haben, weiß Gott, keinen Bedarf an weiteren Tragödien ...«

»Es ist verflucht vermessen, einen Mann dazu zu zwingen, nach der wahren Liebe zu suchen.«

»Dann sind Sie verflucht, Mylord, denn Sie müssen sie finden.«

»Aber die wahre Liebe ist ein Märchen, das es im wirklichen Leben kaum gibt. Ich wäre schon mit weniger zufrieden, und doch zwingen Sie mich dazu, jede Frau, mit der ich vor den Altar treten will, am Maßstab eines Ideals zu messen.«

»Sie müssen Geduld haben, Niall. Wenn die Richtige kommt, werden Sie wissen, daß sich das Warten gelohnt hat.«

Trevallyan hob eine Scherbe der Vase auf und zerdrückte sie in der Hand. Blut tropfte auf den weißen Marmor des Kamins. »Aber schicken Sie das Mädchen fort. Schicken Sie es fort.«

»Das wird geschehen«, sagte der Priester.

*

Vor Kälte zitternd klopfte Father Nolan an die Tür von Granias Cottage. Sie lebte mit Ravenna längst nicht mehr in der erbärmlichen Hütte mit dem festgetretenen Erdreich als einzigem Fußboden. Die neue Behausung war zwar nicht großartig, besaß aber zumindest Holzdielen, drei kleine Räume und eine Küche. Es war ein kalter Abend, und im Westen, über der Irischen See braute sich ein Sturm zusammen. Ravenna kam an die Tür, gewaschen und mit gekämmten Haaren, die ihr in langen Zöpfen über den Rücken hingen.

»Ich bin gekommen, um deiner Großmutter einen Besuch abzustatten. Wie fühlt sie sich heute abend?« fragte er freundlich und bemühte sich, dem Mädchen ein Lächeln zu entlocken.

Aber Ravenna sah ihn nur mit großen, ängstlichen Augen an. »Kommen Sie bitte herein«, sagte sie leise und machte eine Handbewegung in Richtung des kleinen Wohnraumes. Darin standen eine Polsterbank und zwei alte Armsessel, aber alle waren von Katzen besetzt. Ravenna verscheuchte einen großen schwarzen Kater und bat den Priester, auf dem solidesten Sessel Platz zu nehmen. Dann verschwand sie, um Grania zu holen.

»Wie geht es Ihnen, gute Frau?« fragte der Father, als Grania langsam den Raum betrat. Er ergriff ihre gichtige Hand und drückte sie herzlich.

»Ravenna, sei ein gutes Mädchen und hole dem Father eine Tasse Tee«, sagte sie.

Mit vor Furcht bleichem Gesicht nickte Ravenna und verließ das Zimmer.

»In der Küche kann uns das Kind nicht hören«, begann Grania, sobald er ihr in den anderen Sessel geholfen hatte. »Was habt Ihr mir zu sagen, Father?«

»Trevallyan war sehr erregt, als er Ravenna heute in seinem Schlafgemach entdeckte. Hat sie Ihnen davon erzählt?«

»Das hat sie.«

»Er möchte, daß sie Lir verläßt.«

Erschreckt sah ihn Grania an. »Das ist eine grausame Strafe für einen Streich. Sie ist doch noch ein Kind. Wohin soll sie?«

»Er will sie nach England schicken, auf eine Schule für junge Ladies. Ohne Zweifel wird man sie dort gut behandeln. Im Grunde ist es die beste Lösung, Grania. Das Mädchen wird erwachsen. Sie kann nicht länger mit Malachi und seinesgleichen herumziehen. Sonst handelt sie sich noch selbst ein Kind ein.«

Grania wandte den Blick ab und sah lange Zeit abwesend ins Kaminfeuer. »Gut, laßt Trevallyan das Kind fortschikken«, sagte sie schließlich zögernd. »Ich könnte es nicht ertragen, wenn sie endet wie ...« Sie brach ab, als wäre jedes weitere Wort zu schmerzlich für sie.

»Es wird gut für Ravenna gesorgt werden. Trevallyan kann es sich leisten, dafür zu zahlen und ist auch bereit, es zu tun. Ich habe fast den Eindruck, er fürchtet sie, Grania. Vielleicht ist es für alle am besten so.«

Ravenna betrat das Zimmer mit einem zerbeulten Messingtablett, auf dem eine Steingutkanne und eine angeschlagene Tasse standen. Sie setzte das Tablett neben dem Priester ab und begann einzugießen.

»Der Father würde gern ein Wort mit dir reden, Kind. Setz dich zu uns.«

Mit klopfendem Herzen blickte Ravenna zu Boden. Sie wußte, was kam. Trevallyan hatte den Priester vorgeschickt, bevor der Richter kam, um sie fortzubringen.

»Wie hübsch du geworden bist, Ravenna«, begann Father Nolan liebenswürdig. »Du wirst langsam eine junge Lady, was?«

Das Mädchen konnte sich nicht dazu bringen, den Kopf zu heben. Sie wollte weinen, schreien, davonlaufen, konnte aber auch das nicht. Alles war ihre Schuld. Sie hatte Malachis Herausforderung angenommen und genau gewußt, was auf sie zukommen würde, wenn man sie ertappte. Und Trevallyan hatte sie ertappt.

»Ich wollte im Schloß nichts stehlen, das schwöre ich. Ich wollte lediglich einige seiner Haare, um zu beweisen, daß er kein Zauberer ist«, flüsterte sie so leise, daß der Priester sich vorbeugen mußte, um sie zu verstehen.

»Ich habe alles darüber erfahren.«

Ravenna konnte die brennenden Tränen nicht mehr zurückhalten. Man würde sie fortbringen, und dann hätte Grania niemanden mehr, der sich um sie kümmerte. Vielleicht würde Grania wegen ihrer Torheit sterben. Plötzlich hatte sie nur noch einen Wunsch: selbst zu sterben. Sofort.

»Grania meint, es sei höchste Zeit, daß du eine Schule besuchst, Mädchen. Wie denkst du darüber?«

Ravenna hob den dunklen Kopf und sah Grania traurig an. »Ist das meine Strafe?«

«»Du darfst das doch nicht als Strafe sehen, mein Mädchen. Betrachte es als ...« Der Father sah hilfesuchend zu Grania hinüber. Auch in den Augen der alten Frau standen Tränen. »Betrachte es als Privileg. Es gibt in der Grafschaft Lir nicht viele Mädchen, die eine gute Schule für junge Damen besuchen.«

Ravenna blickte den Priester an und fühlte sich keineswegs getröstet. Die einzigen Schulen, von denen sie gehört hatte, waren nichts anderes als Arbeitshäuser. Dort wartete ein elendes Leben auf sie, aber sie hatte keine andere Wahl. Sie war ertappt worden, und dafür mußte sie zahlen.

»Na, wie gefällt dir das, Kind? Du wirst andere junge Ladies kennenlernen, dich mit ihnen anfreunden, sehr viel bessere Freunde finden, als dieses Gesindel, mit dem du jetzt deine Zeit vertreibst.«

»Und wer wird für Grania sorgen, wenn ich fort bin?« fragte sie verzweifelt. Ihre Großmutter war der einzige Mensch, den sie aufrichtig liebte und der sie liebte. Ihr ganzes Leben hatte sie mit Grania verbracht. Sie waren beide Fremdlinge in einem feindlichen Land – einem Land, das Ravenna plötzlich leidenschaftlich liebte, denn es war die einzige Heimat, die sie hatte. Sie konnten sie hier nicht herausreißen. Sie durften es einfach nicht.

»Fiona hat angeboten, Grania jeden Tag einen Besuch abzustatten und nach dem Rechten zu sehen.«

»Und wer wird sie dafür bezahlen?«

Der Priester warf Grania einen unbehaglichen Blick zu. »Darüber solltest du dir keine Sorgen machen, Kind. Deine Großmutter kann für sich sorgen. Wenn sie genügend Geld hat, um dich auf eine Schule zu schicken, hat sie auch die Mittel, Fiona zu bezahlen.«

»Aber das Geld kommt nicht von meinem Vater«, wandte Ravenna ein. »Woher kommt es dann?« Sie wischte sich die Tränen von den Wangen und sah von Father Nolan zu Grania. Keiner von beiden sagte ein Wort. »Lord Trevallyan schickt mich fort, um mich zu bestrafen, ist es nicht so?«

»So solltest du es nicht sehen.« Father Nolan sah Grania an. »Deine Großmutter hat beschlossen, dich auf die Schule zu schicken. Und dafür wird sie mit ihren eigenen Mitteln bezahlen – mit Geld, das zweifellos von einer großzügigen Seele stammt, der deine Großmutter einmal geholfen hat.«

Diese Erklärung schien Ravenna zu genügen, aber die Gründe, aus denen sie fortgeschickt wurde, konnte sie nicht akzeptieren. Trevallyan steckte dahinter, davon war sie überzeugt. Trevallyan wollte sie bestrafen, und dieser Strafe konnte sie nicht entgehen, weil sie schuldig war.

Stumm stand sie da und hörte sich die weiteren Erläuterungen des Priesters an, aber ihre Gedanken waren bei dem Mann, der sie dazu zwang, ihr Heim und ihre geliebte Großmutter zu verlassen. Ihr war bewußt, daß sie Strafe verdient hatte, aber der Herr von Trevallyan nahm ihr alles, was sie hatte, alles, an dem ihr Herz hing.

O Gott, wie sie ihn haßte!

*

»Ravenna!«

Der Wind trug den Namen in die Mietkutsche, die sie drei Tage später aus Granias Cottage fortbrachte. Alle Pläne Father Nolans waren wahr geworden. Ravenna trug das Kleid, das sie am meisten verabscheute. Es war aus dunkelblauer Wolle, mit schwarzer Borte an Kragen und Mieder. Unter dem Kleid schnürte ein Korsett ihre Brust so eng zusammen, daß sie kaum atmen konnte. Die schwarzen Haare, die ihr sonst eher wild um die Schultern hingen, waren zu festen Zöpfen geflochten und im Nacken zusammengesteckt. Zu allem Überfluß steckten ihre Füße in schwarzen Lederstiefeln, die so neu und steif waren, daß jeder Schritt zur Qual wurde.

Mit der Mietkutsche war auch eine strengblickende, schwarzgekleidete Frau vor Granias Cottage erschienen, die Ravenna auf der Fahrt zur Weymouth-Hampstead School for Young Ladies in London begleiten sollte. Beim Abschied von Grania hatte Ravenna tapfer alle Tränen hinuntergeschluckt. Aber es hatte sie ihre ganze Selbstbeherrschung gekostet, nicht doch schluchzend zusammenzubrechen, als Grania ihr einziges Enkelkind an die Brust zog und der Schmerz ihr liebes, kluges Gesicht noch älter aussehen ließ als es ohnehin schon war.

»Ravenna!« hörte sie jetzt wieder ihren Namen.

Das Mädchen ignorierte den mißbilligenden Blick ihrer Begleiterin und steckte den Kopf aus dem Kutschenfenster.

»Malachi!« rief sie und winkte.

Schmutzig und zerlumpt wie immer lief Malachi hinter der Kutsche her. Fast wurde seine Gestalt vom Morgendunst verschluckt, der von der See herantrieb. »Ravenna! Wohin bringen sie dich?« schrie er, und sein Gesicht zeigte seine Hochachtung vor der prächtigen Kutsche ebenso wie seine Angst, die Freundin möglicherweise nie wiederzusehen.

»Ich fahre nach England, Malachi! Ich konnte keine Haare von Seiner Lordschaft beschaffen! Bete für mich, daß ich bald wieder zurückkomme!« rief sie tränenüberströmt.

»Läßt dich Trevallyan fortschaffen?« schrie er ihr zu.

Ravenna antwortete nicht. Sie warf Malachi einen letzten sehnsüchtigen Blick zu, dann schob ihre Begleiterin das Fenster zu. Malachi blieb stehen und blickte der schwarzen Kutsche nach, bis sie im Nebel verschwunden war. Der Name Trevallyan kam dem Jungen wie ein Fluch über die Lippen.

Teil 3

Der Geis

Ein Veilchen ...
Nur Duft und Labsal eines Augenblicks,
Nichts weiter.

Hamlet, 1. Akt, dritte Szene
William Shakespeare (1564–1616)

7

Irland 1847

Peter Maguire, vierzig Jahre lang Bürgermeister von Lir, starb bei Sonnenuntergang, acht Wochen nach dem Ende der Fastenzeit. Er war fünfundsiebzig Jahre geworden, was in Lir nicht als besonders alt angesehen wurde. Viele Einwohner von Lir waren fast neunzig geworden, keine schlechte Statistik für eine arme irische Grafschaft, aber Lir war auch dafür bekannt, vom Schicksal begünstigt zu sein. Über Lir wachen die Feen, hieß es. Und mitunter war es nicht schwer, daran zu glauben.

Peter Maguire wurde auf dem Gemeindefriedhof bestattet. Die Totenmesse hielt Father Nolan, und jeder Mann, jede Frau, jedes Kind verließ die Felder, um daran teilzunehmen.

Trevallyan glänzte durch Abwesenheit. Der Grund dafür war nicht etwa mangelnder Respekt vor dem Toten, sondern die Tatsache, daß er in London weilte und nicht rechtzeitig genug von Maguires Ableben erfuhr.

Auch Grania nahm nicht an dem Begräbnis teil. Sie war inzwischen zu alt und zu schwach, um das Haus verlassen zu können, und schickte eine Vertretung an ihrer Stelle.

Die junge Frau kam auf die gleiche Weise nach Lir, wie sie es viele Jahre zuvor verlassen hatte: in einer Mietkutsche und mit ernstem Gesichtsausdruck, der all ihre Gefühle verbarg. Sie hielt sich von der Trauergemeinde ein wenig entfernt und hatte außergewöhnlich schöne Augen: von der Farbe, die Veilchen bei Sonnenuntergang annehmen, wenn die langen Schatten alle Farben intensiver erscheinen lassen. Aber wenn Augen tatsächlich Spiegel der Seele sind, hielt diese junge Frau ihre verhüllt, als könnte sie der Welt um sich herum nicht recht trauen.

»Es tut gut, dich wiederzusehen, Kind. Aber ein Kind bist du ja längst nicht mehr, wie ich sehe«, sagte Father Nolan zu ihr und drückte liebevoll ihre Hand, nachdem Peter Maguire zur letzten Ruhe gebettet war.

»Ich freue mich, wieder zu Hause zu sein«, erwiderte Ravenna mit neuer, zurückhaltender Würde.

»Grania ist außer sich vor Freude über deine Rückkehr.«

Ravenna blickte den alten Priester schweigend an, der sie vor so vielen Jahren fortgeschickt hatte. Damals hatte sie sich viele Nächte in der Weymouth-Hampstead School in den Schlaf geweint – aus Angst um Granias Wohlergehen, aus Furcht vor der Direktorin, die bereits am ersten Tag öffentlich verkündet hatte, »das irische Mädchen unbestimmter Herkunft« würde sofort zurückgeschickt, falls es auch nur die leisesten Anzeichen des »ihm angeborenen heidnischen Trotzes« zeige. In vielen Nächten hatte sie wachgelegen und sich gefragt, ob Malachi den Mann, der seinen Vater getötet hatte, so haßte, wie sie selbst Trevallyan verabscheute.

Die Jahre in London waren eine harte Strafe für ihr Vergehen gewesen. Die anderen Mädchen hatten sie von Anfang an ebensowenig gemocht wie die Direktorin und die Lehrerinnen. Aber jetzt war sie frei. Sie hatte ihren Preis bezahlt und würde nie wieder nach London zurückkehren.

»Es ist sehr traurig, daß das erste, was du in Lir erlebst, ausgerechnet eine Beerdigung ist, Ravenna.«

Die Worte des Priesters holten sie in die Gegenwart zurück. »Aber Sie haben eine so gute Predigt gehalten«, erwiderte sie. »Peter Maguire wäre sehr glücklich über sie gewesen, wenn er sie gehört hätte.« Sie stellte fest, daß die Jahre gnädig mit Father Nolan umgegangen waren. Sein runzliges Gesicht hatte eine frische, rosige Farbe, seine blauen Augen blickten klar und klug, obwohl er seinen achtzigsten Geburtstag längst hinter sich haben mußte. Für einen Priester ist er ein wirklich gutaussehender alter Mann, dachte sie. Viele Iren waren das, auch Trevallyan. Sie hatte gehört, daß er noch immer sehr attraktiv war, obwohl er über vierzig war und ein so zügelloses Leben führte, daß man meinen sollte, es hätte ihn rotgesichtig gemacht und aufgeschwemmt. »Werden Sie zum Tee zu uns kommen, Father?« fragte sie.

»Tee? Nun, das ist aber eine ganz reizende Einladung, Kind!« rief Father Nolan überrascht. »Peter Maguire hatte kaum Verwandte, denen ich Beistand leisten müßte. Wäre es dir recht, wenn ich in ungefähr einer Stunde zu euch komme?«

»Das wäre für Grania und mich eine Ehre, Father«, lächelte Ravenna. Sie raffte ihren dunkelblauen Rock und machte sich auf den Weg. An die Mietkutsche verschwendete sie keinen Gedanken. Sie war wieder in Lir, also würde sie auch nach Hause laufen.

*

»Was willst du jetzt anfangen, Kind?« fragte Grania, als Ravenna das Teegeschirr zusammenstellte. »Hast du dir darüber schon Gedanken gemacht? Jetzt, da du aus deiner feinen Schule zurück bist?«

Ravennas Großmutter war inzwischen fast blind und ihre Füße machten ihr zu schaffen, aber ihr Verstand war so hellwach wie der Father Nolans.

»Vor allem muß ich Malachi einen Besuch abstatten. Er war nicht bei der Beerdigung.« Ravenna begutachtete eine angeschlagene Tasse und stellte sie dann auf das Tablett.

»Auf ihn solltest du deine Hoffnung nicht unbedingt setzen, Kind.«

Ravenna warf Grania einen Blick zu und war für die Blindheit ihrer Großmutter fast dankbar. Malachi schien ein heikles Thema zu sein, und sie wollte Grania nicht unnötig aufregen. »Ich setze keineswegs meine Hoffnung auf ihn«, erwiderte sie. »Aber er hat mir in all den Jahren immer wieder geschrieben. Das heißt, er hat seine Briefe Father Nolan diktiert, denn er kann ja weder lesen noch schreiben.« Ravenna lächelte. Diese Briefe hatten ihr Mut gemacht, wenn Verzweiflung und Einsamkeit sie zu überwältigen drohten. Sie hatte sie alle aufbewahrt, sorgsam mit einem blauen Satinband verschnürt, und immer wieder gelesen. Sie dachte an Malachis Andeutungen darüber, wie ihn seine Streiche und Possen immer wieder in Schwierigkeiten brachten und fragte sich, wie er es eigentlich geschafft hatte, diese Schilderungen durch die strenge Zensur des Priesters zu bekommen.

»Du solltest vor ihm auf der Hut sein, Ravenna. Er ist kein Kind mehr«, sagte Grania abschließend.

Stirnrunzelnd stellte Ravenna einen Teller Mürbeplätzchen auf das Tablett.

»Aber ich hatte dich eigentlich gefragt, was du in Zukunft tun willst.«

»Vielleicht werde ich eine Anzeige aufgeben«, erwiderte Ravenna leise. »Ja, das werde ich wohl tun. Ich werde mich um die Stellung einer Erzieherin oder Verkäuferin bewerben. Könntest du dir beispielsweise vorstellen, daß ich Schuhe verkaufe?« Gleich nach ihrer Rückkehr aus England hatte sie ihre Schuhe abgestreift und lief mit nackten Füßen durchs Haus. In der Weymouth-Hampstead School war ihr das nie erlaubt gewesen.

»Daß du Schuhe verkaufst, ist etwa so wahrscheinlich als würde ich auf einem *ceili* tanzen«, entgegnete Grania lachend und rieb sich die arthritischen Knie.

»Aber im Ernst, Kind, hast du dir noch gar keine Gedanken über deine Zukunft gemacht?« wurde Grania wieder ernst.

Ein nachdenklicher Ausdruck trat in Ravennas Augen. Sie wußte so gut wie Grania, daß sie mit ihrem Leben etwas anfangen mußte, konnte sich aber nicht vorstellen, ihre Großmutter noch einmal zu verlassen, da diese bei ihrer Rückkehr vielleicht nicht mehr leben würde. Abgesehen davon hegte sie durchaus Wünsche für ihre Zukunft, geheime Wünsche. Um der abweisenden, fast feindseligen Atmosphäre an der Schule zu entgehen, hatte sie sich in eine Phantasiewelt mit wunderschönen Prinzessinnen, edlen Rittern, grausamen Drachen und machtvollen Zauberern geflüchtet. Im Alter von sechzehn Jahren hatte sie begonnen, diese Geschichten aufzuschreiben. Es war ihr sehnlichster Wunsch, diese Märchen irgendwann zu veröffentlichen, aber sie wußte sehr wohl, daß die Dubliner Verleger sie nur publizieren würden, wenn sie ein Mann wäre. Und ein Pseudonym zu benutzen, verbot ihr der Stolz. Darüber hinaus empörte es sie, daß Geschichten nur deshalb für gut befunden wurden, weil sie von einem Mann geschrieben waren. Ravenna war fest entschlossen, ihre Erzählungen nur nach Inhalt und Form beurteilen zu lassen, nicht aufgrund des Geschlechts des Verfassers.

»Du hast mir noch immer nicht geantwortet, Kind.«

Sie sah Grania an und zögerte. Es hatte keinen Sinn, über Träume zu sprechen, die nie in Erfüllung gehen würden. »Ich habe dir doch gesagt, daß ich wahrscheinlich nach Dublin fahren werde, um eine Stellenanzeige aufzugeben.«

»Und wann willst du das tun?« hakte Grania beharrlich nach.

Ravenna sah, daß Grania ihr Gewicht unbehaglich auf dem harten Stuhl verlagerte, und ihr Herz zog sich zusammen. Plötzlich fand sie es ungerecht, mit ihrer geliebten

Großmutter nur deren letzte Jahre teilen zu dürfen. »Ich hatte eigentlich nicht vor, schon bald zu fahren. Oder willst du mich loswerden?« fügte sie scherzhaft hinzu.

»Keineswegs, Kind, nur ...«

»Nur was? Haben wir finanzielle Schwierigkeiten? Wenn das so ist, werde ich mir sofort eine Anstellung suchen. Aber du mußt mir versprechen, mit mir nach Dublin zu kommen.«

»Ich denke an deine Anstellung, Kind. Du bist jetzt eine erwachsene Frau und es wird Zeit, daß du daran denkst, eine eigene Familie zu gründen. Hast du darüber schon einmal nachgedacht?«

»Ja.« Ravenna wandte den Blick ab. In ihren Geschichten verliebten sich Ritter und Prinzessinnen und heirateten – aber für sich selbst hatte sie eine solche Möglichkeit nie erwogen. Sie hatte sich noch nie wirklich verliebt, und ihre Phantasien hinterließen in ihr eine tiefe Sehnsucht nach der großen, wahren Liebe – oder gar nichts.

»Mit welchem Ergebnis, Kind?« Grania sah sie mit ihren fast blicklosen Augen an und stützte sich schwer auf ihren Schlehenstock.

»Ich denke, daß ich so bald nicht heiraten werde. Schließlich bin ich gerade erst wieder nach Hause gekommen.« Ravenna flehte insgeheim, daß Grania endlich zu fragen aufhörte. Offenbar wollte ihre Großmutter sie vor ihrem Tod versorgt sehen. Das konnte sie gut verstehen, aber sie wußte auch, daß dies ein sehr heiklesThema war. Mit Sicherheit käme dann auch wieder Malachi zur Sprache, und sie wollte Grania nicht unnötig beunruhigen. Sie wußte selbst, wie absurd es war, an eine Heirat mit Malachi zu denken, denn trotz seiner Briefe kannte sie ihn kaum noch. Er war inzwischen ein Mann, und sie würden sich erst wieder miteinander anfreunden müssen. Aber im Hinblick auf eine Heirat war sein Name der einzige, der ihr einfiel. Aber nicht nur deshalb zögerte sie, über eine Ehe zu sprechen. Der Grund lag vielmehr darin, daß sie fest entschlossen war, nur dann zu heiraten, wenn sie aufrichtig verliebt war. Und wenn sie den Mann nie kennenlernte, den sie lieben konnte, würde sie eben unverheiratet bleiben.

»Du bist gerade erst nach Hause gekommen, das stimmt, und doch redest du davon, nach Dublin zu gehen«, erklärte Grania. »Und dorthin kannst du nicht allein. Du brauchst einen Ehemann.«

»Ich ... ich werde nicht fahren, bevor es ... keinen Grund mehr für mich gibt, hierzubleiben.« Ravenna löffelte Teeblätter aus einer rostigen Dose. Ihre Ausbildung war erstklassig gewesen, aber den Tee bereitete sie noch immer auf die gewohnte Art zu: erst das Wasser, dann den Tee in die Kanne – die Engländer konnten zum Teufel gehen!

»Soll das heißen, du wartest hier ab, bis ich gestorben bin? Das wäre eine Zeitverschwendung.« Grania räusperte sich und streichelte die Katze auf ihrem Schoß. In den letzten Jahren schien eine neue Generation heimatloser Katzen Zuflucht in Granias Cottage gefunden zu haben. Ravenna fragte sich unwillkürlich, ob es ihr vielleicht bestimmt war, so wie Grania zu werden – eine Frau, die in einem Haus voller Katzen lebte und den Dorfkindern Geschichten erzählte. Und eine Hexe genannt wurde.

Grania deutete plötzlich mit einem gichtigen Finger auf sie und hob die Stimme. »So schnell sterbe ich nicht, Ravenna. Jedenfalls nicht, bevor du verheiratet und versorgt bist. Daran besteht gar kein Zweifel. Ich habe deiner Mutter gegenüber versagt. Bei ihrer Tochter wird mir das nicht noch einmal geschehen.«

»Du hast meiner Mutter gegenüber nicht versagt«, entgegnete Ravenna ruhig. »Sie hat meinen Vater geliebt, das weißt du.«

»Ich glaube ja auch, daß sie ihn geliebt hat, Kind, aber ich hatte keine Vision, die mir das bestätigt hätte«, meinte Grania bekümmert.

»Dann wollen wir diese traurigen Gedanken vergessen. Ich bin wieder da. Wir haben ein Dach über dem Kopf und etwas Geld. Es besteht keine Veranlassung für mich, sofort nach Dublin aufzubrechen. Ich habe Trevallyans Strafe auf mich genommen und die Rechnung beglichen. Laß uns einen neuen Anfang machen.«

»Du darfst nicht denken, er hätte dich bestraft. Das hat er nicht getan.«

Ravenna schwieg.

»Es war meine freie Entscheidung, dich auf diese Schule zu schicken.«

Ravenna sagte auch diesmal nichts.

»Ich möchte nicht, daß du dich wieder mit Malachi triffst. Schließlich war er einer der Gründe, aus denen mich der Father dazu bewogen hat, dich fortzuschicken.«

»Malachi hat nichts damit zu tun, daß ich damals im Schloß war«, entgegnete Ravenna schnell. »Ich habe ihn fünf Jahre lang nicht gesehen. Du kannst von mir nicht verlangen, daß ich den Blick abwende, wenn ich ihm auf der Straße begegne. Er ist der einzige Freund, den ich jemals hatte.«

»Er ist ein Rebell. Es heißt, daß er sich mit den White Boys herumtreibt. Du solltest dir andere Freunde suchen, Ravenna.«

Sie schüttelte den Kopf. »Es gibt keine White Boys mehr, Grania. Und andere Freunde werde ich kaum finden. In Lir werde ich nun einmal nicht akzeptiert.«

»Du wirst sehen, daß sie Brilliana inzwischen vergessen haben.«

»Nein, das glaube ich nicht. Darüber hinaus halten sie dich für eine Hexe, und du hast nichts unternommen, um ihnen das Gegenteil zu beweisen. Wie ich hörte, braust du noch immer deine Tränke und und Mixturen und verkaufst sie an die Dorfbewohner. Auch die allerbeste Schulausbildung der Welt würde sie nicht dazu bewegen, in mir etwas anderes zu sehen als die illegitime Enkeltochter einer Hexe, ein Mädchen, das weit unter ihnen steht, das sich aufgrund seiner Ausbildung dessen aber noch bewußter ist als zuvor.«

»Eines Tages werden sie dich anerkennen. Das habe ich gesehen.«

»Wie sollte das geschehen?« fragte Ravenna und wünschte sich brennend, Grania würde es ihr erzählen, denn sie sah eine solche Möglichkeit nur, wenn sie nach Dublin ging.

»Warte es nur ab, mein Mädchen. Habe Geduld. Aber da klopft Father Nolan an die Tür. Wir sollten ihn nicht warten lassen, sonst hält er uns am Ende noch für ungastlich.«

8

Ein Reh brach in wilder Flucht aus dem Unterholz und wäre um ein Haar mit Ravenna zusammengestoßen. Hell schien die Sonne auf sein braun getupftes Fell, und Ravenna empfand Mitleid darüber, daß das junge Tier von Jägern aufgeschreckt worden war.

Während das Reh das Weite suchte, roch Ravenna an den Veilchen, die sie für Grania gepflückt hatte. Von fern hörte sie das Bellen der Meute und dachte sich zunächst nicht viel dabei, da Trevallyan häufig mit seinen Hunden auf die Jagd ging. Doch als das Gebell näherkam, fühlte sie sich immer mehr wie das junge Reh und erkannte, daß es vielleicht kein besonders guter Einfall gewesen war, durch den Wald zu spazieren, während der Herr von Trevallyan jagte. Für ihn war alles jagdbares Wild. Vielleicht sogar ein junges Mädchen.

Das Gebell wurde lauter und schickte ihr einen Angstschauer über den Rücken. Vermutlich waren sie einem Fuchs auf der Spur, aber sie wußte nicht, ob ein solches Tier ihren Weg gekreuzt hatte. Wenn es so war, befand sie sich in ernsten Schwierigkeiten.

Sie lief schneller, überquerte fast rennend eine Wiese. Rosenranken verfingen sich in ihren Röcken und behinderten ihren Lauf. Das Hundegebell kam näher.

»Verdammt«, rief sie unterdrückt und verfluchte die reichen Nichtstuer, besonders aber den Mann, den sie von ihrer denkwürdigen Begegnung vor vielen Jahren kannte. »Ich werde nicht zulassen, daß sie mich wie einen Fuchs jagen!«

Aber dann raffte sie die Röcke und suchte ihr Heil in der Flucht.

*

»Trevallyan! Hier muß irgendwo eine Fuchskoppel sein! Noch nie haben die Hunde derart verrücktgespielt!« rief Lord Chesham.

Als Master galoppierte Trevallyan an der Spitze der Jagdgesellschaft, gleich hinter der Meute. Doch plötzlich zügelte er sein Pferd, beugte sich vor und zupfte ein Satinband von den Zweigen eines Gebüschs. Er hob eine feingeschwungene Augenbraue, drehte sich im Sattel um und rief den heranpreschenden Männern zu: »Ihr Narren! Hier gibt es keinen Fuchs! Die Hunde haben die Spur verloren! Sie jagen einem Mädchen hinterher!«

Vor Verblüffung wäre Lord Chesham fast vom Pferd gerutscht. »Was bringt dich denn auf diese Idee, Trevallyan?«

Der Herr von Trevallyan versetzte seinem Pferd mit grimmigem Gesicht einen Peitschenschlag. »Sieh auf den Boden, Chesham. Und dann bete, daß wir nicht zu spät kommen.«

Lord Chesham blickte zu Boden. Der Weg vor ihm war mit frisch gepflückten Veilchen bestreut.

*

Ravenna rannte, bis ihr das Herz zerspringen wollte und ihre Lungen nach Luft rangen. Sie rannte, bis ihr die Heckenrosen die nackten Füße blutig rissen, bis sie vor Seitenstichen kaum noch atmen konnte, aber sie konnte den Hunden nicht entkommen.

Das Gebell hinter ihr wurde immer hysterischer. Wenn sie sich in der Spur eines Fuchses befand, würde sie möglicherweise von den blutdurstigen Tieren in Stücke gerissen werden, bevor sie ihr Herr davon abhalten konnte. Aber auch wenn die Meute sie irrtümlich verfolgte, konnte sie ihr nicht entkommen. Sie war verloren.

Ich bin kein Fuchs, ihr verdammten Köter! dachte sie außer sich vor Angst und hetzte weiter. Zweige peitschten ihr Gesicht, Brombeerranken rissen an ihren Kleidern. Verzweifelt sah sie sich um, versuchte sich zu orientieren, wo sie sich eigentlich befand. Aber der Wald ihrer Kindheit hatte sich verändert. Sie wußte nicht mehr, in welche Richtung sie laufen mußte, um das nächste Cottage zu erreichen.

Das Hundegebell wurde immer lauter, gleich darauf schnappte die erste Hündin nach ihren Fersen. Schreiend versuchte Ravenna, sich am Stamm einer Eiche emporzuziehen, aber ihre Fähigkeiten im Klettern hatten durch fehlende Übung längst nachgelassen. Sie sprang hoch, konnte einen Ast ergreifen, bekam wegen ihrer schweren Röcke aber keinen Fuß auf den Ast. Weitere Hunde hetzten heran. Ravenna hielt sich krampfhaft am Ast fest und stieß wild mit den Füßen nach ihnen. Eine Sekunde ... Wenn die Tiere ihr nur eine Sekunde Zeit ließen, konnte sie es auf den Baum hinauf schaffen.

Keuchend schwang sie die Beine, um sie endlich um den

dicken Ast schlingen zu können. Hunde sprangen gegen den Stamm, ihre spitzen Zähne schnappten nach ihrem Rocksaum. Zwei verbissen sich darin und zerrten sie wieder nach unten. Lange würde sie sich nicht mehr halten können. Ihre Kraft ließ nach. Laut schreiend stürzte Ravenna mitten in die Meute.

»Aus! Aus, habe ich gesagt!« hörte sie eine klangvolle Männerstimme.

Aber es war zu spät. Ravenna schlug schützend die Hände vors Gesicht und wartete darauf, daß die scharfen Fangzähne zupackten.

Überall waren Hunde. Sie stießen gegen sie, beschnüffelten sie, schlugen sie mit den Schwänzen, aber keiner von ihnen biß zu. Ein Befehl ihres Herrn hatte sie in ein zahmes, fast nettes Hunderudel verwandelt.

In ihrer Verblüffung hielt Ravenna den Atem an. Eine Hand tauchte zwischen den Hunden auf und half ihr sanft auf die Beine. Sechs Reiter umgaben sie, aber durch ihre Tränen konnte sie sie kaum erkennen.

Sie schob sich eine Haarsträhne aus den Augen, funkelte den nächststehenden Reiter wütend an und ein Blitz des Wiedererkennens durchzuckte sie. Das war Trevallyan – natürlich, denn er war der einzige in der ganzen Grafschaft, der eine Jagdmeute besaß. Er wirkte älter, als sie ihn in der Erinnerung hatte, aber immer noch gutaussehend und reichlich anmaßend. Auch er schien sie zu erkennen. Seit jenem verhängnisvollen Tag, an dem sie in sein Schlafgemach eingedrungen war, hatten sie sich beide verändert: Sie war von einem Kind zur Frau geworden, und sein blondes Haar zeigte die ersten grauen Strähnen.

»Ravenna.«

Das rauhe Flüstern, mit dem er ihren Namen hervorstieß, verwirrte sie. In seiner Stimme lag eine eigentümliche Betonung, und etliche Sekunden lang konnte sie ihn nur anstarren – von seinem Blick gefangen wie von einem Spinnennetz.

»Was denkst du dir eigentlich dabei, hier allein durch den Wald zu laufen, während ich mit meinen Hunden jage?« verlangte er zu wissen. Seine Worte zerfetzten die Stille, als würde ein Tuch entzweigerissen. Sein Gesicht war wieder völlig emotionslos.

»Ich ... ich ...« Plötzlich kochte die Wut in ihr hoch. Sie hatte ihren Preis bezahlt. Jetzt war sie ihm nichts mehr schuldig. Wenn ihn andere fürchteten, weil er der Herr der Grafschaft war – sie fürchtete ihn nicht. Dafür verachtete sie ihn zu sehr. »Diese Ungeheuer hätten mich töten können!« rief sie und deutete auf die Hunde, die um ihre Füße wieselten.

»Wie haßerfüllt diese Augen doch funkeln können.« Trevallyans Lippen verzogen sich unvermittelt zu einem leichten Lächeln.

Ravenna senkte den Blick auf den Waldboden. Sie hatte nicht gewollt, daß er erkannte, wie sehr sie ihn haßte. Diese Kenntnis gab ihm eine Macht, die sie ihm nicht einzuräumen bereit war. Damit konnte er sie aufziehen, aber ihr Haß auf ihn saß zu tief, um damit Spaß treiben zu können.

Durch den Vorhang ihrer schwarzen Haare musterte sie ihn verstohlen. Sein Blick wanderte zu ihren nackten Füßen, und sie fühlte sich wie eine Gassenrange. Und vermutlich hielt er sie auch für eine. Die Weymouth-Hampstead School for Young Ladies hatte ihr Ziel nicht erreicht. Sie wußte nicht recht, ob sie darüber froh oder enttäuscht war.

»Warum bist du auf meinen Besitz vorgedrungen?« fragte er kalt.

Sie schleuderte ihm einen Blick von der Art entgegen, die ihre Mitschülerinnen in die Flucht geschlagen und dazu gebracht hatte, sie eine Hexe zu nennen. »Ihre Hunde haben mich hierher gehetzt. Zunächst befand ich mich nicht auf Ihrem Land.«

»Der größte Teil dieser Grafschaft ist Trevallyan-Land. Wenn du in diesem Wald warst, hast du dich auf meinem Besitz aufgehalten.«

Wie gern hätte sie ihm gesagt, wie ungerecht es war, daß er, ein Angehöriger des anglo-irischen Landadels, soviel Land besaß, wo doch zunächst die Kelten in Irland gelebt hatten, aber sie schwieg und betrachtete ihren zerrissenen Rock.

»Trevallyan«, mischte sich ein junger Reiter aus seiner Begleitung ein, »du zeigst dich nicht sehr ritterlich. Hätten meine Hunde eine so liebreizende junge Dame in Angst und Schrecken versetzt, würde ich sie auf mein Schloß einladen, um ihr dort mit tiefempfundenen Entschuldigungen einen süßen Syllabub anzubieten.« Damit zog der junge Mann vor ihr seine Kappe. Er war eine blondere, jüngere Ausgabe von Trevallyan, allerdings ohne dessen irischen Akzent. »Ich heiße Chesham of Coventry, Mylady, und stehe Ihnen zu Diensten. Lord Trevallyan und ich sind Cousins um einige Ecken herum.«

Ravenna entging das gute Aussehen und die charmante Art des jungen Mannes keineswegs. Ihre harten Schuljahre in England hatten ihre Ansicht bekräftigt, englische Lords wie der anglo-irische Landadel wären personifizierte Teufel. Das hatte ihr Malachi vor langer Zeit einmal gesagt. Aber nie hatte er erwähnt, daß sie aussehen konnten wie Adonis.

»Sie hat die Sprache verloren, Chesham«, sagte ein anderer Mann hoch zu Roß. In seinen Augen lag ein trunkener Glanz und er schwankte leicht im Sattel. »Reginald Ramsey zu Ihren Diensten, liebreizende Lady. Wenn sich Trevallyan nicht für sein Benehmen und das Verhalten seiner Meute entschuldigt, tue ich das im Namen aller aufrechten Männer Englands.« Er verbeugte sich so tief vor ihr, daß er fast aus dem Sattel rutschte.

Ravennas Augen wurden ganz groß. Die wohlgesetzten

Worte schmeichelten ihr, ließen ihren Zorn verrauchen. Wie Rotkäppchen inmitten eines Rudels Wölfe sah sie zu den Gentlemen auf und war entschlossen, ihrem Charme nicht zu unterliegen, denn sie wußte nur zu gut, daß sie so etwas wie sie nur allzugern zum Abendessen verspeisten.

«*Bonjour, mon ange noire. Je suis Guy de la Connive, à votre service*«, verkündete ein dritter Mann auf Französisch. Er war ein sehr dunkler Typ, extrem gutaussehend und, wie Ravenna festellen konnte, ausgesprochen verliebt in sich selbst. »Ist sie das, was die Druiden eine Waldnymphe nennen, Trevallyan? Wenn ja, dann interessiere ich mich plötzlich außerordentlich für keltische Geschichte.«

Ein vierter Mann nickte. Auch er war gutaussehend, sehr gutaussehend, auf jeden Fall der bestaussehende Mann, den sie je zu Gesicht bekommen hatte.

»Es ist mir eine Ehre, Ihre Bekanntschaft machen zu dürfen«, sagte das Bild männlicher Schönheit mit starkem italienischen Akzent. Mit geübter Kopfbewegung warf er eine Strähne seines goldbraunen Haars über die Schulter zurück. »Immer wieder bin ich durch den Wald geritten – auf der Suche nach einem Mädchen, das Ihnen gleicht.«

Er sah sie an, als erwarte er eine Antwort, aber Ravenna bestaunte nur schweigend sein Aussehen, seinen Akzent sowie die Tatsache, daß ein so schöner Mann einen so leeren Blick haben konnte, und befürchtete, daß dies ein Spiegelbild seiner Intelligenz war. Sie dachte an Mrs. Fitzheralds Bemerkung: »Ich schätze gutaussehende Männer nicht besonders. Man muß immer befürchten, daß sie dumm sind.«

»Das war als Kompliment gemeint«, forderte der Italiener sie zu einer umfassenderen Reaktion als ihr beeindrucktes Schweigen heraus. Sie lächelte erleichtert. Wenn sich das Bild männlicher Schönheit beleidigt fühlen konnte, dann war es zumindest nicht ganz so beschränkt, wie sie befürchtet hatte.

»Das ist Count Fabuloso«, stellte Guy schnell vor. Die beiden Männer rückten zwei, drei Pferdschritte vor, als konkurrierten sie um die beste Position vor Ravenna.

Das Geplänkel schien Trevallyans Laune noch weiter verschlechtert zu haben. »Chesham, sag deinen Freunden, sie sollen sich nicht übernehmen, um sich bei diesem Fratz einzuschmeicheln. Bis auf ein paar zerrissene Kleider ist ihr nichts geschehen, und nun geht sie nach Hause, wohin sie gehört.« Er sah sie auffordernd an.

Sie richtete sich zu voller Größe auf und blickte ihm direkt in die Augen. Hätte sie von Grania den Bösen Blick geerbt, wäre er auf der Stelle versteinert. »Mein Rock ist zerrissen, Lord Trevallyan. Diesen Schaden haben Ihre Hunde verursacht. Sie müssen dafür zahlen, so wie ich für meine Fehler bezahlt habe. Sie schulden mir neue Kleidung. Und ich werde nicht gehen, bevor Sie mir diese Kosten erstattet haben.«

Er lachte, aber es war kein erfreutes Lachen. »Was? Glaubst du denn, ich trage mein Gold mit mir herum, wenn ich auf die Jagd gehe? Ich werde Greeves morgen mit ein paar Münzen bei euch vorbeischicken.«

»Morgen!« stieß sie verächtlich hervor. »Ihr Engländer geht nicht gerade ehrenhaft mit euren Schulden um. Das ist allgemein bekannt.«

Er packte sie unerwartet hart beim Arm. »Zunächst einmal bin ich irisch«, erwiderte er fast drohend. »So irisch wie du und deinesgleichen. Die Kelten sind nicht die einzigen, die seit Hunderten von Jahren hier leben. Zweitens habe ich keineswegs die Absicht, mich vor dem Bezahlen zu drücken. Vermutlich sind die Kosten für deine schäbigen Kleider niedriger als das, was ich meinen Küchenmädchen für eine Stunde Arbeit zahle.«

»Ich mag vielleicht nicht so reich sein wie Sie, Lord Trevallyan«, fauchte sie, »aber wenn Sie den von Ihnen angerichteten Schaden nicht wiedergutmachen, bezeichne ich

Sie als einen Mann ohne jede Ehre.« Sie riß sich aus seinem Griff los, warf ihm noch einen verächtlichen Blick zu und wandte sich ab.

»Warten Sie!« rief Lord Chesham hinter ihr her.

Ravenna warf einen skeptischen Blick über die Schulter zurück.

»Niall, sage dem Mädchen, daß wir Wiedergutmachung für das zu leisten bereit sind, was ihr durch unsere Schuld widerfahren ist«, forderte Chesham lächelnd. »Ich glaube, ein Abendessen im Schloß wäre eine angebrachte Reparation, was meinst du?«

Trevallyan starrte seinen Cousin an, als hätte dieser den Verstand verloren, während Ravenna wie angewurzelt stehengeblieben war und stumm zwischen beiden Männern hin- und herblickte. Cheshams Einladung konnte sie natürlich keinesfalls annehmen. An seinem Lächeln und dem seiner Gefährten erkannte sie, daß sie in ihr kaum mehr als eins der Mädchen aus der Schloßküche sahen. Aber Trevallyans Zwangslage erheiterte sie. Wenn er ablehnte, würde er wie ein Ungeheuer dastehen, zuzustimmen war jedoch offensichtlich sein ärgster Alptraum.

»Na, was meinst du, Niall?« bohrte Chesham nach.

Ravenna sah, wie es in Trevallyan brodelte. Wäre sein Zögern nicht so beleidigend gewesen, hätte sie laut auflachen können. Um der unwürdigen Szene endlich ein Ende zu machen, entschloß sie sich schließlich erneut zum Gehen.

»Es wäre mir eine Freude, dich heute abend im Schloß zum Abendessen empfangen zu können«, ertönte es hinter ihr.

Fast schockiert fuhr sie herum. Trevallyan sah aus, als wäre er dazu gezwungen worden, eine Hinrichtung aufzuheben, die er sich sehnlich gewünscht hatte, aber Chesham wirkte so zufrieden wie eine Katze vor der Rahmschüssel.

»Werden Sie uns die Ehre geben, Miss ...? Wie heißen Sie

eigentlich, schönes Kind?« erkundigte sich Chesham mit falscher Freundlichkeit.

Heiße Röte stieg ihr ins Gesicht, und sie fühlte sich wie der Dummkopf, für den Trevallyan sie hielt. Dennoch sah sie den jungen Mann trotzig an und erwiderte: »Ich heiße Ravenna.«

»Ravenna. Ravenna mit den schwarzen Haaren. Wundervoll.« Behende glitt Chesham aus dem Sattel, jeder Zoll die personifizierte Verführung. Er ergriff ihre Hand und hauchte mit großer Geste einen Kuß darauf. Ravenna wußte, daß ihr Gesicht die Farbe vollreifer Kirschen angenommen hatte. »Ich würde mich besonders geehrt fühlen, wenn Sie heute abend mit mir speisen würden, Ravenna.«

»Jetzt übertreibst du aber entschieden«, warf Trevallyan fast angewidert ein.

Ravenna betrachtete den jungen Lord Chesham und Trevallyan. Beide Männer waren blond, aber einer hatte das Gesicht eines Engels, dcr andere das eines Teufels. Trevallyans Zorn reizte sie, ihm entschlossen die Stirn zu bieten. Er war eindeutig außer sich darüber, daß Lord Chesham ihn dazu gezwungen hatte, sie zum Abendessen einzuladen. Für ihn war sie nichts anderes als ein irischer Bastard niederer Herkunft – ebenso wie für die Mädchen an der Weymouth-Hampstead School.

Dann werde ich eben im Schloß zu Abend essen, dachte sie trotzig. Sie würde die merkwürdige Einladung annehmen – schon um zu beweisen, daß sie sich mit derlei Dingen auskannte. Trotz ihrer illegitimen Geburt war sie nicht schlechter als jeder andere Bewohner von Lir.

Dann dachte sie an Kathleen Quinn.

An die erhabene Kathleen mit ihren herrlichen blonden Zöpfen. Sie stellte sich vor, wie Kathleen in ihrem himmelblauen Seidenkleid im Bankettsaal von Trevallyan Castle saß und ungezwungen mit einem englischen Lord plauderte.

Kathleen wäre von den Mädchen an der Weymouth-Hampstead School akzeptiert worden. Einem Mädchen wie Kathleen kam es zu, auf einem Schloß zu speisen, aber nicht der Enkeltochter einer Hexe.

»Ich muß jetzt gehen«, sagte sie leise. Sie hatte ohnehin keine wirkliche Lust verspürt, im Schloß zu speisen. Abgesehen davon besaß sie nur das kratzende Wollkleid, das sie zu Peter Maguires Beerdigung getragen hatte, und das war für ein Abendessen mit den Lords kaum festlich genug.

»Dann sehen wir Sie also heute abend? Vielleicht gegen acht Uhr?« Lord Chesham ergriff ihre Hand und hielt sie fest. »Ich werde Trevallyan bitten, Ihnen seine Kutsche zu schicken.«

»Hör auf, Chesham«, grollte Trevallyan. »Das Mädchen hat abgelehnt. Es ist sowieso nicht die richtige Umgebung ...«

Für meinesgleichen, beendete sie seinen Satz für sich. Ihre veilchenblauen Augen blitzten Trevallyan zornig an. »Es wäre mir eine Freude, mit Ihnen speisen zu dürfen, Lord Chesham.«

Trevallayn schüttelte unwillig den Kopf. Aus dem Augenwinkel sah Ravenna, daß Chesham in ein breites Grinsen ausbrach. Die anderen Männer auf ihren Pferden verfolgten die Vorgänge so gespannt wie die alten Römer einen Gladiatorenkampf.

»Ausgezeichnet. Ich werde Trevallyan dazu bewegen, seinen besten Cognac auf den Tisch bringen zu lassen«, raspelte Chesham weiter Süßholz.

»Ich fürchte, so gastfreundlich ist der Herr von Trevallyan nicht, Lord Chesham«, entgegnete Ravenna ruhig. »Den Bewohnern seiner Grafschaft seine Meute auf den Hals zu hetzen ist eine Sache, aber sie an den Tisch des Adels zu bitten eine ganz andere.«

Verstohlen sah sie zu Trevallyan und rechnete mit einem Zornausbruch.

Er beherrschte sich gut. Wäre da nicht dieses Funkeln in seinen Augen gewesen, hätte sie annehmen können, er wäre die Gelassenheit selbst.

»Du tust mir Unrecht, Ravenna. Also komm zum Abendessen und laß dir von mir beweisen, wie es um den Adel in der Grafschaft Lir beschaffen ist.« Sein Blick huschte über sie hin und blieb an ihrer verschmutzten und zerrissenen Bluse hängen. »Ja«, fügte er so leise hinzu, daß nur sie seine Worte verstehen konnte, »komm ins Schloß. Du bist kein Kind mehr. Komm zum Abendessen. Diesmal werden wir die Sache zwischen uns bereinigen.«

Verwirrt brachte sie kein Wort über die Lippen.

Trevallyan lachte laut auf. Die Reiter auf ihren tänzelnden Pferden beugten sich vor, als wollten sie kein weiteres Wort der Unterhaltung verpassen.

Ravenna reckte das Kinn und blickte Lord Chesham direkt in die Augen. »Die Kutsche kann mich um acht Uhr abholen«, erklärte sie so überheblich, wie sie es in Weymouth-Hampstead gelernt hatte.

Sie raffte ihren zerrissenen und beschmutzten Rock, ging davon und weigerte sich, an Trevallyan auch nur zu denken. Statt dessen konzentrierte sie sich auf Chesham und seine unglaublich gutaussehenden Gefährten. Doch dann fiel ihr Blick auf den goldenen Schlangenring an ihrer Hand. Wider alle Vernunft fragte sie sich, ob Trevallyan seinen noch trug und ob die beiden Ringe so ähnlich waren, wie sie sie in der Erinnerung hatte. Bei ihrer Begegnung gerade eben war ihr sein Ring zwar nicht aufgefallen, aber heute abend hätte sie ausreichend Gelegenheit, das herauszufinden.

9

»Wir erwarten einen weiteren Gast zum Dinner, Greeves. Sagen Sie in der Küche entsprechend Bescheid.« Trevallyan stieg aus dem Bad und schlang sich ein weißes Leinenhandtuch um die Hüften. Der vor ihm liegende Abend würde gewiß langweilig werden, aber aus unerfindlichen Gründen konnte er ihn kaum erwarten.

»Bringt der Count eines seiner *bambini* mit?« erkundigte sich der Butler trocken.

Trevallyans Blick schoß von seinem Kammerdiener, der ihm gerade seinen flaschengrünen Hausmantel reichte, zum Butler. »Sie sind offenbar zu lange bei mir, Greeves. Sie bemühen sich gar nicht mehr, Ihren Sarkasmus zu verbergen.«

»Verzeihen Sie, Mylord. Aber wenn Ihr Cousin und seine Freunde über das Schloß hereinfallen, sehe ich mich gezwungen, im Morgengrauen mein Bett zu verlassen und mit einer kleinen Glocke durch die Flure zu laufen, damit die ›Damen‹ wieder in ihre eigenen Betten zurückkehren. Wenn die Glocke ertönt, huschen Gestalten wie aufgescheuchte Ratten durch die Gänge. Das ist in hohem Maße geschmacklos.«

»Fabuloso erwartet diesmal keine junge Dame. Das Mädchen ist Cheshams Gast.« Trevallyans Blick fiel in den Rasierspiegel, den der Kammerdiener vor ihn hingestellt hatte, und er betrachtete jede Falte in seinem Gesicht, als würde er sie zum ersten Mal entdecken. »Die hübsche Ravenna wird mit uns speisen.«

»Wird Father Nolan ebenfalls erwartet?«

»Wozu sollten wir einen Priester benötigen? Rechnen Sie etwa auch damit, daß ich das Flittchen heirate?«

Flüchtig zeigte sich Entsetzen auf dem Gesicht des Butlers, aber er sagte kein Wort.

Niall wandte sich wieder dem Spiegel zu. »Mir ist bekannt, daß Sie hin und wieder ein Glas mit dem Bürgermeister getrunken haben. Hat Ihnen das alte Klatschmaul irgendwelchen Unsinn eingeredet?«

»Peter Maguire liegt noch nicht lange in der Erde, Mylord. Wenn Sie gestatten, halte ich es nicht für angebracht, auf diese Weise über einen Toten zu sprechen.«

»Gut, gut, aber hat er Ihnen irgendwelche Märchen erzählt? Vielleicht etwas über Hexen und *geise*?«

Greeves räusperte sich. »Der Bürgermeister hat mit mir über nichts derartiges gesprochen. Ich dachte nur, Sie hätten Father Nolan vielleicht gern dabei, weil er so häufig im Schloß ist, seit Sie Ihre Absicht aufgegeben haben, Lady Arabella zu heiraten.«

Trevallyan wurde ernst. »Die vierte, Greeves. Lady Arabella war die Nummer vier«, sagte er. »Vier Versuche mit der Liebe, vier beklagenswerte Fehlschläge. Dieser alte Priester und seine Bemühungen um meine Herzensdinge ... Die Liebe hat mir das Leben zur Hölle gemacht, wo sie mir doch eigentlich zum Segen gereichen sollte. Also gut. Lassen Sie Father Nolan eine Einladung zum Dinner überbringen. Gestalten wir diesen Abend so vielfältig wie möglich.« Er hob das Kinn, und sein Kammerdiener seifte ihm das Gesicht ein – mit Schaum, der seine Falten gnädig verdeckte.

»Sehr wohl, Sir.« Greeves verneigte sich knapp, warf dem Kammerdiener einen nachdenklichen Blick zu und entschwand.

Der Kammerdiener rasierte, Trevallyan starrte in den Spiegel.

Um seine Augen über der Schaumschicht lagen feine Falten. Ihm war, als drückten zwei Fäuste seinen Magen zusammen. Die Falten in seinem Gesicht wiesen unbarmherzig darauf hin, daß er kein junger Mann mehr war. Die Hoffnungen auf die Zukunft, auf eine Zukunft, die mit jedem verfluchten Jahr endlicher wurde, verrannen wie Sand in einem Stundenglas.

Er runzelte die Stirn, und der Kammerdiener hielt mit dem Rasiermesser gerade rechtzeitig inne. Nialls Miene entspannte sich wieder, der Diener rasierte weiter. Ja, er wurde älter, aber bislang hatte sich noch keine Frau beklagt. Sie schienen sich im Gegenteil jetzt sogar noch mehr zu ihm hingezogen zu fühlen als in seiner Jugend. Helen, seine tote Frau, hatte nach einem unreifen Gesicht gesucht. Sie hatte gewußt, daß ein erfahrener Mann ihr nie in die Falle gegangen wäre. Das konnte zwar die Verbitterung nicht beseitigen, die er noch immer verspürte, aber er bezog doch einen gewissen Trost daraus. Erfahrung und Wissen konnten die schlimmsten Katastrophen verhindern. Wäre er älter gewesen, als er Helen kennenlernte, hätte er nie von dem *geis* erfahren, wären die Dinge anders verlaufen, davon war er fest überzeugt.

Helen und ihre Niedertracht hatten Wunden in ihm hinterlassen, bei jeder Frau nach ihr wurde er ein wenig berechnender, gefühlloser. Das Glück entzog sich ihm, aber Helen hatte es ihm nicht genommen. Vielmehr ließen sie und die Frauen nach ihr ihn seine Glücklosigkeit nur immer deutlicher empfinden. Inzwischen empfand er diese Leere fast körperlich. Er sehnte sich nach etwas, was ihm offenbar nicht vergönnt war.

In seiner Jugend waren seine Träume schlicht und einfach gewesen. Er hatte sich Kinder gewünscht, die den Namen Trevallyan weitertrugen, und eine Frau, die Freud und Leid mit ihm teilte. Das wurde selbst den Ärmsten vom Schicksal, von Gott oder von einem *geis* gewährt, nur Lord Niall Trevallyan nicht. Es war etwas, das für ihn unerreichbar zu sein schien. Er wußte, daß die richtige Frau ihm das Glück bringen konnte. Doch bislang war sie so unfaßbar wie die Sterne am Nachthimmel.

Er wandte dem Kammerdiener die andere Wange zu. Manche waren davon überzeugt, der *geis* hätte ihn verflucht. Die alten Männer des Rats würden erklären, alles habe vor zwanzig Jahren begonnen, als er sich über ihre Weisheit hinweggesetzt und Helen geheiratet hatte. Ihrer Überzeugung nach war sein Leid der Preis für seinen Eigensinn.

Aber er fürchtete den *geis* nicht. Die Vernunft war stärker als jeder Aberglaube, Bildung mächtiger als jede Überzeugung. Er würde seinen Verstand nicht irgendeinem überholten keltischen Unsinn opfern. Sein Scheitern peinigte ihn, aber er wußte auch, daß es nicht die Furcht vor dem *geis* war, die ihn einsam machte. Im Gegenteil: Wenn er glauben würde, einem derartigen Schwachsinn unterworfen zu sein, hätte er wieder und wieder geheiratet, um zu beweisen, wie absurd das Ganze war. Und er hatte weiß Gott keinen Mangel an heiratsfähigen Frauen gehabt: Mary Maureen mit den honigblonden Haaren und den einschmeichelnden Worten, Elizabeth, der Wildfang aus Galway, der ihn zum Lachen gebracht hatte, und schließlich die feine Lady Arabella, eine Frau, wie man sie sich als Mutter seiner Kinder nur wünschen konnte.

Aber jedesmal, wenn er den Schritt zum Altar erwog, hatte dieser Priester eine Mauer davor errichtet. Liebe. Hatte er eine von ihnen geliebt?

Die Antwort hieß in allen Fällen nein, und er konnte ihr nie ausweichen, weil Father Nolan ihn stets penetrant darauf hingewiesen hatte. Glück beruhe auf Liebe, hatte ihm der alte Priester immer wieder vorgehalten, und nach seinen gescheiterten Heiratsversuchen wußte Trevallyan das besser als viele andere.

Seufzend blickte er in den Spiegel. Sein reifes Gesicht zeugte von Erfahrungen und Fähigkeiten, die beispielsweise ein Mädchen wie Ravenna nicht schätzen könnte. Das allein bewies, wie absurd dieser *geis* war. Er war ein Mann von vierzig Jahren. Er brauchte eine Frau an seiner Seite, eine Ebenbürtige, kein törichtes junges Mädchen, das es nicht mit ihm aufnehmen konnte. Es lag doch auf der Hand, daß ihn und ein zwanzig Jahre jüngeres Mädchen nur eins verbinden konnte: das Bett. Und er ging mit jungen Mädchen nicht ins Bett. Ihn verlangte nach mehr als nach einem Lustlager. Eine Frau befriedigte Bedürfnisse, wie es ein Mädchen nun einmal nicht konnte.

Er betrachtete die Falten um seine Augen. Das Mädchen Ravenna würde ihn für alt halten, besonders im Vergleich mit seinem Cousin und dessen Kumpanen, aber ihm war gleichgültig, was sie dachte. Sie war nicht die Gefährtin, nach der er sich sehnte. Wenn er nur an sie dachte, an ihre nackten Füße, ihr zerrissenes Kleid, ihr schmutziges Gesicht, lief ihm ein Schauer über den Rücken.

Ungeduldig trommelte er mit dem Fuß und versuchte, den Namen Ravenna aus seinen Gedanken zu verbannen.

Aber sie hatte sich in seinen Gedanken verhakt wie eine faszinierende Melodie.

Sie ist nur eine x-beliebige junge Frau, sagte er sich. In vielerlei Hinsicht noch ein Kind. Und doch ...

Als er ihr heute im Wald wieder begegnete, da war etwas um sie, was ihrer Jugend widersprach. Eine gewisse Traurigkeit, eine ruhige Würde, die sie älter wirken ließen. Ihr Verhalten hatte ihn irritiert, weil es so überraschend war.

So – weiblich.

Das gefiel ihm ganz und gar nicht. Sie zog sich durch seine Gedanken wie ein Geheimnis, das darum bat, gelöst zu werden. Und ein Geheimnis, das wußte er instinktiv, war eine gefährliche Sache. Es war das Wesen der Weiblichkeit. Genau das, was einen Mann unwiderstehlich anzog und nach Schlüssen suchen ließ, bis sich die Falle um ihn geschlossen hatte und er ihr ebenso hilflos wie dankbar ausgeliefert war. Ravenna, das illegitime Kind, das nur seine Gnade vor der

Arbeit in der Schenke oder auf den Feldern bewahrt hatte, strahlte ein Geheimnis aus. Das war eine Feststellung, die ihn zutiefst beunruhigte.

Sein Kinn verspannte sich. Das Rasiermesser hielt inne und diesmal bedurfte es größerer Anstrengung, wieder lokkerer zu werden.

Eine Verbindung zwischen ihnen war schlicht undenkbar. Er war ein moderner, gebildeter Mann. Ein vernünftiger Mensch und Denker, der sein Leben nicht von geisen und Aberglauben bestimmen lassen würde.

Der Kammerdiener nahm ihm das schützende Tuch von den Schultern. Er war fertig. Trevallyan blickte in den Spiegel. Die verdammten Falten waren wieder da, bedauerlicherweise hatte das Rasiermesser nur die Bartstoppeln entfernt.

Er stand auf und verzog die Lippen zu einem verächtlichen Lächeln. Es war gleichgültig. Er würde sich von diesem *geis* nicht beeinflussen lassen – darüber war er erhaben. Er hatte keinerlei Bedeutung, und das würde er beweisen, selbst wenn es seiner ganzen Willensstärke bedurfte.

Seine Gleichgültigkeit gegenüber der hübschen Ravenna war für ihn schon ein Trost. Er wünschte Chesham Glück bei ihr. Die Vorstellung erheiterte ihn. Bei aller einschlägigen Erfahrung seines Cousins war er noch keinem Mann begegnet, der den Wind mit der Hand einfangen konnte.

*

Ravenna traf kurz nach acht Uhr vor dem Schloß ein. Die Kutsche hielt am moosüberzogenen Portal zur Großen Halle, wo weder eine Fackel noch eine Laterne zu ihrem Willkommen entzündet waren. Der Kutscher half ihr beim Aussteigen und geleitete sie zu dem ehrwürdigen Portal unter dem gotischen Torbogen. Ohne Vorwarnung wurden die Flügel von innen aufgerissen, und Ravenna sah sich einem Butler mit unbeweglicher Miene gegenüber.

Gewandt nahm er ihr Handschuhe und Umhang ab, doch sie fragte sich unwillkürlich, wie ein solcher Mann Butler bei den Trevallyans werden konnte. Obwohl er die steife Haltung eines englischen Butlers ebenso aufwies wie jenen unnachahmlichen Blick, mit dem er direkt an ihr vorbeisah und so tat, als würde ihn jedes Staubkorn auf den Fensterbrettern mehr interessieren als ihr Erscheinen im Schloß, verfügte er doch über einige Besonderheiten. Zunächst einmal fehlte ihm ein Arm. Sie konnte nur hoffen, daß sie ihre Verblüffung gut genug verborgen hatte, als sie feststellte, daß der Ärmel seines schwarzen Rocks leer herunterhing, denn es war zumindest ungewöhnlich, daß er damit die Stellung eines Butlers einnehmen konnte. Aber noch etwas fiel ihr auf. Obwohl sich der Mann alle Mühe gab, sie nicht anzusehen, hätte sie schwören können, daß er sie musterte, denn sie spielten buchstäblich Katz und Maus mit ihren Augen. Jedesmal wenn sie ihn ansah, wandte der alte Mann seinen Blick ab.

»Lord Trevallyan erwartet Sie bereits, Miss. Ich bin Greeves und werde Sie in den Salon führen.« Ohne jedes weitere Wort reckte er seine feine Nase, machte auf dem Absatz kehrt und schritt davon.

»Aber gestatten Sie, ich bin Lord Cheshams Gast. Ist er ebenfalls anwesend?« Sie blickte auf Greeves' Rücken und fragte sich, ob der alte Mann vielleicht auch taub war. Er entfernte sich immer weiter in der eiskalten Halle, und Ravenna erkannte, daß sie nur ungern allein bleiben würde. Wenn sie gezwungen war, sich allein auf die Suche nach der Abendgesellschaft zu machen, würde sie sich in den endlosen Fluren sehr schnell so rettungslos verirren wie vor langer Zeit auf ihrem Weg zum Schlafgemach des Hausherrn.

»Wie weit ist es zum Salon?« fragte sie und mußte nahezu rennen, um mit den ausholenden Schritten des hochgewachsenen Butlers mithalten zu können. Sie durchquerten etliche düstere Korridore, und Ravenna zog fröstelnd die Schultern zusammen. Plötzlich war sie sehr zufrieden mit ihrem schlichten, aber wärmenden Wollkleid.

»Jetzt nicht mehr weit, Miss.«

Damit blieb Greeves vor zwei Flügeltüren im klassizistischen Adam-Stil stehen, die Ravenna unbehaglich an England erinnerten.

»Hier, Miss.« Lautlos öffnete Greeves eine Tür. Der »Salon« wirkte noch düsterer und unfreundlicher als der mittelalterliche Flur. Im Kamin brannte ein Feuer und zwei Kerzen flackerten auf dem Sims, aber das reichte bei weitem nicht aus, den höhlenähnlichen Raum zu erhellen.

Unschlüssig sah Ravenna den Butler an, und der forderte sie mit einer Bewegung seines gesunden Arms zum Eintreten auf. Tapfer betrat sie das Halbdunkel, aber ihr Mut verließ sie in dem Moment, als der alte Mann die Tür von außen geschlossen hatte.

»Hallo? Ist da jemand?« flüsterte sie ängstlich. Scharlachrote Tapisserien hingen fast gespenstisch von goldenen Karniesen. Zwei vergoldete Greife wachten vor dem Kamin und das flackernde Feuer warf ihre bedrohlichen Schatten in alle Ecken.

Erschauernd schlang sie die Arme um sich. Der Abend verlief ganz und gar nicht so, wie sie es erwartet hatte.

Neben dem Kamin stand ein mit goldfarbenem Damast bezogenes Sofa. Ravenna setzte sich, war aber zu nervös, um geduldig darauf zu warten, bis sich endlich jemand ihrer annahm. In der Nähe befand sich eine Tapetentür, und sie fragte sich, ob sie dahinter vielleicht einen Diener entdeckte, der ihr bei ihrer Suche nach Lord Chesham behilflich sein konnte.

Sie stand wieder auf und nahm einen der goldenen Kerzenleuchter vom Kaminsims, um besser sehen zu können. Als sie vor die Tapetentür trat, schoß es ihr durch den Kopf, wie seltsam es wirken mußte, daß sie – immerhin ein Gast im

Schloß – nach einem Diener suchte. Doch selbst das wäre besser, als noch länger in dem düsteren Raum allein zu sein. Sie stieß leicht gegen die Tür, sie ging auf, führte aber zu Ravennas Enttäuschung nicht in ein Dienstbotenzimmer sondern in ein steinernes Treppenhaus.

Sie hob den Kerzenleuchter und betrachtete entmutigt die Myriaden von Spinnweben. Die Treppe war ein nur schwach gasbeleuchteter Dienstbotenaufgang und führte vermutlich vom Speicher in die Küche. Unten hörte sie fernes Lachen und überlegte, ob sie sich bemerkbar machen sollte.

»Suchst du nach meinem Schlafzimmer?«

Um ein Haar wäre der Leuchter ihrer Hand entglitten. Sie fuhr herum und entdeckte Trevallyan im Halbdunkel der nach oben führenden Treppe.

»Es befindet sich gleich hier die Stufen hinauf. Wie schlau von dir, Ravenna, dich daran zu erinnern.«

»Ich ... ich habe doch nicht nach Ihrem Schlafzimmer gesucht!« stotterte sie in panischer Angst.

Er nahm den Kerzenleuchter aus ihren zitternden Fingern und betrachtete ihn nachdenklich. »Warum ertappe ich dich nur immer wieder dabei, wie du durch mein Schloß schleichst? Mit Dingen in Deinen Händen, die mir gehören?« Im Kerzenlicht waren seine Augen so kristallblau wie das Meer – und genauso kalt. »Aber wie ich sehe, kennst du dich inzwischen besser aus. Dieser Leuchter ist aus massivem Gold. Sehr viel kostbarer als meine Haare ...«

»Ich wollte ihn nicht stehlen, das versichere ich Ihnen«, entgegnete sie. Ihre Empörung überwand ihre Furcht. »Ihr Butler hat mich im Salon alleingelassen, und ich dachte, ich könnte vielleicht einen Diener ausfindig machen, der mich zu meinem Gastgeber führt, zu Lord Chesham.«

»*Ich* bin dein Gastgeber.«

Unbehaglich wich sie einen Schritt vor Trevallyan zurück. »Lord Chesham hat mich eingeladen. Nicht Sie.«

»Aber ich ... ich habe es gestattet.« Ein zynisches Lächeln verzog seinen Mund.

Am liebsten hätte sie es ihm von den Lippen gekratzt. »Dann wird Ihre Großzügigkeit nur noch von Ihrer Arroganz übertroffen.« Der Zorn brannte wie Feuer in ihren Wangen. »Darf ich fragen, wo Lord Chesham und Ihre anderen Freunde sind?«

»Der Count und de la Connive sind keine Freunde von mir. Ich dulde sie hier lediglich, weil sie sich in Cheshams Gesellschaft befinden, und ich meinem Cousin schwer etwas abschlagen kann.« Er sah sie einen Augenblick lang schweigend an. Seine Worte schienen eine ernste, sehr persönliche Bedeutung zu haben. »Wie du siehst, lasse ich ihn an der langen Leine laufen, da mir nur sehr wenige Familienangehörige geblieben sind.«

Ravenna hielt seinem Blick stand und konnte sich des Eindrucks nicht erwehren, daß er auf eine geheimnisvolle Weise von ihr sprach. »Ich kann nicht verstehen, warum ich in diesen dunklen, leeren Raum geführt wurde ...«

Sein Lächeln verstärkte sich. »Es sieht so aus, als hätte uns Greeves einen Streich gespielt. Er weiß sehr wohl, daß wir uns vor dem Abendessen im Salon versammeln.«

»Ist das denn nicht der Salon?« fragte Ravenna mit einem Blick über die Schulter hinweg.

»Nein, das ist das Gesellschaftszimmer.«

»Oh.«

»Mein Butler liebt dann und wann solche kleinen Scherze.«

»Aber warum tut er so etwas? Sie könnten ihn entlassen, und das könnte sich der arme Mann doch gar nicht leisten ... mit seinem Gebrechen.«

»Er weiß, daß ich ihn nie entlassen würde.« Trevallyans Blick verlor seine Kälte. »Mein Vater holte ihn 1803 ins Schloß, als er noch ein ganz junger Mann war. Während Robert Emmets Aufstand in Dublin wollten ein paar Rebellen meinen Vater aus seiner Kutsche zerren. Greeves war zufällig Augenzeuge des Geschehens, wollte ihn retten und wurde bei dem Versuch angeschossen. Er verlor seinen Arm, weil er meinem Vater beigestanden hat. Wie könnte man einem solchen Mann kündigen?«

»Das ist wahrscheinlich unmöglich«, flüsterte sie. »Statt dessen sind Sie ihm auf ewig ausgeliefert.«

»So ist es. Aber sind wir nicht alle jemandem ausgeliefert?«

Sie sah in seine Augen und konnte dort zu ihrer Überraschung keinen Spott entdecken. Nur Schmerz, und das machte sie betroffen. Denn der Schmerz schien eine gewisse Anklage zu enthalten.

»Aber ich muß Sie jetzt wirklich bitten, mich zu Lord Chesham zu führen oder mich zum Ausgang zu begleiten«, sagte sie und verdrängte ihr eigentümliches Mitgefühl. »Ich bin nicht gekommen, um Ihr leeres Gesellschaftszimmer zu besichtigen.«

Ihre plötzliche Kühle entging ihm nicht, aber seine Miene blieb gelassen. »Selbstverständlich. Ich werde dich zu Chesham bringen. Er wartet gewiß schon mit glühender Ungeduld.« Abrupt ergriff er ihre Hand, zog sie ins Zimmer und stellte den Kerzenleuchter wieder auf den Kamin.

Ravenna war vom Druck seiner Finger um ihr Handgelenk so verdutzt, daß sie weder sprechen noch ihm ihre Hand entziehen konnte. Er blickte sie an und sie erkannte mit weiterer Verblüffung, daß der eiskalte, finstere Schurke ihrer Kinderzeit über ein faszinierendes Lächeln verfügte – wenn er es zeigen wollte.

»Du bist anders, als ich es erwartet hätte, Ravenna«, sagte er leise. »Ganz anders.«

»Was haben Sie denn erwartet?« brachte sie mit größter Mühe über die Lippen.

»Vermutlich habe ich angenommen, du würdest gewöhnlicher sein. Einfacher. Wie deine Mutter.«

»Sie ... Sie kannten meine Mutter?« stammelte sie so schockiert, daß seine Beleidigung gar nicht bis zu ihr durchdrang.

Er schüttelte den Kopf. »Nicht richtig. Ich habe nur eine Vorstellung von ihr und glaubte, du würdest genauso werden. Besonders, nachdem ich dich heute da draußen so ungebärdig erlebt habe. Doch nun frage ich mich, ob du überhaupt nach Brilliana kommst. Vielleicht hatte die Schule in England doch ihr Gutes. Wenn ich die Umstände deiner Geburt nicht kennen würde, könnte ich dich für eine Lady halten.«

Ihr anfänglicher Schock verwandelte sich in heißen Zorn. »In Ihren Augen bin ich also keine Lady, Lord Trevallyan?« fauchte sie ihn mit blitzenden Augen an. »Dann muß ich Ihnen leider sagen, daß Sie offenbar keine allzu große Menschenkenntnis besitzen. Die Mädchen an der Wymouth-Hampstead School – in der ich auf Ihre Anordnung meine Gefängnisstrafe abgesessen habe – waren zwar von feiner und adliger Herkunft, aber ihre Köpfe waren hohl und ihre Herzen kalt. Wenn Ihnen der schöne Schein mehr gilt als das Sein, dann kann ich Sie nur bedauern.«

Sie wollte ihre Hand aus seinem Griff losreißen, aber er gab sie nicht frei. Wütend starrte sie auf seine Finger und bemerkte, wie sein Ring im Schein des Kaminfeuers funkelte. Er sah ihrem eigenen Reif täuschend ähnlich. Die Travellyan-Natter!

Auch Trevallyan senkte den Blick und betrachtete ihre verschlungenen Hände mit den beiden nahezu identischen Ringen.

Er hob die Brauen. Ravenna befürchtete schon, er würde sie beschuldigen, den Ring gestohlen zu haben, und hoffte aus ganzem Herzen, daß Father Nolan bestätigen würde, ihn ihr geschenkt zu haben. Doch seltsamerweise sagte er kein Wort. Der Anblick der Ringe schien ihn in höchstem Maß zu reizen. Verärgert ließ er ihre Hand los.

»Lord Chesham wird bereits warten«, meinte er ruhig, obwohl seine Miene etwas ganz anderes andeutete. »Wende dich am Ende erst nach links, dann wieder nach rechts. Die Tür zum Salon steht offen. Du kannst ihn nicht verfehlen.«

»Sie kommen nicht mit?« fragte sie und stellte verblüfft fest, wie schnell er die Situation zu seinen Gunsten verändert hatte. Sie hatte sich – mit voller Berechtigung! – aus seinem Griff befreien wollen, aber er hatte ihre Hand fallen gelassen. Sie sah ihn an und wollte schon fast nach den Ringen fragen, aber seine abweisende Haltung sagte ihr, daß er darauf nicht antworten würde.

»Ich werde in einer Minute bei dir sein. Zuvor habe ich noch etwas mit Greeves zu besprechen.«

Plötzlich fragte sie sich, ob der Butler tatsächlich vor einer Kündigung sicher war. Der Ausdruck in Trevallyans Augen sagte ihr, daß er zumindest mit einer handfesten Zurechtweisung zu rechnen hatte.

»Erst links, dann wieder rechts?« vergewisserte sie sich.

»Ja, so ist es. Und jetzt geh, bevor ...« Er brach ab, blickte sie lange Zeit intensiv an und fügte dann hinzu: »Geh endlich.«

Sie zog ihren schwarzen Schal fester um die Schultern. Der Raum war fast unerträglich kühl geworden. Es war eine Wohltat, ihn verlassen zu können.

10

»Ravenna! Da sind Sie ja endlich! Wir wollten uns vor Enttäuschung schon vom Söller stürzen!«

Lord Chesham trat aus dem hellerleuchteten Salon auf den halbdunklen Flur hinaus und auf sie zu. Sie wußte nicht recht, wie sie ihn begrüßen sollte.

Er trug einen dunkelblauen Gehrock mit schneeweißer Krawatte, der seine blonden Adonis-Züge wirkungsvoll unterstrich, aber selbst sein liebenswürdiges Lächeln und die ausgestreckten Arme konnten Trevallyans Bild nicht aus ihren Gedanken verdrängen, die Art, wie er auf ihre Ringe gestarrt hatte. Die Intensität seines Blicks verfolgte sie, ließ ihr keine Ruhe.

»Seht nur, was ich im Flur gefunden habe«, rief Chesham über die Schulter zurück, wartete ihre Begrüßung gar nicht erst ab, bot ihr den Arm und geleitete sie in einen Salon, dessen Ausstattung alle vierzig verschiedenen Grüntöne Irlands zu zeigen schien. Die Fenster verbargen maigrüne Vorhänge, der Fußboden war fast von Wand zu Wand mit einem smaragdgrünen Perserteppich bedeckt. Sessel und Sofas luden zum bequemen, entspannten Sitzen ein. Es war ein eklatanter Unterschied zur frostigen Kühle des Gesellschaftszimmers. Alles wirkte ein wenig zusammengewürfelt und abgenutzt, aber Ravenna fühlte sich hier sehr viel wohler.

Count Fabuloso und Monsieur Guy de la Connive standen neben dem Klavier und hielten Cognac-Gläser in den gepflegten Händen. Sie verbeugten sich vor ihr und nahmen wie auf Kommando ihre vorteilhaftesten Stellungen ein. Der Count steckte in einem maßgeschneiderten blaßblauen Frack, der ihm paßte wie eine zweite Haut. Guy trug Taubengrau – die Farbe seiner Augen.

»Lassen Sie mich Ihnen eine Erfrischung reichen, Ravenna. Wo in aller Welt steckt eigentlich Greeves?« beschwerte sich Chesham, geleitete sie zu einem Plüschsofa und wandte sich dann den Getränken zu.

»Hier, meine Verehrteste«, lächelte Chesham und reichte ihr einen sehr großzügig bemessenen Sherry. »Lassen Sie mich Ihnen sagen, wie entzückend ich das Kleid finde, das Sie da tragen ...« Sein Blick flog so flink zu ihrem Busen, daß sie fast sicher war, sie hätte es sich nur eingebildet.

»Vielen Dank«, flüsterte sie, eine Spur atemlos, und fragte sich, ob ein Dank angesichts seines Blicks die passende Entgegnung war.

Sie trank einen Schluck Sherry und stellte fest, daß Guy neben ihr auf dem Sofa Platz genommen hatte und sie geübt hingebungsvoll betrachtete.

»Ah, die schöne Ravenna – im Kerzenlicht ebenso hinreißend wie im ersten Tau des Morgens.« Er nahm ihre Hand und küßte sie. Seine Lippen waren feucht und heiß. Das Gefühl war zwar nicht gerade unangenehm, aber als er sich aufrichtete und auf einen schmachtenden Seufzer von ihr zu warten schien, mußte sie ein Lachen unterdrücken.

»Der Butler hat sehr lange Zeit gebraucht, die junge Dame zu uns zu führen«, brachte sich der Count beflissen in ihre Erinnerung.

»Er ist ein schlauer Fuchs, dieser Greeves. Er weiß Bescheid.«

Lord Reginald zwinkerte ihr aus einem ausgeblichenen uralten Gobelinsessel zu, und bevor er den Mund öffnete, hatte sie nicht einmal geahnt, daß er im Raum war.

»Was meinen Sie damit, er wisse Bescheid?« erkundigte sich Ravenna unbehaglich. »Er hat mich lediglich irrtümlich in ein falsches Zimmer geführt, das ist alles.«

Ramsey lächelte vielsagend. »Und wo ist Lord Trevallyan? Er scheint seine Gastgeberpflichten heute abend nicht ernst zu nehmen. Es ist unverzeihlich, sich einer solchen Schönheit fernzuhalten.«

Wider Willen errötete Ravenna. Sie war weder an so unverblümte Komplimente gewöhnt, noch betrachtete sie sich als Schönheit. Eine Schönheit war Kathleen Quinn, mit ihrem Aussehen eines Engels und dem Benehmen einer Königin. Ravenna wirkte wie ihr genaues Gegenteil: Ihr Temperament war so dunkel wie ihre Erscheinung, und trotz aller Bemühungen an der Weymouth-Hampstead School war ihr Benehmen noch immer ungebärdig. Brillianas Blut hatte sich als stärker erwiesen als die Peitsche.

»Der Gastgeber ist nicht länger abwesend«, erklärte Trevallyan von der Tür her.

Ravenna drehte sich um. Sie wollte ihn nicht anblicken, fühlte sich aber fast dazu gezwungen. Wenn Niall Trevallyan einen Raum betrat, eroberte er ihn. Sie war überzeugt davon, daß sein scharfer, arroganter Blick selbst einem König ein unwillkürliches Gefühl der Minderwertigkeit einflößen konnte.

»Da wir gerade von Schönheit sprachen, Trevallyan«, forderte ihn Lord Reginald heraus, »würden wir auch gern deine Meinung dazu erfahren. Meine kennt Ravenna bereits.«

Trevallyan ging zu den Kristallkaraffen und goß sich einen Cognac ein. Er sah erst den Count, dann Guy an und schien einen Moment lang nachzudenken. »Beim Thema Schönheit stellt sich mir eine einzige brennende Frage: Hält sich der Count nun für schöner als Monsieur Connive, oder ist es umgekehrt?«

Fast hätte sich Ravenna an ihrem Sherry verschluckt.

Guy wirkte verärgert und der Count so verblüfft, als hätte er einen Schlag auf den Kopf erhalten.

»Du scheinst ja heute abend ausgesprochen schlechter Laune zu sein, verehrter Cousin«, bemerkte Chesham.

»Schlechter Laune? Ganz im Gegenteil. Ich fühle mich so großzügig wie immer.« Trevallyan betrachtete seine Gäste der Reihe nach, sah jedoch über Ravenna hinweg – sehr zu ihrem Verdruß, wie sie zu ihrer Erbitterung feststellte. Wie sie wußte, erachtete er sie nicht für würdig genug, um im Schloß speisen zu dürfen, und nun schien er es darauf anzulegen, das mehr als deutlich zu machen, indem er so tat, als wäre sie Luft.

»Erstreckt sich diese Großzügigkeit auch auf das Abendessen? Ich bin am Verhungern«, bemerkte Father Nolan, der gerade von Greeves über die Schwelle geleitet wurde.

Ravenna schenkte dem Priester ein strahlendes Lächeln, als er ihr die Hand schüttelte. Plötzlich fühlte sie sich sehr viel wohler. Father Nolan hatte ihr niemals das Gefühl vermittelt, minderwertig zu sein.

»Ja, wir wollen essen.« Wieder sah er sich um, als wäre sie unsichtbar. »Sind wir so weit?«

»Und wer wird die Ehre haben, Ravenna zu Tisch zu führen? Oder sollen wir etwa um sie turnieren?« spöttelte Lord Reginald.

»Diese Ehre kommt mir zu, da ich derjenige bin, der sie eingeladen hat«, erklärte Chesham und bot ihr den Arm.

»Die Zeit der Turniere ist vorüber, Chesham. Ich bin der Gastgeber dieser kleinen Abendgesellschaft, also obliegt es meiner Verantwortung, meine Gäste zu Tisch zu führen.« Trevallyans Ton gestattete keinen weiteren Protest.

Ohne sie anzublicken, trat Trevallyan auf das Sofa zu und streckte ihr seine Hand entgegen. An seinem kleinen Finger erglänzte der Ring. Ravennas Herz klopfte so laut, daß sie Angst hatte, man könnte es hören.

»Ravenna?« Endlich sah er sie an. Ein langer Blick, der eine ganze Skala von Gefühlen – von Verwirrung bis fast zum Haß – ausdrückte, erstickte ihren unbegreiflichen Wunsch, seine Bewunderung zu erringen.

Die Höflichkeit verbot, ihn zurückzuweisen, daher zwang sie sich dazu, langsam die Hand auszustrecken. Die Wärme seiner Finger überraschte sie, ihr fester Griff weniger. Er machte ihr mehr als deutlich, daß er sie auf dem Schloß nicht zu sehen wünschte, und unvermittelt verspürte sie den nahezu übermächtigen Drang, nach Hause zu laufen und niemals wieder zurückzukehren.

Steif lächelnd nahm sie seinen Arm und wünschte sich nur, daß diese Qual so schnell wie möglich vorüber war und sie den Herrn von Trevallyan nie wiederzusehen brauchte.

Der kleine Speiseraum war in Braunrot, Preußisch Blau sowie Gold gehalten, und das Abendessen gestaltete sich als schier unaufhörliche Reihe kulinarischer Höhepunkte. Diener brachten Platten mit Fasan, Rinder- und Pfauenbraten herein, bis Ravenna kaum noch hinsehen konnte. Trevallyan, Chesham und dessen Freunde schienen von Präsentation und Menge völlig unbeeindruckt zu sein, doch Ravenna mußte in ihrer Begeisterung immer wieder an die schrecklichen Mahlzeiten denken, die ihr in London aufgetischt worden waren. Auch Father Nolan ließ das Gebotene offenbar nicht ganz gleichgültig, denn sie hätte schwören können, daß er sich bereits über seine dritte Portion Trifle hermachte.

»Wo haben Sie sich eigentlich die ganzen Jahre vor mir versteckt gehalten, Ravenna?« fragte Chesham, nachdem die Tafel aufgehoben war und die Gesellschaft in den Salon zurückkehrte.

Ravenna wandte ihm erschreckt ihren Blick zu, mit dem sie zuvor Trevallyan verstohlen gemustert hatte. »Ich war lange Jahre in England. Mit zwölf Jahren habe ich Lir verlassen und bin erst vor kurzem zurückgekehrt.« Sie hoffte, daß ihre Stimme gelassen klang, denn sie wollte Trevallyan nicht die Genugtuung der Feststellung geben, wie sehr sie unter der von ihm veranlaßten Abwesenheit gelitten hatte.

»Ravenna ist in einer der besten Londoner Schulen für junge Damen unterrichtet worden«, mischte sich der Priester von seinem Sessel neben dem Kamin aus ein.

»London! Prachtvoll! Dort bin ich am liebsten!« strahlte

Chesham. Er ergriff ihre Hand und küßte sie, während sie sich auf ein Sofa setzten. »Und wann werden Sie wieder nach England zurückkehren?«

»Nie mehr, denke ich.« Sie sah den Priester fast ein bißchen vorwurfsvoll an. »Ich habe vor, irgendwann nach Dublin zu gehen. Vielleicht werde ich mich dort bei einer Putzmacherin um eine Stellung bewerben.«

»Eine Stellung? In Dublin?« echote Chesham gespielt entsetzt. Selbst der Count rang sich ein ungläubiges Lächeln ab.

»Aber meine Verehrte, Sie brauchen doch Lir nicht zu verlassen, um in Dublin zu arbeiten! Was soll denn dort aus Ihnen werden?« Chesham blickte sie so aufrichtig besorgt an, daß sie fast gerührt war.

»Lord Chesham, ich muß mir eine Zukunft aufbauen, und nach Granias Tod gibt es in Lir nichts mehr, was mich hier halten würde.« Lächelnd entzog sie ihre Finger seinem Griff.

»Aber es ist doch ungeheuerlich, daß sich eine schöne, wohlerzogene junge Dame wie Sie zu einer gewöhnlichen Arbeit in Dublin herablassen will!« Erneut bemächtigte sich Lord Chesam ihrer Hand, und ein durchtriebenes Glitzern stieg in seine Augen. »Vielleicht kann ich Ihnen eine Beschäftigung besorgen. Hier in Lir.«

Sie wollte gerade fragen, an welche Art von »Beschäftigung« er dachte, als er auch schon fortfuhr: »Oder noch besser – vielleicht sollte ich Sie heiraten und zur Baronin machen!«

Father Nolans Kehle entrang sich ein Stöhnen und das Blut wich aus seinem Gesicht. Aber er schien der einzige im Raum zu sein, der die Äußerung ernst nahm. Selbst der Count gluckste vor Lachen. Cheshams Bemerkung war so absurd, daß Ravenna sich auf die Lippe beißen mußte, um eine spitze Antwort zu unterdrücken. »Sie belieben zu scherzen, Lord Chesham«, erwiderte sie so gelassen wie möglich. »Sie kennen mich doch kaum.«

Chesham lachte. »Aber ich würde Sie unendlich gern besser kennenlernen«, flüsterte er ihr zu.

Trevallyan lehnte am Kaminsims und verfolgte ihr Geplänkel. An seinem Gesichtsausdruck erkannte Ravenna, was er von ihr hielt. Schmeichelhaft war das nicht.

»Ich fühle mich sehr geehrt, Lord Chesham, aber ...«

»Sie müssen mir gestatten, Sie zu besuchen. Sie können nicht nach Dublin gehen. Nicht jetzt, wo ich Ihnen die ganze Welt zeigen kann.« Der ernste Ausdruck in seinen Augen verschlug ihr fast die Sprache.

»Nun, das ist höchst schmeichelhaft ...« murmelte sie hilflos. Am liebsten wäre sie gegangen, wußte aber nicht, wie sie das anstellen sollte. Lord Chesham wartete noch immer auf irgendeine Antwort, aber sie betrachtete höchst konzentriert das Muster des mit grünem Damast bezogenen Sessels neben ihr. Wie peinlich die ganze Situation doch war. Die Vorstellung, umworben zu werden, hätte vielleicht sogar einen gewissen Reiz auf sie ausgeübt, wenn die Initiative von einem anderen Mann als gerade Chesham ausgegangen wäre. Sie blickte zu Guy und dem Count hinüber, wies aber auch diese beiden Möglichkeiten spontan von sich. Da wäre es weit angenehmer, von Reginald Ramsay oder Father Nolan umworben zu werden, als von diesen drei Gecken. Ihr Blick wanderte zu Trevallyan. Er sah sie nicht an, und sie begann sich zu fragen, wie sie wohl darauf reagieren würde, wenn er ihr den Hof machte.

»Soll ich das Aufgebot bestellen?« erkundigte sich Trevallyan leicht verächtlich.

»Überspring die Hochzeit, Chesham, und geh gleich zu den Flitterwochen über«, warf Ramsay mit leicht trunkener Stimme ein.

»Mein Sohn, hüten Sie Ihre Zunge!« rief Father Nolan.

Trevallyan warf Lord Reginald einen vernichtenden Blick zu.

Ravenna wäre am liebsten im Boden versunken. »Ich sollte jetzt aber wirklich gehen ...« begann sie mit hochroten Wangen und sah zu dem Glockenzug neben Trevallyan hinüber. »Würde bitte jemand nach Greeves läuten, damit er mich zur Tür bringt?«

»Gehen Sie noch nicht«, flehte Chesham.

»Meine Großmutter ist eine alte Frau. Ich kann sie nicht noch länger allein lassen«, log Ravenna und warf Father Nolan einen warnenden Blick zu, damit der nicht etwa ausplauderte, daß Fiona bei Grania war.

Er tat es nicht.

»Ist der Abend schon vorüber?« Der Father stellte sein leeres Glas ab. »Darf ich dich nach Hause bringen, Ravenna?«

Sie stand auf und sah, daß die Gentlemen ihrem Beispiel folgten. »Sehr gern«, erwiderte sie dankbar und erleichtert.

»Dann ist es mir ein großes Vergnügen«, lächelte Father Nolan.

An der Tür des Salons wurden Abschiedsworte getauscht. Trevallyan murmelte Father Nolan etwas Unverständliches zu und verschwand, ohne sich von ihr zu verabschieden.

Doch Chesham machte seine Unhöflichkeit mehr als wett. Er schien sich von ihrer Hand kaum trennen zu können, küßte sie wieder und wieder, um ihr dann schnell zuzuflüstern: »Ich werde später an der Hintertreppe auf Sie warten. Dann können wir endlich allein sein.«

Ravenna mußte ihren Widerwillen gut verborgen haben, denn er trat ganz gelassen beseite, um Monsieur Guy seinen Diener vor ihr machen zu lassen. Im Grunde erregte sie sich nicht besonders über seine Zumutung. Sie wußte ja, was er von ihr hielt. Und wie sollte er eine bessere Meinung von ihr haben, wenn sein Cousin Trevallyan keinen Zweifel daran ließ, daß er sie für Abschaum hielt, von dem man sich nicht einmal ordentlich zu verabschieden brauchte?

Auch der Count verbeugte sich vor ihr, dann tauchte Greeves auf, um sie zum Schloßportal zu begleiten. Ravenna folgte dem merkwürdigen Butler, voller Dankbarkeit, der unmöglichen Situation endlich entrinnen zu können. Jetzt wollte sie nur noch nach Hause, um keinen dieser Herren je wiederzusehen – besonders aber Lord Niall Trevallyan nicht.

»Der Herr erwartet Sie in der Bibliothek, Miss«, sagte Greeves, als sie neben Father Nolan die Große Halle erreicht hatte.

»Sprechen Sie mit mir, Greeves?« fragte sie und glaubte, sich verhört zu haben.

»Ja, Miss. Lord Trevallyan erwartet Sie in der Bibliothek. Darf ich Ihnen vielleicht einen Whisky bringen, während Sie warten, Father?« verbeugte sich Greeves vor dem Priester.

»Aber sicher, sehr gern!« verkündete Father Nolan und setzte sich auf eine elisabethanische Polsterbank neben dem Portal.

Überrascht sah Ravenna den Priester an. Was war nur in ihn gefahren? Ein Mann erwartete sie zu einem Gespräch unter vier Augen, aber er bot ihr nicht einmal seine schützende Begleitung an?

»Miss?« drängte Greeves fast arrogant zur Eile.

Sie warf einen letzten Blick auf Father Nolan, doch der winkte nur lächelnd mit der Hand und meinte: »Geh nur, Kind. Und laß dir Zeit. Ich werde auf dich warten.«

Wie zuvor durcheilte Greeves die Halle in der sicheren Erwartung, daß sie ihm auf den Fersen blieb. Da sie keine andere Wahl hatte, raffte sie schnell die Röcke und setzte sich in Trab. Die Bibliothek lag nicht weit entfernt. Es war ein warmer Raum und ähnlich gemütlich-verwohnt wie der Salon.

»Greeves sagte, Sie wollten mich sprechen?« sagte sie zu

Trevallyan, der in einem Sessel saß und ins Kaminfeuer starrte.

Greeves zog sich zurück und schloß die schweren Mahagonitüren.

»Ja. Nimm Platz.«

Sie versteifte sich. Trevallyan war bei ihrem Eintritt nicht einmal aufgestanden. Sie verfluchte eine Erziehung, die davon ausging, daß Höflichkeiten nur Angehörigen der eigenen Klasse vorbehalten waren. Er betrachtete sie als minderwertig, würde sie nie für etwas anderes halten. Aber sie würde es ihm nicht leichtmachen, sie geringschätzig zu behandeln.

»Ich würde lieber stehen bleiben«, erwiderte sie kalt.

Er sah sie an, aber mit einem seltsamen, unerwarteten Ausdruck in den Augen. »Widerspenstig bis zum letzten, was, Ravenna?«

Sie versagte sich jede Erwiderung.

Sein Lachen hatte einen eigenartig brüchigen Klang. »Du stehst da in deinem lächerlichen Kleid wie ein Mauerblümchen, das kein Gentleman um einen Tanz bittet, glaubst aber immer noch, mir die Stirn bieten zu können, was?« Er stand abrupt auf und machte einen bedrohlichen Schritt auf sie zu. »Setz dich!«

Sie wollte sich erneut sträuben, aber ein Blick auf ihn sagte ihr, daß es sinnlos wäre. Er schien aus irgendeinem Grund schlechter Laune zu sein, also war es besser, diese Sache schnell hinter sich zu bringen, um danach das Schloß so unbehelligt wie möglich verlassen zu können.

»Worüber wollen Sie mit mir sprechen, Mylord?« Sie setzte sich, aber betont zögernd.

»Ich habe die Absicht, dir ein paar ernste Ratschläge zu erteilen.« Seine Stimme klang, als könnte er sich nur mühsam beherrschen. »Zunächst einmal wirst du nie wieder ohne Begleitung durch den Wald streunen. Du kannst von Glück reden, daß ich dich dort gefunden habe. Immerhin hätte dir dort etwas zustoßen können und ...«

»Darf ich Sie daran erinnern, Lord Trevallyan, daß mir im Wald lediglich zustieß, daß Ihre Hunde ...«

»Das ist etwas ganz anderes als das, was ich unter allen Umständen verhindern werde!«

Seine Lautstärke ließ sie zusammenzucken. Noch nie hatte sie einen Mann so wütend erlebt. »Was geht Sie eigentlich meine Person an?« hauchte sie ungläubig.

»Du bist zu einer schönen jungen Frau herangewachsen. Was meinst du wohl, was ein Mann mit dir tun würde, wenn er dich eines Tages ohne jede Begleitung im Wald antrifft?«

Sie starrte ihn an, und das Herz klopfte ihr bis zum Hals. »Ich ... Ich nehme an, er würde das tun, was auch Sie taten, als Sie mir dort begegnet sind.«

Er funkelte sie böse an. »Ich bin kein Frauenschänder, aber ich kann nicht für alle Männer dieser Grafschaft meine Hand ins Feuer legen.«

»Sie unterstellen, daß den Männern dieser Grafschaft nicht zu trauen ist, aber das, worauf Sie anspielen, ist in erster Linie ein Gentlemen-Problem. Beschuldigen Sie Lord Chesham ...«

»Lord Chesham ist mein Cousin. Mein Blutsverwandter. Aber wenn man ihn und seine zügellosen Freunde in eine bestimmte Stimmung bringt, wenn dann noch ein armes, hilfloses Mädchen wie du auf der Bildfläche erscheint ... Ich kann wirklich nicht sagen, was dann geschehen könnte.«

Insgeheim stimmte sie Trevallyans Einschätzung von Chesham zwar aus vollem Herzen zu, aber seine Anmaßung, er müsse sie belehren, reizte sie zur Weißglut. »Es mag ja durchaus zutreffend sein, was Sie über Ihren Cousin sagen, aber in einem Punkt muß ich Sie doch korrigieren, Mylord«, entgegnete sie mit entschlossen gerecktem Kinn. »Ich bin nicht hilflos.«

Seine Augen wanderten betont langsam und bedeutungsvoll über ihre zierliche Gestalt.

»Und warum nehmen Sie eigentlich soviel Anteil an mir?« erkundigte sie sich hilflos und wäre am liebsten davongelaufen.

»Weil ich nicht möchte, daß dir etwas zustößt, du Närrin.«

Sie stand auf. »Nun gut, Sie haben es mir gesagt. Wenn das alles war ...«

»Nein, das war noch nicht alles.« Auch er stand auf und sah sie mit seinem beunruhigend tiefblauen Blick an. »Setz dich.«

Wieder sank sie aufs Polster. Jetzt haßte sie ihn fast. »Sind Sie etwa erbost über Lord Cheshams Aufmerksamkeiten mir gegenüber? Darüber brauchen Sie sich keine Gedanken zu machen, das versichere ich Ihnen. Ich habe nicht die allergeringsten Absichten im Zusammenhang mit irgendeinem Angehörigen Ihrer Familie. Lassen Sie mich Ihnen also versichern, daß ich Lord Chesham nicht empfangen werde, falls er tatsächlich bei uns auftauchen sollte – was ich doch sehr bezweifle.«

»Er kann dich jederzeit zu fast allem überreden, wenn er es nur darauf anlegt«, konterte Trevallyan und wandte dann den Blick ab, als verberge er etwas – vor sich selbst. »Lord Chesham ist von dir hingerissen. Das sehe sogar ich. Aber ich warne dich. Irgendwelche Unsittlichkeiten werde ich nicht dulden.«

Entsetzt starrte sie ihn mit weit aufgerissenen Augen an. Seine Unverfrorenheit ging entschieden zu weit! »Meinen Sie, weil ich arm bin, hätte ich keine Ehre, keine Selbstachtung? Armut ist nicht gleichbedeutend mit Unsittlichkeit, Mylord. Nur ein Schuft könnte das annehmen.«

»Du mißverstehst mich ...«

»Nein«, schnitt sie ihm kalt das Wort ab. »Aber mir ist gleichgültig, was Sie von mir halten.« Sie brach ab, schwieg einen Moment lang und fügte dann verletzt und verwirrt hinzu: »Aber warum dieses Interesse an mir? Sie sind nicht mein Beschützer. Sie sind nicht mein Vater. Was ich tue oder lasse, hat keinerlei Auswirkungen auf Sie, und doch belehren Sie mich, als hätten Sie ein Recht dazu. Und dann wagen Sie es auch noch, mich mit der Unterstellung zu beleidigen, ich könnte mich unschicklich verhalten. Dafür erwarte ich eine unverzügliche Entschuldigung.«

Er sah sie an, als könnte er seinen Ohren nicht trauen. Wut zuckte über sein Gesicht, aber auch etwas anderes – eine Art fast widerwilligen Respekts.

»Sie können meinetwegen zur Hölle gehen, Mylord.« Da sie keine Entschuldigung hörte, stand sie auf und ging zur Tür.

Er streckte die Arme aus und hielt sie fest. »Du mißverstehst mich wirklich, Ravenna. Ich spreche keineswegs davon, daß du dich unschicklich benehmen könntest. Bisher hast du ein sehr behütetes Leben geführt. Du stehst ganz allein in dieser Welt und hast buchstäblich niemanden, der über dich wacht. Es ist für englische Adlige durchaus nicht unüblich, sich mit irischen Mädchen zu vergnügen, wie du vielleicht wissen wirst. Jeder mögliche Mann könnte sich versucht fühlen, mit dir anzubandeln, da er keinerlei Konsequenzen zu befürchten hat.«

»Aber es gibt Konsequenzen! Es gibt Gesetze ...«

Er schüttelte sie so heftig, daß sie verstummte. »Haben die Gesetze deiner Mutter geholfen? Willst du so werden wie sie? Hast du etwa Lust darauf, ebenfalls einen Bastard zur Welt zu bringen?«

Seine brutalen Worte trafen sie tief. Tränen traten ihr in die Augen. »Was geht Sie das alles an? Wollen Sie mir bewußt weh tun? Warum wollen Sie mich verletzen?«

»Nay, ich will dich nicht verletzten«, flüsterte er. »Es ist nur so ... nur ...«

»Was? Wollen Sie, daß ich dieses Schloß endlich verlasse und nie wieder den Weg eines Trevallyan kreuze? Nun, das läßt sich machen. Sagen Sie Lord Chesham, daß ich ihn nicht empfangen werde. Ich muß mich endlich um eine Arbeitsstelle kümmern, wahrscheinlich sogar in Dublin. Da bleibt mir keine Zeit, mich mit ihm zu befassen.«

Der Griff um ihre Arme verstärkte sich. »Willst du nicht begreifen, Ravenna? Hast du nicht gehört, was ich zu dir gesagt habe? Du kannst nicht nach Dublin gehen. Du bist eine alleinstehende Frau ohne jeden Schutz. Es gibt niemanden, der in Dublin auf dich aufpassen könnte.«

»Ich kann sehr gut auf mich selbst aufpassen«, entgegnete sie.

»Du?« zischte er. »Du hast in Dublin weder Verwandte noch finanzielle Mittel, um dich durchzubringen. Du wärst gezwungen, in irgendeinem Miethaus ohne Schlösser an deinen Türen unterzuschlüpfen, um irgendwann nachts aufzuwachen und festzustellen, daß sich ein fremder Mann über dein Bett beugt –, um sich das zu nehmen, wofür er anderswo bezahlen müßte ...«

Sie wünschte, er würde sie loslassen. Trotz ihrer Entschlossenheit, äußerlich ruhig und gelassen zu bleiben, begann sie am ganzen Körper zu zittern. »Sie sind weder mein Wohltäter noch mein Vormund, Lord Trevallyan. Ich möchte nicht länger bleiben, um mir weitere Ihrer Geschichten anzuhören.« Seine Beharrlichkeit machte sie nervös. Sie konnte sie sich nicht erklären, daher empfand sie unwillkürlich Angst.

»Ich bin lediglich bemüht, dir ein paar nützliche Ratschläge zu geben. Dublin ist nichts für dich, und Männer wie Chesham schon gar nicht. Er ist ein Schwerenöter und seine Freunde sind noch ärger. Damit du's nur weißt, mein liebes Mädchen: Bevor sie dir keinen Ehering an den Finger gesteckt haben, bist du für sie nur ein Spielzeug, das sie wegwerfen, sobald sie den Spaß daran verloren haben.«

Erneut liefen ungebetene Tränen über ihre Wangen. Sie wollte sich befreien, aber er ließ sie nicht los. Plötzlich haßte sie Trevallyan mehr als an jenem Tag, an dem man sie fortgeschickt hatte. Sie wußte nur zu gut, daß er die Wahrheit sagte, aber ihm zuhören zu müssen, war eine Qual, als würde man Essig in eine offene Wund reiben.

Verzweifelt reckte sie sich zu voller Größe und schleuderte ihm entgegen: »An derartige Dinge brauchen Sie mich nicht zu erinnern, Mylord. Meine Mutter ist mir eine stete Mahnung an männliche Herzlosigkeit. Und sollte ich weitere Beweise brauchen, kann ich mich jederzeit an Sie und Ihre heutigen überflüssigen Beleidigungen erinnern.«

Ravenna riß sich los, verschränkte die Arme und blickte auf das Portrait über dem Kamin. Trevallyans Mutter mochte zwar eine Keltin gewesen sein, eine Irin wie sie, aber trotz seiner äußeren Ähnlichkeit mit ihr war er innerlich ein anglo-irischer Adliger, mehr »anglo« als »irisch«. Anders als die Trevallyans vor ihm dünkte sich dieser hohe Herr mit seiner guten Ausbildung und seinen geschliffenen Manieren zu erhaben, um sich mit den Landsleuten seiner Mutter abzugeben. Und warum sollte er auch? Vor etlichen Jahrhunderten hatte der König von England seiner Familie Lir geschenkt – mit allem Land und allem Reichtum. Er hatte alles, aber sie hatte nichts. Und es war geradezu ungeheuerlich, daß er sie auch noch auf ihr Unglück hinwies, wo er doch nur Glück kannte.

Er sah sie an. Unterdrückter Zorn verhärtete seine Züge.

Unbehagliches Schweigen breitete sich aus.

»Geh. Verlaß das Schloß. Ich hoffe, du hast deine Lektion gelernt«, sagte er endlich leise.

»Es kam Ihnen nicht zu, sie mir zu erteilen«, entgegnete sie.

Wieder erschien dieses seltsam humorlose Lächeln auf seinen Lippen. »Es kam mir durchaus zu, denn Lir ist von Analphabeten und Dummköpfen bewohnt. Glaube nicht, was sie dir sagen, Ravenna. Ich habe ihnen nie geglaubt und werde das auch nie tun.«

»Nachdem Sie nun alle Einwohner der Grafschaft beleidigt haben, hat unsere Unterhaltung wohl ihren logischen Schluß gefunden«, fauchte sie verächtlich.

»Vergiß nicht, was ich dir über Chesham gesagt habe.«

»Er könnte eines Tages mein Ehemann sein«, forderte sie ihn mutwillig heraus, obwohl diese Vorstellung so fern lag wie der Mond.

»In deinen Träumen vielleicht. Das einzige, was du mit ihm gemein hast, ist deine Jugend ...« Unvermittelt wurde Trevallyans Miene so abwesend, als denke er über etwas nach, was ihn bedrückte.

Verletzt blickte sie ihn an, verletzt und verblüfft über seinen schnellen Stimmungswechsel.

Schließlich holte er tief Atem und verkündete geheimnisvoll: »Ich kenne die Wahrheit. Daran solltest du stets denken. Ich kenne die Wahrheit über alle in Lir, und ich kenne auch die Wahrheit über dich.«

»Was meinen Sie damit?« Verwirrt wischte sie sich die Tränen von den Wangen.

Er verzog einen Mundwinkel zur Andeutung eines Lächelns: »Alles zu seiner Zeit. Ich möchte nur, daß du weißt, daß ich dich aufwachsen gesehen habe, Ravenna. Vor mir steht zwar eine Frau, aber ich kenne das kleine Mädchen, das mit seinen Freunden diverse Streiche angezettelt hat. Diese englische Schule hat dir eine zurückhaltende, kultivierte Fassade gegeben. Aber es bleibt Fassade. Ich kann sie durchschauen. Ich kenne dein wahres Ich. Du magst dich eines unschuldigen, sittsamen Verhaltens befleißigen ... aber die Art, in der du deine Augen einsetzt, deine veilchenblauen, verführerischen Augen ...« Ein seltsamer, irrationaler Zorn überflog seine Züge. Er berührte ihr Gesicht, fuhr ihr mit dem Daumen sanft über die Wimpern. »Aber vergiß nie, daß ich dagegen immun bin. Ich bin dagegen immun. Und daher ist es kaum verwunderlich, daß ich Chesham beschützen möchte.«

»Erst wollen Sie mich beschützen, dann wieder Chesham? Wen denn nun wirklich, Mylord?« Ihre Stimme klang unsicher. Seine unerwartete Berührung hatte sie überrascht, verstört.

Er ließ die Hand sinken, als hätte er sich an Ravenna verbrannt. Ohne sie anzusehen, sagte er: »Wie du vorhin so richtig bemerkt hast, bin ich nicht dein Vormund. Was du mit deinem Leben anfängst, ist deine Sache. Ich wollte dir lediglich ein paar Ratschläge geben. Du bist eine alleinstehende Frau, und ich weiß, was alleinstehenden Frauen in dieser Welt angetan werden kann. Aber ich bin auch nicht dein Beschützer, will es gar nicht sein. Der Mann, der dich zu beschützen wünscht, wünscht sich dich für sich ganz allein.«

Sie sah ihn lange Zeit an, während auf der Uhr auf dem Kaminsims die Sekunden vergingen. Er hätte ihren Blick erwidern und sagen können, sie möge endlich gehen. Aber er tat es nicht. Er sah sie überhaupt nicht an. Er stand nur da und starrte ins Feuer, als enthielte das die Antwort auf alle Fragen der Welt.

»Gute Nacht, Lord Trevallyan«, sagte sie leise.

Sie sah ihn noch immer an und flehte mit den Augen um einen einzigen Blick von ihm, aber er schenkte ihr keinen.

Ohne ein weiteres Wort verließ sie die Bibliothek – schweigend, aber mit dem verrückten und unerklärlich beunruhigenden Eindruck, daß der Herr von Trevallyan, der Mann, der die Grafschaft Lir wie sein Königreich regierte, auf irgendeine Weise Angst vor ihr hatte.

11

»Da bist du ja, mein hübsches Kind!« rief Father Nolan lächelnd. »Und wie ist deine Unterhaltung verlaufen? Hat dir Niall gefallen?«

Ravenna bemerkte erstmals, wie gebrechlich der alte Mann in seinem schwarzen Priestergewand wirkte. Seine Soutane war verschlissen und mehr schlecht als recht mit blauem Garn ausgebessert. Er stützte sich schwer auf seinen Schlehenstock und sah ihr neugierig entgegen.

»Sagen wir, es war eine unbedeutende Begegnung, Father. Aber jetzt sollten wir sehen, daß wir nach Hause kommen.« Sie nahm seinen Arm und führte ihn zum Portal. Greeves stand bereits draußen auf der Treppe und rief nach dem Kutscher.

»War Trevallyan unfreundlich zu dir, mein Kind?« fragte der Priester und ging noch langsamer als sonst. Ravenna war sich sicher, daß er sie über die Unterhaltung aushorchen wollte.

»Er war ...« Sie brach ab und dachte nach. Er war in der Tat unfreundlich gewesen, aber sie nicht minder. Das Gespräch war auf ungewöhnliche Weise eskaliert, und sie konnte nur hoffen, daß es sich nicht wiederholte. »Er war vielleicht ein wenig brüsk. Aber so ist er nun einmal. Wirklich beleidigt hat er mich jedoch nicht. Doch da wir uns nur selten begegnen, ist das alles ziemlich belanglos, wie ich schon sagte.«

Hinter ihnen polterte Holz auf den Steinfußboden der Halle. Unwillkürlich drehte sich Ravenna um. Ein Diener hatte Scheite herangetragen, um im riesigen Kamin nachzulegen. Er hatte ihr den Rücken zugedreht, dennoch war sie ein wenig erstaunt, daß ein solcher Mann Zugang zum Schloß bekam, denn seine Landarbeiterkleidung war schmutzverkrustet. Fast wütend begann er im Feuer zu stochern und wandte ihr dabei das Profil zu. Ihr Herzschlag setzte aus.

»Malachi«, rief sie leise und trat einen Schritt auf ihn zu.

Der Father hielt sie zurück. »Es ist weder die rechte Zeit noch der geeignete Platz, sich mit ihm zu unterhalten, Ravenna.«

Überrascht sah sie den Priester an. »Was? Ich darf mich mit Lord Trevallyan allein in einem Zimmer aufhalten, aber soll einen alten Freund nicht begrüßen dürfen, den ich jahrelang nicht gesehen habe?« Entschlossen ging sie weiter auf Malachi zu. Er hatte sich sehr verändert, seit sie ihn zuletzt gesehen hatte. Sein rotes Haar hatte etwas von seinem Feuer verloren, er war etwa einsachtzig groß und trug einen Bart. Aber seine Augen hatten sich nicht verändert. Haselnußbraune Augen, in denen es rebellisch funkelte.

»Malachi«, wiederholte sie lächelnd. Am liebsten hätte sie die letzten Meter im Laufschritt zurückgelegt und sich in seine Arme geworfen. Ihr war, als würden all die Jahre, die sie in London verbringen mußte, unter diesem vertrauten Blick zu einem Nichts zusammenschrumpfen.

Und doch: So vertraut war der Blick gar nicht.

Es war der Blick eines Mannes, und zu ihrem Entsetzen sah er sie an, wie Lord Chesham sie angestarrt hatte ...

»Verschwinde, Malachi«, grollte Father Nolan.

Malachi blickte Ravenna an wie gebannt. Kein Wort kam über seine Lippen.

»Du sollst verschwinden, habe ich gesagt«, rief Father Nolan eine Spur schärfer.

Plötzlich wandte Malachi den Blick nach links. Dort stand Trevallyan mit verschränkten Armen und kaltem, fast starrem Gesichtsausdruck an einer Tür. Seine Augen ruhten unverwandt auf Malachi.

Wortlos fegte Malachi Rindenstücke und Holzspäne vor

dem Kamin zusammen. Dann verließ er die Halle, ohne einen weiteren Blick auf Ravenna.

Am liebsten wäre sie ihm nachgelaufen, erkannte aber sehr schnell, daß es besser war, wenn sie ihn morgen aufsuchte, damit sie sich ungestört mit ihm unterhalten konnte. Malachi MacCumhal war der einzige Freund, den sie jemals hatte, vielleicht je haben würde ... Sie sehnte sich danach, die alten Bande der Freundschaft zu erneuern, wußte jedoch, daß das unter den gegebenen Umständen unmöglich war.

Ravenna drehte sich um und sah, daß Trevallyan Malachi nachblickte. Dann wandte er sich ihr zu, und der mißbilligende Ausdruck in seinen Augen schickte ihr einen Schauer über den Rücken.

»Es wäre besser, wenn du mit Leuten wie ihm keinen Umgang pflegen würdest«, dröhnte seine Stimme durch die Halle.

Ravenna gelang es nicht mehr, ihren Haß hinter einer höflichen Fassade zu verbergen. Sie schoß ihm einen vernichtenden Blick zu und wunderte sich fast, daß er völlig wirkungslos blieb.

Statt dessen lachte Trevallyan nur. »Da habe ich dich ihm ja direkt in die Arme geführt, was?«

Sie antwortete nicht, konnte nicht antworten, denn die Wut machte sie sprachlos.

»Komm, mein Kind. Es war ein langer und aufregender Abend«, meldete sich Father Nolan und legte eine Hand auf ihren Arm.

Erschreckt stellte sie fest, wie hinfällig er aussah. Alle Farbe war aus dem Gesicht des Priesters gewichen, und seine Hand auf ihrem Arm bebte wie Espenlaub. Fast hätte man den Eindruck bekommen können, er gräme sich unendlich darüber, daß es zwischen ihr und Trevallyan nicht zum besten stand.

Schnell führte sie den Father in den Schloßhof hinaus und half ihm in die Kutsche. Als sie sich noch einmal nach Trevallyan umblickte, sah sie, daß er ihnen nicht gefolgt war. Wieder war er ohne jeden Abschied verschwunden.

*

Es war drei Uhr morgens. Trevallyan schlug das Buch zu, in dem er zu lesen vorgegeben hatte. Im Kamin knisterten die Flammen, und neben ihm auf dem Tisch stand ein volles Glas Brandy, aber das heiterte ihn auch nicht auf. Von Stunde zu Stunde fühlte er sich bedrückter, melancholischer.

Er hatte Ravenna nicht im Schloß haben wollen, es dann aber in der Annahme zugelassen, es könnte nichts schaden. Nun war es Stunden nach Mitternacht, das Mädchen gekommen und längst wieder gegangen, aber er bekam es einfach nicht aus dem Kopf.

Sie war in der Tat eine reizvolle Frau. Das konnte er nicht bestreiten. Selbst in ihrem erbärmlichen blauen Kleid hatte sie hinreißend ausgesehen. Im Gegenteil: Ihre Armut steigerte ihre Faszination nur noch. Die fadenscheinigen Ellbogen, der leicht ausgefranste Saum forderten einen Mann geradezu dazu heraus, sich ihrer anzunehmen. Sie schien ihn zwar mit jeder Faser zu verabscheuen, dennoch mußte selbst er zugeben, daß es keine kleine Versuchung war, sie sich in Seide und Satin vorzustellen. Ihm war klar, daß Ravenna die Macht besaß, sich der Phantasie eines Mannes zu bemächtigen und sie nie wieder loszulassen.

Chesham war ihr bereits zum Opfer gefallen.

Er dachte daran, daß sein Cousin kurz vor dem Zubettgehen vorgeschlagen hatte, einen Ball auf Trevallyan Castle zu geben.

»Aus welchem Anlaß?« hatte er verärgert gefragt. An diesem Abend schien es sein Cousin darauf anzulegen, ihn zu reizen.

»Um ... die Schönheit zu feiern«, hatte Chesham erwidert und sich dann zurückgezogen.

Da wußte Trevallyan, daß es keinen Sinn hatte, seinen Cousin zum Verlassen des Schlosses zu bewegen. Chesham würde lieber mit dem Mädchen durchbrennen, als sich von ihm trennen zu lassen.

Und nun war da MacCumhal.

Niall griff nach dem Brandy und nahm einen tiefen Schluck. Malachi MacCumhal war ein Problem. Als Junge mußte er miterleben, daß sein Vater in Dublin ermordet wurde, und dieses traumatische Ereignis hatte seine Seele vergiftet. Es hieß, daß Malachi zu den Rebellen gehörte. Und es hieß auch, daß der Tod einer wohlhabenden Familie in Kildonan von diesen Unruhestiftern verursacht worden war, die das Haus in Brand gesetzt hatten. Bei dem Feuer waren drei Kinder gestorben. Drei kleine Jungen, die noch jünger waren als Malachi MacCumhal zu dem Zeitpunkt, an dem sein Vater grundlos erschossen wurde.

Trevallyan starrte düster in die Flammen des Kamins, und seine Finger schlossen sich so fest um das Brandyglas, daß es fast zerbrach. Eines Tages würde die Home Rule kommen. Die Selbstverwaltung Irlands war so unausweichlich wie das Blutvergießen, das ihr vorangehen würde. Doch nicht in Lir, denn er, Lord Niall Trevallyan, selbst Sohn einer Keltin und in der achten Generation in Lir ansässig, würde bis zum Äußersten gehen, um jedes Blutvergießen zu vermeiden. In Lir herrschten Frieden und ein gewisser Wohlstand. Nach all diesen Jahrhunderten wurzelten die Trevallyans tief in der steinigen irischen Erde. Er konnte die Grafschaft ebensowenig von ihren Bewohnern trennen wie seine Liebe zu seiner Heimat von dem Land, in dem sich diese nun einmal befand. Er gehörte zwar zur Ascendency, dem anglo-irischen Landadel, aber er war doch kein Fremder in seiner Heimat. Zwar hatte seine Familie ihr Land ursprünglich durch Macht erworben, aber dennoch würde er alles tun, um jedes Blutvergießen in Lir zu verhindern. Und genau aus diesem Grund hatte er Malachi angestellt. Er wollte ihn im Auge behalten. Es ist ratsam, seine Feinde in der Nähe zu haben, sagte ein altes Sprichwort – oder so ähnlich.

Er dachte daran, wie Ravenna auf Malachi zugelaufen war, und schloß fast gequält die Augen. Sie war dem Mann an Intelligenz und Ausbildung haushoch überlegen. Es konnte doch nicht ihr Lebensziel sein, sich an einen solchen Tropf zu hängen, seine zwanzig Kinder zu gebären und möglicherweise mitansehen zu müssen, daß er einen so unglückseligen, tragischen Tod fand wie sein Vater.

Er öffnete die Augen wieder und blickte auf das Buch auf seinem Schoß. Es war eine Abhandlung über die Wexford Rebellion, die zur Annexion Irlands durch das Vereinigte Königreich geführt hatte. Gott, wie sehr er sich wünschte, jeden Verlust an Leib und Leben verhindern zu können. Doch alle seine Bemühungen zu einem besseren Verständnis der Situation wären von vornherein zum Scheitern verurteilt, wenn er sich von seinen Gefühlen leiten ließ und nicht von der Vernunft. Er mußte so reagieren wie auf die Angelegenheit mit diesem *geis*. Solange er sich auf seinen Verstand verließ, konnte er jedes Problem lösen, alle Schwierigkeiten bewältigen. Aber sobald er sich Gefühlen und Leidenschaften übergab, war alles verloren.

Also durfte er sich auf keinen Fall in Ravennas Leben einmischen. Wenn sie sich für Malachi entschied, dann sollte es so sein. Das Mädchen war ihm gleichgültig. Der *geis* hatte sich als unwirksam erwiesen, und er verspürte kein Verlangen danach, sich um die Liebe eines unvernünftigen jungen Mädchens zu bemühen.

*

Schon früh am nächsten Morgen stand Ravenna fröstelnd vor der ärmlichen Kate der Familie MacCumhal, die sie seit langen Jahren nicht mehr gesehen hatte.

Die Tür öffnete sich, und Ravenna blickte in ein kleines schmutziges Gesicht. »Ist Malachi zu Hause?«

»Nay«, erwiderte das Kind in breitem irischen Akzent. »Er ist bei einer Versammlung.«

Ravenna hüllte sich enger in ihrem Umhang. »Du bist der kleine Branduff, nicht wahr?« fragte sie. »Kennst du mich noch? Ich bin Ravenna, Malachis Freundin. Wie geht es deiner Mutter?«

»Sie ist tot«, erwiderte er kleine Junge so teilnahmslos, als wäre die Trauer ein häufiger Gast in seinem Zuhause.

Ravenna wollte schon tröstend ihre Arme um die ausgezehrten kleinen Schultern legen, besann sich aber rechtzeitig. Wenn er seinem Bruder auch nur ein wenig ähnlich war, würde er darauf sehr unwillig reagieren.

»Kannst du mich vielleicht zu dieser Versammlung bringen? Ich muß mit Malachi sprechen. Es ist schon so lange her ...«

»Ich weiß nicht genau, wo das ist.« Als es ihre Enttäuschung sah, wurden die grünen Augen des Kindes ganz groß. In diesem Moment war der Junge Malachi so ähnlich, daß Ravenna sich in ihre Kindheit zurückversetzt glaubte. Wenn sie ihm die Mütze vom Kopf zog, würde sie mit Sicherheit einen feuerroten Schopf darunter entdecken.

»Aber ich glaube, er wollte danach zum Markt. Warum suchst du ihn nicht dort?«

Ravenna umarmte den Jungen trotz seiner heftigen Gegenwehr. »Vielen Dank! Ich kann es kaum erwarten, ihn endlich wiederzusehen!« Dann zog sie sich den Schal über den Kopf und lief in Richtung Markt davon.

Der »Markt« von Lir war nichts anderes als ein großer baufälliger Schuppen, dessen Inneres in einzelne Stände aufgeteilt worden war, an denen Händler ihre Waren feilboten. Das Angebot bestand vor allem in Kohl und Rüben, aber sonnabends fand auch ein Trödelmarkt statt, auf dem Kleidungsstücke gegen Kartoffeln getauscht wurden. Der Markt hatte auf Ravenna stets eine große Anziehungskraft ausgeübt, und einmal, mit knapp zehn Jahren, hatte sie sich dort in eine dunkle Ecke gehockt und den ganzen Tag lang wahrgesagt. Das lief blendend, denn jedermann wußte, daß sie Granias Enkelin war, und mit ihrem Verdienst hatte sie Grania einen blauen Flanell-Unterrock gekauft. Doch es war bei diesem einen Mal geblieben. Ein paar abergläubische Händler taten sich zusammen und verboten ihr, den Markt je wieder zu betreten. Jetzt konnte sie darüber nur lachen. Kaum vorstellbar, daß Erwachsene wirklich glaubten, irgend jemand könnte einem Menschen sein Schicksal aus der Hand lesen. Abgesehen davon war Grania diejenige, die das Zweite Gesicht hatte – nicht sie.

»Guten Morgen!« Ein alter Mann hob grüßend die Hand, als Ravenna jetzt an seinem Stand vorbeischlenderte.

Sie nickte lächelnd und ging weiter. Malachi war nirgendwo zu sehen.

»Meine Güte, wenn das nicht Granias Ravenna ist!« rief eine andere Stimme.

»Großer Gott, Kind, bist du gewachsen!«

Von überall her erschollen die Rufe, und Ravenna fühlte sich veranlaßt, jede alte Frau, jeden alten Mann auf dem gutbesuchten Markt zu begrüßen.

Nur von Malachi konnte sie keine Spur entdecken.

Fest entschlossen, auf sein Erscheinen zu warten, lehnte sie sich gegen einen halb heruntergestürzten Deckenbalken und wärmte sich die Hände an einem kleinen Kohleofen hinter dem Stand eines Geschirrmachers. Langsam drang das Tageslicht in den riesigen Raum und erleuchtete ihn bis die hintersten Ecken. Doch noch immer konnte sie Malachi nicht finden.

»Himmel, dir läuft ja die Galle über«, flüsterte eine Männerstimme hinter ihr. Ravenna drehte sich um und sah, daß hinter dem Balken zwei Männer in ein leises Gespräch vertieft waren.

»Trevallyan glaubt, er könnte herrschen wie ein König. Er muß daran erinnert werden, daß es seine ›Untertanen‹ nicht schätzen, seinem Willen unterworfen zu werden.« Der zweite Mann drehte sich um, und Ravenna erkannte schockiert, daß es Malachi war.

»Aber wie könnte er entthront werden?« flüsterte sein Gefährte.

Das wollte sich Ravenna nicht länger anhören. Die beiden führten sich ja auf, als wären sie moderne White Boys. Selbstbestimmung hin oder her, sie würde jedenfalls nicht weiter zuhören und sich damit zur Mitwisserin ihrer Pläne machen. Selbst Daniel O'Connell, der große Befürworter der Home Rule, lehnte Gewalt ab, und so sollte es auch jeder andere Ire tun, fand Ravenna.

»Malachi!« rief sie und trat hinter dem Balken herum auf ihn zu.

Überrascht sah er sie an. Der andere Mann, ein hochgewachsener, erschreckend magerer Bursche, den sie noch nie gesehen hatte, tippte kurz an seine Mütze und verschwand so schnell, als wollte er nicht erkannt werden.

»Malachi, ich hätte mich gestern im Schloß gern mit dir unterhalten, aber ...«

»Aber du wolltest dir vor deinen feinen Freunden keine Blöße geben«, fiel er ihr verächtlich ins Wort.

»Ich könnte doch meinen besten Freund nicht verleugnen. Nicht einmal, wenn mich Victoria höchstpersönlich zum Tee einladen würde.« Verdutzt stellte sie fest, wie sehr er sich verändert hatte und doch auf eine seltsame Weise derselbe geblieben war. Das Lächeln, das nun seinen Mund umspielte, war das gleiche, das sie von früher her kannte.

»Du bist also zurückgekommen«, sagte er so leise, als könnte er noch immer nicht glauben, daß sie tatsächlich vor ihm stand.

»Ja, und niemand wird mich noch einmal fortschicken. Niemals.« Damit warf sie die Arme um ihn und drückte ihn an sich. Wider alle Vernunft hatte sie geglaubt, noch immer den Jungen mit den karottenroten Haaren vor sich zu haben, der einen halben Kopf kleiner gewesen war als sie. Und nun fand sie sich zu ihrer Verblüffung in den Armen eines Mannes wieder, eines sehr großen Mannes, der sie hielt, als wiege sie nicht mehr als Kathleen Quinns Puppe.

»Ich habe dich nicht vergessen, Ravenna. Keine Minute lang. Deshalb habe ich mich doch auch dazu entschlossen, im Schloß zu arbeiten. Trevallyan soll dafür büßen, daß er dich fortgeschickt hat«, flüsterte Malachi ihr zu.

»Auch der Father und Grania haben mich nach London geschickt. Du kannst dich nicht an allen rächen, Malachi, also vergiß Trevallyan. Wir wollen doch nicht noch mehr unserer Zeit mit unsinnigem Haß auf ihn verschwenden.« Sie rückte ein wenig von ihm ab, sah ihm in die Augen und stellte leicht verstört fest, daß sie noch immer zornerfüllt waren.

»Deine Großmutter und Father Nolan haben dich fortgeschickt, weil Trevallyan sie dazu gezwungen hat. Er ist ein schlechter Mensch. Er hat uns unser Land genommen, das dürfen wir nie vergessen. Wenn wir ihm seine Vergehen vergeben, könnten wir auch gleich dem Teufel verzeihen.«

Ravenna strich über Malachis bärtige Wange. Seine Haut war nicht mehr so weich wie die des Jungen, den sie gekannt hatte. »Ich möchte nicht mehr über Lord Trevallyan sprechen. Ich möchte ihn vergessen.« Wenn Niall Trevallyan und sein Schloß vom Erdboden verschluckt würden, um nie wieder aufzutauchen, könnte sie endlich ihren Seelenfrieden wiederfinden. Doch im Moment sah alles so aus, als wäre sie dazu verurteilt, jede wache Minute entweder in seiner Gesellschaft verbringen oder sein unglaubliches Verhalten diskutieren zu müssen.

»Wenn du es willst, werden wir nie wieder von Lord Trevallyan sprechen.«

Das Funkeln in Malachis Augen wurde sanfter, aber sie ließ sich davon nicht täuschen. Darüber hinaus verunsicherte sie die Tatsache, daß seine Hände noch immer um ihre Taille lagen. Sie war es nicht gewöhnt, einen Mann in ihm zu sehen. Aber er war ein Mann, und was das bedeuten konnte, bewiesen ihr seine Berührungen ebenso wie der Blick seiner Augen.

Verwirrt trat sie einen Schritt zurück, und er ließ es mit einem verkniffenen Gesichtsausdruck zu, den sie noch nie an ihm gesehen hatte.

Es war nicht so, daß ihr Malachi als erwachsener Mann nicht mehr gefiel. Sie liebte ihn, würde ihn immer lieben. Aber ihn als Mann zu lieben, flößte ihr fast so etwas wie Angst ein. Sie wußte nicht, ob sie dazu schon bereit war. Man hatte ihr gesagt, daß er verändert war, aber irgendwie hatte sie das nicht recht geglaubt. Für sie war er noch immer der dünne, ungebärdige Junge mit dem schmuddeligen Gesicht gewesen. Doch dieser Junge war fort und an seine Stelle ein Mann getreten. Ein Mann, der möglicherweise eines Tages sogar ihr Ehemann würde.

»Willst du heute nachmittag nicht zu uns zum Tee kommen, Malachi?« fragte sie in dem verzweifelten Bemühen, eine gewisse Normalität in ihre plötzlich so neue und fremdartige Beziehung zu bringen. »Granias Augen sind inzwischen sehr schlecht geworden, aber sie würde sich sicherlich freuen, dich wiederzusehen. Du hast dich sehr verändert ...«

Malachi lachte und war plötzlich wieder der Junge von einst. »Sie wird mir den Hintern versohlen. Deine Großmutter schätzt mich nicht besonders, Ravenna.«

»Sie hat dich nicht mehr gesehen, seit ich nach London gegangen bin. Komm zum Tee ...«

»Das geht leider nicht«, sagte er nachdrücklich. »Ich bin zu beschäftigt, Ravenna.« Wieder legte er die Hände um ihre Taille und zog sie eng an sich. »Aber ich möchte, daß du mir versprichst, dich heute abend mit mir zu treffen. Ich werde dich um Mitternacht von eurem Cottage abholen. Dann schläft Grania schon und weiß nicht, daß du noch aus dem Haus gehst.«

»Um Mitternacht!« hauchte sie entsetzt. »Aber was wollen wir denn um Mitternacht machen?«

Er lächelte. »Sag nur deiner Großmutter nichts davon. Dann verspreche ich dir, daß du dich gut amüsieren wirst.«

Unvermittelt kam Ravenna der Verdacht, daß Malachi sie für ein Dummchen hielt. Er hatte nichts Gutes vor und glaubte aus irgendeinem Grund, sie würde nicht dahinterkommen.

Sie lächelte ihn an – bereit, sich an seinem Spiel zu beteiligen, bis sie es nach ihren Regeln spielen konnte. »Ich treffe mich mit dir um Mitternacht, aber zunächst mußt du mir sagen, was wir tun werden.«

»Wir werden tun, was jede Frau gern tut. Das ...« flüsterte er, senkte seinen Mund auf ihre Lippen, drückte sie auseinander und schob seine Zunge tief in ihren Mund.

Ravenna reagierte entsetzt auf diese ungewohnte Vertraulichkeit. Wäre sie vor Schock nicht wie gelähmt gewesen, hätte sie sich heftig gegen ihn gewehrt.

Er küßte sie immer noch, trieb seine Zunge tiefer und tiefer, bis er endlich zufrieden zu sein schien. Dann schob er sie von sich, griff nach seiner Mütze, die er auf einem Strohballen abgelegt hatte und verließ den Markt, ohne sich auch nur einmal umzublicken.

Ravenna starrte ihm nach. So entsetzt, daß sie nicht einmal die Kraft aufbrachte, die Hand zu heben und sich über den Mund zu wischen. Erschüttert stellte sie fest, daß Malachi MacCumhal in der Zeit ihrer Abwesenheit ein Mann geworden war wie jeder andere auch. Den Jungen, der sich der Mühe unterzogen hatte, dem Priester Briefe an sie zu diktieren, der Junge, der sie zum Lachen gebracht hatte und sie vergessen ließ, daß sie keine Katholikin war, nicht ehelich geboren und ein Nichts – den Jungen gab es nicht mehr. Verwirrt und tief enttäuscht verließ sie mit hängenden Schultern den Markt und dachte über Helden nach, die sich als ganz gewöhnliche Menschen entpuppten.

12

»Still! Kein Wort!« flüsterte ihr eine rauhe Stimme ins Ohr. Ravenna wollte sich im Bett aufsetzen, aber die Hand, die sich auf ihren Mund preßte, drückte sie in die Kissen zurück. Verzweifelt versuchte sie, in der Dunkelheit zu erkennen, wer sie da festhielt.

»Warum bist du nicht hinausgekommen, um dich mit mir zu treffen?«

Ihre Furcht versickerte wie eine Welle bei Ebbe. Sie zupfte an den Fingern über ihrem Mund. »Malachi?«

»Warum bist du nicht gekommen?« wollte er erneut wissen. Er roch wie das Innere einer rauchgeschwängerten Schänke.

»Das war doch keine anständige Verabredung. Das weißt du doch besser als ich«, flüsterte sie zurück. Ihre veilchenblauen Augen sprühten vor Zorn, doch das konnte er in der Dunkelheit nicht sehen.

»Na und? Was ist denn aus dir geworden? Eine zimperliche Lady? Du bist keine Kathleen Quinn, Ravenna, also brauchst du nicht so zu tun, als wärst du eine.«

»Was bildest du dir eigentlich ein?« Sie hätte ihm eine Ohrfeige verpaßt, wäre sie in der Dunkelheit nicht unsicher gewesen, ihr Ziel zu verfehlen.

»Hör mit dem Theater auf. Du bist keine Kathleen Quinn, das weißt du gut genug.«

Ravenna ließ die drohend erhobene Hand sinken. Sie wußte, daß sie nicht Kathleen Quinn war, damit hatte er ja recht. »Dennoch hatte ich keine Lust, mich mitten in der Nacht klammheimlich mit dir zu treffen. Es hätte Grania umgebracht, wenn sie wach geworden wäre und festgestellt hätte, daß ich fort bin.«

Mit überraschend sanften Händen strich ihr Malachi die Haare aus dem Gesicht. »Ich würde so gern allein mit dir zusammen sein, Ravenna – so wie damals, als wir noch Kinder waren.«

Ihre Verärgerung verrauchte. Das wünschte sie sich auch, sehnlichst.

»Komm doch«, lockte er und ergriff ihre Hand. »Wir gehen zu den Briney Cliffs und sehen wie früher zu, wie der Mond hinter den Gewitterwolken verschwindet.«

»Nay. Das wäre nicht richtig ...«

»Komm. Du willst es doch auch. Selbst in der Dunkelheit kann ich die Wildheit in deinen Augen erkennen, diese Wildheit, die dich dazu drängt, mit mir zu gehen.«

Ravenna spürte, daß ihr eine Männerjacke um die Schultern gelegt wurde. Sie zögerte. Er packte fester zu, zerrte sie halb vom Bett und über die Dielenbretter.

»Wir sind keine Kinder mehr, Malachi. Es gehört sich einfach nicht«, zischte sie leise und zog sich zurück.

Er nahm sie in die Arme und hielt sie eng an sich gedrückt. »Äußerlich sind wir keine Kinder mehr, wohl aber in unseren Herzen. Nun komm schon, laß uns nur noch einmal Kinder sein ...«

Sie sah ihn an. Ein Blitz erhellte den Raum, und sie konnte Malachi in die Augen blicken. In die Augen, die sie so gut kannte, an die sich in all den Jahren immer wieder erinnert hatte.

Sie wußte, daß sie nicht mit ihm gehen sollte, nicht mitten in der Nacht, aber je mehr sie zögerte, desto größer wurde die Verlockung. Es war eine Chance, die Vergangenheit wiederzufinden, den Malachi wiederzuentdecken, den sie so schmerzlich vermißte.

Bevor sie noch einen Protest äußern konnte, führte er sie bereits aus dem Zimmer und hinaus in die stürmische Nacht. Er faßte nach ihrer Hand und rannte mit ihr durch die wogenden Roggenfelder. Und plötzlich mußte sie lachen, wie sie seit Jahren nicht mehr gelacht hatte. Ein eiskalter Wind bauschte ihr Nachthemd, aber es machte ihr nichts aus. Sie hatte nur einen Wunsch: zusammen mit dem besten Freund auf der Welt eine wundervolle Zeit wiederfinden, die sie vor langer Zeit verloren hatte.

»Hast du es so in Erinnerung?« fragte er, als sie oben auf den Briney Cliffs angekommen waren und auf das Meer hinunterblickten. Tief unten brandeten die gischtbedeckten Wellen an die Felsklippen und schickten salzigen Dunst zu ihnen herauf. Hinter ihnen stand der Mond hoch am Himmel, und sein gespenstisch weißes Licht zeichnete ihre Schatten nach, während sich vor ihnen am Horizont Gewitterwolken zusammenballten und langsam auf sie zutrieben.

»Ja, es ist wunderschön«, flüsterte sie und verschränkte wärmesuchend die Arme, während der Sturm ihre schwarzen Haare wehen ließ wie ein Banner. »Genau, wie ich es im Gedächtnis habe.«

»Dann küß mich«, forderte er rauh und senkte die Lippen auf ihren Hals. Langsam bewegte sich eine Hand von ihrer Taille aus aufwärts und griff ... griff nach ihren Brüsten.

»Nein«, sagte sie leise aber entschieden und trat einen Schritt von ihm fort. Mit einem Mal empfand sie die eisige Kälte des Windes. Malachi bot ihr Wärme, aber aus irgendeinem Grund wollte sie die nicht. Eigentlich hätte es sie doch danach verlangen müssen, ihn zu küssen. Aber dieses Verlangen blieb aus.

»Ich habe ein ungestümes, leidenschaftliches Geschöpf in Erinnerung, nicht die prüde Jungfrau, zu der du geworden bist«, rief er ihr durch das Tosen des Windes zu.

Schweigend starrte sie auf die heranziehenden Gewitterwolken und fragte sich, wann sie die ersten kalten Tropfen spüren würde.

»Küß mich, Ravenna«, wiederholte er und hielt sie mit eisernem Griff fest. Seine Lippen wanderten über ihren Hals, und sie zitterte in seiner warmen Umarmung.

Irgend etwas stimmte doch nicht mit ihr. Wie oft hatte sie von der Liebe geträumt, aber nun, da sie jemanden hatte, den sie lieben konnte, wies sie ihn zurück, ihren guten Freund, Malachi.

Warum ist das so, fragte sie sich, während er ihr Ohrläppchen liebkoste. Warum wies sie ihn zurück? Malachi war doch ein ansehnlicher Mann, groß, kräftig, und auch wenn seine Züge nicht ganz so göttergleich wirkten wie die von Count Fabuloso, sahen sie doch gut aus ...

»Hör auf, Malachi. Bitte, hör endlich damit auf«, hörte sie sich sagen und zuckte über ihre eigenen Worte zusammen.

Die Berührung seiner Lippen wurde eigentümlich kalt und er zog sie so ungeduldig noch enger an sich, als wäre er eine derartige Unbotmäßigkeit von Frauen nicht gewohnt. »Was ist denn los?« zischte er fast böse.

»Ich ... Ich weiß es nicht.« Sie wandte sich ab und starrte aufs Meer hinaus. »Wir haben uns so verändert ... sind ganz anders geworden ...« Sie biß sich auf die Lippe. Im Grunde war sie es doch, die sich verändert hatte. Sie war nicht neben ihm erwachsen geworden, hatte nicht mitbekommen, wie die anderen Mädchen im Dorf auf seine Küsse reagierten. Während er in den Ställen mit den Mädchen getändelt hatte, hatte sie an der Weymouth-Hampstead School gelernt, wie man den Tee »richtig« eingoß. Sie war nichts als ein Bastard. Vor langer Zeit hatte er ihr einmal gestanden, daß seine Mutter sie nicht schätzte, weil sie nie die Messe besuchte. Und dennoch konnte sie es jetzt wegen seiner plumpen Art nicht über sich bringen, ihn zu küssen, und sein Mangel an raffinierter Verführungskunst schockierte ihre kultivierten Ansichten.

»Nachdem du jetzt so feine Freunde im Schloß hast, ist ein einfacher Junge wie ich dir wohl nicht mehr gut genug, was?« Er riß sie grob an sich.

Sie stieß einen leisen Schrei aus. Er machte ihr Angst, aber sie konnte den Gedanken nicht ertragen, daß sie seine Gefühle verletzt haben könnte. »Nein. So etwas darfst du nicht einmal denken«, versicherte sie schnell.

»Was ist denn dann mit dir los? Willst du erst einen Heiratsantrag, bevor ein Mann dich küssen darf?«

»Nay, ich will keinen Heiratsantrag.« Sie versuchte, sich von ihm zu befreien, aber er ließ sie nicht los.

»Du willst meinen Heiratsantrag nicht, meinst du wohl.« Wut flackerte in ihm hoch wie eine Flamme. »Du willst einen reichen Mann, ist es nicht so? Das wollen doch alle Mädchen. Einen verdammten Gentleman, der dir hübsche Dinge kaufen kann, dich aushält.«

»Solche Dinge will ich gar nicht«, erwiderte sie mit wild klopfendem Herzen. »Sie können Respekt und Liebe nicht ersetzen. Und das ist es, was ich mir am meisten wünsche, Malachi. Ich sehne mich nach Respekt und Liebe, aber das bekomme ich nicht von dir.«

»Ich werde dich *so* respektieren!« schrie er und hob die Hand, als wolle er sie schlagen.

Sie blieb wie angewurzelt stehen. Ihr Blick forderte ihn dazu heraus, es zu wagen, die Hand gegen sie zu erheben.

Entsetzt starrte er auf seine erhobene Hand, ließ sie sinken, zog Ravenna tief zerknirscht an sich und verbarg das Gesicht in ihrem Haar.

»Verzeih mir! Oh, verzeih mir! Mein Gott, ich wollte dir doch nicht weh tun.« Er zitterte am ganzen Leib. »Das kommt nur daher, daß ich dich im Schloß gesehen habe, Ravenna, und das ... das konnte ich nicht ertragen. Du gehörst mir, Ravenna. Du hast mir schon immer gehört. Du darfst nicht wieder ins Schloß gehen. Nie wieder, hörst du?«

Er schien zu erstarren.

»Großer Gott«, ächzte er und ließ sie so abrupt los, daß sie um ein Haar das Gleichgewicht verloren hätte.

»Was ist denn?« rief sie, sah aber gleich darauf den Anlaß für sein Verhalten. In der Ferne bewegte sich offenbar ein Suchtrupp aus dem Dorf heraus. Es schienen rund zwanzig Männer zu sein, und alle trugen Fackeln.

»Was soll denn das? Nach mir können sie nicht suchen«, flüsterte sie. »So schnell wäre Grania gar nichts ins Dorf gekommen ...«

»Hör zu, Ravenna, ich muß jetzt gehen ...« Er zog ihr seine Jacke von den Schultern. Ohne diesen Schutz merkte sie erst, wie kalt die Nacht wirklich war.

»Malachi ...« Sie brach ab und sah ihn forschend an, aber sein Tonfall hatte ihr eigentlich schon alles gesagt. »Hast du etwas angestellt? Suchen sie etwa nach dir?«

»Küß mich nur ein einziges Mal, Ravenna, denn es könnte sein, daß du mich eine ganze Zeitlang nicht siehst«, flehte er mit bebender Stimme und warf einen furchtsamen Blick auf die Reihe der Fackeln, die langsam aber stetig über die Hügel auf sie zukam.

»Was hast du getan, Malachi? O Gott«, hauchte sie und

starrte ihn unverwandt an. »Ist denn die Selbstbestimmung diese Gewalt wert?«

»Ja«, entgegnete er heftig. »Diese anmaßenden Lords sind nicht unsere Könige. Wir hatten unsere eigenen Könige, bevor sie diese englischen Hunde herüberschickten, um uns zu beherrschen. Trevallyan sitzt hoch und hehr auf seinem Schloß, während ich ihm die Kohlen für seinen Herd heranschleppen muß. Ich! Eine Nachfahre keltischer Krieger!«

Sie holte tief Luft und hatte das Gefühl, das Herz würde ihr aus der Brust gerissen. »Aber du hast doch niemanden verletzt, oder?«

Er blickte sie eine Zeitlang schweigend an, während sich hinter ihm das Gewitter entlud. Sie hörte die ersten Regentropfen unten auf die Wellen klatschen und glaubte, in ihrem Geräusch heranziehende Truppen zu erkennen.

»Es war nur ein harmloser Streich, Ravenna. Das mußt du mir glauben. Die Jungs und ich haben niemandem ein Leid getan ... nicht absichtlich.«

Tränen glänzten in seinen Augen, und sie sehnte sich danach, ihn in die Arme zu schließen. Doch dazu war keine Zeit. Schon konnte sie die Rufe der Männer hören, die mit ihren Fackeln ausschwärmten.

»Geh endlich«, sagte sie zu ihm und hatte gleichzeitig Angst vor und um ihn.

»Wir befinden uns in einem Krieg, Ravenna. Vergiß das nie, und beurteile mich nicht allzu streng.« Er drückte sie an sich, aber seine Umarmung war schnell und flüchtig wie die Zeit. Sekunden später war er in den unzugänglichen Felsklippen untergetaucht.

»Die Erinnerung an dich war in England mein einziger Trost«, rief sie ihm nach, wußte aber, daß er sie nicht mehr hörte.

Der Heimweg war schrecklich. Unablässig peitschte der Regen und schon bald war sie bis auf die Knochen durchnäßt. Doch obwohl sie vor Kälte zitterte, obwohl sie sich an den Steinen die Fußsohlen blutig riß, bereute sie nicht, Malachi gefolgt zu sein. Er vertraute ihr genug, um ihr seine Pläne anzuvertrauen. Vielleicht könnte sie ihn eines Tages zu der Einsicht bringen, daß Gewalt und Zerstörung keine Lösung für Irlands Probleme waren, wie Father Nolan immer wieder betont hatte.

Sie kam ins Stolpern, rutschte aus und landete der Länge nach in einem Roggenfeld. Heiße Tränen stiegen ihr in die Augen. Manchmal war das Leben wirklich kaum zu ertragen, dachte sie.

Mühsam rappelte sie sich wieder hoch und kämpfte sich durch die langen Halme weiter. Warum wollen alle Leute immer nur kämpfen, fragte sie sich, während sie mutlos durch O'Reillys Felder stapfte. Malachi kämpfte für seine ersehnte Home Rule, hatte aber die Hand erhoben, um eine Frau zu schlagen. Würde die Selbstbestimmung ihr irgendeinen Vorteil bringen? Würde sie Malachi und Männer seiner Art dazu bewegen, sie als Menschen zu betrachten und nicht als junge Frau, die man sich nehmen konnte, sobald einem der Sinn danach stand? Er würde es zwar nie zugeben, aber im Grunde war Malachi nicht viel besser als seine englischen Geschlechtsgenossen. Lord Chesham verfügte zwar über geschliffenere Worte und ausgefeiltere Verführungstaktiken, doch eigentlich wollten Malachi und er das gleiche.

Waren alle Männer so? Nur auf Lustbefriedigung aus?

»Es ist die Braut! Die Braut!«

Die Stimme kam so unerwartet, daß Ravenna in ihrem Schreck fast wieder gestürzt wäre. Da stand der alte Griffen O'Rooney mit einer schwach flackernden Laterne hinter einem Eisenzaun, und sie brauchte eine Weile, bis sie erkannte, daß das der Zaun war, der den Familien-Friedhof der Trevallyans umgab.

»Es ist die Braut! Endlich ist sie gekommen, um uns zu erretten!« rief er ihr zu.

Sie zuckte zurück und fragte sich, ob der alte Mann nun endgültig den Verstand verloren hatte. Doch eigentlich konnte es ihr gleichgültig sein. Sie wollte nur eins: ihr Cottage finden, am Kamin ihre steifen Glieder aufwärmen und dann unter die Bettdecke kriechen.

»Geh doch nicht!« schrie O'Rooney und machte ein paar erstaunlich entschlossene Schritte auf sie zu. »Siehst du denn nicht, welches Unglück wir bewirkt haben ... Wir haben sie getötet, sie und ihr Kind. Wenn wir doch nur auf den *geis* gehört hätten ... Ich mußte sie hier ganz allein begraben, weil es Trevallyan nicht über sich brachte, an ihr Grab zu treten. Auf dich hat er gewartet! Wir hätten die Hochzeit verhindern müssen! Wir hätten die Hochzeit verhindern müssen!« Unvermittelt begann der alte Mann krampfhaft zu schluchzen, und dieses Geräusch schickte Ravenna einen Schauer über den Rücken. Sie hätte dem alten Mann in seine Unterkunft zurückbringen können, aber bei aller Hinfälligkeit war er größer als sie, und sie glaubte nicht, mit ihm fertigwerden zu können.

»Komm zurück! Komm doch zurück!« rief er ihr nach und trat aus dem Friedhof heraus.

Ravenna wußte, daß sie mühelos vor ihm davonlaufen konnte, aber seine eigentümlichen Worte erschreckten sie. Als sie sich noch einmal umwandte, sah sie O'Rooney mit ausgestreckter Hand im Regen stehen, als wollte er sie irgendwohin führen. Wie von Furien gehetzt rannte sie blindlings weiter in die Richtung ihres Cottages. Plötzlich tauchten aus der Dunkelheit die Laternen einer Kutsche vor ihr auf und färbten die Regenfluten mit goldenem Licht. Sie ließ sich fallen – in einen schlammgefüllten Straßengraben, wie sie annahm. Pferdehufe droschen auf sie ein. Sie schrie laut auf. Dann wurde alles dunkel.

*

»Was zum Teufel war das, Seamus?« rief Trevallyan aus der Kutsche heraus.

»Wir haben etwas gerammt, Mylord. Ich glaube, wir haben ein Mädchen überfahren ...« Nur mit großer Mühe konnte der Kutscher die scheuenden Pferde am Durchgehen hindern.

»Großer Gott!« Trevallyan stieß den Schlag auf und sprang in den strömenden Regen hinaus. »Ich kann nichts entdecken ...«

»Dort drüben, glaube ich. Im Straßengraben«, rief Seamus vom Bock herunter.

Niall schlug den Kragen hoch und lief los. Voller Entsetzen blickte er wenig später auf die schlammbespritzte Gestalt, die zusammengekrümmt im wild dahinschießenden Wasser des Straßengrabens lag.

Er sprang ins Wasser und hob den zierlichen Körper hoch. Nasse Haarsträhnen verbargen das Gesicht, aber es war ein Mädchen, das erkannte er an den weichen, zarten Gliedern.

»So schnell wie möglich zum Schloß«, befahl Trevallyan, kletterte mit dem schlaffen Körper in den Armen in die Kutsche zurück, und Seamus hieb auf die Pferde ein.

Während die Kutsche mit halsbrecherischer Geschwindigkeit davonrumpelte, überzeugte sich Trevallyan davon, daß das Mädchen ruhig und gleichmäßig atmete. Als er feststellte, daß es lediglich ein dünnes, durchsichtiges Nachtgewand trug, das die weiblichen Formen der von ihm Geretteten aufreizend betonte, streifte er schnell seinen schweren Mantel ab, legte ihn der jungen Frau um die Schultern und zog ihn fest über ihre vollen Brüste.

Er lehnte die Bewußtlose gegen die Polster und schob ihr die Haare aus dem Gesicht. Glühender Zorn und tiefes Unbehagen überkamen ihn, als er sie erkannte. Doch wenn er es recht bedachte, war er eigentlich kaum überrascht. Irgendwie hatte er gewußt, daß es sich nur um Ravenna handeln konnte. Er hatte sie davor gewarnt, Dummheiten anzustellen, sich in Schwierigkeiten zu bringen, und nun lag sie – so! – in seinen Armen. Sie konnte von Glück reden, überhaupt noch am Leben zu sein, und – sein Blick schweifte flüchtig über den beklagenswerten Zustand ihrer Bekleidung – sie war schamlos. Mit einem höchst ärgerlichen Gefühl, das der Eifersucht verdächtig nahe kam, dachte er über die wenigen Gründe nach, aus denen sie in einem so unschicklichen Aufzug das Haus verlassen haben könnte.

Er lehnte den Kopf gegen die Polster, atmete tief durch und versuchte, sich zu beherrschen. Das Mädchen war eine ungebärdige Range, das wußte er, seit er sie beim Diebstahl in seinem Schlafzimmer ertappt hatte. Er hatte gehofft, die englische Schule würde sie zumindest etwas bändigen – immerhin hatte man ihr dort ein wenig Benehmen beigebracht, wie er ihrem Verhalten während des Dinners entnehmen konnte –, aber er hätte wissen müssen, daß dieser Wildfang nicht wirklich zu zähmen war. Die Enkelin einer ortsbekannten Hexe war vermutlich eine der wenigen Frauen in Lir, bei der ein Mann darauf rechnen durfte, daß sie nur mit dem Nachtgewand bekleidet in den Regen hinauslief.

Er stieß einen merkwürdig bekümmerten Seufzer aus und widmete sich einer genaueren Überprüfung ihres Gesundheitszustandes, wobei er sich alle Mühe gab, die Art und Weise zu ignorieren, wie sich ihre Brust hob und senkte, wie das klatschnasse Nachthemd an ihren Schenkeln klebte und ein dunkles, verführerisches Dreieck mehr enthüllte als verbarg.

Ihre Knochen schienen alle noch heil zu sein. Nachdem er sich davon überzeugt hatte, wandte er seine Aufmerksamkeit der kleinen roten Schnittwunde auf ihrer Stirn zu. Das war die einzige sichtbare Wunde, und ohne Zweifel hatte sie dort ein Pferdehuf getroffen. Als er die Wunde berührte, stöhnte sie leise auf. Ein sehr gutes Zeichen, befand er, und eines, das darauf hinwies, daß die Verletzung nicht allzu ernst sein konnte.

Als sie über den Schloßhof rumpelten, fiel sie schwer gegen ihn. Er betrachtete ihre roten, leicht geöffneten Lippen. Sie war bewußtlos, sah aber aus wie eine schlafende Prinzessin, die auf den erlösenden Kuß wartete.

Natürlich hatte das Mädchen keine andere als Ravenna sein können. Diese Gewißheit bezog er weniger aus der Tatsache, daß sie einer der wahrhaft unberechenbaren Bewohner Lirs war, sondern vielmehr aus der Erkenntnis, daß das Schicksal sie ihm in die Arme zu treiben schien, ob er sie nun wollte oder nicht. Er glaubte nicht an den *geis*, würde nie an ihn glauben. Und doch gab es mitunter Zeitpunkte wie diesen, an denen er sich unwillkürlich fragte, ob in Lir nicht doch geheimnisvolle Kräfte am Werke waren.

»Es gibt mehr Ding' im Himmel und auf Erden, als Eure Schulweisheit sich träumen läßt«, flüsterte er dem reglosen Mädchen neben ihm zu.

Dann warf er lachend den Kopf zurück. Um ein Haar wäre er schwach geworden, aber das hatte nichts zu bedeuten. Er war ein moderner Mann, der sich diesem absurden *geis* entschieden widersetzen würde. Niemals würde er ihm zum Opfer fallen. Im ganzen Vereinigten Königreich gab es keine einzige Frau, die ihn dazu bringen konnte, um ihre Liebe zu betteln, schon gar nicht diese erbärmliche, heruntergekommene und würdelose Kreatur.

Mit maliziöser Freude warf er den Göttern den Fehdehandschuh hin.

13

Blendendes Morgenlicht strömte durch die hohen Fenster herein. Ravenna kniff die Augen zusammen und vergrub sich in der behaglichen Dunkelheit der Satinbettdecke wie in einer Höhle.

Aber die Erinnerung setzte ein, und sie stöhnte laut auf. Sie war nicht zu Hause. Dort gab es keine Satindecken oder Laken, die nach Lavendel dufteten. Ihr Cottage besaß auch keine Fenster, die vom Boden bis zum Himmel reichten und diesen gräßlich grellen Sonnenschein hereinließen.

Sie erinnerte sich an ihr enttäuschendes Zusammensein mit Malachi und daran, daß sie am Friedhof der Trevallyans auf Griffen O'Rooney gestoßen war. Sie war vor Griffen geflohen und ... wurde von einer Kutsche erfaßt. Ja, so war es gewesen. Sie hatte das Gefährt nicht gesehen, sonst wäre sie ihm rechtzeitig ausgewichen. In ihrer Angst und Verwirrung war sie unter die Hufe der Pferde geraten. Und wer immer sie auch gefunden hatte, hatte sie mit zu sich nach Hause genommen, damit sie sich erholen konnte.

Sie befühlte ihren schmerzenden Kopf und kam langsam wieder unter der Bettdecke hervor. Grania mußte vor Sorgen fast außer sich sein, und ihr unbekannter Retter wußte vielleicht nicht, wen er – oder sie – benachrichtigen sollte.

Behutsam, sehr behutsam, um ihren schmerzenden Kopf nicht unnötig zu bewegen, richtete sie sich in den weichen Kissen auf und zwang sich dazu, die Lider zu öffnen. Sie sah das Himmelbett, die grünen Vorhänge aus Brokat, die Steinwände ... und hielt den Atem an. Sie war wieder in Trevallyans Schlafgemach.

Entsetzt schloß sie die Augen. Also war es seine Kutsche gewesen, die sie auf der regennassen Straße erfaßt hatte. In Bruchstücken kam die Erinnerung zurück. Sie war verletzt worden, er hatte sie mit ins Schloß genommen, und nun befand sie sich in dem Raum, in den sie um alles in der Welt nie wieder zurückkehren wollte. In seinem Schlafzimmer. Und das nicht nur als Besucher, denn sie lag obendrein auch noch in seinem Bett und trug lediglich ...

Fast widerwillig blickte sie an sich herunter. Ihr Nachthemd war natürlich zu naß und zu schmutzig gewesen, um sie damit zu Bett zu bringen. Sie hob einen Arm und sah, daß der Ärmel bis über die Fingerspitzen reichte. Das Kleidungsstück war aus weißem Batist, vorne mit Perlmuttknöpfen geschlossen. Ein Männerhemd. Trevallyans Hemd.

Sie dachte daran, was sie getragen hatte, als Trevallyan sie gefunden hatte: nichts als ihr Nachthemd. Heiße Röte stieg ihr in die Wangen.

»Und vergib uns unsere Schuld, wie wir vergeben unseren Schuldigern ...«

Ihr Kopf schoß nach rechts. Da saß der Anlaß für ihre Demütigung und beobachtete sie – mit Augen, die so kalt waren wie das Eis auf der winterlichen Boyne.

Sie sah ihn an und vergaß für den Augenblick die bohrenden Schmerzen in ihrem Kopf. Er saß in einem Armsessel und streckte die Beine von sich. Er trug eine schwarze Hose und ein weißes, gestärktes Hemd, das ihrem sehr ähnlich sah. Seine Seidenweste hatte die Farbe zerdrückter Weinbeeren und vermittelte einen Hauch von Reichtum, der in bemerkenswertem Kontrast zu seinem schlichten grauen Überrock stand. Sein Gesicht war frisch rasiert und roch nach Vetiveröl-Seife, während sie mit ihren wirr herabhängenden schwarzen Haaren und ungebadet sicher ein Bild des Jammers bot. Sie wartete darauf, daß er eine abfällige Bemerkung machte, doch das tat er nicht. Er sah sie nur an und meinte: »Eigentlich ist das doch ein sehr gutes Motto, nicht wahr? Vergib uns unsere Schuld, wie wir vergeben unseren Schuldigern.«

Sie wollte fragen, was er eigentlich damit meinte, denn sie war sich nicht bewußt, ihm gegenüber schuldig geworden zu sein, doch dann bemerkte sie plötzlich, wie erschöpft er doch aussah.

Um seine Augen lag eine Resignation, die ihr zuvor nie aufgefallen war. Er wirkte, als hätte er eine ungeheure Last zu tragen, und sie fragte sich unwillkürlich, ob sie ihm diese Last aufgebürdet hatte. Doch dieser Gedanke war so absurd, daß sie ihn schnell wieder verdrängte. Es bestand keinerlei Veranlassung für ihn, sich um sie zu kümmern, und hatte er bisher nicht bei jeder ihrer Begegnungen deutlich genug gemacht, wie wenig er von ihr hielt? Wenn ihn etwas bedrückte, dann bestimmt nicht ihr Wohlergehen. Dann fiel ihr Blick auf seine Lippen, und ein schrecklicher Gedanke kam in ihr hoch. Sie hatte geträumt, Malachi zu küssen, aber dieser Traum war so realistisch gewesen, daß sie meinte, noch jetzt den Druck seiner Lippen, den Griff seiner Hand zu spüren, mit dem er sie näher an sich heranzog. Sie konnte schwören, jemand geküßt zu haben, und das keineswegs im Traum. Und wenn sie die ganze Nacht in Trevallyans Obhut gewesen war, könnte sie ...

Ihre Hand fuhr zu ihrem Mund, ihre Augen starrten ihn entsetzt an. Es konnte, durfte nicht wahr sein. Sie konnte ihn nicht geküßt haben, aber das Unbehagen in seinem Blick sagte ihr mehr als ihre vage Erinnerung.

»Habe ich ... Habe ich Sie etwa geküßt?« hauchte sie.

»Ja«, erwiderte er kühl und konnte ihr plötzlich nicht mehr in die Augen sehen.

Sie zuckte unter seiner mißbilligenden Miene förmlich zusammen und fragte sich, was um alles in der Welt sie bewogen hatte, sich wie eine Schlampe aufzuführen. Wurde sie vielleicht doch von der Vergangenheit ihrer Mutter eingeholt? Vielleicht war das etwas, was sie nicht beherrschen konnte? So wie das eigentümlich Gefühl, das sie jedesmal empfand, wenn sie an die Männer dachte, die nackt im River Lir badeten? Würde sie nun etwa den Drang verspüren, jeden Mann küssen zu müssen? Selbst den guten Father Nolan und Trevallyans alten, einarmigen Butler? Gott bewahre!

»So unangenehm war es nun auch wieder nicht, möchte ich meinen.«

Sie sah ihn an. War da etwa eine winzige Andeutung von Erheiterung in seinen blaugrauen Augen? Nein, sie irrte sich, irrte sich ganz bestimmt.

»W... Was war nicht so unangenehm, Mylord?«

»Der Kuß.«

»Aber ich wollte Sie gar nicht küssen«, platzte sie heraus. »Glauben Sie mir bitte. Ich dachte, Sie wären jemand anderes.«

Trevallyan blickte sie so intensiv an, als wollte er sie mit den Augen durchbohren. »Ich verstehe«, sagte er mit seltsam zorniger Stimme. »Vielleicht der Mann, der gestern nacht die Scheune der Quinns niedergebrannt hat?«

Ravenna schluckte. »Wurde jemand verletzt?«

»Die Scheune konnte nicht gerettet werden«, sagte er. »Auch Kathleens wertvolle Stute nicht.«

Sie senkte die Augen, blickte auf die Bettdecke, sah dort aber ein verängstigtes Pferd bei lebendigem Leib verbrennen. Sie wollte nicht glauben, daß Malachi, der Junge, den sie geliebt hatte, eine so abscheuliche Tat begehen konnte, wußte jedoch im tiefsten Inneren, daß er vermutlich dazu fähig war. Die Erlebnisse seiner Kindheit und Jugend hatten Malachis Hang zu Streichen in kriminelle Energie verwandelt.

»Weiß man schon, wer die Scheune in Brand gesetzt hat?« fragte sie und kämpfte gegen die Tränen.

Er umfaßte ihr Kinn und zwang sie dazu, ihn anzusehen. »Ein Mann sagte aus, daß er im Schein der Flammen kurz das Gesicht des Brandstifters gesehen hat. Er sagte, der Mann hätte ausgesehen wie ... Malachi MacCumhal.«

»Hat er gesehen, wie Malachi das Feuer gelegt hat? Eine flüchtige Begegnung in nächtlicher Dunkelheit ist kein Beweis.«

Sie runzelte die Stirn. »Abgesehen davon kann ich nicht glauben, daß er mit Absicht so etwas tut. Niemand liebt Pferde mehr als er. Er steckt doch Reverend Drummonds Stute immer wieder Ähren zu, wenn der alte Mann mal nicht hinsieht.«

»Malachi wird am Galgen enden, wenn er nicht endlich aufhört, den White Boy zu spielen.«

»Er hat die Scheune nicht niedergebrannt, das versichere ich Ihnen!« funkelte sie ihn wütend an. Ihre entschiedenen Worte standen im krassen Gegensatz zu ihren Gedanken, aber irgend etwas in ihr schien nicht akzeptieren zu können, daß man ihm die Schuld gab. Ausgerechnet Trevallyan! Trevallyan, der Armut und Not nie kennengelernt hatte. Er verbrachte seine Tage auf seinem feinen Schloß, zählte seine Reichtümer und dachte nur über seine nächste Zerstreuung nach. Dieser Mann war doch mit einem silbernen Löffel im Mund zur Welt gekommen. Er konnte nicht nachempfinden, wie sich Malachi fühlte. Niemals!

»Du verteidigst ihn also?« erkundigte sich Trevallyan kühl.

»Ja«, fauchte sie, obwohl sie von Malachis Unschuld nicht mehr überzeugt war als Trevallyan.

Trevallyan schob seinen Sessel zurück und stand auf. Mit verschränkten Armen blickte er auf sie herab wie auf einen Unglückswurm. »Du behauptest also, er sei unschuldig. Ich gehe davon aus, daß du deine Behauptung beweisen kannst.«

Die Angst um den Freund ihrer Kindertage schnürten ihr fast die Kehle zusammen. »Ich ... Ich weiß, daß er kein Feuer in der Scheune gelegt hat. Ich kenne Malachi, müssen Sie wissen. Er ist ein guter Bursche. Ich weiß, daß er es ist.«

»Deine Bewertung seines Charakters ist für den Richter irrelevant.«

»O bitte, bringen Sie diese Angelegenheit nicht vor den Richter. Sie dürfen den Richter doch nicht mit diesem unbedeutenden Unfug befassen.«

»Ravenna...« Wieder zwang er sie mit einem Griff unter ihr Kinn dazu, ihn anzusehen. »Das war kein unbedeutender Unfug, und der Richter ist bereits mit der Angelegenheit befaßt, denn *ich* bin der Richter.«

Schockiert blickte sie Trevallyan an. Sie war so lange in London gewesen, daß sie die Hierarchie von Lir nahezu vergessen hatte. Jetzt verstand sie, warum Malachi Trevallyan so haßte. Stets sprach er von ihm, als wäre er ein Herrscher, ein König. Und wenn Trevallyan nicht nur Großgrundbesitzer, sondern auch Richter war, was unterschied ihn dann eigentlich wirklich noch von einem König?

»Heute früh erschienen fünfzehn Leute im Schloß und forderten, daß Malachi an den Galgen kommt. Sie verlangten, daß seinen Machenschaften endlich ein Riegel vorgeschoben wird.«

»Hat man ihn schon gefaßt?« flüsterte sie angstgepeinigt.

»Nein. Er versteckt sich irgendwo. Aber wenn man ihn fängt...«

»Wenn man ihn fängt, können Sie ihnen sagen, daß er unschuldig ist.«

Er hob eine Augenbraue. »Wie das?«

»Weil er letzte Nacht mit mir zusammen war«, erklärte sie mit unbewegtem Gesicht. Lügen war zwar Sünde, aber sie konnte diese ganzen furchtbaren Beschuldigungen gegen Malachi einfach nicht glauben. Abgesehen davon stimmte es ja. Malachi war gestern nacht mit ihr zusammen gewesen. Zumindest eine gewisse Zeit...

Doch kaum hatte sie das Alibi über die Lippen gebracht, sah sie auf Trevallyans Gesicht das, was alle Welt nun von ihr denken würde. Jeder im Dorf würde sagen, daß sie sich mit Malachi bei den Klippen getroffen hatte, weil sie ein Liebespaar waren. Ihr guter Ruf, wenn sie den überhaupt je gehabt hatte, wäre gründlich ruiniert.

»Angesichts des Zustandes, in dem ich dich gefunden habe, brauche ich gar nicht erst zu fragen, was du gemacht hast.« Lord Trevallyan sah aus, als kämpfe er mit dem Wunsch, sie zu schlagen.

»Sagen Sie Lord Quinn, daß Malachi seine Scheune nicht niedergebrannt hat. Er ist kein White Boy. Nie könnte er jemandem absichtlich Schaden zufügen.«

»Er ist ein gefährlicher Mensch, Ravenna. Man sagt, er hätte Menschen verletzt – nein, getötet, ob nun absichtlich oder nicht. Er trachtet nach Gerechtigkeit, aber unter brutaler Gewaltanwendung. Wenn du das nicht erkennst, kannst du mir leid tun.«

Resigniert ließ sich Ravenna in die Kissen zurückfallen. »Ich weiß nicht, ob er die Scheue angezündet hat oder nicht. Ich weiß nur, daß er in der vergangenen Nacht bei mir war. Und wenn ich muß, werde ich das auch zu seiner Verteidigung aussagen.«

Ohne Vorwarnung griff er nach ihr und zog sie fest an sich. »Du wirst Malachi MacCumhal nie wiedersehen, hast du verstanden? Du wirst dich von ihm fernhalten!«

Unterdrückt schluchzte sie auf und sah ihm trotzig in die Augen. Noch nie hatte sie einen Menschen so zornig erlebt. Nicht einmal Malachi. »Was gibt Ihnen eigentlich das Recht, mir Anordnungen zu erteilen? Mir zu sagen, wer mein Freund ist und wer nicht? Sie führen sich ja auf wie ein eifersüchtiger ...« Erschreckt hielt sie inne, aber das Wort »Liebhaber« stand auch unausgesprochen zwischen ihnen.

Er ließ sie so abrupt los, als wäre sie aussätzig. »Ich habe keinerlei Interesse an dir«, stellte er fest.

»Warum mischen Sie sich dann so intensiv in meine persönlichen Dinge ein?« wollte sie wissen und strich sich eine Haarsträhne aus den Augen.

Er blieb die Antwort schuldig, wandte den Blick ab und meinte schließlich: »Dieser *geis* hat mein Leben zerstört...«

»Wovon reden Sie eigentlich?«

»Weißt du, was ein *geis* ist, Ravenna?«

»Natürlich.«

»Die Trevallyans stehen unter einem *geis*. Und ich habe mich ihm widersetzt.« Sein Blick wanderte zum Fenster, hinter dem in der Ferne der Friedhof zu sehen war. Die schwarzen Grabsteine ragten aus dem Morgennebel, den die Sonne noch nicht ganz verdrängt hatte. Sein Gesichtsausdruck ließ Ravenna erschauern.

»Manche in der Grafschaft behaupten, daß in diesen Gräbern da draußen der Beweis für meinen Trotz liegt«, flüsterte er.

»Was verlangt Ihr *geis*?« fragte sie fast wider Willen.

Er blickte sie an, und ein furchteinflößendes Lächeln umspielte seine Lippen. »An dem Tag, an dem ich an ihn glaube, werde ich es dir sagen.«

»Aber... Sie müssen doch ein wenig an ihn glauben, sonst würden Sie sich nicht so verhalten...« Ihre Worte versickerten so schnell, wie er ihr näherkam. Seine Miene war hart und doch merkwürdig heiter. Sie gefiel ihr ganz und gar nicht.

»Ich bin ein Verstandesmensch, ein aufgeklärter Mann des Neunzehnten Jahrhunderts. Ich gebe zu, daß mich manche Zufälligkeiten im Zusammenhang mit diesem *geis* irritieren. Doch deshalb glaube ich noch längst nicht an ihn. Niemals.« Er setzte sich an den Rand des Bettes und legte ihr die Hand in den Nacken. Ängstlich sah sie ihn an – ängstlich, aber auch fasziniert von seinen schnell wechselnden Stimmungen.

Entnervt und verlegen hob sie die Hand zum Hemdausschnitt, aber er fing sie ein, hielt sie fest.

»Was siehst du, wenn du mich anblickst, Ravenna?«

Ihr Herz klopfte erschreckend laut. »Was meinen Sie damit?«

»Nur so aus Neugierde ... Wie würde ich bei dir im Vergleich mit deinem jungen Hengst MacCumhal abschneiden, wenn ich in dein Bett käme? Würdest du mich als guten und würdigen Partner ansehen?« Er zog sie so eng an sich, daß sich ihre Nasen fast berührten und sie die Wärme seines Atems auf ihrer Wange spüren konnte. »Oder würdest du mich auslachen? Mich einen lüsternen alten Mann nennen, der jungen Röcken nachläuft?«

Brennende Röte übergoß ihre Wangen. Aber er hatte jedes Recht, sie für ein loses Weibsbild zu halten – nach dem Zustand, in dem er sie aufgefunden hatte, nach ihrem Geständnis, in der vergangenen Nacht mit Malachi zusammengewesen zu sein. Dennoch waren seine Worte zu beleidigend, um unerwidert hingenommen werden zu können.

»Ich würde Sie nicht wegen Ihres Alters zurückweisen, Mylord, sondern wegen Ihrer Intelligenz.«

Er lachte – ein unfrohes, lustloses Geräusch, das aus den Tiefen seines Brustkorbs zu kommen schien. Sie dachte, er würde sie loslassen, aber statt dessen flüsterte er: »Hättest du etwas anderes gesagt, hätte ich vielleicht kein Verlangen danach verspürt.« Langsam senkte er den Kopf und fügte hinzu: »Diesmal gibt es keine Täuschung. Diesmal wirst du wissen, wen du küßt.«

Ihr Kopf zuckte zur Seite, wollte seinem Grriff entkommen, doch seine Finger lagen zu fest um ihren Nacken. Sein Mund berührte ihre Lippen. Sie weigerte sich, wehrte sich, kämpfte mit aller Macht gegen ihn an, aber er behielt die Oberhand. Seine Lippen hielten ihre in einem warmen, leidenschaftlichen, hungrigen Kuß umfangen. Sein Griff lokkerte sich, aber seine verführerische Verlockung wurde stärker, immer stärker, bis sie schließlich zögernd dahinschmolz.

Wie anders Malachis Kuß doch gewesen war. In Trevallyans Vorgehen lag eine Berechnung, die sie eigentümlich erregte. Hatte sie Malachis Versuch an den Angriff eines Tieres erinnert, so fühlte sie sich von Trevallyan ganz sanft, fast unmerklich dazu überredet, sich blindlings dem Teufel zu ergeben. Seine Berühungen waren so raffiniert, so ausgeklügelt wie das Netz einer Spinne, und mit jedem Druck seiner Lippen fragte sie sich, wie sie dem Labyrinth seiner feingesponnenen Fäden wieder entkommen sollte.

So langsam wie er begonnen hatte, sie zu küssen, so langsam zog er sich wieder zurück. Er fuhr mit den Fingerspitzen über ihre Lippen, als wäre seine Berührung Balsam. Sie wollte ihn anspucken, schlagen – irgend etwas tun, was ihm ein ähnliches Gefühl der Verwirrung vermittelte wie das, in dem sie sich befand. Aber sie versagte sich jede Vergeltung. Er würde sie ja doch nur auslachen und damit ihre Demütigung weiter vertiefen. Er war der König von Lir. Er war Gott. Er war ja sogar Richter. Sie hatte keine Macht über ihn. Nur die Macht, ihn zurückzuweisen. Und zurückweisen würde sie ihn, weil sie ihn verabscheute – jetzt mehr als je zuvor.

»Ich habe Grania eine Nachricht über deinen Unfall zukommen lassen«, erklärte er gelassen. »Der Arzt meinte, du solltest eine Woche im Bett bleiben. Darüber habe ich deine Großmutter informiert. Sie weiß, wann sie dich zurückerwarten kann.«

Etwas Gutes hat Trevallyans schändliches Verhalten zumindest gehabt, erkannte Ravenna. Es hatte sie von ihren Kopfschmerzen abgelenkt. Doch jetzt begann sich der Raum vor ihr zu drehen. Sie schloß kurz die Augen.

»So lange werde ich Ihre Gastfreundlichkeit keinesfalls in

Anspruch nehmen.« Sie rieb sich die Schläfen, blickte sich nach ihrer Kleidung um und erinnerte sich, daß er sie im Nachthemd gefunden hatte.

Verzweifelt sank sie in die Kissen zurück und sagte: »Es wäre äußerst freundlich von Ihnen, wenn Sie Grania bitten könnten, mir ein paar Sachen zu schicken ...«

»Sie wird dir ein Kleid schicken, wenn der Arzt entschieden hat, daß du das Schloß verlassen kannst. Inzwischen schlage ich vor, daß du versuchst zu schlafen. Du siehst ziemlich blaß aus.« Er stand auf und ging zur Tür. »Und bete für Malachi MacCumhals Seele.«

»Sie sollten sich lieber um Ihr eigenes Seelenheil sorgen, Mylord«, fauchte sie ihn an. »Sie könnten Ihrem Schöpfer früher entgegentreten, als Sie vielleicht meinen.« Sie wischte sich mit dem Handrücken über den Mund, als wären ihre Lippen beschmutzt. »Besonders, wenn Sie noch einmal versuchen, mich zu küssen.«

»Nun«, erwiderte er fast nachdenklich, »ich glaube, ich werde darauf warten, daß du diejenige bist, die mich küssen will.« Er drehte sich um und war verschwunden.

14

Überrascht stellte Trevallyan fest, daß das Bett leer und die Decke so nachlässig zur Seite geschlagen war, als wäre das Lager in aller Hast verlassen worden. Er hob den Leuchter, um den Raum besser zu beleuchten, konnte sie aber nirgendwo entdecken. Ravenna war verschwunden – wie von den Moosfeen entführt.

Er blickte durch die offenstehenden Türen ins Nebenzimmer. Die ersterbende Glut im Kamin tauchte den kleinen Raum in ein gespenstisch rötliches Licht. Als er über die Schwelle trat, wußte er noch nicht, was ihn beunruhigte, was da nicht stimmte. Dann blieb er wie angewurzelt stehen.

Der Sessel. Das war es. Der Sessel. Der, den er nie benutzt hatte. Jetzt lag sie darin.

Er starrte sie an, wollte losstürzen, sie aus dem Sessel reißen und schütteln, brachte aber seltsamerweise nicht die Kraft dazu auf. Er wollte nicht, daß sie in diesem Sessel saß. Er war etwas ganz besonderes, wartete – doch nicht auf sie. Auf keinen Fall auf sie! Aber ihm war klar, daß er nichts Unüberlegtes tun durfte. Wenn er ihr untersagte, diesen Sessel zu benutzen, würde er als kompletter Idiot dastehen. Und das wollte er nicht. Er war ein vernünftiger, intelligenter Mann, der selten die Fassung verlor. Im Grunde kann es mir absolut gleichgültig sein, welchen Sessel sie erwählte, sagte er sich.

Doch es war ihm nicht gleichgültig. Ganz und gar nicht.

Sie seufzte leise auf und rekelte sich so behaglich in den Polstern, als wäre der Sessel für sie gemacht.

Er ließ sich in den anderen Sessel fallen und starrte sie mißmutig an. Sie war ein Engel des Satans – schlief da in seinem Sessel und ihre schwarzen Haare lagen wie ein Witwenschleier auf der Armlehne. Im rötlichen Schein des Kamins sah sie geradezu verrücht schön aus, absurd unschuldig. Alles an ihr forderte ihn heraus.

Er kniff die Augen zu. Er würde nicht die Fassung verlieren. Er würde sich nicht ergeben. Schicksal? Bestimmung? Zufälligkeiten! Die Vernunft war alles, was zählte. Sein Verstand und nicht seine Lenden würden ihm in seinem Kampf gegen die Dummheit zum Sieg verhelfen. Und gewinnen wollte er ihn doch, oder etwa nicht?

Er fluchte leise.

Ein Rascheln lenkte ihn dankenswerterweise von seinen

unerfreulichen Gedanken ab. Zwischen Ravennas nackten Füßen lag ein Bogen Papier, bedeckt mit ihrer geübten Handschrift. Er fragte sich, ob sie einen Brief an MacCumhal geschrieben hatte. Einem Gentleman kam es zwar nicht zu, fremde Briefe zu lesen, aber er hatte nie behauptet, einer zu sein. Er beugte sich vor, hob den Bogen auf und las. Zweimal.

Als Niall das Papier auf den kleinen Tisch legte, neben dem Ravenna schlief, mußte er widerwillig zugeben, daß sie da eine beachtliche Arbeit geleistet hatte. Ihre Prosa verriet Talent, Phantasie sowie die Fähigkeit, den Leser in eine andere Welt zu führen. Er fühlte sich von ihren Schilderungen so gefesselt, daß er gern weitergelesen hätte, doch mehr war nicht da. Die Geschichte mußte erst noch zu Ende geschrieben werden, aber das wenige, das er gesehen hatte, verriet eine Intelligenz und ein Einfühlungsvermögen, die er bei einem Mädchen nie vermutet hätte, das so schamlos war, halbnackt durch die Nacht zu laufen.

Fast widerstrebend sah er zu ihr hinüber. Bei ihrem Anblick in diesem Sessel war er entsetzt gewesen, doch inzwischen ließ der Schock nach. Er hatte den Sessel für seine Frau gekauft, vor langer Zeit, als er noch gar nicht gewußt hatte, wer seine Frau werden würde. Eins mußte man diesem *geis* lassen: Er war nicht ohne Ironie. Fast schien es so, als nähme er ein Eigenleben an, um ihn bei jeder Gelegenheit zu verspotten.

Ein bißchen unsanfter als nötig legte er ihr die Hand unter das Kinn und hob ihren Kopf.

Die langen dichten Seidenwimpern begannen zu flattern, sie schlug die Lider auf. Mit geheimer Freude sah er, daß ein Hauch von Furcht in den veilchenblauen Augen lag. Eines mußte er ihr lassen: Dumm war sie nicht.

»Du solltest im Bett bleiben«, herrschte er sie an.

»Ich habe nicht das Bett verlassen, sondern war auf dem

Weg zur Tür.« Gereizt zog sie sich von ihm zurück. Spöttisch blickte er vom Bett zu den schweren Eichentüren. »Und unterwegs mußtest du ein Schläfchen machen? Sieht ganz so aus, als würdest du leicht ermüden.«

Sie würdigte ihn keiner Antwort. Plötzlich schien ihr etwas einzufallen. Sie richtete sich auf, strich sich die schwarzen Haare zurück, sah sich verstohlen nach dem Bogen Papier um und wirkte erleichtert, als sie ihn auf dem Tisch entdeckte.

»Was hast du denn den ganzen Abend gemacht?« Erfreut nahm er zur Kenntnis, daß die Frage sie zu irritieren schien.

»Ich ... Ich habe gelesen. Ich hoffe, es stört Sie nicht. Sie haben so viele Bücher.« Sie sah ihn an wie eine Maus die Katze.

»Was hast du denn da geschrieben?« Nonchalant streckte er die Hand nach dem Bogen aus.

Sie sprang hoch wie von der Tarantel gestochen und riß ihm den Bogen aus den Fingern. »Das dürfen Sie nicht lesen! Das gehört mir!« Zu ihrer Empörung begann er zu lachen.

Sie starrte ihn mit weit aufgerissenen Augen an. »Sie haben es gelesen, als ich schlief! Wie konnten Sie so etwas tun? Wie unverschämt!«

»Ich hatte angenommen, du könntest ein aufrührerisches Pamphlet verfaßt haben. Bei den Freunden, mit denen du dich umgibst, kann man nicht vorsichtig genug sein, liebes Kind«, sagte er und bemühte sich vergeblich, sein Lachen zu unterdrücken.

»Das haben Sie keineswegs angenommen! Sie haben geschnüffelt. Geben Sie es doch wenigstens zu!«

»Also gut, ich habe geschnüffelt. Was schreibst du da eigentlich? So richtig bin ich nicht dahintergekommen.«

Sie wirkte verletzt. »Ich schreibe einen Roman«, verkündete sie hoheitsvoll.

Jetzt prustete er vor Lachen. »Tatsächlich? Nun, das ist stark.«

Ihr giftiger Blick hätte einen Keiler umbringen können. »Warum machen Sie sich über mich lustig? Was ist gegen meinen Wunsch einzuwenden, eine Schriftstellerin werden zu wollen? Es ist ein Märchen, das ich da schreibe. Höchst passend für eine Frau, wie ich finde.«

»Du wirst es nie veröffentlichen. Warum verbringst du deine Zeit nicht mit Malen oder Handarbeiten wie alle anderen jungen Damen?«

Sie stemmte die Hände in die Hüften. »Nennen Sie mir einen Grund, weshalb ich mit meiner Geschichte scheitern sollte.«

Er sah sie an – verärgert über ihre Aufmüpfigkeit, fasziniert von ihrer Erscheinung. »Ich kann dir nicht nur einen nennen sondern eine Vielzahl«, erwiderte er langsam. Er wollte durchaus nicht arrogant wirken, konnte sich aber nicht zurückhalten, sie von Kopf bis Fuß zu mustern. Bewunderung – und etwas anderes, nicht ganz so Unverfängliches – zuckte über seine Züge, als er ihre Figur in seinem schwarzen Hausmantel betrachtete. Warum wirkte eine Frau in Männersachen so unendlich viel femininer und reizvoller als in weiblicher Kleidung?

»Man wird deine Erzählung nicht veröffentlichen«, erklärte er, »weil du eine Frau bist. Die Verleger publizieren keine von Frauen verfaßten Romane.«

»Einige Frauen werden sehr wohl veröffentlicht. Und den Frauen werden meine Geschichten gefallen. In meinen Erzählungen sind Frauen die Hauptpersonen.«

»Du übersiehst die Tatsache, daß dich die Burschen in London nicht ernst nehmen werden. Das Verlagswesen ist ein uraltes, von Männern dominiertes Gewerbe. Sie machen sich doch gar nicht erst die Mühe, das zu lesen, was Frauen gefällt. Dieser ganze romantische Unsinn. Mich schaudert, wenn ich nur daran denke.«

»Aber wenn damit Geld zu verdienen wäre, würden sie auch eine Frau publizieren.«

Tief aufseufzend fragte er sich, wie er dieses kleine, zierliche, halsstarrige Wesen zur Vernunft bringen konnte. »Frauen würden Erzählungen wie deine vielleicht wirklich gern lesen, aber sie sind auf diese gräßlichen Schauerromane angewiesen, weil es etwas anderes für euch Ladies nicht geben wird. Kein Mann möchte etwas über das Schicksal einer Frau lesen. Es sei denn, sie fällt einer Tragödie zum Opfer.«

»In meinen Romanen schreibe ich auch von Tragödien.«

»Warum nimmst du nicht ein Pseudonym an? Niall Trevallyan ist ein ganz wohlklingender Name.«

Ihr Blick war weit weg, ganz so, als träume sie bereits von ihrem Erfolg. »Nein. Ich werde unter meinem eigenen Namen schreiben. Ich werde eine große Schriftstellerin, und wenn mich die Literaturgemeinde auslacht und meine Werke verächtlich macht, weil meine Heldinnen über ihre Tragödien triumphieren, dann ist mir das gleichgültig. Meine Leserinnen werden mich lieben.«

»Törichtes Mädchen. Diesen Kampf wirst du fraglos verlieren.«

»Ich habe eine große Sehnsucht, und die werde ich nicht unterdrücken ... Ich wünsche mir ernsthaft, daß die unterschiedliche Behandlung der Geschlechter in unserer Gesellschaft aufgehoben wird ...« Ravenna sah ihn durchdringend an und fügte hinzu: »Und bei der Veröffentlichung von Büchern.«

Er faßte sich an den Kopf. Es war kaum zu glauben. Woher hatte dieses Kind nur seine wirren Ideen? Er kannte sich mit ihr einfach nicht aus. Sobald er dachte, er wäre endlich zu einem Urteil über sie gekommen, entdeckte er eine neue Facette ihres Charakters, mit dem er nie gerechnet hätte. »Komm mir bloß nicht mit Mary Wollstonecraft? Und wo hast du eigentlich ihren Unsinn gelesen?«

»Eine meiner Lehrerinnen hatte ihr Buch *Verteidigung der Rechte der Frauen*. Sie ließ es mich lesen, wenn ich bei ihr zum Tee eingeladen war.«

Fassungslos sah er sie an. Der Kampf um die Home Rule ließ Irland in den Grundfesten erbeben, aber dieser Fratz sprach von Gleichberechtigung der Geschlechter. Vielleicht war es ganz gut, daß sie nur ein illegitimes Kind und keine Katholikin war. Er konnte es kaum erwarten, Father Nolans Ansichten über ihre lächerlichen Vorstellungen zu hören, und nahm sich – nicht ohne klammheimliche Freude – vor, den Priester zusammen mit Ravenna zum Tee zu bitten.

»Ich werde veröffentlicht, Lord Trevallyan, warten Sie es nur ab.«

Ihre Entschlossenheit beeindruckte ihn. »Sie werden deine Manuskripte nie annehmen.«

»Männer vielleicht nicht. Aber sie stellen nur die Hälfte der Bevölkerung.«

»Aber die Hälfte, die zählt.«

»Noch.«

Sie warf ihm ein ruhiges, verschwiegenes Lächeln zu, das selbst den heiligen Patrick dazu hätte bewegen können, jedes Höllenfeuer zu durchqueren. Sein Magen krampfte sich eigentümlich zusammen, als er zusah, wie sie die Satin-Revers seines Hausmantels über der Brust zusammenraffte, aufstand und vor den Kamin trat.

Sie war so ganz anders, als er sie sich vorgestellt hatte. Jedesmal, wenn er meinte, sie eingefangen zu haben, brauchte er sich nur umzudrehen – und da war sie und forderte ihn spöttisch dazu heraus, sie erneut einzufangen.

»Wird diese Karriere als große Schriftstellerin dich und deine Großmutter aus der Armut erlösen oder willst du statt dessen nicht lieber Chesham heiraten?«

Unbeeindruckt von seiner kaum verhüllten Beleidigung streckte sie die Hände der ersterbenden Glut entgegen. »Ich werde zwar nie wissen, was Sie das eigentlich angeht, aber da Sie so beharrlich darauf zu bestehen scheinen, sich in mein Leben einzumischen, werde ich es Ihnen sagen. Ich hoffe inständig, daß meine Arbeiten veröffentlicht werden, aber Grania und ich sind darauf nicht angewiesen. Wir erhalten einen monatlichen Unterhalt von meinem Vater.«

»Vater ...?« Fast hätte er sich verschluckt. »Aber dieses Geld kommt nicht von ihm. Du weißt doch nicht einmal, wer er ist.« Kaum waren die Worte heraus, hätte er sich am liebsten geohrfeigt.

»Mein Vater hat mich geliebt, Lord Trevallyan«, zischte sie zornig. »Obwohl es für ihn keine Möglichkeit gab, meine Mutter zu heiraten, hat er sich doch um mein Wohlergehen gekümmert. Grania will zwar nicht zugeben, daß das Geld von ihm stammt, aber ich weiß auch so, daß er für mich vorgesorgt hat. Er liebt mich.«

Wie viele Märchen sie sich doch einfallen läßt, dachte er und betrachtete sie nachdenklich. Aber sie war in der Verteidigung ihres Vaters so entschlossen, daß er sich lieber die Zunge abgebissen hätte als ihr zu sagen, daß er in all diesen Jahren für sie gesorgt hatte und nicht ihr erbärmlicher Vater. »Ich denke, daß er eine so ergebene Tochter gar nicht verdient hat«, sagte er leise.

»Und ich denke, er hätte weit Besseres verdient«, flüsterte sie.

Schweigen breitete sich aus. Beide starrten in die Glut und schienen ihren Gedanken nachzuhängen.

»Hat man Malachi schon gefaßt?« fragte sie schließlich.

Niall betrachtete ihr Profil, bis sich seine Melancholie unauslöschlich eingebrannt hatte. »Man sagt, er sei ins Ausland entkommen. Wahrscheinlich haben ihm seine Spießgesellen eine Passage nach Amerika verschafft. Du wirst ihn vermutlich nie wiedersehen.«

Der Schmerz in ihrem Blick ließ ihn tief durchatmen. Zorn kam in ihm hoch, schien ihn fast zu verzehren. Besonders, als nun auch noch Tränen in ihre Augen traten.

»Was findest du nur an MacCumhal?« fragte er unbeherrscht. »Er ist durch und durch verdorben. Er hat dich nur in Schwierigkeiten gebracht. Noch schlimmer, er hätte dich töten können. Nun ist er fort, und ich sage: Gott sei Dank. Wenigstens hat er uns damit die Kosten für den Strick erspart, mit dem wir ihn aufgeknüpft hätten.« Die Wut in ihrem Blick vermittelte ihm eine merkwürdige Genugtuung. Als sie nichts erwiderte, konnte er der Versuchung nicht widerstehen, sie weiter zu reizen. »Wie ich sehe, bekümmert dich sein Verschwinden. Du weinst, weil du gern deiner Mutter nachgeeifert hättest – in jeder Beziehung.«

»Malachi ist mein Freund. Wenn Sie nicht der Teufel persönlich wären, wüßten Sie, was es heißt, einen Freund zu verlieren.«

Er war enttäuscht. Er hatte gehofft, daß sie ihre Beherrschung verlor und wäre nicht einmal empört, wenn sie ihn in ihrer Wut geschlagen hätte. Er hätte das Gerangel sogar genossen. Besser noch: gewonnen.

Vom Kamin her sah sie ihn mit der gelassenen, ausdruckslosen Miene an, die man ihr auf dem englischen Pensionat beigebracht hatte. Zum ersten Mal bedauerte er, sie dorthin geschickt zu haben.

»Wenn Sie mich jetzt bitte entschuldigen würden. Ich möchte allein sein«, sagte sie.

Er verfluchte sich, ihren angegriffenen Gesundheitszustand vergessen zu haben. Plötzlich vermittelten ihm die Schatten unter ihren Augen, das bleiche, erschöpfte Gesicht Gewissensbisse. »Selbstverständlich. Vermutlich fühlst du dich nicht wohl.«

»Ich fühle mich durchaus wohl, Lord Trevallyan«, erklärte sie pointiert. »Ich würde nur gern allein sein, um darum beten zu können, daß Malachi so schnell wie möglich sein Ziel erreicht. Ich habe das dringende Bedürfnis, für seine Seele und seine Sicherheit zu beten.«

Eifersucht kochte in ihm hoch. »Wie erbärmlich! Findet deine literarische Seele Gefallen an seinen aufrührerischen Umtrieben? Wie lachhaft, wie unendlich dumm.«

»Hören Sie auf.« Endlich begann ihre englische Fassade unter ihrem irischen Temperament zu zerbröckeln. »Ich werde mir das nicht länger anhören. Sie sind nicht mein Vater, und Sie sind nicht mein Liebhaber. Sie können mir nicht vorschreiben, wie ich mich zu verhalten habe.«

»Ich bin nicht dein Vater ... aber ich könnte durchaus dein Liebhaber sein.« Er starrte sie an, schockiert über die Wahrheit, die ihm da unvermittelt über die Lippen gekommen war. »O ja«, flüsterte er heiser. »Das könnte ich durchaus sein.«

Das unverhüllte, pure Entsetzen in ihrem Gesicht hätte ihn zum Lachen gebracht, wenn es ihn nicht so ungeheuer verletzt hätte. »Also, was ist?« hieb er zurück. »Sollen wir uns anstellen? MacCumhal, Chesham und jetzt ich? Du könntest uns alle haben. Jeden auf seine Weise.« Die Worte waren wie Galle auf seiner Zunge.

»Ich hasse Sie.« Tränen erglänzten in ihren Augen. »Kein Mann hat je soviel Abscheu in mir geweckt wie Sie.«

Er sah sie an und fragte sich, ob er nun zufrieden darüber sein sollte, daß sich der *geis* nie erfüllen würde, oder verzweifelt darüber, daß ihn diese Frau, die ihn langsam um den Finger wickelte, so verachtete wie niemand sonst auf Erden.

Stumm und steif verbeugte er sich und ließ sie allein. Es verlangte ihn plötzlich nach seiner Whiskykaraffe.

15

Punkt acht Uhr am nächsten Morgen wurde der Early Morning Tea gebracht. Katey, eine kleine grauhaarige Irin mit sympathischem Gesicht, brachte ihn auf einem Silbertablett, auf dem sich auch in weißes Leinen gehüllte warme Crumpets befanden. Sie rief Ravenna ein munteres »Guten Morgen« entgegen und zog dann energisch die Vorhänge um das Bett zu.

Gleich darauf entfaltete sich hinter den grünen Damastbahnen rege Geschäftigkeit, und Ravenna entnahm den eindeutigen Geräuschen, daß Diener eimerweise heißes Wasser aus der Küche heraufbrachten. Eine metallene Badewanne wurde quietschend über den Steinfußboden gezogen. Wenig später entließ Katey die Diener, und zog, nachdem auch das letzte Paar schwerer Stiefel die Treppe hinuntergepoltert war, die Vorhänge wieder auf. Flink streute sie eine Handvoll Rosenblätter ins Badewasser, verabschiedete sich gleichfalls und ließ Ravenna, verblüfft über die fast mechanische Selbstverständlichkeit, mit der dieser Haushalt geführt wurde, zurück.

Aber natürlich bleibt den Dienern gar nichts anderes übrig, als Niall Trevallyans anmaßenden Erwartungen zu entsprechen, dachte sie mißmutig. Lange Zeit blickte sie auf die Wanne. Wenn sie die Kraft aufbrachte, sich in diese Wanne zu setzen, würde sie auch die nötige Energie für den Heimweg haben. Ihr Kopf schmerzte zwar noch immer, aber nicht annähernd so heftig wie am Tag zuvor. Bedauerlicherweise war die Bekleidungsfrage noch nicht gelöst. Ihr stand lediglich Trevallyans Batisthemd zur Verfügung. Selbst sein Hausmantel schien mit Katey verschwunden zu sein.

Mit einem tiefen Seufzer schlug sie die Decke zurück und kletterte von dem hohen Bett. Sie knöpfte das Hemd auf, zog es aus, ließ es neben der Wanne auf den Boden fallen und stieg in das angenehm warme Wasser. Nachdem sie sich auf dem neben der Wanne stehenden Tisch eine Tasse Tee eingegossen hatte, seufzte sie erneut tief auf – diesmal aus einem gänzlich anderen Grund. Zum ersten Mal in ihrem Leben machte Ravenna Bekanntschaft mit echtem Luxus.

Fast träumerisch trank sie ihren Tee, spitzte die Lippen und blies leicht in die vom Wasser aufsteigenden Danpfwolken. Das warme Wasser war Balsam für ihre verspannten Muskeln. Allzu lange konnte es nicht mehr dauern, bis sie entweder genügend Energien getankt hatte, um nach Hause zu laufen – oder aber einschlief.

»Nanu, was haben wir denn hier?«

Um ein Haar wäre sie aus der Wanne und an die Kassettendecke gesprungen. Ein Mann hatte das Nebenzimmer betreten. Sie wagte es nicht, sich nach ihm umzudrehen, wußte aber, daß er direkt hinter ihr stand. Auch seine Stimme hatte sie auf Anhieb erkannt. Es war Trevallyans Cousin Lord Chesham.

»Da will mich mein lieber Cousin zur Rückkehr nach London überreden und nun entdecke ich hier den Grund dafür, daß er selbst hierbleiben will – ein weibliches Wesen im Schlafgemach des Schloßherrn ... Und wer bist du, holde Schöne, daß dich Trevallyan für wert hält, sein Lager mit ihm zu teilen?« Chesham kam zwei Schritte weiter in den Raum hinein. Ravenna verschränkte die Arme vor der Brust und wandte, so gut sie konnte, ihr Gesicht ab. Sie wollte ihm zurufen, er solle verschwinden und ihr diese grauenhafte Peinlichkeit ersparen, aber die Stimme gehorchte ihr nicht. Scham schnürte ihr die Kehle zu.

Anzüglich lachend machte er einen weiteren Schritt. Das Geräusch bereitete ihr Unbehagen. Plötzlich schienen noch ganz andere Dinge auf dem Spiel zu stehen als ihr Mangel an Gesellschaftsfähigkeit.

»Zeig mir dein Gesicht, Mädchen, und ich bringe dir eine hübsche Kleinigkeit aus London mit. Na, wie gefällt dir das? Eine hübsche Kleinigkeit für ein hübsches Gesicht. Komm, dreh dich um und sieh mich an.«

Er stand so nahe, daß er sie fast berühren konnte. Erschauernd wünschte sie sich, im rosenduftenden Wasser unsichtbar werden zu können. Zorn kam in ihr hoch, aber sie verdrängte ihn. Die herzabschnürende Angst, daß er ihre Identität entdecken könnte, verlangte ihre ganze Aufmerksamkeit. Wenn sie ihn nicht auf irgendeine Weise dazu bringen konnte, sie allein zu lassen, bevor er sie erkannte, könnte er ihre Lage ausnutzen, und niemand wäre da, ihn zu bestrafen. Sie war eine nackte, unverheiratete Frau im Schlafzimmer des Schloßherrn. Niemand würde sich zu ihrer Verteidigung bereitfinden.

»Bitte ...« stammelte sie zitternd, als er ihr seine Hand auf den Rücken legte.

»Dreh dich um ...«

»Was zum Teufel machst du hier?« dröhnte eine andere Männerstimme von der Tür her. Vor Erleichterung brach Ravenna fast in Tränen aus. Es war Trevallyans Stimme.

»Ich wollte zu dir, fand hier aber ... das da.« Chesham nahm seine Hand von ihrem Rücken und sie hörte, daß er einen Schritt zur Seite trat. »Wer ist sie, Niall?« hörte sie ihn flüstern. »Ihren schmutzigen Haaren nach zu urteilen ein Dienstmädchen. Seit wann entwickelst du einen Hang zum Personal?«

»Raus hier.« Trevallyans Stimme ließ keinen Widerspruch zu.

Schritte entfernten sich Richtung Tür, doch bevor Chesham ging, hörte sie ihn noch sagen: »Wenn du mit ihr fertig bist, kannst du ihr ja sagen, daß vielleicht in meinem Bett ein Platz für sie frei ist ...«

»Verschwinde!« knurrte Trevallyan. Die Tür wurde geschlossen, und Ravenna hörte, daß Stiefel die Wendeltreppe hinunterliefen.

Wie erstarrt saß Ravenna in der Wanne, die Arme noch immer über der Brust verschränkt – in dem mitleiderregenden Bemühen, ihre Würde zu wahren. Mit schamroten Wangen wandte sie schließlich den Kopf und blickte Trevallyan an. Er stand mit grimmigem Gesichtsausdruck neben der geschlossenen Tür und musterte sie.

»Danke«, flüsterte sie.

Er lächelte fast entschuldigend. »Soviel zu Chesham. Ich kann nur hoffen, daß du jetzt einsiehst, wie ernst seine Offerten gemeint sind.«

»Niemand nimmt seine Offerten ernst, Mylord – nur Sie.«

Er nickte abwesend, als müßte er diese Information verdauen, und schien sich große Mühe zu geben, nicht zu ihr hinzusehen. Es gelang ihm nicht. Alle paar Sekunden flog sein Blick zur Wanne und dorthin, wo ihr Körper im Wasser verschwand. Sie saß mit dem Rücken zu ihm und hatte die Arme um den Oberkörper geschlungen, doch das half nicht viel. So sehr sie sich bemühte, ihre schmalen Arme reichten nicht aus, ihre Brüste zu bedecken.

Und an dem Funkeln in seinen Augen konnte sie erkennen, daß ihm der Anblick nicht unangenehm war.

Zu ihrer unendlichen Erleichterung wurde die Tür zum Ankleidezimmer geöffnet, und jemand machte sich darin zu schaffen.

Ravenna sah Trevallyan auffordernd an, doch der zeigte keine Lust, endlich den Raum zu verlassen.

Im Ankleidezimmer begann Katey laut zu summen. Schranktüren wurden geöffnet, Schubladen aufgezogen. Wortlos legte Trevallyan ein Buch auf einen nahegelegenen Tisch. Er sah Ravenna so durchdringend an, daß sie das Gefühl hatte, ihr Herz müßte aussetzen. Mit einem Arm voller

Badetücher betrat Katey das Schlafzimmer, und als sich Ravenna wieder nach Trevallyan undrehte, war er verschwunden.

»Hier haben wir Seife für Ihre Haare und die feinste Schweinsborstenbürste des Lords, um sie danach vor dem Feuer trockenzubürsten.«

Geschäftig trat Katey zu Ravenna an die Wanne, goß warmes Wasser über den Kopf und wusch ihr die Haare. Unter den geübten Handgriffen der Dienerin begann sich Ravenna langsam zu entspannen.

Schließlich hüllte Katey sie in einen neuen Hausmantel Trevallyans, setzte sie vor den Kamin und bürstete ihr die langen schwarzen Haare, bis sie trocken waren und schimmerten.

»Fertig«, verkündete Katey, trat einen Schritt zurück und musterte sie. »Jetzt sind Sie sauber und frisch wie der junge Morgen, sehen aber um die Augen doch ein wenig erschöpft aus. Sie sollten sich wieder hinlegen. Dann besorge ich Ihnen ein gutes Buch.« Katey half ihr erst auf einen kleinen Schemel, dann in das hohe Bett. »Was würden Sie denn gern lesen?«

Ravenna warf einen Blick zur Tür des Nebenzimmers. Sie erinnerte sich daran, daß Trevallyan ein Buch auf den Tisch gelegt hatte, und streckte die Hand aus. »Vielleicht das, das dort liegt. Könnten Sie mir den Titel vorlesen?«

Katey lief hinüber und nahm das Buch zur Hand. »Ich kann Englisch nicht besonders gut lesen, Miss. Wenn es Gälisch oder Latein wäre, vielleicht ... Aber ich habe nur die Dorfschule besucht – und das auch nur für wenige Jahre.« Sie brachte ihr das Buch, schüttelte die Kissen auf und verließ dann mit dem Teetablett den Raum.

Ravenna fuhr mit den Fingerspitzen über den Ledereinband und las verblüfft den Titel: *Verteidigung der Rechte der Frauen*.

Sie schlug einige der Kapitel auf: »Der Zustand der Erniedrigung der Frau« und »Schriftsteller, die Frauen als bedauernswerte Wesen bezeichnet haben« – ein Thema, das sie besonders interessierte. Das Buch war die Originalausgabe von 1792. Sie schloß es, hielt es nachdenklich in den Händen und konnte noch immer nicht recht glauben, daß Trevallyan ein solches Buch besaß, aber noch weniger, daß er es ihr zur Verfügung stellte.

Wieder schlug sie es auf und entdeckte eine Widmung:

»Für Ravenna – ›Es wäre gut, wenn sie zumindest angenehme und einsichtige Gefährten sein würden.‹ – Niall, achter Earl of Trevallyan über FRAUEN (in den Worten von Mary Wollstonecraft).«

Ein schläfriges Lächeln überflog ihr Gesicht. So aufreizend dieser Mann auch war, ertappte sie sich doch dabei, kaum abwarten zu können, ihm zu danken. Sein Charakter wies zu viele unterschiedliche Facetten auf, um sie alle ausnahmslos verabscheuen zu können. Zumindest war nicht zu leugnen, daß er Humor hatte. Genau die Art von Humor, die ihrem eigenen entsprach.

Sie schloß das Buch, fiel in einen traumerfüllten Schlaf und plante bereits eine schlagfertige Reaktion für ihr nächstes Zusammentreffen.

*

Fast zögernd öffnete Ravenna die Tür zur Bibliothek. Trevallyan saß in einem Sessel dem Portrait über dem Kamin gegenüber, das eine große Ähnlichkeit mit ihm hatte. Das Bild mußte seine Mutter zeigen. Die Keltin.

»Mylord«, sagte sie leise.

Langsam wandte er den Kopf. Wenn er überrascht oder erfreut über ihr Erscheinen war, so ließ er es sich zumindest nicht anmerken.

»Was suchst du denn hier?« fragte er.

Ihre Nerven begannen zu flattern. »Ich ... Ich komme,

um mich von Ihnen zu verabschieden. Morgen früh gehe ich nach Hause.« Sie sah ihm in die Augen, blieb aber an der Schwelle stehen. Es war wenig ratsam, sich freiwillig in die Höhle des Löwen zu begeben.

»Du siehst nicht so aus, als wärst du bereits völlig wiederhergestellt.« Er stand auf, kam auf sie zu, ergriff ihren Arm und führte sie zu dem Sessel, der seinem gegenüberstand, einem großen, altmodischen Gobelinsessel aus dem vergangenen Jahrhundert.

»Ich ... Ich wollte Sie nicht stören«, erklärte sie höchst unbehaglich unter seinem intensiven Blick.

»Und warum tust es dann doch?«

Die Frage blieb unbeantwortet, da sie selbst nicht genau wußte, weshalb sie ihn aufgesucht hatte. Sie hätte zwar nichts gegen eine angenehme Unterhaltung vor ihrem Abschied einzuwenden gehabt, aber angenehme Gespräche waren mit Trevallyan unmöglich.

Sie verkrampfte die schweißnassen Hände. »Das sagte ich Ihnen doch bereits. Ich kam, um mich von Ihnen zu verabschieden ...«

»Nein.«

Seine Reaktion duldete keinen Widerspruch. »... und um Ihnen für das Buch zu danken«, fügte sie hinzu.

»Aha.«

Aus seinem Sessel heraus sah er sie an. Seine Augen wirkten wie grüne, vom Meerwasser überspülte Steine. Tapfer erwiderte sie seinen Blick, aber es waren unerträglich mißbilligende Augen. Er hatte noch nie viel von ihr gehalten, und mit jedem ihrer Versuche, seine Achtung zu erringen, schien diese Mißbilligung stärker zu werden. Und jetzt fuhr diese Verachtung durch ihr Selbstwertgefühl wie eine Sense durch O'Sheas Roggen.

»Weshalb sehen Sie mich so an? Stimmt denn irgend etwas nicht mit mir?« brachte sie mühsam über die zitternden Lippen.

»Mit dir stimmt alles. Du bist schön. So schön, daß ...« Sein Blick wanderte von ihrem Gesicht über ihre Figur. Sie trug das selbe alte blaue Wollkleid wie zu Peter Maguires Beerdigung, das ihr Grania inzwischen geschickt hatte. Es war nicht gerade kleidsam, aber er schien kaum zu bemerken, daß sie überhaupt etwas trug. »... so schön, daß ich gern ...« Er sah ihr wieder in die Augen. Sein Blick machte ihr Angst. Aber noch mehr die Erregung, die er in ihr verursachte.

»Wirst du meine Geliebte werden, Ravenna?« fragten seine Lippen, was seine Augen bereits ausgesprochen hatten.

Ravenna holte mehrmals tief Atem, blickte ihn stumm an und wunderte sich über sich selbst. Dabei war die Situation doch eindeutig. Es war genau der Punkt, an dem eine junge Dame aufsprang und in tiefster Empörung aus dem Raum stürmte, um dem Schuft zu zeigen, wie sehr sie ihn verachtete. Kathleen Quinn wäre ohne jeden Zweifel hochgesprungen, hätte Trevallyan eine schallende Ohrfeige versetzt und ihren Bruder in der Morgendämmerung ins Schloß geschickt, um sie blutig zu rächen.

Doch eine solche Möglichkeit hatte sie nicht. Trotz aller Bemühungen an der Weymouth-Hampstead School hatte man selbst dort Wasser nicht in Wein verwandeln können. Sie wußte nur allzu gut, daß sie arm war – arm, verwaist und irisch. Ihre Ausbildung hatte daran nichts geändert. Sie hatte ihr ihr Los nur auf qualvolle Weise bewußt gemacht. Ohne beschützende Verwandte oder Freunde konnte sie Trevallyan für seine Unverschämtheit ebensowenig zur Verantwortung ziehen wie Malachi – sollte man ihn fangen – vor dem Henker bewahren.

Schweigend stand sie auf und ging zur Tür.

»Du hast mir noch nicht geantwortet«, erdröhnte es hinter ihr.

Sie drehte sich um und fühlte sich nicht nur von seinem

Angebot tief verletzt, sondern auch durch die Tatsache, daß sie sich fast danach sehnte, es anzunehmen.

»Nein. Die Antwort ist nein.«

Eine seltsame Enttäuschung zeigte sich in seinen Zügen. Seine Stimme wurde leise, nahm einen fast drohenden Ton an. »Ich habe dir keineswegs ein Angebot gemacht, sondern lediglich eine einfache Frage gestellt, Ravenna. Wirst du meine Geliebte werden?«

»Und warum stellen Sie mir eine solche Frage?«

Ein unheilvolles Funkeln trat in seine Augen. »Man hat mir gesagt, daß es in dieser Angelegenheit keine Wahlmöglichkeit gibt. Seit Jahren höre ich nur, daß mein Leben und meine Lebensumstände vorbestimmt sind.« Er nickte der Schönheit über dem Kamin zu. »Sie war dir sehr ähnlich, Ravenna. Ein armes irisches Mädchen, aber mein Vater hat sie bis zu seinem Todestag geliebt. Sie brauchten keinen *geis*. Sie haben geheiratet, und es heißt, deshalb herrsche in Lir Eintracht und Wohlergehen. Die Trevallyans müssen Nichtadlige heiraten, und damit sie sich auch daran halten, unterstehen sie einem *geis*.«

Er stand auf, kam auf sie zu und sein Blick schien ihr direkt ins Herz zu dringen. »Und deshalb wird mich diese Frage wohl noch um den Verstand bringen: Wirst du meine Geliebte werden, Ravenna? Ist das so sicher wie die Tatsache, daß der Mond an *beltaine* über dem *ogham*-Stein aufgeht? Und wenn nicht: Wie soll ich dich erringen? Habe ich genügend Geld, um mein Alter zu kaschieren? Besitze ich genügend Anziehungskraft, um dich verführen zu können, wo Chesham mit seinen laienhaften Bemühungen gescheitert ist?«

»Lieben Sie mich? Das ist die einzige Möglichkeit.« Trotzig schob sie das Kinn vor. Ihr Stolz errichtete einen Schutzschirm um ihre fragilen Gefühle.

Kopfschüttelnd sah er sie an, als wäre sie ein begriffsstutziges Kind. »Ob ich dich liebe? Wie absurd. Darum geht es überhaupt nicht. Denn du bist diejenige, die mich lieben muß. Dieser verfluchte *geis* verdammt mich angeblich dazu, die Liebe einer Frau zu erringen. Und es heißt, daß du diese Frau bist, Ravenna.«

Stumm starrte sie ihn an und begann qualvoll langsam zu begreifen. Seine Worte verwirrten sie, ergaben jedoch irgendwie auch einen Sinn. Er stand unter einem *geis*, in den sie auf geheimnisvolle Weise eingebunden war. Deshalb trug sie einen Ring mit der Trevallyan-Natter. Es gab einen *geis*, der alle seine unbegreiflichen Handlungen bestimmte, und das vermutlich seit Jahren. Vielleicht sogar schon vor ihrer Geburt.

Aber warum hatte ihr Grania davon nichts erzählt? Grania kannte alle Zauberkräfte, die in Lir am Werk waren und hätte ihre Enkeltochter doch nie im Ungewissen gelassen. Oder hatte es Grania die ganze Zeit gewußt und es absichtlich vor ihr geheimgehalten? Wußten vielleicht alle in Lir davon – nur sie nicht?

Diese Vorstellung stürzte sie in tiefe Verwirrung. Sie konnte nicht glauben, wollte nicht glauben, daß Trevallyans Verhalten auf einen *geis* zurückzuführen war. Und dennoch konnte an seinen Worten etwas Wahres sein. Besonders, wenn man bedachte, daß sie beide ähnliche Ringe trugen. Und jetzt verstand sie auch Trevallyans bisher unerklärliches Interesse an ihr. Das Schicksal und ein paar alte Männer der Grafschaft wollten sie zusammenführen, aber da hatte der *geis* nicht mit ihrem Widerstand gerechnet. Weder damit noch mit der unkalkulierbaren Beschaffenheit der Liebe.

»Wohin willst du?« wollte er wissen, als sie am Türknauf drehte.

»Wenn Sie einem *geis* unterworfen sind, dann sollten Sie sich besser an seine Bestimmungen halten, sonst müßten Sie auf größtes Unheil gefaßt sein.«

»Du stimmst also zu, meine Geliebte zu werden?«

Sie dachte gar nicht daran, sich umzudrehen und in seine Augen zu blicken. »Wenn Sie einen *geis* haben, der darauf beharrt, daß Sie die Liebe einer Frau erringen, so bezieht sich das zunächst einmal auf Sie. Und wenn ich diese Frau bin, dann müssen Sie eben versuchen, meine Liebe zu gewinnen.«

»Man sagt, daß die Grafschaft darunter leiden wird, wenn ich mich diesem *geis* widersetze, den ich aus ganzem Herzen verfluche und verabscheue. Im Süden herrscht eine große Hungersnot. Ich kann den Gedanken nicht ertragen, daß sich auch Lir wie Numster in einen Friedhof verwandeln könnte. Verstehst du mich jetzt besser?«

»Wenn Sie meine Liebe erringen müssen, dann sollten Sie sich darum bemühen. Anders kann man einen *geis* nun einmal nicht erfüllen.«

»Glaubst du an *geise*, Ravenna?« erkundigte er sich fast verzweifelt.

»Nein«, erwiderte sie, aber ihre Stimme klang hohl. Sie wußte nicht, warum ihr die Tränen kommen wollten, vermutete aber, daß das etwas mit der Ausweglosigkeit ihrer Unterhaltung zu tun hatte. Trevallyans Aufmerksamkeit ihr gegenüber war lediglich das Ergebnis des Zweifels, den man ihm in seinen rational funktionierenden Kopf gesetzt hatte. Aber jetzt, nachdem sie darüber gesprochen hatten, würde er den *geis* als das abtun, was er war: eine Ausgeburt abergläubischer Hirne. Und so würde sie es auch halten.

Ein unbehagliches Schweigen breitete sich aus, dann erfüllte lautes Lachen den Raum.

Sie drehte sich zu ihm um und spürte Tränen auf ihren Wangen.

»Siehst du denn nicht, wie absurd das alles ist?« Er kam auf sie zu und umfaßte ihre Arme. »Da haben die weisen Alten dieser Grafschaft alle diese Mittelchen ersonnen, aber selbst du glaubst nicht daran.«

»Ja. Es ist absurd.« Aber sie konnte seine offensichtliche Erheiterung nicht teilen. Sie wußte weder, wann sie sich zum ersten Mal zu ihm hingezogen gefühlt hatte, noch, wie dieses Gefühl genau beschaffen war. Auf keinen Fall war Niall Trevallyan so ausnehmend gutaussehend wie die Freunde seines Cousins. Würde sie ihm auf einer belebten Dubliner Straße begegnen, würde er ihr vermutlich nicht einmal auffallen. Er war weder besonders hochgewachsen, noch außergewöhnlich männlich-kräftig. Doch als sie ihn dann ansah, wußte sie, daß er ihr überall auffallen würde. Sein durchdringender Blick hatte sich ihr unauslöschlich eingeprägt. Lippen und Nase wiesen eindeutig auf adlige Herkunft hin, aber was ihn vor allem von vielen anderen Männern unterschied, war der ausgesprochen keltische Schnitt seiner Augenbrauen. Sie ließen ihn seltsam gefährlich wirken, fast wie einen Nachfahren des Teufels. Und selbst der erwiesene Altruismus der Trevallyans konnte den unwillkürlichen Eindruck nicht verwischen, daß es sich bei ihm um einen Menschen handelte, der es für sein Recht hielt, zu zerstören und neu zu erschaffen – oder umgekehrt.

»Bitte, lassen Sie mich gehen. Ich fühle mich erschöpft und möchte mich hinlegen.«

»Bleib doch noch. Laß uns ein Glas trinken und feiern.«

»Nein. Mir geht es wirklich nicht gut.«

Er ließ sie los, und sie ging in Richtung Tür.

»Ravenna?«

Sie blieb stehen.

»Du wirkst ja fast niedergeschlagen. Warum bist du so deprimiert?«

Sie antwortete nicht und hoffte, daß er sie endlich aus dem Raum gehen lassen würde. Doch statt dessen spürte sie plötzlich seinen Arm um ihre Taille.

»Setz dich und trink ein Glas mit mir. Wir wollen meinen Sieg über Dunkelheit und Dummheit feiern. Der *geis* ist für mich erledigt.« Er führte sie wieder zum Sessel zurück und zwang sie, sich zu setzen.

Stumm sah sie zu, wie er an einen Tisch trat, auf dem mehrere Karaffen auf einem Silbertablett standen. Behende goß er ein Glas ein und reichte es ihr, um dann – als hätte er vergessen, wer sie war und würde statt dessen einen Abend mit seiner Geliebten in der Bibliothek verbringen, ihren Mund flüchtig mit seinen Lippen zu berühren.

Erschreckt fuhr sie zusammen. Ihre Gesichter waren nur Zentimeter voneinander entfernt. Ein durchtriebenes Lächeln flog über seine Züge, und sie sah im Bruchteil einer Sekunde den jungen Mann, der er einmal gewesen war.

»Meine Begeisterung ist offenbar mit mir durchgegangen.« Er zeigte strahlendweiße Zähne. »Ich erinnere mich, geschworen zu haben, daß du mich beim nächsten Mal küssen wirst.«

Sie fuhr mit der Zunge über die bebenden Lippen, die sich nach dem Kuß sehnten. Er richtete sich auf, und sie verspürte fast so etwas wie körperlichen Schmerz darüber, daß der versprochene Kuß nie vollzogen würde. Wohl nie würde sie wissen, was sie dazu trieb – vielleicht Verzweiflung, vielleicht Mutwille, vielleicht auch nur der Drang, ihren Traum zu verwirklichen. Jedenfalls hob sie sich ihm entgegen und drückte ihre Lippen auf seinen Mund.

Fast rechnete sie damit, daß er zurückzuckte, als hätte er sich verbrannt. Und in ihrer Unsicherheit, ob ihr Kuß willkommen war oder nicht, legte sie eine zitternde Hand auf seine Wange. Zu ihrer unendlichen Freude löste er sich von ihren Lippen, küßte ihre Hand und liebkoste ihre Handfläche. Dann schob er ihre Hand leicht zur Seite, verbarg sein Gesicht an ihrem Hals und ließ seine Lippen verhängnisvoll verführerisch über ihre Kehle wandern.

Ihr Aufstöhnen schien die Antwort zu sein, auf die er gewartet hatte. Seine Finger fuhren in ihre Haare und lösten die Ebenholznadeln. Er drückte ihren Kopf in den Nacken und begann sie mit einer Leidenschaft zu küssen, die keinerlei Rücksicht mehr darauf nahm, ob sie damit einverstanden war oder nicht. In ihrem tiefsten Innern fürchtete sie sich vor den harten, fordernden Bewegungen seiner Zunge, wußte aber, daß sie darauf nicht verzichten konnte. Sie brauchte sie so notwendig wie den nächsten Atemzug, und schon bald genoß sie sie – zu sehr, wie ihr das verräterische Zittern in den Beinen verriet.

»Wie stark deine Zauberkräfte doch sind, du Hexe«, stöhnte er, während seine Hand ihre Taille heraufglitt. Sie hauchte einen leisen Protest, aber er umfaßte ihre Brüste und erstickte alle etwaigen Worte mit einem weiteren atemberaubenden Kuß.

Das Feuer in seinem und ihrem Mund schien heller zu lodern als das im Kamin. Ihr Wollkleid, das in den kalten, zugigen Fluren des Schlosses so angebracht war, war mittlerweile unerträglich. Er senkte den Kopf und küßte ihre Brüste, und sie schluchzte fast vor Erleichterung auf, als sie seine Finger im Rücken spürte, wie sie mit quälender Langsamkeit die Haken lösten, die ihr Kleid zusammenhielten.

»Versprich mir ...« flüsterte er zwischen tiefen Atemstößen, »... daß du MacCumhal aufgibst ...«

Sie hörte ihn kaum. Seine Hand glitt weiter die lange Reihe der Haken hinunter. Und dann – endlich! – schob er das Oberteil betont langsam von ihren Schultern. Der Stoff engte die Bewegungsfreiheit ihrer Arme ein, und dafür war sie dankbar. So konnte sie sich seinen Küssen hingeben, ohne sich wehren zu müssen.

Eine Hand legte sich auf ihre nackte Schulter, glitt fast zögernd tiefer. »Versprich mir ...« flüsterte er.

Verwirrt, unsicher stöhnte sie auf.

Seine Hand wanderte weiter. Ihr Herz klopfte wild, schien seine Berührung herbeitrommeln zu wollen. Und doch hoffte sie, er würde langsamer vorgehen. Bei der Vorstellung, er könnte ihre Brüste berühren, durchfuhr sie beklemmende Angst.

Er zerrte an ihrem Hemd, zerrte weiter und enthüllte eine rosige Brustknospe. »Gib MacCumhal auf«, erpreßte er sie. »Erzähl mir von seinen Verbrechen und gib ihn auf.« Panik durchfloß ihre heißen Adern wie eiskaltes Quecksilber. Instinktiv wußte sie, daß sie an dem Punkt angelangt war, von dem es kein Zurück mehr gab, aber sie konnte Malachi nicht aufgeben. Das würde sie nie tun. Nicht einmal unter dieser berauschenden Folter.

»Ich war mit ihm zusammen. Das ist die Wahrheit, und ich kann doch nicht lügen«, klagte sie leise.

»Gibt ihn auf. Sag mir, daß du dich an seinen Untaten nicht beteiligt hast. Oder ich spüre ihn auf und sorge dafür, daß er an den Galgen kommt.« Seine Knöchel drückten fast schmerzhaft gegen ihre Brust. Sie verabscheute die sehr undamenhafte Art und Weise, in der sich ihre Brust hob und senkte. Er sah aus, als könnte er ihr in seiner Wut jeden Moment die Kleider vom Leib reißen ...

Aufschluchzend zog sie sich von ihm zurück und zupfte an ihrem Kleid, um zumindest ein wenig ihrer Würde zu wahren. »Sind Sie so rachsüchtig, daß Sie einen Mann an den Galgen bringen würden, nur weil ich mich Ihren Wünschen nicht beugen will?«

»Ich möchte, daß du mir dieses Bild nimmst, das ich vor meinem inneren Auge habe – dieses Bild davon, wie MacCumhal dich auf einem Hügel nimmt ...«

»Nein! So war es nicht!« Entschlossen schob sie ihn fort.

»Wie war es denn dann?« Mit wutverzerrtem Gesicht lief er um sie herum. »Hat er dich in einer Scheune genommen? Dir im Heu Zärtlichkeiten zugeflüstert? Oder hat er dich in einer dunklen Straße gegen eine Wand gedrückt und ...« Seine Stimme begann zu zittern.

»Warum sagen Sie das alles? Es klingt so schmutzig ...« Tapfer wischte sie sich die Tränen von den Wangen. »Ich bin keine Hure, und doch wollen Sie mich dazu zwingen, zuzugeben, ich wäre eine.«

»Ich habe versucht, dich zu beschützen. Ich habe dich vor Chesham gewarnt. Ich habe mich bemüht, dir eine gute Ausbildung zu geben, aber du bestehst darauf, mit MacCumhal und seinesgleichen zu verkehren ...« Er fuhr sich mit der Hand durch die noch immer blonden Haare. »... und nach einem Rendezvous mit ihm halbnackt durch die Nacht zu laufen ...«

»Wir waren Kinder ...«

»Aber jetzt nicht mehr!« zischte er und schien sein Elend fast noch mehr zu verfluchen als das ihre.

Sie bedeckte das Gesicht mit den Händen. »Ich hasse, was Sie aus mir gemacht haben. Jetzt weiß ich, daß ich für Sie nur minderwertig bin, eine Bettlerin, die sich Ihnen immer wieder in den Weg stellt.« Sie blickte auf ihr offenes Mieder und begann zu schluchzen. »Eine, für die Sie endlich einen bestimmten Bedarf haben ...«

Kalt sah er sie an, ihr wirres Haar, ihre geröteten Lippen, ihr geöffnetes Kleid. Er schien jedes ihrer Worte so zu genießen, als würde es seine vorgefaßte Meinung bestätigen. »Damit könntest du recht haben.«

Verletzt wie noch nie in ihrem Leben, schüttelte sie nur stumm den Kopf. »Nimm mir diese Bilder, Ravenna. Ich sehe dich immer wieder mit MacCumhal zusammen, und das bringt mich noch um den Verstand.«

Schluchzend raffte sie ihre Röcke und flüchtete aus der Bibliothek, ohne sich noch einmal umzublicken. Sie rannte, bis sie Seitenstiche bekam und kaum noch atmen konnte. Sie blieb stehen und sah, daß sie sich vor jener Tür befand, durch sie vor so langer Zeit vor Trevallyan geflohen war. Doch sie war kein Kind mehr, das vor seinen Problemen davonlaufen konnte. Ihren Kummer, ihr Herzeleid würde sie so nicht loswerden können. Dennoch stieß sie die Tür auf, atmete erleichtert auf und lief in die Nacht hinaus – nach Hause.

16

Als Ravenna das Cottage betrat, wärmte sich Grania die steifen, alten Glieder vor dem Kamin. Sie war dankbar, daß ihre Großmutter ihr unordentliches Äußeres ebensowenig sehen konnte wie den Schmerz in ihren Augen.

»Du bist wieder da!« rief Grania und streckte Ravenna eine zitternde Hand entgegen. »Du hast mir sehr gefehlt, Kind. Ohne dich war es sehr einsam hier ...«

Ravenna ging vor Grania in die Knie und legte ihren Kopf auf ihren Schoß. »Ich werde dich nie wieder allein lassen, das verspreche ich dir.«

Granias Gesichtsausdruck wurde düster. »Malachi hat eine Botschaft geschickt, Kind«, sagte sie. »Er möchte dich sehen. Seine Freunde werden dich zu ihm bringen.«

Betroffen brachte Ravenna lange Zeit kein Wort heraus. »Ist er der Richtige für mich, Grania?« flüsterte sie schließlich. »Malachi steckt in großen Schwierigkeiten. Er versteckt sich, und ich fürchte, daß er etwas Schreckliches angestellt hat. Sag es mir, ich muß es wissen.« Fast verzweifelt zupfte sie an Granias Röcken.

»Der Richtige für dich ist der Mann, den du liebst.«

»Ich liebe Malachi. Für ihn würde ich alles tun, genauso wie er für mich. Und dennoch ...«

»Du liebst ihn nicht.«

»Ich weiß es nicht.« Sie hob ihr verwirrtes Gesicht. »Lord Trevallyan hat mir von seinem *geis* erzählt. Du hast das die ganze Zeit gewußt, nicht wahr?«

»Ja, Kind.«

»Bin ich dieses Mädchen?«

Grania gab keine Antwort.

»Ich bin nicht abergläubisch. Sie nennen dich eine Hexe, Grania, haben es immer getan, aber darüber kann ich nur lachen, weil ich weiß, daß du keine Hexe bist, daß es überhaupt keine Hexen gibt. Ich möchte nur wissen, ob der *geis* erfüllt ist oder nicht. Glaubst du, daß ich dazu bestimmt bin, Trevallyan zu lieben?«

Grania legte eine alte, faltige Hand an Ravennas Wange. »Kind, solche Dinge kann ich dir nicht sagen. Ich habe Gesichte, und oft werden sie wahr, aber ich kann sie nicht nach Belieben herbeirufen, wenn ich sie gerade brauche. Falls es dir bestimmt ist, dich in Trevallyan zu verlieben, dann wird es geschehen.«

»Und nichts kann den Verlauf des Schicksals ändern?« klagte Ravenna.

»Der Wille kann es. Wenn du Lord Trevallyan nicht lieben willst, dann wirst du ihn nicht lieben.«

»Danke, Grania«, flüsterte sie und verbarg den Kopf in den Rockfalten der alten Frau. »Danke«, wiederholte sie und hatte das Gefühl, gerade noch rechtzeitig vor dem Ertrinken gerettet worden zu sein.

*

Reverend Drummond betrachtete sein Kartoffelfeld. Wenn die Abenddämmerung ihre langen, purpurnen Schatten warf, war Lir besonders schön. Drummond lauschte auf das ferne Rauschen des Meeres.

Millie Sproule, eine unverheiratete Cousine, die dem Reverend nach Mrs. Dwyers Tod den Haushalt führte, hatte den Lieblingssessel des alten Herrn auf den Rasen vor dem Pfarrhaus geschleppt. Dort saß er nun, trank seinen Tee und genoß jeden Moment. Er war ein Mann im Herbst des Lebens und sah zu, wie die Sonne hinter den Sorra Hills verschwand.

In einiger Entfernung bewegte sich Michael O'Shea langsam durch die Kartoffelreihen und kümmerte sich mit der Sorgfalt eines Vaters um die Pflanzen. Seine vier Brüder waren zwar längst nach Amerika ausgewandert, aber inzwischen halfen bereits sechs seiner Söhne Michael bei der Feldarbeit.

Der Reverend war überaus friedlicher Stimmung. Die smaragdgrüne Pracht der Landschaft war Balsam für seine Ulster-Seele. Nichts war für einen loyalen Untertan der Krone befriedigender, als der Anblick gut bebauten und fruchtbaren Bodens. So wie es aussah, würden die Spenden in diesem Jahr recht großzügig ausfallen.

»Was macht er denn da?« jammerte Millie Sproule, die sich trotz ihrer fünf Jahre in Irland noch immer nicht an die Eigenarten der Einheimischen gewöhnt hatte.

»Was macht wer?« erkundigte sich Reverend Drummond und verfluchte sein Alter. Seine Augen waren neuerdings nicht mehr viel wert, und jedesmal, wenn Millie ihre Stimme gereizt erhob, um ihm etwas zu erklären, fühlte er sich so hinfällig wie Griffin O'Rooney.

»Mister O'Shea natürlich. Hockt da auf den Knien und gräbt alle seine Kartoffeln aus. Ich würde sagen, daß sie noch viel zu klein sind. Nun sehen Sie sich das an! Rennt herum wie ein Verrückter und holt jede einzige Kartoffel aus der Erde.«

Jede ›einzelne‹ Kartoffel, dachte Drummond und widerstand dem Drang, Millie Sproule zu verbessern, die zu seinem großen familiären Bedauern des Englischen nicht immer ganz mächtig war.

»Jetzt schreit er irgendwas! Was sagt man dazu? Alle fangen an zu rennen. Sogar McKinnon läßt seine Hacke fallen und kommt angelaufen.«

»Das ist ja unglaublich!« Trotz seiner schlechten Sicht konnte Drummond schemenhaft wahrnehmen, daß einige Männer auf O'Shea zurannten. Sie befanden sich offensichtlich in Panik. »Helfen Sie mir aus dem Sessel. Ich muß in Erfahrung bringen, was da vor sich geht.« Der Reverend klammerte sich an Millie Sproules Arm, stand auf und ließ sich von ihr zu den Feldern führen.

Noch immer liefen aus allen Richtungen Männer auf O'Shea zu. Als der Reverend und Millie Michael endlich erreicht hatten, lag er mit gesenktem Kopf auf den Knien.

»Das ist der Mehltau«, ächzte jemand in der Menge.

Energisch schob sich Reverend Drummond durch die Menge, um einen Blick auf die Pflanzen zu werfen. Sie waren mit einem weißlichen Staub bedeckt. Die Knollen in Michael O'Sheas Händen hätten zu dieser Jahreszeit die Größe einer Kinderfaust haben müssen, waren aber nicht größer als Murmeln.

»Lir steht vor einer Hungersnot«, verkündete ein anderer Mann unheilschwanger.

Es entstand ein unbehagliches Schweigen, dann begann Michael hilflos zu schluchzen.

»Mein guter Mann«, sagte Drummond und legte Michael eine Hand auf die Schulter. »Das ist doch nur ein wenig Mehltau. Es ist doch noch längst nicht alles verloren.«

»Überall in Irland herrscht bittere Hungersnot, warum sollte Lir davon verschont bleiben? Wir werden von den Engländern genauso unterdrückt wie unsere Landsleute in Derry«, knurrte ein Mann den Reverend zornig an.

»Ich muß doch sehr bitten«, setzte Drummond zu einer Verteidigungsrede an. »Die Engländer haben die Hungersnot nicht verursacht. Und ich schon gar nicht. Außerdem sind nicht alle Pflanzen vernichtet. Ernten Sie, was Sie können, Michael. Ich werde dafür sorgen, daß Ihre Familie ausreichend versorgt wird.«

»Die Seuche darf uns nicht heimsuchen, nicht hier in Lir«, rief McKinnon wie in einer Beschwörung.

»Bisher haben wir in Lir Glück gehabt«, erwiderte Drummond. »Bisher haben wir keinen Hunger leiden müssen. Wenn wir uns in anderen Grafschaften umsehen, können wir uns nur glücklich schätzen ...«

»Noch ist es nicht vorüber, Reverend.« Der zornige Mann blickte Drummond finster an.

Drummond kannte ihn nicht, glaubte aber, ihn mit Malachi MacCumhal zusammen gesehen zu haben. »Sir«, entgegnete er kühl, »wenn die Seuche das Paradies überfällt, sollten Sie sich mit Ihren Beschwerden an die Schlange wenden.«

»Die Schlange sind Sie, Reverend.«

»Nay, das bin ich keineswegs.« Drummond stützte sich wieder auf Millie Sproules Arm und wandte sich zum Gehen. »Wir wurden im Paradies erschaffen. Nicht mehr. Ihr könnt euch an die Schlange wenden, wenn ihr wollt, aber ich werde das verurteilen.«

»Was hat er gesagt?« fragte einer leise auf Gälisch.

»Er ist ein verrückter alter Anglikaner. Laßt ihn in Ruhe«, antwortete McKinnon in derselben Sprache.

Während des beschwerlichen Rückwegs zum Pfarrhaus waren Drummonds Gedanken bei dem *geis* der Trevallyans und dem kleinen Kind, das Niall vor so vielen Jahren in den Armen gehalten hatte.

Es würde die letzte seines Lebens werden, aber er wußte mit unerschütterlicher Gewißheit, daß er eine weitere Zusammenkunft einberufen mußte.

*

»Mylord, Sie wissen, warum wir gekommen sind.« Flankiert von Father Nolan und Griffen O'Rooney saß Drummond recht steif in der Bibliothek von Trevallyan Castle.

»Die Seuche hat Einzug in Lir gehalten. Wie stehen vor einer Hungersnot. Haben Sie irgendwelche Fortschritte bei Ravenna gemacht?« Father Nolans Hand krampfte sich um seinen Krückstock, als fürchte er sich vor der Antwort.

Trevallyan fuhr sich erregt durch die Haare. »Hören Sie doch damit auf. Ich bitte Sie! Wollen Sie für diese Hungersnot etwa ein einziges Mädchen verantwortlich machen?«

»Das Mädchen doch nicht! Niemals! Es war *unser* Fehler. Wir hätten nie zulassen dürfen, daß Sie heiraten«, mischte sich Griffen O'Rooney ein. Er saß ein wenig abseits. Seine Kleider waren schmutzig und zerrissen, seine Fingernägel blutverkrustet, weil er mit bloßen Händen versucht hatte, auf dem Friedhof Blumen zu pflanzen, wo keine Blumen wachsen wollten.

Trevallyan musterte ihn unbehaglich, und seiner Miene war zu entnehmen, daß er den alten Mann für geistesverwirrt hielt und ihn nicht in seiner Bibliothek haben wollte.

»Er hat recht«, meldete sich Drummond. »Ravenna trifft keine Schuld. Sie sind derjenige, der ihre Liebe erringen muß.«

»Sie weiß über den *geis* Bescheid. Ich habe es ihr erzählt. Sie glaubt ebensowenig daran wie ich.« Niall goß sich einen großzügigen Whisky ein. Er wollte ihn bedächtig genießen, aber als er wenig später den Blick senkte, war sein Glas leer.

»Können Sie ihre Liebe denn nicht gewinnen, mein lieber Junge?« fragte Father Nolan leise. »Haben Sie mit all Ihrem Geld nicht die Möglichkeit ...«

»Mein Geld nutzt mir gar nichts«, unterbrach Trevallyan und lachte bitter auf. »Sie verlangen Unmögliches. Ich bin zweimal so alt wie das Mädchen – kein junger Mann, der um ihre Gunst bitten kann. Sie hat sich MacCumhal in den Kopf gesetzt, und dagegen ist nichts zu machen.«

»Aber haben Sie sich wirklich um sie bemüht?«

Trevallyan sah Drummond kalt an. Hätte ihn der Pfarrer besser gekannt, hätte er auf den Gedanken kommen können, daß diese Kälte einen geheimen Schmerz verbarg. »Ich habe mich ihr genähert, soviel kann ich sagen. Ich habe meinen Teil erfüllt. Aber sie will mich nicht. Lassen Sie uns doch endlich diesen *geis* vergessen.«

»Aber die Kartoffelseuche ...« muckte Drummond auf.

»Die Kartoffelseuche hat mit dem *geis* absolut nichts zu tun.« Niall kniff die Lippen zusammen und füllte sein Glas auf. »Abgesehen davon wird in Lir niemand verhungern. Wir werden die Kartoffelfelder roden und auf dem Land Vieh weiden lassen – bis wir im Frühjahr Getreide anbauen können. Wie Sie wissen, werde ich das Geld und die Ländereien der Trevallyans dazu nutzen, das Wohlergehen der Bewohner von Lir zu sichern.«

»Und wie werden Sie sich absichern, Mylord?« erkundigte sich Father Nolan.

»Weshalb müßte ich mich absichern?«

»Ihre Geldmittel sind nicht unerschöpflich. Wenn die Seuche anhält, werden Sie Tausende von Pfund durch sie verlieren. Darüber hinaus gibt es Gerüchte über mögliche Aufstände. Es gibt gewisse Leute in dieser Grafschaft, die Sie gern tot sehen würden.«

Trevallyan blickte dem Father gelassen in die Augen. »Wenn Sie von MacCumhal und seinesgleichen sprechen, dann lassen Sie mich Ihnen versichern, daß ich vor denen keine Angst habe. Sie werden es sich dreimal überlegen, einen Adligen in Lir zu lynchen. Ich lasse mich nicht lynchen. Ich bin genauso irisch wie sie und habe ein gottgegebenes Anrecht auf dieses Land.«

»Als die Trevallyans vor Jahrhunderten dieses Land übernahmen, haben sie dafür mit dem *geis* bezahlt. Sie haben Ihren noch nicht erfüllt, Niall«, erklärte der Priester leise.

»Sie liebt mich nicht«, erwiderte Trevallyan mit zornroten Wangen. »Was soll ich dazu denn noch sagen? Sie hat ihr Herz einem anderen geschenkt.«

»Aber ich besitze das Herz . . . Ich besitze das Herz« grummelte O'Griffen in seiner Ecke.

Angewidert klingelte Trevallyan nach Greeves.

Als der Butler erschien, deutete Trevallyan auf Griffen und sagte: »Bringen Sie ihn in die Küche und sorgen Sie dafür, daß er gebadet wird und etwas zu essen erhält. Und dann möchte ich ihn heute abends keinesfalls wieder auf dem Friedhof sehen. Schließen Sie ihn notfalls in ein Dienstbotenzimmer ein, aber halten Sie ihn vom Friedhof fern.«

Greeves nickte und bedeutete Griffen, ihm zu folgen. O'Rooney gehorchte, aber bevor er den Raum verließ, wandte er sich noch einmal an Trevallyan: »Ich besitze das Herz. Wenn Sie es benötigen, gehört es Ihnen.«

»Gott im Himmel!« murmelte Trevallyn erschüttert, nachdem sich die Tür geschlossen hatte.

»Ich muß mich auch auf den Weg machen«, kündigte Drummond an. »Millie wartet draußen in der Kutsche, und es ist heute abend doch recht frisch«. Erschöpft streckte er die Hand nach Trevallyan aus. Der half dem alten Mann beim Aufstehen. »Ich fürchte, ich sehe Unheil heraufdämmern, mein Sohn. Ich möchte wirklich nicht abergläubisch erscheinen, aber manchmal komme ich einfach nicht umhin, an gewisse Dinge zu glauben.« Seufzend griff er nach seinem Schal und verließ mit schleppenden Schritten die Bibliothek.

Trevallyan blieb mit dem Priester zurück. Zwischen den beiden Männern breitete sich ein Schweigen aus wie zwischen einem Vater und seinem aufmüpfigen Sohn.

»Es wird nie wieder eine Zusammenkunft des Rates geben. Peter Maguire – er ruhe in Frieden – hätte heute hier sein sollen«, bemerkte Father Nolan leise.

»Das, woran Sie sich die ganzen Jahre hindurch geklammert haben, ist sinnlos geworden. Es tut mir leid, aber so ist es nun einmal.« Trevallyan lehnte den Kopf an den Kaminsims. Er wirkte so erschöpft, als hätte er einen Kampf gekämpft, den er nicht gewinnen konnte.

»Haben Sie sich in sie verliebt?«

Trevallyans Kopf schoß hoch. »Warum stellen Sie mir eine so irrelevante Frage?«

»Irrelevant? Nein, das ist sie durchaus nicht.«

»Also, warum fragen Sie mich das?«

»Ihr aufbrausendes Verhalten läßt es mich vermuten, deshalb. Wenn Ihnen das Mädchen, der *geis* und alle damit zusammenhängenden Fragen gleichgültig wären, hätten Sie sich absolut gelassen benommen. Aber das ist keineswegs der Fall, mein Sohn.«

Niall wandte sich ab, als wolle er nicht, daß der Priester in seinen Gesichtszügen las.

»Was sagen Sie, Mylord? Müssen Sie häufig an sie denken? Weckt die Vorstellung, MacCumhal könnte sie küssen, Zorn in Ihnen? Erscheint sie Ihnen im Traum, obwohl Sie sie liebend gern vergessen wollen?«

Trevallyan blickte sich nicht um.

Der alte Priester stand mühsam auf, stützte sich schwer auf seinen Schlehenstock und wollte gehen. Trevallyans Stimme hielt ihn zurück. »Und wenn es so wäre, wenn ich mich in dieses Mädchen verliebt hätte – was würden Sie dann sagen?«

»Das erfüllt mich mit tiefem Mitleid, Mylord, und es läßt mich an *geise* glauben.« Der Father sah ihn eine Zeitlang schweigend an und fügte dann hinzu: »Man mag den Trevallyans ihr Geld und das Land nehmen, aber es gibt keinen größeren Fluch, als jemanden zu lieben, der diese Liebe nicht erwidert. Wir Kelten sind eigenartige Menschen, wie Sie am eigenen Leibe erfahren haben, Niall. Wenn wir die Trevallyans verfluchen wollten, hätten wir keinen besseren Weg finden können.« Er nickte der gedankenverlorenen Gestalt am Kamin zu. »Gott segne und behüte Sie, Mylord.«

17

Schließlich hatte Griffen O'Rooney nun doch ein Zuhause gefunden. Er besaß ein warmes, trockenes Bett, das erste, seitdem sich vor Jahren sein Verstand verwirrt hatte, und drei gute, nahrhafte Mahlzeiten am Tag, die er in der Schloßküche zusammen mit Dienstboten einnahm, mit denen er sich unterhalten konnte. Und morgens, wenn er erwachte, bekam er von Fiona neben dem lodernden Kamin sein Frühstück.

»Die Wärme tut den Knochen gut«, bemerkte er zu Fiona, als sie auf der Marmorplatte des Küchentisches Hefeteig knetete.

Abwesend lächelte sie ihn an. Niemand im Schloß schien die Anwesenheit des alten Mannes zu stören. Selbst den Küchenmädchen war es offenbar lieber, Griffen warm und trokken in der Küche zu haben, als daß er sie auf dem Friedhof zu Tode erschreckte.

»Ich muß heute unbedingt mit dem Herrn sprechen«, verkündete Griffen wichtig.

»Ah, der Herr ist ziemlich beschäftigt, Mister O'Rooney. Vielleicht kann ich Tommy James dazu bringen, daß er sich ein wenig mit Ihnen unterhält. Warten Sie, wo habe ich den Jungen vorhin noch gesehen? Er hat in den Ställen geholfen, glaube ich ...«

»Ich muß noch heute mit Trevallyan sprechen«, beharrte Griffen, der ihre Worte eindeutig nicht mitbekommen hatte. »Ich muß ihm erzählen, wie ich zu dem Ring gekommen bin. Diesmal ist es Zeit für ihn, zu heiraten, denke ich. Schließlich ist das Mädchen inzwischen erwachsen.«

»Ich kann wirklich nicht sagen, ob der Herr Zeit für Sie haben wird«, erklärte Fiona leicht verwirrt. Sie deckte ein Tuch über den Teig, wusch sich die Hände und wollte mit einem Arm voller Wäsche die Küche verlassen.

Griffen schien in Panik zu fallen. »Ich muß dem Herrn die Geschichte heute noch erzählen. Sie werden es ihm doch sagen, oder?« Fast flehend sah er sie an.

Seufzend nickte Fiona. »Ich werde sehen, was ich für Sie tun kann, Mister O'Rooney.«

*

Die Küche wirkte wie ein verlassenes Grabgewölbe, als Trevallyan endlich seine Schritte hinunterlenkte. Der alte Mann saß in einem schwarzlackierten Windsor-Stuhl neben dem Herd, als wollte er den kalten Steinwänden um ihn herum entkommen. Sein Blick war verträumt, sein Gesicht heiter gelassen. Ein alter Mann wartete darauf, heimgerufen zu werden.

»Wie alt sind Sie jetzt eigentlich, Griffen? In den Neunzigern, würde ich annehmen«, sagte Trevallyan von der Tür her.

Griffen sah ihn an. Auch wenn er die Worte nicht verstehen konnte, nahm er doch ihren Klang wahr.

»Fiona sagte mir, Sie wollten mich sprechen?« Trevallyans Gesicht nahm einen leicht gönnerhaften Ausdruck an.

»Ich muß unbedingt mit Ihnen sprechen, Lord Trevallyan«, wiederholte Griffen ungerührt, der natürlich kein Wort verstanden hatte.

Aus ihm unbegreiflichen Gründen fühlte sich Trevallyan

in der Stimmung, auf die Absonderlichkeiten des alten Mannes einzugehen. Er setzte sich auf eine Bank in der Nähe und wartete darauf, daß O'Rooney zu sprechen begann.

»Mylord, ich besitze den dritten Teil des Liebesringes.« Griffens altersschwache Augen starrten auf Trevallyans Hand, und er berührte sacht den Ring an dessen kleinem Finger. »Ohne ihn können Sie das Mädchen nicht heiraten, und ich fürchte, ich werde bald sterben.«

Trevallyans Kiefer verspannten sich. Er wußte, was kam, wollte aber nach dem letzten Beisammensein noch weniger von diesem Unsinn hören als je zuvor.

»Sie müssen wissen, wo er ist. Der Ring, der dritte Teil des Liebesringes, befindet sich aus Gründen der Sicherheit auf dem Friedhof. Ihre Frau ruht neben ihm, sie bewacht ihn in der Gruft.«

Trevallyan nickte. Er kam sich vor wie in einem Schauerroman.

»Mein Vater gab mir den Ring, als ich ein junger Mann war. Er erzählte mir von dem *geis* und sagte, er hätte den Ring von seinem Vater erhalten.«

»Sie meinen also, er stammt nicht von einer Fee, die ihn in einen verschwiegenen Wald gelockt und zum Trinken genötigt hat?« Nachdem es heraus war, hätte sich Niall am liebsten die Zunge abgebissen.

»Trinken? Ja, ich würde sehr gern etwas trinken«, echote O'Rooney. Niall lächelte. Er stand auf und durchsuchte ein Spind. Die Dienerschaft würde zwar Stein und Bein schwören, keinen Alkohol in der Küche zu horten, aber er würde sein Schloß darauf verwetten, daß es dennoch so war. Und hinter ein paar irdenen Töpfen mit Trockenäpfeln fand er prompt eine Whisky-Flasche. Er goß O'Rooney eine gehörige Portion in ein Glas und stellte die Flasche in Reichweite des alten Mannes.

»Es geht doch nichts über einen guten Schluck, was?« lächelte Griffen. Er hatte keinen einzigen Zahn mehr im Mund.

Trevallyan nickte. Er stand auf und wollte gehen, aber O'Rooney hielt ihn zurück. »Ich habe noch eine letzte Geschichte zu erzählen. Sie stammt aus Antrim, und sie handelt von einem Mann ...«

Trevallyan ließ sich wieder auf die Bank fallen. Langsam wurde er ungeduldig, wollte aber auch nicht unhöflich erscheinen.

»Er war ein gutaussehender Mann, reich und von großem Einfluß. Er hätte jedes Mädchen der Grafschaft zur Frau haben können ...«

Gereizt rutschte Niall auf der Bank hin und her. Wenn er sich noch weitere Parabeln über sein Leben anhören mußte, müßte er schon herkulanische Kräfte anwenden, um dem Geschichtenerzähler nicht den Hals umzudrehen.

»Doch statt dessen fiel der Blick des jungen Mannes – er war ein Earl, ja, das war er – in Dublin auf ein junges Mädchen. Sie war ein wunderschönes Mädchen mit rabenschwarzen Haaren und atemberaubenden Augen, Augen, die eigentlich unbeschwert hätten lachen sollen, aber nicht lachten ...«

Trevallyan überkam ein Gefühl von *déjà vu*. Langsam hörte er O'Rooney mit mehr Aufmerksamkeit zu.

»Anfangs holte er das Mädchen nicht in sein Bett, weil es ein so erbärmliches Wesen war. Es war einem Mann nach Dublin gefolgt, der es dann rücksichtlos verlassen hatte. Es war von Männern grausam behandelt worden, und es brauchte lange Zeit, bis es Vertrauen zum Earl fassen konnte. Aber er schwor sich, daß ihm das Mädchen eines Tages vertrauen würde, da er sich inzwischen in sie verliebt hatte. Ungeachtet ihrer Vergangenheit war sie die Frau, die er heiraten wollte. Wenn sie lachte, füllte sich seine Welt mit Vogelgezwitscher, wenn sie weinte, begann auch er zu klagen, als stünde die Todesfee auf seiner Schwelle.«

Trevallyan verharrte wie gebannt. Tausend Fragen schossen ihm durch den Kopf, aber er stellte sie nicht, weil er nicht wollte, daß der alte Mann seinen Faden verlor.

»Er schickte das Mädchen mit dem Versprechen einer Heirat nach Hause. Das hätte er nicht tun sollen. Er fürchtete, sie würde sein Kind bekommen und hatte Alpträume, sie möglicherweise zu verlieren. Oder sein Kind.« Griffen sah ihn an, und Trevallyan spürte, daß ihm ein Schauer über den Rücken lief. Die Geschichte schilderte in vielerlei Hinsicht sein Leben, bis auf die Tatsache, daß die Tragödie, von der Griffen gleich berichten würde, im Gegensatz zu seinem Leben durch die Liebe gemildert wurde.

»Er hat sie verloren«, flüsterte Griffen. »In Antrim heißt es, daß der junge Mann krank wurde, bevor er seine Braut zu sich holen konnte. Er starb mit ihrem Namen auf den Lippen und dem Schwur, sie im Jenseits wiederzusehen.«

»Er war aus Antrim, sagten Sie?« schrie Trevallyan, damit O'Rooney ihn verstand.

»Aye. Aus Antrim. Ich habe gehört, daß der Name des Schlosses Cineath gewesen sein soll.«

Trevallyan nickte. Er wollte weitere Fragen stellen, doch da ergriff O'Rooney wieder das Wort.

»Ich hätte Grania davon erzählen sollen, aber die Geschichte ist so uralt. Sie wurde so oft weitererzählt, daß niemand wissen kann, wieviel davon Wahrheit ist.«

»Das stimmt, alter Mann.« Trevallyan legte eine Hand auf die gebrechliche Schulter. Griffen schien Trost aus der Berührung zu beziehen.

»Jetzt ist es Ihre Geschichte. Ich konnte nicht zulassen, daß sie mit mir stirbt.«

In diesem Moment betrat Fiona die Küche. Sowohl Griffen als auch Trevallyan sahen sie an, als wüßten sie nicht recht, wo sie sich eigentlich befanden.

»Oh, störe ich?« fragte sie und errötete bis zu den Haarwurzeln, den Schloßherrn in der Küche vorzufinden.

Trevallyan stand auf und blickte auf Griffen nieder. »Nay, es ist schon gut, Fiona. Wir haben unsere Unterhaltung beendet. Lassen Sie Griffen den Whisky und sagen Sie Greeves, er soll Ersatz für die Flasche beschaffen, die ich aus dem Spind genommen habe.«

Fiona machte große, unschuldige Augen. »Ich weiß gar nicht, was Sie meinen, Mylord. Welche Flasche? Hier in der Küche gibt es doch keine Flaschen.«

»Sie haben mich schon verstanden.« Wieder sah Trevallyan zu Griffen hinunter. Der alte Totengräber wirkte erschöpft und müde. »Lassen Sie es sich wohlergehen, O'Rooney. Nehmen Sie meine Gastfreundschaft an und überlassen Sie sich Fionas Obhut. Wenn Sie etwas brauchen, dann wenden Sie sich an Greeves.«

Griffen nickte, und Trevallyan fragte sich, wieviel er verstanden hatte. Er ließ den alten Mann zufrieden neben dem Herd zurück, verließ die Küche und plante eine Fahrt in den Norden, hinauf nach Antrim.

*

»Mylord, in den Lagerräumen hat sich jemand unbefugt zu schaffen gemacht. Es sieht ganz danach aus, als hätte dort jemand Feuer legen wollen. Die Südtür ist angekohlt. Curran entdeckte die Flammen und hat sie rechtzeitig gelöscht. Wir können von Glück reden, daß Schlimmeres verhütet wurde.« Greeves streckte Trevallyan ein kleines goldenes Tablett entgegen, auf dem sich ein Zettel befand.

Verärgert blickte Trevallyan von seinem Schreibtisch in der Bibliothek hoch. Er nahm den Zettel, las ihn und legte ihn beiseite.

»Kann ich Ihnen irgendwie zu Diensten sein, Mylord?« fragte Greeves und stopfte seinen leeren Ärmel in die Tasche seines Gehrocks.

»Diese Neuigkeit hat mir heute gerade noch gefehlt ...« Trevallyan stand auf. »Ich werde nach Antrim fahren, möglichst morgen schon, spätestens übermorgen. Aber jetzt möchte ich zunächst einmal nach Lir. Sagen Sie Seamus, er soll die Kutsche vorfahren.« Er schwieg und fügte dann noch hinzu. »Oh, und geben Sie Curran ein Goldstück als Dank für seine Aufmerksamkeit und lassen Sie den Schaden an der Tür reparieren.«

»Ja, Mylord.« An der Tür blieb Greeves noch einmal stehen. »Gestatten Sie mir die Frage, ob Sie mit dem Feuer gerechnet haben?«

Trevallyan seufzte tief auf. »Nicht unbedingt mit dem Feuer, aber mit irgendwelchen Übergriffen schon. Ja, ich würde sagen, damit war zu rechnen. Danke, Greeves, das wäre alles.«

»Sehr wohl, Mylord.«

Nachdem Greeves gegangen war, nahm Trevallyan den Zettel zur Hand und las ihn noch einmal: »Warten Sie heute auf dem Markt auf mich. Ravenna.«

Er zerknüllte den Zettel in der Faust. Leider konnte er nicht mit hundertprozentiger Sicherheit sagen, ob das wirklich Ravennas Handschrift war. Er hatte zwar Teile ihres Romans gelesen, aber ihre Worte hatten sich ihm wesentlich nachdrücklicher eingeprägt als ihre Schrift.

Er dachte an die versuchte Brandstiftung im Vorratslager, und seine Miene verdüsterte sich. Es lag auf der Hand, daß die Nachricht eine Falle sein konnte. Malachi und dem Gesindel, mit dem er sich herumtrieb, war so etwas durchaus zuzutrauen. Aber wenn es eine List war, dann war sie klug ausgedacht, denn nichts konnte ihn davon abhalten, auf sie einzugehen. Auch wenn ihm alle seine Instinkte rieten, im

Schloß zu bleiben, würde er doch zum Markt gehen. Nur zu gern klammerte er sich an die winzige Hoffnung, daß Ravenna – die Schönheit, von der er in der vergangenen Nacht leidenschaftlich geträumt hatte – ihn tatsächlich zu einem Rendezvous bat.

18

Ravenna hatte nicht vorgehabt, Kartoffeln von O'Shea zu holen, aber dann kam die Nachricht von der Seuche. O'Sheas Ernte mußte gegessen werden oder war für immer verloren. Sobald die Krankheit ein Kartoffelfeld ergriffen hatte, konnten selbst die gesund wirkenden Kartoffeln nicht gelagert werden, da auch sie Mehltau bekamen. Diese Erkenntnis hatten viele in Irland mit dem Leben bezahlt. Sie waren verhungert.

Also beschlossen Grania und Ravenna, sich mit den anderen Dorfbewohnern zusammenzutun und O'Shea seine Erdäpfel abzukaufen. Selbst wenn sie diese vielen Kartoffeln kaum essen konnten, wäre damit doch wenigstens O'Shea gerettet, und wenn sie ein bißchen Glück hatten, bliebe die Krankheit auf seine Felder beschränkt. Wenn sie nur alle zusammenhielten, hatte Grania Ravenna weise vor Augen geführt, könnte in Lir vielleicht eine Hungersnot wie in anderen irischen Landstrichen vermieden werden.

Und so machte sich Ravenna mit ein paar Silbermünzen auf den Weg zu Michael O'Shea und seinen Söhnen. Der graue, neblige Tag paßte zu ihrer Stimmung. Doch trotz ihrer Niedergeschlagenheit über die Kartoffelseuche in Lir, trotz ihres Mitgefühls für die Nachbarn, kehrten ihre Gedanken immer wieder zu den Ereignissen vor wenigen Tagen im Schloß zurück.

Trevallyan.

Sie konnte den Namen nicht einmal denken, ohne unwillkürlich Herzstiche zu empfinden. Sie hatte sich zwar geschworen, kühle Gelassenheit zu bewahren, sobald der Name des Schloßherrn erwähnt wurde, wußtc aber sehr wohl, daß sie sich damit selbst belog. Sie war alles andere als kühl und gelassen. Er hatte sie gedemütigt, ihr das beschämende Gefühl vermittelt, daß sie für ihn nicht mehr als ein x-beliebiger Besitz war. Und sein Haß auf Malachi war nichts anderes als eifersüchtige Empörung darüber, daß ein Gemeiner sich an Dingen vergreift, die dem allmächtigen Lord Trevallyan gehörten.

Sie dachte daran, wie sie ihn geküßt hatte und wollte vor Scham im Erdboden versinken. Sicher, seinerzeit hatte sie ein übermächtiges Verlangen danach verspürt, ihn zu küssen, doch nun sah sie, wie dumm und gefährlich das gewesen war, absolut töricht. Ein Mann wie Trevallyan würde sie nie lieben. Sie hatte sich ihren aufrichtigen Gefühlen hingegeben, aber er hatte ihr seinen ganzen adligen Hochmut gezeigt. Sie war für ihn dahingeschmolzen, aber er hatte ihr gesagt, sie sei eine leichtfertige Frau.

Selbst wenn es wirklich einen *geis* gab, wenn alle Bewohner von Lir der Kartoffelseuche zum Opfer fallen würden – diesen Mann konnte sie nie lieben. Sie wußte nicht, wie sie einen Menschen lieben sollte, der sie so behandelt hatte, der mit ihren Gefühlen und ihrem Leben spielte, als wäre sie ein austauschbares Wesen, dessen Körper er sich nach Lust und Laune bedienen durfte. Vermutlich war es seine feste Überzeugung, daß ausschließlich Angehörige der Ascendency Seelen, Wünsche und Gefühle hatten, die sich von denen der Tiere unterschieden.

Sie merkte, daß ihr Tränen in die Augen stiegen. Zornig

kämpfte sie dagegen an und schwor sich, ihn sofort und auf der Stelle zu vergessen. Energisch beschleunigte sie ihre Schritte, hielt dann aber abrupt wieder inne.

Was war das für ein Auflauf mitten im Dorf? Aus dem Augenwinkel sah sie, daß eine weitere Gestalt auf die kleine Versammlung zulief. Was störte sie an dem Mann?

Die große schwarze Tasche in seiner Hand. Der Mann war ein Arzt.

Eine furchtbare Ahnung überfiel sie. Im Dorf war jemand verletzt worden. Jemand, der in einer Kutsche gefahren war. In Lir gab es nicht viele, die ein solches Gefährt besaßen.

Sie packte den Weidenkorb fester und rannte los. Wenig später schob sie sich fast rücksichtlos durch die Reihen der Zuschauer. Eine eigenartige Panik ergriff sie. Ganz so, als wüßte sie bereits, was sie inmitten der Menge vorfinden würde.

»Ist er tot? Ist der arme Junge tot?« hörte sie einen der Umstehenden rufen. Sie drängte weiter und sah sich zu ihrem Erschrecken einer schwarzen Kutsche mit dem Trevallyan-Wappen gegenüber.

»Vorsichtig, Männer ... ganz vorsichtig«, sagte ein Mann neben ihr leise.

Trevallyan! schrie sie innerlich auf und schob die Männer zur Seite, die sich vor ihr aufgebaut hatten. Als sie endlich vor der Kutsche stand, wurde von ihr gerade ein Körper heruntergehoben. Große Blutflecken zeigten sich auf der Brust.

Trevallyan! stöhnte sie inwendig auf, konnte aber noch immer das Gesicht nicht sehen, wußte nicht, ob der Mann noch am Leben war.

Behutsam, ganz behutsam wurde der Körper von vielen Händen weitergereicht und verschwand irgendwo im Hintergrund. Eine Frau weinte auf. Dumpfe Benommenheit überkam Ravenna. Die Szene vor ihren Augen schien sich unendlich langsam abzuspielen, ganz so, als hätte Gott die Zeit angehalten. Ravenna brauchte ihre ganze Willenskraft, um sich noch einmal durch die Menge zu drängen.

Die Männer legten den Körper vorsichtig auf einen Leiterwagen, und Ravennas Herz schlug wie ein Schmiedehammer. Das Gesicht. Sie mußte endlich einen Blick auf das Gesicht werfen.

»Seamus! Seamus!« schluchzte eine Frau hinter ihr. Ravenna blickte auf den verletzten Mann. Es war tatsächlich Seamus, Trevallyans Kutscher, der auf dem Wagen lag. Sein Gesicht war kreideweiß, der Mund halb geöffnet, die Augen fest geschlossen.

Jemand hatte ihn in die Brust geschossen, und sein Leben schien nur noch an einem seidenen Faden zu hängen.

Lange Zeit stand sie wie erstarrt da. Es ist nicht Trevallyan, sagte sie sich immer wieder. Es ist nicht Trevallyan! Sie verabscheute die eigentümliche Erleichterung, die sie empfand, mußte den Satz aber dennoch wiederholen. Dann durchzuckte sie ein anderer schrecklicher Gedanke.

Sie fuhr herum, blickte zu der verlassenen Kutsche hinüber und entdeckte zu ihrem Entsetzen mehrere Einschußlöcher. Die Tür hing schief in den Angeln, und das Innere war dunkel und leblos.

Befand sich Trevallyan noch immer in der Kutsche? Hatte man ihn dort drinnen gelassen, weil es für jede menschliche Hilfe zu spät war?

Hastig lief sie zu der Kutsche hinüber. Sie hatte maßlose Furcht vor dem Anblick, der sich ihr bieten konnte, mußte aber dennoch hineinsehen. Sie mußte wissen, was ihm zugestoßen war. Es mit eigenen Augen sehen. Wenn er tot war, würde sie den grauenhaften Verdacht nie ganz loswerden können, daß sie auf irgendeine geheimnisvolle Weise dazu beigetragen hatte, ihn zu töten.

»Er ist nicht mehr hier, Miss«, sagte Drummond, der anglikanische Pfarrer zu ihr, als sie die Kutschentür erreicht hatte.

»Wo ... Wo ist er?« stammelte sie und starrte den alten Mann fassungslos an. Hatte man ihn bereits fortgebracht? War es ihm noch schlimmer ergangen als Seamus? Lag er vielleicht irgendwo am Straßenrand? War jemand bei ihm? Jemand, der ihm die Hand hielt? Eine Hand, die schon bald erkalten konnte?

Die Panik in ihr wurde fast unerträglich. Sie liebte Trevallyan nicht. Hatte sich sogar unwiderruflich geschworen, mit ihm nichts mehr zu tun haben zu wollen. Also war die Ursache für ihre Panik vermutlich der Anblick des schwerverletzten Seamus oder der entsetzliche Gedanke, daß Malachi, auch wenn er mit Sicherheit nicht geschossen hatte, wahrscheinlich denjenigen kannte, der für diese Tat verantwortlich war. Doch in ihrem Innersten wußte sie, daß das nicht die Gründe für ihren Gefühlsaufruhr waren. Trevallyan, Trevallyan! Der Name klang in ihr wie ein Druiden-Gesang. Sie mußte ihn finden.

»Sehen Sie dort hinüber«, sagte Drummond hinter ihr und wies auf die Tür von Doyles Schenke.

Benommen drehte sie sich um.

Ihre Blicke trafen sich.

Unter dem Gasthausschild stand Trevallyan mit Father Nolan zusammen. Er hielt den Arm an den Oberkörper gedrückt, und Ravenna sah, daß Blut durch einen behelfsmäßigen Verband sickerte. Aber die Verletzung schien leichterer Natur zu sein, denn in seinen Augen sah sie keinen Schmerz, sondern Zorn. Wut! Unwillkürlich bedauerte sie diejenigen, die ihm das angetan hatten.

Als sie ihren Blick für eine Sekunde von Trevallyan abwandte, sah sie, daß alle Augen auf sie gerichtet waren. Jeder Mann, jede Frau, jedes Kind starrte sie stumm an. Wußte denn jedermann über diesen unsinnigen *geis* Bescheid? Und machte sie nun für die Geschehnisse verantwortlich? Glaubte jetzt auch Trevallyan an den *geis* und hielt sie für den indirekten Anlaß zu diesem Verbrechen?

Sie drehte sich um und lief entschlossen zum Dorf hinaus. O'Shea und die Kartoffeln waren vergessen, sie wollte nur eins: so schnell wie möglich nach Hause, um ihre Ängste ebenso zu vergessen wie ihre unbegreiflichen Gefühle bei der Annahme, Trevallyan sei erschossen worden.

»Bedauerst du, daß sie mich verfehlt haben?«

Trevallyans gelassener Stimme war höchstens ein Hauch von Sarkasmus zu entnehmen. Kräftige Finger umspannten ihren Arm. Mitten auf der Straße, die aus Lir hinausführte, hielt er sie fest und zwang sie dazu, ihn anzusehen. Am liebsten wäre sie ihm mit beiden Händen ins Gesicht gefahren und hätte ihm die Augen ausgekratzt.

»Ich habe damit nichts zu tun, das wissen Sie. Das wissen Sie genau!« schrie sie ihn an.

»Ich weiß.«

Die zwei Silben erstickten ihre verzweifelte Wut. Sie sah ihn an und empfand ein unsinniges Verlangen, ihren Kopf an seine Brust zu lehnen und sich auszuweinen.

»Wer hat das getan?« flüsterte sie und fürchtete sich vor der Antwort, mußte sie aber erfahren.

»Ich weiß es nicht. Wir haben sie nicht gesehen«, flüsterte Trevallyan zurück und zog sie näher an sich heran.

»Malachi war es nicht. Ich weiß, daß er nie ...«

»Spar dir deine Worte. Deine Entschuldigungen sind überflüssig.« Wieder zuckte Wut in seinen Augen auf, fast so etwas wie keltische Mordlust. »Wenn er dafür verantwortlich ist, werde ich dafür sorgen, daß er dafür bezahlt.«

»Und wenn er es nicht getan hat?« kam es halberstickt über ihre Lippen.

»Dann bringe ich ihn dazu, mir zu sagen, wer es getan hat.«

Darauf fand sie keine Erwiderung. Sie glaubte ja ebenfalls, daß Malachi den oder die Täter kannte.

Sie senkte den Kopf und blickte auf seine Finger um ihren Arm. »Lassen Sie mich bitte gehen«, sagte sie leise. »Ich bin froh, daß Sie nicht allzu schwer verletzt sind – wirklich! Und ich werde für Seamus beten. Aber nun müssen Sie mich nach Hause gehen lassen.« Sie bewegte ihren Arm, und er ließ sie widerspruchslos los.

»Griffen hat mir von deinem Vater erzählt«, rief er ihr nach. »Dinge, die nicht einmal du weißt.«

Wie angewurzelt blieb sie stehen und drehte sich zu ihm um. »Was hat er gesagt? Erzählen Sie es mir!« sprudelten die Worte aus ihr heraus.

Ein kleines Lächeln zuckte um seine Mundwinkel. »Alles zu seiner Zeit. Ich erwarte dich heute Abend zum Dinner im Schloß, dann können wir in Ruhe darüber diskutieren.«

Fast verzweifelt sah sie ihn an. Sein Vorgehen war schlicht genial. Wenn es etwas gab, das sie ins Schloß zurückbringen konnte, dann waren es Neuigkeiten über ihren Vater. Mit wenigen Sätzen hatte er alle ihre Pläne zunichte gemacht. Vor kurzem hatte sie sich noch felsenfest geschworen, ihn nie wiederzusehen, und nun wurde sie zum Abendessen erwartet ...

»Ich verspüre kein Verlangen, Ihnen noch einmal einen Besuch abzustatten, Mylord«, erklärte sie steif.

»Komm gegen sieben Uhr. Dann können wir vor dem Essen noch einen Sherry in der Bibliothek trinken.« Fast so etwas wie Bosheit schimmerte in seinen Augen. »Doch nun bitte ich dich, mich zu entschuldigen. Ich muß mich um Seamus' Wohlergehen kümmern.« Er verneigte sich so formvollendet vor ihr, als befänden sie sich in einem Kronsaal und nicht mitten auf einer schlammigen Landstraße.

Zornig und empört lief sie zum Cottage zurück, warf sich auf ihr Bett und redete sich energisch ein, keinerlei Interesse an seinem Wissen über ihren Vater zu haben. Und doch wußte sie schon jetzt mit schmerzlicher Gewißheit, daß sie schon etliche Minuten vor sieben Uhr am Schloßportal sein würde.

*

Obwohl Ravenna keinerlei Zweifel daran hatte, daß Trevallyan ihr eine Kutsche schicken würde, machte sie sich zu Fuß auf den Weg zum Castle. Sie sah in ihrer Entscheidung eine Art von Rebellion, einen Ausdruck ihrer Unabhängigkeit. Doch schon nach wenigen Minuten auf der einsamen, verlassenen Straße bereute sie ihren Entschluß: Eine große dunkle Gestalt verstellte ihr den Weg. In diesem Moment blies ihr eine Windböe die Kapuze ihres Umhangs und die Haare ins Gesicht, so daß sie nicht erkennen konnte, wer sie da aufhalten wollte.

»Was wollen Sie von mir?« rief sie laut, obwohl ihr die Angst fast die Kehle zuschnürte.

»Warum willst du um diese Stunde zum Schloß, Ravenna?« erwiderte der Mann. Seine Stimme war ihr qualvoll vertraut.

»Malachi«, hauchte sie und eilte auf ihn zu. »Was machst du hier? Alle suchen nach dir. Sie vermuten ... nun ja, sie vermuten, daß du etwas Schreckliches getan haben könntest.« Sie war froh, daß der Mond nicht schien. Er hätte die Furcht und das Mißtrauen auf ihrem Gesicht verraten können.

»Ich habe mich versteckt. Aber ich mußte dich sehen. Das war mir jedes Risiko wert.« Er berührte ihr Gesicht, und seine Zärtlichkeit rührte sie. Offensichtlich war er bemüht, ihr zu gefallen, obwohl ihr vermutlich das, was er getan hatte, gar nicht gefallen würde.

»Weißt du, wer Trevallyan töten wollte, Malachi?« Sie war sich bewußt, wie kalt ihre Stimme klang.

»Wenn ich Trevallyan töten wollte, würde ich nicht auf Seamus schießen«, entgegnete er verbittert.

»Nun, irgend jemand hat geschossen. Sag mir, wer es war. Du mußt es mir sagen.«

»Das kann ich nicht.«

Verzweifelt ließ sie die Schultern sinken. Seine Reaktion war zwar nicht überraschend, aber deshalb nicht weniger enttäuschend. »Um Gottes willen, Malachi, du kannst doch nicht so fürchterliche Dinge tun. Die Männer, mit denen du dich umgibst, töten Unschuldige.«

»Die Adligen sind keine Unschuldigen.«

»Und was ist mit Kathleen Quinn? Ist sie denn nicht unschuldig?«

Er schwieg lange, zu lange. »Was hat sie denn damit zu tun?« fragte er schließlich.

Sie ergriff seine Hand. »Ich kann mich gut erinnern, Malachi. Als wir noch Kinder waren, kam sie einmal in ihrer Kutsche vorbei. Wir haben sie alle bewundert, aber du ... du wolltest sie nicht einmal ansehen. Da wußte ich, daß du sie verehrst.«

»Dich verehre ich. Nur dich«, sagte er mit gesenktem Kopf. »Warum gehst du zum Schloß, Ravenna? Warum?«

»Ich ...« Sie brach ab. Es wäre sinnlos, ihm das alles erklären zu wollen. Ihren Wunsch, mehr über ihren Vater zu erfahren, aber auch die Tatsache, daß sie gleichzeitig fliehen und der Versuchung erliegen wollte, wenn Trevallyan sie nur ansah. »Ich liebe ihn nicht«, flüsterte sie schließlich. Und das entsprach der Wahrheit. Sie liebte ihn nicht. Sie fühlte sich von ihm lediglich auf eine merkwürdige Weise angezogen, aber das würde sie überwinden.

»Dann komm mit mir. Ich möchte dich heiraten. Wir können nach Galway gehen. Dort lebt mein Onkel. Ich könnte Fischer werden. Wir werden Lir, die ganze Ascendency und meine Freunde hinter uns lassen ...«

»Sag mir, wer Trevallyan töten wollte. Die Gerechtigkeit verlangt, daß sie sich dem Richter stellen. Das weißt du genauso wie ich«, hielt sie ihm vor.

»Gerechtigkeit! Hier gibt es doch keine Gerechtigkeit!« Er hob die Hand und schwang die Faust in Richtung Schloß. »Und das nur, weil sich dieser Mann das genommen hat, was rechtmäßig uns gehört! Aber dich wird er sich nicht nehmen, Ravenna. Das mußt du mir versprechen.«

»Vielleicht würde er sich nur das nehmen, was ich ihm geben möchte«, entgegnete sie leise.

»Dann gib ihm nichts. Komm mit mir. Laß uns gleich jetzt aufbrechen.«

Sie fühlte sich hin- und hergerissen. Ihre Freundschaft mit Malachi würde nie aufhören – wegen ihrer gemeinsamen Kindheit, wegen der Briefe, die er ihr nach London geschickt hatte. Aber sie liebte ihn nicht. Und sie wußte nicht, wie sie ihm erklären sollte, daß sie nicht mehr das Mädchen war, das er einst gekannt hatte. Ihre Ausbildung hatte ihr mehr geschadet als genutzt. Sie hatte sie ihrer Klasse entfremdet. Als Frau eines Fischers würde sie tiefunglücklich werden, doch dennoch wußte sie, daß sein Angebot das Äußerste war, womit ein Mädchen ihrer Herkunft rechnen durfte. Trotzdem konnte sie es nicht annehmen. Inzwischen war es nicht mehr genug – obwohl sie sich mehr nicht erhoffen konnte.

»Trevallyan sagte, er hätte Informationen über meinen Vater. Deshalb bin ich auf dem Weg zum Schloß. Und jetzt muß ich mich wirklich beeilen.«

»Er lügt. Er will doch nur ...«

»Nein!« Sie bekämpfte den Drang, sich die Ohren zuzuhalten. »Nein, Malachi, so ist es nicht. Er hat sich stets wie ein Gentleman verhalten.«

»Er kann es sich auch leisten.« Der Haß in seiner Stimme war unüberhörbar.

»Malachi, du mußt jetzt gehen.« Sie blickte die dunkle Straße hinauf und hinunter. »Falls jemand kommt und dich erkennt, wird man dich fassen und womöglich an den Galgen bringen. Ich möchte nicht, daß es dazu kommt.« Sie sah ihn durchdringend an. »Bitte, halte dich künftig von allen Verbrechen fern. Und sage deinen Freunden, sie mögen Trevallyan in Ruhe lassen. Sein einziges Unrecht besteht darin, ein Erbe angetreten zu haben, das ihr ihm streitig machen wollt.«

»Wenn er dich mir nimmt, bringe ich ihn um.«

Sie hielt den Atem an. »So etwas darfst du nicht einmal denken.«

»Aber ich werde es tun«, rief er heiser vor Erregung. »Ich könnte es nicht ertragen, daß er dich mir fortnimmt. Ich liebe dich. Ich habe dich immer geliebt. Für dich lebe ich, Ravenna. Du bist mein wunderschönes Mädchen, und ich habe mich in all den Jahren nach dir gesehnt, als du auf dieser englischen Schule warst. Er darf dich mir nicht nehmen. Ich könnte nicht weiterleben, wenn ich dich an ihn verliere.«

»Du wirst mich nicht an ihn verlieren«, entgegnete sie.

»Aber ich werde dich verlieren – wenn nicht an ihn, an wen dann?«

Sie wußte, daß er sie nicht verstehen, daß sie ihn verletzen würde und schluchzte trocken auf. »An mich, Malachi. Du wirst mich an mich verlieren.«

Er schwieg. In der Ferne schimmerte ein Licht auf, und Ravenna fragte sich, ob das die Kutsche war, die sie zum Schloß bringen sollte.

»Verschwinde jetzt, sonst fassen sie dich noch«, sagte sie mit tränenerstickter Stimme und berührte sein Gesicht in einer zärtlichen Abschiedsgeste.

»Ich werde dich erringen. Ganz gleich, was es kostet.«

Es überlief sie kalt. »Tu nichts Unüberlegtes, Malachi. Wenn du dir wünschst, Trevallyan etwas anzutun, dann denke daran, daß er sich im Grunde kaum von Kathleen Quinn unterscheidet. Ich glaube nicht, daß du ihr ein Leid antun könntest.«

»Sie war ein Engel ... Mit ihrem klaren Gesicht, ihrem samtenen Kleid.« Er drückte Ravenna an seine breite Brust. »Aber kannst du das denn nicht einsehen? Kathleen Quinn ist nicht die Wirklichkeit. Du bist die Wirklichkeit. Du bist die Erde, auf der ich mich bewege, die uralten Ogham-Steine, die die verschiedenen Bereiche von Lir trennen. Ich verehre dich, Ravenna. Verstehst du das denn nicht? Oder ist es dir gleichgültig?«

Der Lichtschein der Kutsche wurde heller. Die Angst schnürte ihr fast die Kehle zu. »Bitte, du mußt gehen ...«

»Dann triff dich mit mir. Nach dem Essen mit Trevallyan. Hinter dem Gesellschaftszimmer befindet sich ein Dienstbotenaufgang, den kaum jemand benutzt. Ich werde unten an der Treppe auf dich warten. Ich flehe dich an – komm!«

»Gut. Ich werde dasein. Aber nun mußt du verschwinden.«

Noch bevor sie ganz zu Ende gesprochen hatte, war er fort – nur noch ein Schatten in der Nacht.

19

Man sah nicht, daß er verletzt worden war, denn der Ärmel seines Gehrocks verbarg den Verband – falls er überhaupt noch einen trug. Er wirkte frisch, ausgeruht, und nur das schneeweiße, gestärkte Hemd hellte seine übliche dunkle Kleidung auf. Wundersamerweise war er dem Tod entgangen – einem Schicksal, mit dem Seamus noch kämpfte.

»Sherry?« erkundigte er sich und hob eine Augenbraue.

»Ja«, erwiderte sie und ärgerte sich über die Tatsache, daß

er es offenbar nie für nötig hielt, sie einer ordentlichen Begrüßung oder Verabschiedung zu würdigen.

Er reichte ihr ein kleines Glas mit einer bernsteinfarbenen Flüssigkeit. Sie trank einen Schluck und hoffte inständig, daß der Sherry eine beruhigende Wirkung auf ihre Nerven hatte.

»Wie geht es Seamus?« fragte sie leise.

Sein Blick wurde kalt. »Ich fürchte, daß nur ein Wunder ihn retten kann.«

»Es gibt Wunder. Sie geschehen immer wieder.«

Er sah sie eine Sekunde lang schweigend an, streckte dann unvermittelt die Hand aus und fuhr ihr sanft über die Wange. »Ja«, sagte er nur, wandte sich ab und ließ sich in dem großen Ledersessel vor dem Kamin nieder.

»Sagen Sie mir, was Sie über meinen Vater erfahren haben. Schließlich ist das doch der Grund, aus dem ich gekommen bin.« Langsam trat sie zu ihm und nahm erneut verärgert zur Kenntnis, daß er sich gesetzt hatte, ohne ihr einen Platz anzubieten.

»Wenn ich es dir gleich erzähle, werde ich mein Abendessen allein einnehmen müssen, fürchte ich.« Er schaute sie mit diesem aufreizend überheblichen Blick an, der ihm offenbar in die Wiege gelegt worden war. In einem einzigen Moment brachte er seine Verachtung für ihre billige Kleidung, ihre einfache gesellschaftliche Position und ihre unzulänglichen Manieren zum Ausdruck.

»Es ist unanständig von Ihnen, mich auf die Folter zu spannen ...«

»Es ist unanständig von dir«, unterbrach er, »so ... auszusehen ... so ...« Er musterte sie und wurde unerklärlicherweise immer gereizter.

»Sie müssen mir von ihm erzählen«, beharrte sie. »Ich muß es wissen.«

»Nach dem Dinner.«

Sie sah ihn an, aber er starrte gelassen in die Flammen des Kamins.

»Sie wissen genau, wie sehr ich mich danach sehne, etwas über meinen Vater zu erfahren, aber dennoch lassen Sie mich im Unklaren. Es macht den Anschein, als sei ich Ihrer Gnade ausgeliefert.«

»Aber wie schnell du das immer wieder vergißt.«

Sie schluckte die bissige Entgegnung hinunter, die ihr bereits auf der Zunge lag. »Soll ich vielleicht wiederkommen, wenn Sie besserer Stimmung sind, Mylord?« fragte sie statt dessen lächelnd.

Endlich sah er sie an. Um seine Lippen spielte ein winziges Lächeln – ganz so, als erheitere es ihn, daß sie ihm Widerstand leistete. »Nein, bleib. Entschuldige meine Übellaunigkeit, aber schließlich wird nicht jeden Tag auf mich geschossen. Und das von einem Schurken, der mich noch lieber an einem meiner eigenen Bäume aufknüpfen würde, als mich in einer Blutlache am Straßenrand liegen zu sehen.«

»Ich verspreche Ihnen und Seamus, daß ich mich nach besten Kräften bemühen werde, den Schuldigen herauszufinden.«

»Tatsächlich?« Er zog einen Zettel aus seiner Rocktasche und warf ihn auf den Tisch neben ihr.

Sie nahm ihn, las und wurde kreideweiß.

»Sie wissen, daß diese Nachricht nicht von mir stammt«, flüsterte sie mit bebender Stimme. »Ich kann mir nicht erklären, warum sie sich meines Namens bedient haben.«

»Weil sie wußten, daß ich kommen würde«, erklärte er ruhig und ließ sie nicht aus den Augen. »O'Donovan hat gesehen, daß du mit MacCumhal gesprochen hast. Warst du unter Umständen mit ihm zusammen, bevor du ins Dorf kamst und gesehen hast, daß man Seamus halbtot davontrug?«

»Malachi war das nicht. Ich weiß, daß er es nicht getan hat.«

»Und woher weißt du das?« forderte er sie heraus.

»Ich weiß es eben. Sie müssen mir glauben.«

»Aber du hättest durchaus Gründe zu lügen.«

»Welche Gründe?«

Sein Mund verzog sich zu einem zynischen, wissenden Lächeln. Sie empfand die Verachtung in seinem Blick wie einen Peitschenschlag. Sie wußte, daß er sich an die Nacht erinnerte, in der sie mit Malachi bei den Briney Cliffs gewesen war, an die Nacht, in der er sie halbnackt, durchnäßt und verschmutzt im Straßengraben aufgefunden hatte.

»Ich glaube, ich höre Greeves' Schritte.« Kühl stand er auf und bot ihr den Arm. »Komm, laß uns zu Abend essen.«

Greeves führte sie in ein kleines, behagliches Eßzimmer neben dem Salon, das Ravenna noch nie betreten hatte. An den Wänden hingen mittelalterliche Gobelins in Indigoblau und Gold. Vor langer Zeit mußte es dem keltischen König als eine Art Ankleideraum gedient haben, der das Schloß hatte erbauen lassen. Doch inzwischen war es wegen seiner Nähe zur modernen Küche mit einem kleinen Mahagoni-Eßtisch und altmodischen Chippendale-Stühlen eingerichtet. Zweifellos nahm Trevallyan die meisten seiner Mahlzeiten hier ein. Es erfreute und bekümmerte sie gleichermaßen, daß er offenbar keine Veranlassung empfand, sie großartiger, aufwendiger zu bewirten. Und sie fragte sich, warum er über ihre Anwesenheit in seinem ganz privaten Bereich so zufrieden wirkte. Besonders, da er sich nicht ganz klar darüber zu sein schien, wie er sich ihr gegenüber verhalten sollte. Entweder war er wütend auf sie, begehrte sie oder rief ihr unbarmherzig ihre niedrige soziale Stellung ins Gedächtnis ...

Ziemlich wortkarg setzten sie sich an den Tisch und sprachen Fionas Speisen zu. Der Lammbraten war köstlich, die Erbsen knackfrisch, das weiße Brot knusprig. Nach dem Essen tranken sie einen exotischen Drink aus Whisky, Pfefferminze und Zucker. Trevallyan erläuterte, daß das Rezept für diesen Julep von einer Plantage in Mississippi stammte, auf der einige seiner Freunde aus Ulster mit dem Baumwollanbau reich geworden waren.

Ravenna nippte an ihrem Glas und beobachtete ihn über den kleinen Tisch hinweg. Sie beneidete Trevallyan um die Reisen, die er gemacht, die fremden Welten, die er gesehen hatte. Vielleicht hätte sie es ihm auch gesagt, wenn in diesem Moment nicht Greeves den Raum betreten und ihm mitgeteilt hätte, daß ihn der Arzt zu sprechen wünschte.

»Würdest du vielleicht schon in die Bibliothek vorangehen, während ich mich um Seamus kümmere?«

Sie stand auf und befingerte ihre Serviette. »Gut. Und dann werden Sie mir endlich von meinem Vater erzählen?«

»Zur gegebenen Zeit. Und vergiß nicht, daß dieser Mann durchaus nicht dein Vater sein muß.«

»Ich weiß, daß er es ist. Das spüre ich.«

Er verzog den Mund zum Ansatz eines Lächelns und verließ den Raum.

Ravenna sagte Greeves, er brauche sich nicht die Mühe zu machen, sie zur Bibliothek zu begleiten, sie finde ihren Weg schon allein. Der Butler nickte, begann den Tisch abzuräumen und kümmerte sich nicht weiter um sie.

Draußen im Flur beschloß Ravenna, den Augenblick zu nutzen und sich mit Malachi zu treffen. Mit klopfendem Herzen eilte sie durch die dunklen Korridore und suchte nach der Tür zum Gesellschaftszimmer. Endlich hatte sie sie gefunden und stieß sie auf. Diesmal brannte kein Feuer im Kamin, das ihren Weg hätte erleuchten können. Doch draußen im Flur stand auf einem Tisch neben der Tür eine Petroleumlampe. Sie holte sie und machte sich auf den Weg zur Tapetentür, drückte sie auf und lief die Wendeltreppe hinunter. Ein Rascheln ließ sie zusammenfahren. Vermutlich waren das Ratten, aber tapfer hastete sie weiter die Stufen hinunter.

»Malachi?« rief sie leise in die Dunkelheit.

Stille.

»Malachi?« rief sie noch einmal, diesmal schon lauter.

»Aye«, kam es von unten. Zwei Stufen auf einmal nehmend flog sie die Treppe hinunter, bis sie sein vertrautes Gesicht im Schein einer Laterne erblickte.

»Da bist du ja endlich, Ravenna. Na, hast du dich gut amüsiert?« fragte er mürrisch. Er war eindeutig eifersüchtig.

»Ein Dinner ist ein Dinner. Trevallyan wurde zu Seamus gerufen, deshalb konnte ich kommen.«

»Seamus ist tot.«

Die Worte trafen sie wie Messer. Sie hatte gewußt, daß der Mann schwerverletzt worden war, aber irgendwie doch nicht glauben können, daß der Überfall mit einem Todesfall enden würde. »Wo ... Woher weißt du das?« hauchte sie.

»Inzwischen weiß das jeder.«

Sie glaubte, ihr eigenes Entsetzen, ihre Furcht in seiner Stimme wiederentdecken zu können. Benommen ließ sie sich auf die naßkalten Stufen sinken. »Warum haben sie es getan, Malachi? Warum? Sag mir, warum.«

»Du weißt, warum es geschehen ist«, erwiderte er spröde.

»Aber was wurde damit erreicht?«

Sein Schweigen verriet seine Unsicherheit. »Komm mit mir nach Galway«, sagte er schließlich mit zitternder Stimme. »Wir werden das alles hinter uns lassen und ganz neu anfangen. Du kannst von Trevallyan träumen, wenn du magst – ich werde mich nicht beklagen –, aber komm mit mir, werde meine Frau und ... und ... und rette mich ...« Er brach ab. Dann hörte sie das rauhe, verzweifelte Schluchzen eines Mannes.

Ravenna glaubte, das Herz müsse ihr brechen. Malachi war inzwischen ein Mann, weinte aber zu ihren Füßen wie der kleine Junge, der er einmal gewesen war, der Junge, den sie so gut gekannt hatte, der stets zu ihrer Verteidigung herbeigeeilt war, der sich an den Rest von Ehre geklammert hatte, den sein Vater ihm hinterlassen hatte, bevor er getötet worden war.

Langsam stellte sie die Lampe ab und schloß ihn in die Arme. Lange Zeit weinte er sich an ihrer Brust aus, während sie ihn ganz fest hielt und ihre Wange an sein tränenüberströmtes Gesicht drückte. Schließlich hörte er auf zu schluchzen, aber sein anschließendes Schweigen sprach von Unsicherheit, Schuld und Tod.

»Du mußt fort von hier«, sagte sie leise, als er endlich den Kopf hob.

»Aye, aber nicht allein ...«

»Doch. Ich muß bleiben, weil ich herausfinden möchte, wer mein Vater ist. Du mußt die Grafschaft verlassen und darfst dich nie wieder mit diesen Männern einlassen. Du kannst auch ohne mich nach Galway gehen.«

»Das werde ich nicht tun.«

»Du mußt.«

»Ich liebe dich.«

Sie schloß die Augen und ließ verzweifelt den Kopf auf seine Schulter sinken. Sie liebte ihn nicht, aber das konnte sie ihm nicht sagen.

Seine kräftigen Arme umfingen sie wie ein eisernes Band. Sie schienen stark genug zu sein, sie vor allen Gefahren zu beschützen, aber sie begann zu begreifen, daß brutale Stärke täuschte. Er konnte sich selbst nicht beschützen, noch weniger sie.

»Geh wenigstens in die nächste Grafschaft. Vielleicht werde ich dir eines Tages folgen – wenn sich die Dinge verändern ...« flüsterte sie schließlich, denn mehr konnte sie ihm nicht versprechen.

»Aber warum muß sich erst etwas ändern?« wollte er wissen. Seine Lippen streiften ihre Haare.

Meine Gefühle, meine Sehnsüchte, nach dir, nach Trevallyan, dachte sie, sagte aber: »Ich weiß nicht.«

Er hielt sie so fest, als wollte er sie nie wieder loslassen, als wisse er irgendwie, daß sie sich vielleicht nie wieder umarmen würden. Allmählich gab sie nach, klammerte sich auch an ihn, genoß die bittersüße Vertrautheit, als wisse sie ebenfalls, daß sie nicht von Dauer sein konnte.

Ein Geräusch ließ sie zusammenzucken. Erschreckt blickten sie die Wendeltreppe empor. Dort oben tauchte ein Schatten auf.

»Auf die Füße, MacCumhal, damit ich dir ins Gesicht blikken kann, wenn ich dich töte.«

Entsetzt hob Ravenna den Kopf von Malachis Schulter. Weiter oben auf der Treppe stand Trevallyan im Schatten, aber der Schein der Petroleumlampe fiel auf die Pistole, die er fest in der Hand hielt.

»Nein! Das ist ein furchtbares Mißverständnis ...« rief sie und rang mühsam nach Atem.

»Du hast Seamus getötet, du verdammter, hirnloser Lump, und dafür wirst du bezahlen.« Langsam kam Trevallyan eine Stufe weiter herunter, dann noch eine. Jetzt fiel das Licht der Lampe auf sein wutverzerrtes Gesicht. »Er hat sein Leben lang für mich gearbeitet. Er war für mich wie ein Familienmitglied, aber du hast ihn ermordet ... Und wofür? Wofür?« Seine Worte hallten durch das dunkle enge Treppenhaus wie das Stöhnen eines Phantoms.

»Er hat Seamus nicht getötet. Das habe ich Ihnen gesagt«, rief Ravenna und klammerte sich noch immer an Malachi.

Trevallyan erreichte die letzte Stufe über ihnen und musterte sie in ihrer engen Umarmung. Selbst im flackernden Lampenlicht konnte sie den unbändigen Zorn in seinen Zügen erkennen.

Langsam, sehr bedacht, drückte er den Lauf der Pistole

an Malachis Schläfe. Langsam, sehr bedacht, zog er das Spannstück zurück.

Malachi wurde in ihren Armen ganz steif, und Ravenna keuchte auf.

»Steh auf, damit ich dich wie einen Mann töten kann. Ich bin nicht so feige wie der Kerl, der Seamus umgebracht hat.«

»Nicht, Trevallyan! Großer Gott – tun Sie es nicht!« Sie streckte den Arm aus, ergriff den Pistolenlauf und zog ihn zu sich herum.

»Willst du, daß ich euch beide erschieße?« fragte Trevallyan ruhig. Zu ruhig.

»Woher wußten Sie, daß ich hier bin?« schrie sie auf, um Zeit zu gewinnen.

»Im Flur fehlte die Lampe auf dem Tisch neben der Tür. Als ich das Gesellschaftszimmer betrat, sah ich einen Lichtschimmer unter der Tapetentür.« Sein Gesicht verzog sich qualvoll. »Diese Treppe führt zu einer Höhle unter dem Schloß. Daher wußte ich, wo du dich mit ...« Er fluchte unterdrückt auf und richtete die Pistole wieder auf Malachi. »... mit ihm triffst.«

Ravenna drückte ihre Wange gegen den Pistolenlauf. Nachdem die erste Welle der Angst verebbt war, fragte sie: »Würden Sie mich auch erschießen, Niall?«

Noch nie zuvor hatte sie ihn beim Vornamen genannt. Es schien ihn zu rühren. Sie flehte inständig, daß es ihn rührte. Sekunden verstrichen.

Er ergriff eine Strähne ihrer schwarzen Haare und wickelte sie sich um die Hand wie einen Verband. Sie blickte ihn unverwandt an. Ein bitteres Lächeln huschte über seine Lippen. »Ich glaube, dieser *geis* bringt mich noch dazu, eher mich zu töten, bevor ich dich erschieße, Ravenna.«

Sie atmete tief durch. »Dann lassen Sie Malachi gehen. Ich versichere Ihnen, daß er es nicht war, der heute nachmittag abgedrückt hat.« Sie hielt Malachi eng an sich gepreßt.

In ihren Armen fühlte er sich an wie ein Zaunpfahl, so starr und steif wie ein Holzsoldat. Er hatte Todesangst. Sie spürte, daß ihm Schweißperlen von der Stirn tropften.

Der Pistolenlauf drückte tödlich kalt und bedohlich gegen ihre Wange. »Du bittest also um sein Leben, Liebes?« fragte Trevallyan fast unhörbar.

»Ja, ja. Lassen Sie ihn gehen, und ich verspreche Ihnen, daß Sie ihn in dieser Grafschaft nie wiedersehen werden.«

»Versprechen werden selten eingehalten.«

»Lassen Sie ihn gehen«, flehte sie. »Es wäre mir lieber, Sie töteten uns beide, als daß er für ein Verbrechen sterben muß, das er nicht begangen hat.« Malachi begann zu zittern, sagte aber kein Wort zu seiner Verteidigung.

»So wichtig ist dir dieser Lump?«

»Ja«, erwiderte sie wahrheitsgemäß, war jedoch weder willens noch fähig zu erklären, wo ihre Gefühle für Malachi begannen und endeten.

Trevallyan konnte sich nicht mehr beherrschen. Er ließ Ravennas Haare abrupt los und stieß mit dem Fuß nach Malachi. Umschlungen wie sie waren, verloren sie den Halt und stürzten einige Stufen hinunter. Ravenna spürte, daß Malachi sich aufrappelte, um ihr auf die Beine zu helfen, während Trevallyan seine Waffe direkt auf das Gesicht des jungen Mannes richtete.

»Wage es nicht, sie zu berühren!« knurrte er. »Verschwinde aus dem Schloß und laß dich hier nie wieder blicken. Hast du mich verstanden, Bürschchen?«

Malachi nickte. Selbst in der Dunkelheit sah Ravenna, daß er weiß wie eine Wand war.

»Du bist es nicht wert, daß sie sich für dich verwendet«, rief Trevallyan verächtlich. »Also verschwinde. Renn um dein Leben, wie es einem rückgratlosen Lump wie dir zukommt. Und vergiß nicht – hätte sie mich nicht darum gebeten, dein jämmerliches Leben zu verschonen, würde dein

Hirn jetzt von diesen Wänden tropfen.« Wieder versetzte er Malachi einen Tritt, der ihn etliche Stufen hinunterstürzen ließ.

Er richtete sich im Halbdunkel wieder auf, hob mit einem Rest von Würde die Faust und rief herauf: »Damit ist es noch nicht vorüber, Trevallyan. Sie können uns nicht alles nehmen, ohne irgendwann dafür zu bezahlen. Warten Sie's nur ab. Bei Ihrer Beerdigung werden viele Augen trocken bleiben.« Dann sprang er die Stufen weiter hinunter und war schnell in der Finsternis verschwunden.

Ravenna griff haltsuchend nach der feuchten Wand, um sich an ihr hochzuziehen. Jetzt mußte sie Trevallyan allein gegenübertreten. Jetzt würde sie seinen ganzen Zorn über Seamus' Tod zu spüren bekommen.

»Komm her«, sagte er heiser.

Jeder Schritt kostete sie unendliche Überwindung. Im Schein der von Malachi zurückgelassenen Laterne sah sie auf seinen Zügen tiefe Enttäuschung, aber noch etwas anderes – etwas, das ebensogut Liebe wie Schmerz ausdrücken konnte.

»Ich bin gekommen, um etwas über meinen Vater zu erfahren. Nicht, um mich mit Malachi zu treffen«, flüsterte sie.

Fast widerwillig legte er die Arme um ihre Taille und zog sie zu sich heran. »Wußtest du, daß sie mich töten wollten?«

Die Frage traf sie wie eine schallende Ohrfeige. »Nein, natürlich wußte ich nichts davon. Ich schwöre beim Grab meiner Mutter, daß ich nichts davon wußte.«

Wieder holte er den Zettel hervor, den er ihr schon einmal gezeigt hatte. »Du weißt also nichts davon? Überhaupt nichts?«

Ravenna schüttelte den Kopf und wollte nicht glauben, daß ihr Name auf diesem Zettel der Anlaß für die Tragödien des heutigen Tages gewesen waren. »Auch davon weiß ich nichts, aber ich weiß, daß Malachi nicht dazu fähig ist, einen Menschen zu töten.«

Er schien sich nur mühsam beherrschen zu können. »Ihr seid also alle absolut unschuldig, ja? Ihr alle, die ganze verdammte Bande. Und du – du! – behauptest, die unschuldigste von allen zu sein. Dabei ertappe ich dich immer wieder bei geheimen Treffen mit MacCumhal. Ich muß sehen, wie du ihn in den Armen hältst, ihn vielleicht sogar ...« Er konnte den Satz nicht beenden.

»Ich könnte niemals einem anderen Menschen Schaden zufügen, Mylord.« Sie zitterte am ganzen Körper. »Malachi ist mein Freund aus Kindertagen. Ich kenne und verstehe ihn, das ist alles.«

»Aber sein Bedürfnis, mich zu vernichten, erkennst du offenbar nicht. Und Seamus zu ermorden. Gott sei seiner Seele gnädig.«

»Nein.« Sie griff nach den Revers seines Gehrocks. »Malachi hat nicht geschossen. Ich weiß, daß er Seamus' Tod bedauert. Er hat ihn nicht getötet, und ich würde mein Leben hingeben, um das zu beweisen.«

Er sah sie an, und sie erkannte mit Erschrecken, daß er ihr nicht ganz glaubte. Als er wieder zu sprechen begann, klang er so, als sei er es überdrüssig, einen unsinnigen Kampf zu kämpfen, den er nicht verstand.

»Als junger Mann hielt ich ein kleines Kind in meinen Armen, ein wunderschönes Kind, ein Kind, das zu jeder Hoffnung berechtigte.« Er legte seine Wange auf ihren Kopf, als bete er für ihre Seele. »Als man mir sagte, dieses Kind würde meine Braut werden, habe ich diese Vorstellung verlacht. Aber ich war auch der Meinung, dieses Kind nicht im Stich lassen zu können. Da war ein Leben zu formen, das, was es versprach, mußte erst noch zum Erblühen gebracht werden. Obwohl ich dieses Kind nicht wollte, fühlte ich mich doch verpflichtet, ihm zu helfen. Ich sorgte dafür, daß es ihm an nichts fehlte ...«

Wie gebannt hielt sie den Atem an. Er erzählte ihr zwar nicht, worauf sie gehofft hatte, aber die schockierende Wahrheit, die er da verkündete, kam ihr vor wie ein fehlendes Teil in einem Puzzlespiel.

»Das Kind wuchs zu einer Frau heran, einer wunderschönen Frau. Und obwohl ich sie mit allem ausgestattet hatte, was sie brauchte, ihr Leben nach meinen Vorstellungen geformt hatte, sagte ich mir, daß ich nichts mit ihr zu tun haben wollte.« Seine Wange lag warm an ihren Haaren, seine Umarmung war liebevoll, fast tröstlich. »Doch dann führte sie mir das Schicksal immer wieder über den Weg. Und ich stellte fest, daß die Schönheit eine Seele besaß. Sie verfügte über eine beunruhigende Intelligenz und über ein Herz, das ähnlich einsam und sehnsüchtig wie meines zu sein schien. Ich ertappte mich dabei, immer wieder an sie denken zu müssen. Schon bald dachte ich an nichts anderes mehr als an sie.«

Seine Umarmung verwandelte sich in eine Falle, die sie mit eisernen Fesseln gefangenhielt. Was er da sagte, durfte nicht wahr sein, aber in ihrem Innersten fürchtete sie, daß es doch so war. Er war ihr Ernährer gewesen, nicht ihr verschollener Vater. Es war immer nur Trevallyan gewesen.

Er hob ihr Kinn und zwang sie, ihn anzusehen. »Aber nun muß ich festellen, daß sie mit Mördern und Dieben unter einer Decke steckt. All meine Bemühungen ...« Er begann sie heftig zu schütteln. »Ja, all meine Schulausbildung, mein Cottage, mein Hausrat und mein Geld haben sie nicht davon abhalten können, den falschen Weg einzuschlagen. Ich dachte, ich könnte eine Lady aus ihr machen, und nun muß ich feststellen, daß sie eine ...«

»Sagen Sie es nicht«, bat sie ihn leise.

»Und die Vorstellung, daß er ...« Wieder brach er ab. »Der Gedanke, daß er ...« Er schloß die Augen und schien sich zum Weiterreden zu zwingen. »Die Vorstellung, daß MacCumhal dich vögelt, reicht aus, mich umzubringen.«

Sie schluchzte trocken auf und wagte es nicht, ihn anzusehen. »Wagen Sie es nicht, mir gegenüber noch einmal so furchtbare Worte zu benutzen«, flüsterte sie, kämpfte gegen die Tränen und versuchte, sich aus seinem Griff zu befreien. Es schockierte sie, daß sein Leben ihr ganzes Leben bestimmt hatte, doch es war weit schmerzlicher, daß er sie für eine Hure hielt, die dringend der Seelenerrettung bedurfte.

»Furchtbar? Furchtbar?« Er schien zu lachen. »Nay, Worte sind nicht furchtbar. Furchtbar ist der Mord an Seamus!«

»Ich kam nur her, um etwas über meinen Vater in Erfahrung zu bringen«, murmelte sie resigniert. »Sie müssen mir glauben, daß ich nichts mit der Schießerei zu tun habe. Wenn Sie mir endlich sagen, was Sie über meinen Vater wissen, verspreche ich Ihnen, Sie nie wieder zu belästigen.«

»Griffen erzählte mir von einem Mann, der vor zwanzig Jahren in Antrim gestorben ist.«

»Wer war dieser Mann?«

Sein Gesichtsaudruck verhärtete sich. »Wer er war? Das werde ich dir schon noch sagen. Aber nicht hier. O nein, ganz bestimmt nicht hier.«

Sie nickte, dann kam ihr eine beängstigende Erkenntnis. Sie blickte ihn an. »Ich werde keinesfalls ...«

»Ach nein? Mit ihm, aber nicht mit mir.« Sein Lachen klang schmerzlich in ihren Ohren. »Vermutlich ist dir die Vorstellung, ich alter Mann könnte mich in dein junges Fleisch drängen, allzu abstoßend.«

»Ihre Wortwahl ist abstoßend«, erklärte sie kalt.

»Abstoßend oder nicht, es ist an der Zeit. Sie haben dich mir aufgedrängt. Nun, wir werden ihnen sagen, daß ich dich mir geschnappt habe. Hast du mich verstanden? Ich habe dich mir geschnappt.«

Die Panik ließ ihr den Mund trocken werden, aber noch immer weigerte sie sich, die Bedeutung seiner Worte zu akzeptieren. »Tun Sie es nicht«, sagte sie mit zitternden Lippen. »Nehmen Sie mir nicht alles, nur weil Sie sich vor einem *geis* fürchten und beweisen wollen, daß er unwirksam ist.«

Sein Atem fuhr heiß über ihre Schläfen. »Ich fürchte keinen *geis*. Das sind nur Worte, und über die kann ich nur lachen.« Fast zögernd streichelte er ihr Gesicht. »Nur eins habe ich in diesem Leben fürchten gelernt: das Unausweichliche.«

»Und ist das hier unausweichlich?« fragte sie mit tränenerstickter Stimme.

Er antwortete nicht, er sah sie nur an, wartete auf weitere Einwände, weiteres Aufbegehren. Es kam nichts. Ganz behutsam hob er ihr Kinn und drückte seinen Mund auf ihre halbgeöffneten Lippen.

Sie schloß die Augen und ließ zu, daß er von ihrem Mund Besitz ergriff, während sie ihn gleichzeitig aus tiefstem Herzen verfluchte. Unzählige Male hatte sie sich gesagt, wie sehr sie ihn haßte, jetzt hatte ihr Haß sie im Stich gelassen. Er hatte sie zu einem Zeitpunkt kraftlos zurückgelassen, an dem sie all ihre Stärke gebraucht hätte. Aber gegen seine Umarmung konnte sie sich nicht wehren, weil sie keineswegs nur physisch war. Er küßte sie mit einer so verzweifelten Leidenschaft, wie sie sie noch nie kennengelernt hatte, und das brachte sie dazu, sich nach seiner Liebe zu sehnen, sich danach zu sehnen, die sanfte Seite an ihm zu entdecken, die sich hinter seiner Schroffheit verbarg.

Er löste seine Lippen von ihrem Mund und begann, sie die Treppe hinaufzuziehen, aber sie wehrte sich nicht. Es kam ihr vor, als habe er sie mit einer Art Netz eingefangen, das ihr jede Verteidigungsmöglichkeit raubte. Daß ihm das gelingen konnte, war kaum verwunderlich: Er war ein reifer Mann, erfahren in der Kunst der Verführung, und sie ein unschuldiges Mädchen, zu naiv, um die Gefahren voll begreifen zu können, zu überwältigt, um ihn aufzuhalten. Es schien unvermeidbar, daß sie seinem Schlafzimmer zustrebten. Ebenso wie die Küsse, die er ihr auf der Treppe gab, im Vorzimmer, am geschnitzten Eichenpfosten seines Bettes, auf der Satindecke, die sein Lager bedeckte. Und sie konnte sich nicht belügen. Sie wollte diese Küsse. Sie waren intensiv, süß und erotisch. Und sie waren ein Labsal in der Einsamkeit ihres Lebens. Sie hatte niemanden, keine Liebhaber, keine Freunde. Grania war alt und würde nicht mehr lange in dieser Welt bleiben. Es gab keine ernsthaften Aussichten auf eine Ehe, und ihre Zukunft erschien ihr wie ein dunkler, trostloser Abgrund.

Ja, sie sehnte sich nach seinen Küssen. Wegen ihrer falschen Versprechungen, an die sie nur allzu gern glaubte. Aber er gehörte dem anglo-irischen Adel an und sie war ein Nichts, wurde sogar von den anderen Dorfbewohnern gemieden. Trevallyan würde sich nie soweit herablassen, sie zu einer Lady zu machen. Männer wie er heirateten keine Frauen wie sie – nicht einmal mit einem *geis*, und selbst wenn das gesamte Dorf für diese Verbindung betete.

»Ich bin noch unberührt«, flüsterte sie, als er ihre nackte Schulter küßte und ihr dabei das Wollkleid behende vom Körper streifte.

Er hielt kurz inne. »Eine Jungfrau«, murmelte er, »gut, gut.«, Aber ansonsten schienen ihre Worte kaum Eindruck auf ihn zu machen, denn seine Zunge glitt gefährlich heiß, aufregend verführerisch ihren Hals entlang.

»Haben Sie denn nicht gehört?« Ihr Stimme klang rauh vor unterdrückter Leidenschaft. Sie wußte, daß sie für den überraschend großen Rest von Vernunft mehr Dankbarkeit empfinden sollte, doch sie fühlte sie nicht.

Er zog sie auf den Schoß und seine Hand umfing zärtlich ihre Brust. »Ich habe gehört«, flüsterte er ihr zu. »Und schon bald werde ich dir glauben.«

»Wollen Sie mich etwa ...?« Sie hatte große Schwierigkeiten, die Worte über die Lippen zu bekommen. Sein Mund liebkoste ihre Brust durch das dünne Hemd. Sie stöhnte leise auf und stammelte wie berauscht: »Wollen ... Sie ... mich etwa ... dazu zwingen, es zu ... beweisen?«

»Du bist für mich bestimmt.« Sein Atem ging schnell und heftig. »Daß du eine Jungfrau bist, ist unbedeutend. Das ist nur ein körperlicher Zustand. Und deinen Körper will ich nicht.« Er schob die Träger ihres Hemdes von ihren Schultern und enthüllte eine nackte Brust. »Ich will deine Seele«, flüsterte er, bevor er mit seinen Lippen ihre Brust umfing.

Hilflos zupften ihre Finger an seinen Haaren. Sie wußte, daß sie sich wehren, davonlaufen, diesem Wahnsinn energisch Widerstand leisten sollte, fühlte sich aber auf unerklärliche Weise zu ihm hingezogen. Dieses unbegreifliche Bedürfnis, ihm ganz nahe zu sein, wurde so stark und übermächtig in ihr, als hätten sich Schicksal und Universum gegen sie – *gegen* sie? – verschworen.

»Bitte ...« flüsterte sie und wußte nicht, was sie eigentlich wollte. Ihre Augen wurden ganz groß, ihr Blick dunkel.

Seine Stiefel polterten dumpf auf den Teppich. Hemd und Hose lagen verstreut auf dem Fußboden, seine schwarze Krawatte hing wie ein Trauerflor am Bettpfosten.

Bitte ... hallte es in ihr nach, als er ihr auch den Rest ihrer Kleidung vom Körper streifte und sich auf sie legte. Aber was wollte sie wirklich? Wollte sie, daß er sie in Frieden ließ? Oder wollte sie, daß er sie wieder so ungestüm küßte wie gerade eben?

Seine Lippen senkten sich auf ihren Mund, und sie wußte, daß sie beides wollte. Sie wollte Sicherheit und Ekstase. Aber das würde sie nie bekommen, da Niall, Lord Trevallyan, beides nicht zu bieten hatte. Er bot lediglich Gefahr und dann – ebenso unausweichlich – Herzeleid.

Er starrte sie an. In seinen Augen sah sie Leidenschaft, Begehren, aber noch etwas anderes: ein gewisses Zögern.

Unwillkürlich fuhr sie sanft mit den Fingern über den Verband um seinen Arm.

»Warum sehen Sie mich so an?« murmelte sie und senkte scheu den Blick.

»Nie hätte ich gedacht, daß es mich nach einer Frau so verlangen würde wie nach dir ...« Seine Zähne glitten über die weiche Haut ihrer Brust, bissen leicht und spielerisch zu. »Dieses Gefühl ... bringt mich noch um den Rest meines Verstandes ...«

Sie schloß die Augen, stimmte ihm aus vollem Herzen zu, wehrte sich aber gegen jeden Gedanken einer Trennung. »Dann ... sollten wir vielleicht lieber nicht ...«

»Nein.« Er küßte sie, stieß seine Zunge fast heftig in ihren Mund.

Und sie erschauerte vor wildem Verlangen.

»Es ist uns bestimmt. Du weißt es, ich weiß es.« Unvermittelt wirkte er wie ein Tier, das auf Beute aus ist, das nur ein Ziel kennt: Unterwerfung. Er drückte ihre Knie auseinander, drang langsam, aber unerbittlich in sie ein und unterdrückte ihre Schreie mit einem Kuß.

Ravenna wurde steif. Er schob, stieß zu, stieß wieder, und sie kämpfte dagegen an, auch wenn das ihre Schmerzen noch vergrößerte. Er ließ sie nicht aus den Augen, und sie wußte, daß er sie verstand. Bei all ihrer Bereitschaft, ihrem Verlangen nachzugeben, war sie doch auch zum ersten Mal mit einem Mann zusammen, einem Mann, der in seiner Leidenschaft fast rücksichtslos war. Ohne es wirklich zu wollen, ballte sie die Hände zu Fäusten und versuchte, ihn von sich zu drücken.

»Berühr mich, streichle mich«, flüsterte er ihr rauh und atemlos ins Ohr.

Sie schüttelte den Kopf. Einen Mann zu berühren war ihr ebenso fremd wie die körperliche Liebe. In beidem war sie unerfahren...

»Umarme mich«, murmelte er.

»Nay«, stöhnte sie auf und konnte sich ihr Gefühl bangen Verlangens nicht erklären.

Er verzögerte seine Bewegungen, wurde fast qualvoll langsam. Sie wand sich, schrie leise auf, ihr leidenschaftliches Verlangen rang mit ihrer Vernunft.

»Berühre mich, oder ich höre sofort auf.« Seine Stimme war ein kaum verständliches Stöhnen über ihr.

Sie zögerte, begriff nicht, warum es sie so danach verlangte, streckte dann aber doch die Hände aus und fuhr mit den Fingern langsam über seinen Rücken. Seine Haut war glatt, sein Körper muskulös. Er hatte schmale Hüften, eine straffe Taille, und einen harten, festen Oberkörper, der sich in reizvoll erotischem Kontrast zu ihren weichen Brüsten an sie drückte.

»Das ist gut ...« flüsterte er, als ihre ziellosen Hände oberhalb seiner Schenkel zur Ruhe kamen. Sie griff erst tastend zu, dann fester, um sich sehr schnell dem uralten Rhythmus hinzugeben. Und mit jedem Kuß, jedem Stoß, ließ sie sich mehr gehen, bis ihr Körper schließlich dahinzuschmelzen und in ihm aufzugehen schien.

Sie warf den Kopf zurück, und ein tiefer, kehliger Laut entrang sich ihren Lippen. Er lachte leise auf, ebenso tief, fast grollend. Er senkte den Kopf, umfaßte ihre Brustwarze mit den Lippen, und sie hatte das Gefühl, einem Abgrund entgegenzutaumeln.

Das Gefühl verstärkte sich, wurde nahezu überwältigend, und sie erkannte, wie gefährlich es war. Plötzlich verstand sie all jene, die Verdammnis und Tod nicht scheuten – nur um es verspüren zu dürfen ...

Wieder flüsterte ihr Trevallyan etwas zu – unartige, verlokkende Dinge, die sie sich eigentlich gar nicht anhören dürfte, nun aber mit jeder Faser in sich aufsog. Ein jüngerer Mann hätte auf ihr vielleicht wie ein Tier geächzt und gestöhnt, sich wie ein Keiler in seiner Brunst gesielt. Aber nicht Trevallyan. Ihm ging es nicht nur um das Körperliche. Er wollte sie ganz, mit Leib und Seele, und als er da über ihr flüsterte und raunte, wußte sie, daß er gewonnen hatte. Die Empfindungen in ihren Lenden waren eine schreckliche süße Folter, und als seine Worte heftiger, leidenschaftlicher, wilder wurden, wußte sie, daß sie nur eine Wahl hatte: sich ganz hinzugeben oder zu sterben. Sie schrie laut auf und krallte sich an ihn.

Seine Worte rissen sie mit sich, schleuderten sie in den Abgrund.

Der Mann war in der Tat ein Poet.

20

Ravenna hob den Kopf sehnte sich glühend danach, ein Teil der Erzählung zu sein, an der sie gerade geschrieben hatte. Geschichten besaßen einen Anfang und ein Ende. In ihnen waren die Abläufe so klar wie die Erkenntnisse und Lehren, die sie vermittelten. Bedauerlicherweise war es in der Wirklichkeit ganz anders. Das Leben gestaltete sich höchst kompliziert und hinterließ in einem oft genug ein Gefühl der Ambivalenz. So erging es ihr auch mit ihren Gefühlen für Trevallyan.

Sie biß sich auf die Lippe. Sie wollte nicht an ihn denken. Es hatte ihre ganze Beherrschung gekostet, während der langen Kutschfahrt nicht über die Ereignisse im Schloß nachzugrübeln. Statt dessen hatte sie ihre Phantasie schweifen lassen und das erdacht, was sie gerade zu Papier gebracht hatte.

Aber jetzt, in diesem fremden Gasthaus auf dem Weg in den Norden nach Antrim, überfiel sie die Erinnerung mit schier überwältigender Macht, und sie brauchte ihre ganze Willensstärke, nicht an jede schreckliche Einzelheit zu denken, die zu ... zu der Tat geführt hatte.

Der Federhalter entfiel ihren zitternden Fingern und hinterließ eine Tintenspur auf dem weißen Papier. Sie konnte nicht verhindern, daß sich in ihrer Vorstellung die Farbe der Tinte veränderte und das Papier in Trevallyans Bettlaken verwandelte ...

Sie schob ihren Stuhl zurück und zuckte bei dem quietschenden Geräusch zusammen, mit dem die Beine über die blankpolierten Dielen rutschten. Und wenn es sie Monate kostete – sie mußte die Erinnerung an diese Nacht aus ihrem Gedächtnis tilgen. Im Grunde konnte sie ja noch immer nicht recht glauben, daß das alles wirklich geschehen war. Es hatte da einen Augenblick höchster Spannung zwischen Trevallyan und ihr gegeben, die sich dann auf eine geheimnisvolle Weise in Leidenschaft verwandelte. In dem feuchtkalten Treppenhaus wirkte Trevallyan noch so, als wollte er sie schlagen, um sie gleich darauf zu küssen. Und sie ... nun ja, sie erwiderte seine Küsse.

Sie schloß ganz fest die Augen, als wollte sie dieses Bild vordrängen. Sie liebte Trevallyan nicht, kannte ihn ja kaum. Sie fühlte sich zwar auf eine Weise von ihm angezogen, die sie sich nicht erklären konnte, hätte doch aber nie angenommen, daß sie das so weit bringen würde, ihre Ehre preiszugeben. Ihre Ehre und ihren Stolz. Noch immer fühlte sie sich von dem Schock fast benommen, daß Trevallyan derjenige gewesen war, der in all den Jahren für sie gesorgt hatte – und das mit Granias Wissen und Zustimmung. Ihr Entsetzen über die Tatsache, daß sie in seiner Schuld stand, wurde nur noch von dem Entsetzen vor seiner Überzeugungskraft übertroffen. Es war ihm sogar gelungen, ihre geliebte Großmutter – den Menschen, der ihr auf der Welt am nächsten stand – dazu zu überreden, sie jahrelang auf diese furchtbare Schule in England zu schicken. Er hatte seine Bestrafung mit eiserner Hand ausgeübt. Doch trotz ihrer Empörung gab es Momente, in denen sie sich fragte, warum sie eigentlich so schockiert reagierte. Im Grunde hätte es sie nicht überraschen dürfen. Trevallyans Manipulation ihres Lebens erklärte viele Dinge.

Die vergangene Nacht erklärte es jedoch nicht.

Sie trat ans Fenster und blickte hinaus. Zwei junge Stallburschen liefen einem Huhn hinterher, das offenbar nicht die Absicht hatte, im Kochtopf zu enden. Die wilde Jagd der beiden erheiterte sie flüchtig, konnte sie aber nicht von ihren düsteren Überlegungen ablenken. So sehr sie sich auch wünschte, die Ereignisse der Nacht zu vergessen – es gelang ihr nicht. Selbst ein wahrhaft teuflischer Mann hätte sie nicht zu den Dingen verleiten können, die sie vergangene Nacht getan hatte. Warum also hatte sie sich ergeben? Aus Einsamkeit? Enttäuschung? Oder war sie nichts weiter als eine schwache Frau, eine leichte Beute für jeden Mann, dem der Sinn danach stand?

Fast hoffte sie, daß die letzte Erklärung der Wahrheit entsprach. Das wäre zwar beklagenswert, ließe ihr aber keinen Spielraum für eine eigene Wahl. Doch tief in ihrem Herzen regte sich das unbehagliche Gefühl, daß es keineswegs so war. Sie war durchaus nicht für jeden Mann anfällig, sondern nur für einen. Für Trevallyan. Offenbar konnte er mit ihr machen was er wollte. Und das erschreckte sie.

Sie war fest davon überzeugt, daß es Malachi nicht gelungen wäre, sie in sein Bett zu bekommen. Aber Trevallyan schien eine eigenartige Macht über sie zu haben.

Entschlossen reckte Ravenna das Kinn. Die einzige Lösung bestand darin, diese Macht zu erkennen und sich mit allen Kräften dagegen zu wehren. Jetzt, da sie die Gefahr erkannt hatte, konnte sie ihr auch besser widerstehen. Keineswegs durfte sie sich auf eine wie auch immer geartete Beziehung zu Trevallyan einlassen. Dafür war er viel zu gefährlich. Und nicht nur das: Er gehörte auch einer ganz anderen Klasse an. Und er war verrückt. Das bewiesen doch schon die Umstände dieser Reise. Er schien sich einzubilden, sie als eine Art Gefangene betrachten zu können. Allein die Vorstellung war so absurd wie lächerlich. Einem so manipulierenden, übermächtigen Mann ihr Herz zu schenken, wäre reiner Selbstmord. Er würde es ja doch nur zerbrechen und dann zu seiner Belustigung darauf herumtrampeln. Sie würde sich hüten, es dazu kommen zu lassen. Sie war zwar einmal gestrauchelt, würde aber nun alles daransetzen, daß das ein einmaliger Ausrutscher blieb.

Ein Klopfen schreckte sie auf. Sie dachte, es sei das Zimmermädchen, aber als sie die Tür öffnete, sah sie sich Auge in Auge dem Teufel gegenüber, der sie in seinen Fängen zu haben schien.

»Ja, bitte?« erkundigte sie sich kühl und hielt die Hand am Knauf – für den Fall, daß es sich als ratsam erweisen sollte, die Tür schnell wieder zu schließen.

Trevallyans Mundwinkel verzogen sich zu einem resigniertarroganten Lächeln. »Du benimmst dich, als wollte ich dir einen Anstandsbesuch abstatten.«

»Und ist es nicht so?« Mit Stolz nahm sie zur Kenntnis, wie beherrscht und gelassen ihre Stimme klang.

»Nein.« Seine Hand griff nach der Tür und drückte.

Mit klopfendem Herzen versuchte sie, die Tür zu schließen, aber es war zwecklos. Eine Sekunde später stand er mitten im Zimmer.

»Sie können doch nicht einfach so hereingestürmt kommen. Das ist *mein* Zimmer, und ich würde gern allein bleiben«, fauchte sie.

Er löste seine Taschenuhr und warf sie mitsamt der Kette

auf den Schreibsekretär. »Ich stelle dir frei, allein zu bleiben, aber nicht in *meinem* Zimmer.«

»*Ihrem* Zimmer?«

Seine blauen Augen musterten sie kalt. »Hast du das etwa für *deinen* Raum gehalten? Meinst du denn, dieses kleine Gasthaus verfügt über tausend derartiger Räume, damit jeder seinem Wunsch nach Ungestörtheit hemmungslos frönen kann?«

»Ich ...« Sie brach ab, fuhr dann aber entschlossen fort: »Darüber habe ich mir, ehrlich gesagt, kaum den Kopf zerbrochen. Sie müssen wissen, daß ich nur selten Gelegenheit erhalte, mir ein Bild über die Lebensgewohnheiten des Adels zu machen.«

Er setzte sich auf den Rand des Bettes und überhörte ihre Ironie. Die Erschöpfung um seine Augen entging ihr ebensowenig wie die zusammengekniffenen Lippen. Er zog seinen Gehrock aus und rieb sich den verletzten Arm, als hätte er Schmerzen.

Schuldgefühle durchzuckten sie, dann setzte Verärgerung ein. Sie trug keine Schuld an dem, was ihm zugestoßen war. Schließlich war sie keine Rebellin. Sie war eine Verfemte, die vom Adel ebenso verachtet wurde wie von der gewöhnlichen Bevölkerung Lirs, weil sie nicht zu ihnen gehörte, weder Anglikanerin noch Katholikin, noch nicht einmal ehelich geboren war. Seine Probleme waren nicht ihre Probleme.

Doch während sie verstohlen aus den Augenwinkeln beobachtete, wie er sich aus seinem Gehrock quälte, wurde ihr doch bewußt, daß sie irgendwie in diese Probleme verwikkelt war.

»Ich hasse die Ascendency nicht«, stellte sie leise fest. »Ich habe Ihnen diesen Zettel nicht geschickt. So etwas würde ich nie tun. Ich könnte nie einem Menschen wissentlich Schaden zufügen.«

»Auch wenn du diese Botschaft geschickt hättest, würde das absolut nichts ändern«, entgegnete er rauh.

Überrascht sah sie ihn an. »Wie können Sie so etwas sagen? Seamus wurde getötet, und Sie um ein Haar ebenfalls.«

»Es würde an meinem Verlangen nach dir nichts ändern«, wiederholte er.

Seine Worte schickten ihr einen seltsamen Schauer über den Rücken. Er wirkte zornig. Ganz so, als mache er sie für Gefühle verantwortlich, die ihm nicht behagten.

Doch Besitz war es, was wirklich für ihn zählte. Und in Momenten wie diesem tat sie gut daran, sich an diese Erkenntnis zu erinnern.

»Es würde nichts an Ihrer Wollust für mich ändern, wollen Sie wohl sagen«, korrigierte sie kaum hörbar.

»Wollust, Verlangen, Liebe – wo liegt der Unterschied?«

Sie schwieg. Es war nicht leicht, ihre Verletzung hinunterzuschlucken. Sie dachte an die Gruft, in der seine Frau und sein Kind – ein Kind des Verrats – zur ewigen Ruhe gebettet waren. Sie dachte auch an die Reihe seiner abgewiesenen Verlobten und verstand plötzlich, warum so viele Dinge gescheitert waren.

Er begann seine Stiefel auszuziehen und fluchte, als sich dieses Unterfangen ohne Stiefelknecht als recht mühsam erwies.

»Vielleicht hätten Sie Ihren Kammerdiener mitnehmen sollen. Warum haben Sie auf ihn verzichtet?« fragte sie, um ein unverfängliches Gesprächsthema bemüht.

Er blickte zu ihr auf und lächelte spöttisch. »Und wo hätte ich dich verstecken sollen? Es hätte deinem Ruf nicht besonders gut getan, wenn er dich hier entdeckt hätte. Meinst du nicht auch?«

Vielleicht wäre sie ihm für seine Umsicht dankbar gewesen, aber das war angesichts seiner Überheblichkeit nicht leicht. Um jedem aufkommenden Streit die Spitze zu nehmen, setzte sie sich mit abgewandtem Gesicht neben dem Kamin in einen braunen Plüschsessel. Sie begann einzusehen, daß diese Reise recht kompliziert werden konnte.

Es klopfte. Als Trevallyan öffnete, traten Gavan, der Wirt, und seine drei Söhne ein. Der freundliche, untersetzte Mann hob die Reisetruhen von den Schultern seiner Jungen, nahm Trevallyans Münzen mit zahllosen Verbeugungen entgegen und ließ sie dann wieder allein.

Nachdem sich die Tür hinter Gavan geschlossen hatte, wandte sich Ravenna wieder dem Kaminfeuer zu und dachte voller Ingrimm darüber nach, daß der hohe Herr drei große Truhen für seine Ausstaffierung brauchte, während ihre gesamte Kleidung – wenn ihr gestattet worden wäre, sie mitzunehmen – mit ein wenig Mühe in einer Reisetasche Platz gefunden hätte. Ein Geräusch – ein schmerzlichen Aufstöhnen? – ließ sie herumfahren.

Er war noch immer bemüht, seine Stiefel von den Füßen zu bekommen. Auf seinem linken Hemdärmel zeigten sich Blutspuren.

Ein leiser Schreckensschrei entfuhr ihren Lippen.

Er blickte sie prüfend an.

»Ihre Verletzung ...« flüsterte sie.

»Das ist unerheblich«, entgegnete er kühl.

»Aber Ihr Verband ist blutdurchtränkt.« In ihr stieg eine Welle des Mitgefühls hoch, gegen die sie sich nicht zu wehren vermochte. So sehr sie ihn auch fürchten mochte – auch er war schließlich nur sterblich.

Wider alle Vernunft stand sie auf, griff schweigend nach seinem Stiefel und zog. Er ließ sie nicht aus seinen wachsamen Augen.

»Sie haben sich heute viel zu viel zugemutet«, rügte sie.

»Ich bin ein erwachsener Mann und kann selbst beurteilen, was mir zuträglich ist und was nicht.«

»Vielleicht ist die Verletzung nicht allzu ernst, aber es ist und bleibt nun einmal eine Schußwunde.« Ächzend und prustend zog sie ihm auch den anderen Stiefel vom Fuß. »Und sie blutet noch immer. Das ist kein gutes Zeichen.«

»Vielen Dank, lieb Mütterlein«, spottete er.

Sie hätte ihm am liebsten die Augen ausgekratzt. »Wo sind frische Verbände?«

»In meiner Truhe.«

Sie fuhr herum. »Sie haben drei Truhen.«

»Meine ist die hölzerne. Sie hat meinem Vater gehört.«

Sie nickte und ging vor der Nußbaumtruhe in die Knie. »Wenn nur das Ihre Truhe ist, sollten Sie Gavan Bescheid sagen. Er hat zu viele Truhen gebracht.«

»Die anderen gehören dir.«

Ihre Hände hörten abrupt auf, zwischen seinen Leinenhemden herumzustöbern. Sie sah ihn an, als hätte er den Verstand verloren. »Ich besitze keine Reisetruhen.«

»Ich habe Fiona gebeten, ein paar Kleidungsstücke meiner Frau einzupacken. Auch wenn sie vielleicht ein wenig aus der Mode sind, wirst du sie durchaus passend finden, denke ich. Sie sind nie getragen worden, das kann ich dir versichern. Helens Gier nach neuen Kleidungsstücken wurde nur von ihrer Gier nach ... Männern übertroffen«, stellte er bitter fest.

Ravenna sah ihn an und verabscheute ihre Reaktion auf seinen offensichtlichen Schmerz. Ihr gefiel dieses Mitgefühl ganz und gar nicht, denn wenn sie nur noch ein paar Minuten weiter so empfand, würde sie mit Sicherheit wieder neben ihm in einem Bett landen.

»Hier sind die Binden«, verkündete sie munter, stand auf und kehrte zu ihm zurück. Er zog bereitwillig das Hemd aus.

Sein halbnackter Zustand trug nichts zur Beruhigung ihrer Nerven bei. Dunkelblonde Haare bedeckten seine

Brust, eine Brust, die noch immer straff und glatt war – und eine, die sie dazu verlockte, mit ihren Fingerspitzen darüber zugleiten, wie sie es in der vergangenen Nacht getan hatte. Wie ein Arzt bei der unpersönlichen Diagnose eines Patienten, schrieb sie seine jugendliche Kondition den vielen Jahren sportlicher Ertüchtigung auf der Jagd zu, fühlte sich trotz aller Bemühungen um Objektivität fast unwiderstehlich von seinem Äußeren angezogen und mußte ihn immer wieder betrachten.

Seine silberblonden Haare waren glatt zurück in den Nakken gebürstet, und diese strenge Frisur akzentuierte sein klassisches Profil und die kühle Schönheit seiner Augen. In seiner Jugend hatte er wahrscheinlich sehr gut ausgesehen, aber im Laufe der Jahre war diese jungenhafte Schönheit gereift, irgendwie kantiger geworden, und insgeheim gefiel er ihr so weitaus besser. Er sah aus wie ein Mann. Sie atmete tief ein. Er roch auch wie ein Mann.

Er stöhnte leicht auf und biß die Zähne zusammen. Erst jetzt merkte sie, wie rücksichtslos sie doch vorging. Das getrocknete Blut hatte die Streifen des Verbandes fast unlöslich mit seiner Haut verklebt, aber sie zerrte an ihnen, als zupfe sie Beeren von einer Weintraube.

Sie murmelte eine Entschuldigung, tauchte das Handtuch in die Wasserschüssel und versuchte, die verklebten Binden aufzuweichen. Stumm und aufmerksam widmete sie sich ihrer Aufgabe, aber erst nachdem sie den neuen Verband an seinem Arm befestigt hatte, schien er sich ein wenig zu entspannen.

»So ist es sehr viel besser«, meinte sie leise und sah ihn an. Ihre Gesichter waren nur Zentimeter voneinander entfernt.

Sein Blick senkte sich auf eine glänzende, schwarze Lokke, die ihr auf die Brust gefallen war. Nach dem Bad hatte sie ihre Haar nicht hochgesteckt, und nun hing es ihr lang und lockig über die Schultern. In der Weymouth-Hampstead

School hatte ihr die Direktorin immer wieder vorgehalten, daß ihre ungebändigten Haare ein Symbol ihrer sündigen irischen Abstammung seien und sie mehr als einmal geschlagen, wenn sie sie nicht züchtig und streng hochgesteckt hatte.

Trevallyan schien das jedoch ganz anders zu sehen. Er berührte die rabenschwarze, glänzende Locke fast ehrfürchtig. Mit angehaltenem Atem sah sie zu, wie er sie zärtlich zwischen die Finger nahm, und als sein Daumen dann wie absichtslos die Kurve ihres Busens nachzeichnete, lief ihr ein sinnlicher Schauer über den Rücken.

Dann umfaßte seine Hand ohne jede Vorwarnung ihren Nacken und zog sie an sich heran.

»Bitte nicht«, hauchte sie, noch bevor sich ihre Lippen berührt hatten.

Er sah sie lange schweigend an.

»Bitte nicht«, wiederholte sie, sehnte sich aber mit jeder Faser ihres Körpers nach dem Druck seiner festen, harten Lippen.

Sein Griff um ihren Nacken verstärkte sich. Seine andere Hand legte sich um ihre Taille und zog sie zwischen seine Knie.

»Bitte nicht ... ich flehe Sie an ...« schluchzte sie auf und verabscheute ihre aufsteigende Sehnsucht ebenso wie ihre Tränen.

Ganz langsam, fast hölzern lockerte er seinen Griff, ließ sie aber keine Sekunde lang aus den Augen. Sein Verlangen nach ihr war offensichtlich. Der englische Gentleman in ihm fügte sich zwar ihrer Weigerung, aber der Kelte in ihm, der Krieger, dessen Ahnen Irland für sich erobert hatten, der seine heidnischen Tänze vor ihrem Gott getanzt hatte, empörte sich über die Zurückweisung. Ihr weiblicher Instinkt sagte ihr, daß dieser Kampf letzten Endes zu ihren Ungunsten ausgehen würde.

»Versuch ein wenig zu schlafen«, sagte er. Sein verspannter Kiefer verriet seinen Zorn. »Morgen wird wieder ein anstrengender Tag.«

»Gut«, erwiderte sie scheinbar gelassen.

»Falls du mich brauchst – ich bin unten«, fügte er hinzu.

Fast wäre ihr ein ›Um Himmels willen‹ über die Lippen gekommen, aber sie hielt sich rechtzeitig zurück. Ihre Zurückweisung schien ihn hart zu treffen, und die Bemerkung wäre allzu grausam gewesen.

»Gute Nacht«, sagte er steif.

»Gute Nacht«, flüsterte sie.

Dann war sie allein.

*

Mitten in der Nacht erwachte Ravenna aus unruhigen Träumen. Unten in der Gaststube rief der Barmann irgendwelche Anordnungen. Sie vermutete, daß es spät war, denn es waren keinerlei Geräusche der Gäste mehr zu hören.

Dann stellte sie fest, daß ein Arm um ihre Hüfte geschlungen war. Ein Männerarm. Schwer, warm, entspannt.

Während sie schlief, war Trevallyan hereingekommen und hatte sich zu ihr ins Bett gelegt.

Langsam, um ihn nicht zu wecken, griff sie unter die Bettdecke. Ihre Finger berührten warme, straffe Haut. Einen wohlgeformten Torso. Ein weicher Haarvlies erstreckte sich weiter nach unten – bis in Gegenden, die sie sich nicht zu erkunden getraute. Sie zog die Hand zurück, kaum überrascht, daß er nackt schlief. Während ihres letzten Abendessens im Schloß hatte er ihr erzählt, daß er Gedichtrezitationen den geschäftigen Geräuschen einer Stadt vorzog, lieber Bäume betrachtete als kunstvoll bemalte Wände, lieber Wein auf der Zunge schmeckte als wohlformulierte Worte.

Er hatte ihr gesagt, daß er aufgrund seines keltischen Blutes sinnlichen Empfindungen weitaus zugänglicher sei als den Formen schicklichen Anstands. Und jetzt, allein mit ihr in diesem kleinen Landgasthaus, lieferte er dafür den Beweis.

»Schlaf wieder ein«, kam seine Stimme von der anderen Seite des Bettes. Sie zog sich so weit an den Rand der Matratze zurück, daß sie fast hinausfiel, konnte dem Griff seines Armes aber dennoch nicht entkommen.

»Es schickt sich nicht, daß Sie mit mir unter einer Decke liegen«, erklärte sie in die Finsternis hinein.

»Wenn ich dich heiraten, dich ehrbar machen würde, könnte ich jede Nacht hier liegen.«

Sie wurde ganz steif. Irgend etwas in ihr sagte ihr, daß es genau das war, was sie anstreben sollte. Einen reichen Adligen zur Ehe zu bewegen, war doch der Höhepunkt weiblichen Sinnens und Trachtens. Warum kam es ihr dann nur so unwichtig vor? So sinnlos?

Müßte sie sich nicht in seine Arme werfen, wenn sie ihn liebte?

Und wenn er sie liebte – würde er sie dann wie eine Gefangene halten, ihr Leben manipulieren, als wäre sie eine Marionette in einem Theaterstück, und ihr zu verstehen geben, daß sie nichts wert war, bevor ihr Name mit seinem dauerhaft verbunden war?

Die Antworten verletzten und verwirrten sie. Eins jedoch wußte sie mit Sicherheit: Eine Ehe mit Trevallyan würde nie gutgehen. Das hatten bereits vier Frauen vor ihr erkannt, drei von ihnen waren den letzten Konsequenzen rechtzeitig ausgewichen. Zweifellos würde er sich als Tyrann erweisen. Sie könnte nicht mehr schreiben, er würde alle ihre Träume einer Veröffentlichung verspotten und zerstören. Der hochnäsige Lord Trevallyan würde ihr nie gestatten, eine eigenständige Persönlichkeit zu sein, weil die Kluft zwischen ihren gesellschaftlichen Schichten unüberbrückbar war. Er würde auf sie herabblicken, sie demütigen, ihr jeden Widerstandswillen nehmen. Eine Ehe könnte nur dann gutgehen, wenn er sie respektierte. Und das würde er nie tun, solange sie so ohnmächtig war.

»Ich möchte Sie nicht heiraten. Ich möchte schreiben.«

Er schwieg. Sein Arm auf ihrer dünnbekleideten Hüfte wurde schwerer.

»Ich werde dich dazu bringen, daß du es dir wünschst. Und es wird mir gelingen, das schwöre ich bei meinem irischen Blut!«

Der Zorn in seiner Stimme ließ sie erbeben.

»Ich werde dir alles geben, was du dir wünschst, Ravenna. Alles.« Es klang wie ein Fluch.

»Ich möchte nur eins«, entgegnete sie leise. »Das Haus meines Vaters sehen – und allein gelassen werden.«

Wie sie erwartet hatte, erwiderte er nichts darauf.

21

Am nächsten Tag fuhren sie in die Berglandschaft von Antrim hinein und hielten sich dabei so weit östlich wie möglich, um den Verkehr und Schmutz von Belfast zu umgehen. Je rauher die Gegend wurde, desto schweigsamer und unzugänglicher wurde Trevallyan.

Doch Ravennas Erregung nahm mit jedem Hügel zu, den sie überquerten, ganz so, als spüre sie, daß ihr eine schicksalhafte Begegnung bevorstand. Irgenwann einmal hatte der Mann, der ihr Vater gewesen war, auf diese grünen Berge geblickt und vielleicht die gleichen Träume geträumt wie sie.

»Du wirkst heute ja geradezu freudig erregt«, bemerkte Niall und musterte sie kühl.

Sie wandte den Blick von dem geöffneten Fenster ab. »Wann werden wir dort sein?«

»Frühestens morgen. Cinaeth Castle ist sehr abgelegen und schwer zu erreichen. Ich fürchte, daß wir heute abend nicht einmal ein Gasthaus finden werden.«

Sie dachte an die vergangene Nacht und errötete. Stundenlang hatte sie wach neben ihm gelegen und sich nicht zu rühren gewagt, bis sie dann, gegen Morgen, endlich in einen unruhigen Schlummer gefallen war.

Sie sah den gutaussehenden Mann an, der ihr gegenüber saß und erinnerte sich daran, wie er im Schlaf gewirkt hatte. Alle Anspannung war aus seinem Gesicht gewichen, und um seine Lippen hatte ein so jungenhaftes Lächeln gelegen, daß sie sich zwingen mußte, sich nicht über ihn zu beugen und ihn wachzuküssen ...

Jetzt blickte er nachdenklich zum Fenster hinaus. Was für ein unergründliches Rätsel er doch für sie war. *Geis* oder nicht – es machte für sie einfach keinen Sinn, daß er Grania und sie all die langen Jahre hindurch unterstützt hatte. Ebensowenig Sinn machte es, daß er sie während ihres letzten Zusammenseins auf dem Schloß so brutal überfallen hatte, um dann Lir in der Stunde der Not zu verlassen, nur um sie auf die vage Vermutung hin nach Antrim zu begleiten, sie könnte dort etwas über ihren Vater erfahren.

»Du starrst mich an, Mädchen«, erklärte er – offenbar allwissend, da er den Blick nicht vom Fenster abgewandt hatte.

Wie ertappt senkte sie die Augen.

Er lachte leise auf. Und sah sie an. »Findest du mich merkwürdig?«

»Sie haben meine Gedanken gelesen.«

Seine Lippen verzogen sich zu einem kläglichen Lächeln. »Ich wünschte, ich könnte es.«

»Ich wundere mich über Sie. Mitunter sind Sie so nobel, aber dann ...«

»Aber dann bin ich wieder so niederträchtig. Wolltest du das sagen?«

Sie nickte.

Er blickte auf die grünen Hügel von Antrim hinaus. »Ich suche nur nach meinem Platz in diesem Land. Wie Malachi auch. Und du.«

»Der *geis* will uns einreden, mein Platz sei bei Ihnen.«

Er fing ihren Blick ein. In seinen Augen lag eine Dunkelheit, die sie noch nie gesehen hatte. »Dieser *geis,* Mylady, hat uns zusammengeführt. Aber er hat keinen Einfluß darauf, daß wir auch zusammenbleiben.«

»Und wer wird das entscheiden?«

»Ich.«

Sein Blick nahm ihr den Atem. Er war eine Mischung aus Wollust, Gewalttätigkeit und Verletzlichkeit. Er forderte Glück und Verderben mit der gleichen schwindelerregenden Leidenschaft heraus. In ihm lag Besessenheit. Absolut. Es fiel ihr schwer, die Augen abzuwenden.

»Was es auch kosten mag ...« flüsterte er.

Ihr Herz klopfte wild gegen ihre Rippen, fast erwartungsvoll.

Aber er sprach nicht von Liebe.

Benommen richtete sie den Blick wieder zum Fenster hinaus. Seine Verführungskünste zogen sie mit jedem Moment, den sie mit ihm verbrachte, stärker in ihren Bann, und diese Erkenntnis ließ sie erschauern. Seine Entschlossenheit machte ihr Angst, und sie hegte beträchtliche Zweifel an ihrer Widerstandsfähigkeit. Er konnte sie dazu bringen, Leidenschaft in ihrer ganzen Bandbreite von Gut bis Böse zu empfinden, von Recht bis Unrecht, aber wenn sie sich seinen Forderungen ergab, würde er sie verschlingen. Er würde sie mit Leib und Seele in Besitz nehmen, und sie wäre nicht mehr als ein Findling an seiner Seite, der sich nach ein bißchen Aufmerksamkeit und freundlicher Zuwendung sehnte und doch mit herzabschnürender Sicherheit wußte, daß sie seine Liebe nie erringen konnte. Weil ein Mann wie er seine Liebe nie einem Menschen schenken würde, den er für weit unter sich stehend erachtete.

Sie dachte an den Mann, den sie in Antrim zu finden hofften. An ihren Vater. Sie fragte sich, ob er tatsächlich der Ritter war, als den sie ihn sich so verzweifelt ersehnte. Vielleicht ähnelte er Trevallyan, und war ein Adliger, der einem armen Mädchen seine Gunst geschenkt hatte, um es dann zu verlassen, als es schwanger wurde, und nie von Brillianas unangebrachter Loyalität erfuhr, die den Namen ihres Geliebten mit ins Grab genommen hatte.

Ein lautes Krachen riß sie aus ihren Überlegungen. Die Kutsche schwankte so heftig, daß sie mit dem Kopf gegen den Türbalken gestoßen wäre, hätte Trevallyan sie nicht rechtzeitig aufgefangen.

»Was war das?« ächzte sie, als sie das Gleichgewicht wiedergefunden hatte. »Ein Überfall?«

»Es scheint mir eher, als hätten wir einen Achsenbruch. Ich werde nachsehen.«

Sie griff so energisch nach seinem Arm, daß er sie überrascht ansah. »Nein. Mir gefällt das nicht. Vielleicht sollen Sie wieder in einen Hinterhalt gelockt werden ....«

»Meinst du, sie würden mich hier in dieser Einöde umbringen, wo niemand ihre Heldentat feiern kann?« Er fuhr ihr fast zärtlich mit den Fingerspitzen über die Wange. »Das halte ich für ausgeschlossen.«

»Aber ich kann mir nicht helfen, ich habe eine unangenehme Vorahnung ...«

Doch er kletterte bereits aus der Kutsche. Ohne lange nachzudenken, folgte sie ihm und ließ sich vom Kutscher die Stufen hinunterhelfen.

Dic beiden Männer gingen die in Knie und überprüften den unteren Teil der Kutsche. Ravenna lehnte sich an das Fahrzeug, strich sich eine Haarsträhne aus den Augen und überblickte die Umgebung. Alles wirkte ruhig und friedlich.

»Die Achse ist gebrochen. Daran besteht gar kein Zweifel«, verkündete Trevallyan und trat neben sie. Auch der Kutscher richtete sich auf und lief die Straße hinauf zur nächsten Anhöhe, ob irgendwo eine weitere Kutsche in Sicht war. Als er kopfschüttelnd zurückkehrte, verspürte Ravenna ein unerklärliches Gefühl der Angst.

»Wollen wir nach Hensey zurücklaufen?« fragte sie.

Trevallyan sah fragend den Kutscher an, der sich ratlos über den rostroten Bart strich.

»Was raten Sie uns, O'Malley?« Trevallyan beäugte den Mann wie ein Falke eine Feldmaus.

»Ich weiß nicht recht, Mylord.« Der untersetzte Mann verschränkte die Hände über seiner beträchtlichen Leibesfülle und tat so, als würde er angestrengt nachdenken.

»Cinaeth Castle ist weiter entfernt als der letzte Ort, oder?«

»Aye, Mylord.«

»Dann sollten wir vielleicht in den Ort zurückgehen.«

»Wenn Sie es für besser halten, Mylord.«

»Nein. Wir sollten nach Cinaeth laufen. Dort im Schloß wird es Ravenna bequemer haben.«

Ravennas Blick zuckte zwischen den Männern hin und her. Mit Erstaunen bemerkte sie, daß O'Malley zu schwitzen begann.

»Sie könnten Sie dorthinbringen, Sir ... aber die Stadt liegt sehr viel näher.«

»Aye.«

»Und hier können Sie nicht bleiben. Nicht mit einer Lady und ohne jede Möglichkeit einer Verteidigung.« O'Malley warf ihr einen unbehaglichen Blick zu, und Ravenna bekam unvermittelt das Gefühl, den Mann zu kennen. Sein Gesicht kam ihr irgendwie bekannt vor, aber sie wußte nicht woher.

»Natürlich verlasse ich mich auf Sie, O'Malley. Sie kennen sich hier am besten aus. Stammt Ihre Familie nicht aus Antrim?«

»Aus der Grafschaft Mayo, Mylord. Unser Name kommt von dem gälischen Wort für Häuptling – *O'Ma'ille*.«

Trevallyan lehnte sich gegen die schrägstehende Kutsche und starrte O'Malley intensiv an. Ravenna schätzte sich glücklich, diesem Blick nicht ausgesetzt zu sein.

»Interessant ... höchst interessant ...« kommentierte Trevallyan, und sein gleichmütiger Tonfall stand in bemerkenswertem Gegensatz zu seinem durchdringenden Blick.

»Soll ich das Gepäck herunterholen, Mylord?«

»Ja.«

Trevallyan ergriff Ravennas Hand und begann, in Richtung Ort zu laufen. »Bringen Sie uns nur zwei Reisetaschen. Wir treffen uns dann im Gasthaus. Von dort aus können Sie uns eine andere Kutsche beschaffen.«

»Sehr wohl, Mylord.« O'Malley warf Ravenna einen letzten Blick zu, einen besorgten Blick. »Passen Sie gut auf, Miss«, rief er ihr zu. »Die Straße könnte durchaus ihre Tükken haben.«

»Aye«, flüsterte Ravenna, dann zog Trevallyan sie mit sich fort.

Kaum waren sie einige Schritte auf der steil ansteigenden Straße vorangekommen, konnte sich Ravenna nicht mehr beherrschen. »Ich glaube, wir sollten diese Straße nicht weiterverfolgen«, zischte sie ihm zu. »Ich halte sie für gefährlich.«

»Vertraust du Sean O'Malley denn nicht?« erkundigte er sich fast heiter.

»Sean O'Malley ...« Auch der Name klang vertraut. Sie sagte ihn einige Male halblaut vor sich hin, dann dämmerte ihr die Erkenntnis.

»Sean O'Malley!« rief sie entsetzt. »Jetzt erinnere ich

mich an ihn. Er hat sich sehr verändert. Er war früher ein hochaufgeschossener, schlaksiger Junge, der viel mit Malachi zusammen war und ... nun ja, und mit ...«

»Mit dir?«

»Ja«, gestand sie leise ein. »Damals waren wir Kinder, aber ich würde annehmen, daß Sean auch jetzt noch mit Malachi zusammensteckt, und wenn das so ist ...«

»Wenn das so ist, könnten wir in Hensey eine Überraschung erleben?«

»Wir müssen sofort umkehren ...«

Sein Arm legte sich um ihre Taille. »An ein Umkehren ist nicht einmal zu denken. So wie die Dinge liegen, könnte O'Malley auf Publikum verzichten und mich auf der Stelle erschießen.«

»Aber dann sollten wir die Straße verlassen und in den Wald laufen. Keinesfalls können wir nach Hensey.«

»Bist du an diesem Plan in irgendeiner Weise beteiligt?«

Sie starrte ihn ungläubig an. Er hatte mit ihr im Bett gelegen. Wie konnte er annehmen, sie würde sich an Mordplänen gegen ihn beteiligen?

Er überging ihr Schweigen und fuhr fort: »Die Kutschenachse war angesägt. Recht dilettantisch, würde ich annehmen, aber wie soll ich jemanden kritisieren, der mich am liebsten tot sehen möchte? Ihre Ziele in diesem Leben sind mir ebenso unergründlich wie ihnen meine.«

»Ich habe wirklich nichts damit zu tun. Sean O'Malley habe ich seit Jahren nicht mehr gesehen. Ich habe ihn ja nicht einmal wiedererkannt, so sehr hat er sich verändert. Aber jetzt müssen wir uns vor ihnen verstecken ...« Vor ihnen stieg die Straße weiter an. Hinter dem Hügel lag Hensey, zwei Kilometer oder mehr entfernt. Aber es wäre Wahnsinn, in diese Richtung weiterzulaufen, wenn sie in Hensey höchstwahrscheinlich mit einer Bleikugel begrüßt wurden. Im Rücken konnte sie O'Malleys ferne Anwesenheit fast körperlich spüren. Sie saßen in der Falle. Wenn sie nicht bald um ihr Leben liefen, würde Trevallyan – vielleicht auch sie – getötet werden.

»O'Malleys Vater hat für mich gearbeitet. Als er mir anbot, Seamus' Platz einzunehmen, hielt ich ihn für einen loyalen Mann.« Trevallyans Mundwinkel verzogen sich nach unten, als verstöre ihn der Vertrauensbruch zutiefst.

»In Irland gibt es etwas, das noch älter ist als die Ogham-Steine – die Mißgunst. Sie können nicht wissen, warum sich O'Malley gegen Sie gewandt hat. Vermutlich hat es weniger damit zu tun, wie gerecht oder ungerecht Sie seinen Vater behandelt haben, sondern vielmehr damit, wer seine Freunde sind.«

»Du hast dieselben Freunde«, entgegnete er eigentümlich belustigt. »Willst du mich vielleicht in die Falle locken? Vielleicht rätst du mir nur deshalb zur Flucht, um mich so zu der Stelle zu locken, an der sie wirklich warten. Das wäre ein ganz hervorragender Plan, denn ich würde dir selbstverständlich folgen.«

Schockiert über seine Überlegungen sah sie ihn an, zutiefst verblüfft über sein Verhalten. Auf ihn war geschossen worden, seinen Kutscher hatte man getötet. Auf ihn wartete mit Sicherheit eine Falle, und doch lief er seelenruhig in Richtung Hensey, Arm in Arm mit einer Frau, die er ganz beiläufig der Konspiration verdächtigte. Und wie es aussah, hatte er jedes Recht, sie zu beschuldigen. In gewisser Hinsicht wäre er dumm, das nicht zu tun. Aber er war weder zornig noch ängstlich. Er schien sich eigenartigerweise mit seinem Schicksal abzufinden, was das auch bringen mochte. Er schien auf die Wahrheit aus zu sein – selbst wenn die sehr unangenehm war.

»Ich gehöre nicht zu den Frauen, die einen Mann in den Wald locken, damit ihre Freunde ihn umbringen können«, erklärte sie ebenso spitz wie verbittert.

Sie erreichten den Scheitelpunkt der Anhöhe, und er drehte sich um und deutete mit dem Kopf auf O'Malley, der gerade die Reisetaschen aufgenommen hatte und ihnen zu folgen schien – in sicherer Entfernung.

»Es würde dir nicht gefallen, mich tot zu sehen?« fragte er, sah sie aber nicht an. »Mitunter habe ich fast so etwas wie Haß auf mich in deinen Augen gesehen. Du machst mich für das verantwortlich, was im Schloß zwischen uns geschehen ist. Und dann wollen wir doch auch nicht vergessen, daß ich dich als meine Gefangene betrachte.«

Sie schüttelte den Kopf. »Ich könnte niemandem schaden. Das ist nicht meine Art.«

Er küßte sie, und seine Lippen waren überraschend zärtlich. Sie fragte sich, ob das nicht vor allem eine Vorstellung für O'Malley war. »Dann werde ich mit dir zusammen vor dieser Gefahr davonlaufen. Nimm hinter dem Hügel meine Hand, dann verlassen wir die Straße und laufen los.«

»Ich ... ich werde es tun, aber ...«

»Aber was, Liebes?«

»Woher wollen Sie wissen, daß Sie mir vertrauen können? Ich könnte Sie immerhin tatsächlich in eine Falle locken. Ich kenne sowohl Malachi als auch Sean ...« Sie brach ab, fuhr dann aber mit fast verzweifelter Stimme fort: »Und es gab Zeiten, wie Sie wissen, in denen ich ihren Standpunkt geteilt habe.«

»Falls du mich in den Tod führst, ist es mir lieber, im Sterben deine Hand zu halten.«

Sie mußte schlucken. Es widersprach jeder Vernunft, sich um diesen Mann Sorgen zu machen. Er war schwierig, arrogant und manchmal – wie jetzt – schlichtweg verrückt. Doch andererseits konnte er in ihr Gefühle wecken wie kein anderer Mensch. Er konnte nicht ausschließen, daß sie ihn unter dem Vorwand der Hilfe geradewegs vor eine Pistole führte. Er war ein intelligenter Mann, und er hatte sich in den letzten Tagen ihr gegenüber sehr grob verhalten. Er war sich der Animositäten sehr wohl bewußt, die sie gegen ihn hegte, und er wußte auch, wer ihre Freunde waren. Und doch legte er sein Leben in ihre Hände.

Sie unterdrückte den Drang, zu O'Malley zurückzublikken, und ließ sich von Trevallyan über den Hügel führen, bis sie außer Sicht waren. Dann verließ sie mit ihm die Straße, übersprang einen regengefüllten Graben und verschwand in einem dichten Wald. Selbst wenn ihnen jemand folgen sollte, wären sie hier sehr viel schwieriger aufzuspüren als beispielsweise in einem Kornfeld.

»Hat er uns beobachtet?« rief sie unterdrückt.

»Vielleicht, vielleicht auch nicht. Aber wir sollten uns beeilen.«

Sie nahm seine Hand und zog ihn weiter in den Wald. Die Buchen standen sehr dicht und hüllten die Welt um sie in Halbdunkel. Sie rannten weiter, bis sie eine Lichtung mit Haselnußsträuchern erreichten. Wenig später trafen sie auf eine moos- und farnbewachsene Steinmauer.

»Hast du mich hierhergeführt? In eine Sackgasse?« Mit einem seltsamen Funkeln in den Augen griff er um ihre Taille und zog sie zu sich heran.

»Und wohin jetzt?« fragte sie außer Atem und blickte sich um.

»Das mußt du entscheiden.« Er blickte nach Westen. Die untergehende Sonne tauchte die Umgebung in flüssiges Gold. Eine Fläche blühenden Rapses strahlte so gelb, daß es schmerzte, sie anzusehen. »Aber der Tag geht zu Ende«, fügte er hinzu. »Wohin wir auch laufen, wir sollten uns darauf vorbereiten, dort die Nacht verbringen zu müssen.«

»Dort hinten scheint ein Haus zu sein. Sehen Sie das Dach?« Sie streckte die Hand aus.

»Geh voran.«

Die Wachsamkeit in seinen Augen ließ sie zusammenzukken. Sie könnte ihn in einen Hinterhalt locken, und er wußte es. Ihr fiel ein, daß sie am Morgen bemerkt hatte, daß er sich eine Pistole in die Innentasche seines Gehrocks gesteckt hatte. Jetzt fragte sie sich, ob er froh war, daß er sie bei sich hatte.

»Vielleicht ist es eine befestigte Farm«, sagte sie, »und wir können dort Hilfe erhalten.«

Er schwieg. Er sah sie nur an, streckte die Hand aus und wartete darauf, daß sie sie ergriff.

Sie durchquerten ein weiteres Waldstück und trafen bald auf das Gebäude, das sie von Ferne gesehen hatten. Zu Ravennas Enttäuschung war es jedoch kein befestigtes Farmhaus, sondern eine verlassene Scheune aus Feldsteinen, die offenbar seit Jahrzehnten nicht mehr genutzt wurde.

»Warten hier deine Freunde auf mich oder können wir hier die Nacht verhältnismäßig sicher verbringen?« Trevallyan lehnte sich mit verschränkten Armen gegen die moosbewachsene Steinmauer.

Sie warf ihm einen gereizten Blick zu.

Er zeigte den Ansatz eines Lächelns. »Heißt das, ich soll als erster hineingehen?«

Sie nickte.

»Werde ich dich wiedersehen?«

Eine unsinnige Frage, aber sie wußte, was er meinte. Er wollte wissen, ob er einfach eine leere Scheune betrat oder sich der gezogenen Waffe eines Rebellen gegenübersehen würde. Sie kam zu der Überzeugung, daß er entweder sehr töricht oder sehr mutig war. Vielleicht auch beides.

»Ich halte mich direkt hinter Ihnen«, versicherte sie leise.

Er nickte, ergriff ihre Hand und stieß mit dem Fuß die baufällige Tür auf.

Obwohl Ravenna wußte, daß es keine Falle war, kroch ihr doch ein Schauder über den Rücken. Vielleicht war ihnen Sean O'Malley doch irgendwie gefolgt. Dann könnten er und seine Kumpane, unter Umständen sogar Malachi, dort drinnen im Halbdunkel lauern ...

Trevallyan ging hinein.

Doch in der Scheune befand sich lediglich ein Haufen moderndes Stroh und ein paar zerbrochene Werkzeuge. Das Reetdach über ihnen war zur Hälfte eingefallen und ließ den Samt des Abendhimmels herein.

Niall drehte sich zu ihr um, und Ravenna lachte erleichtert auf.

»Ich habe Ihnen doch gesagt, daß ich nichts mit ihnen zu tun habe.« Sie drückte seine Hand.

Unvermittelt hob er sie hoch, wirbelte sie lachend herum, setzte sie wieder ab und hielt sie eng an sich gepreßt.

Wenn er lachte, wirkte er so jung, daß sie ihn kaum wiedererkannte. Er schien ein ganz anderer Mensch zu sein – unbeschwert, gutaussehend und jung. So jung, daß sie sich durchaus in ihn verlieben könnte.

»Mein wunderschönes Mädchen, du darfst mich nie enttäuschen«, flüsterte er.

»Sie tun ja ganz so, als sei es meine Pflicht, Ihnen zu gefallen.« Ihre Stimme klang unbefangen, aber auch eine Spur abwehrend. Sie wußte noch immer nicht, woran sie bei ihm war. Betrachtete er sie als ihm ebenbürtig oder als Hure? Als Gefährtin oder als Leibeigene? Es tat weh, darüber nachzudenken.

»Nein, es ist meine Pflicht, *dir* zu gefallen. Aber dazu muß ich erst noch herausfinden, was dir gefällt. Also was würde dir gefallen, Ravenna? Was muß ich tun, um dich für mich zu gewinnen?«

»Ich weiß es nicht.« Sie nahm an, daß er ihre Antwort noch mehr verabscheute, als sie selbst, aber sie mußte sie äußern, es war die Wahrheit. Er konnte ihre Gefühle nicht erzwingen.

»Vielleicht verhalte ich mich ganz falsch.« Ein leichtes Lächeln spielte um seine Lippen, Übermut funkelte in seinen Augen. »Vielleicht sollte ich nicht fragen, was dir gefällt, sondern vielmehr, was dir mißfällt. Also ...« Er beugte sich vor, sein warmer Atem strich über ihre Wangen. »Mißfällt dir das?« Seine Lippen berührten ihren Mund mit einem federleichten Kuß.

Er richtete sich auf und musterte sie.

Errötend schüttelte sie den Kopf.

»Heißt das, daß ich aufhören soll oder heißt das, daß mein Kuß dir nicht mißfällt?« Er liebkoste ihre Lippen mit seinem Daumen.

»Er mißfällt mir nicht.« Ihre Wangen brannten wie Feuer, und sie empfand es als Segen, daß sich die Abenddämmerung schnell auf sie senkte.

»Und das?« Er küßte sie auf die Halsbeuge.

Ihr Herzschlag beschleunigte sich. Seine heißen Lippen, seine Zunge hinterließen eine Glutspur auf ihrer sensiblen Haut. Sie sehnte sich nach weiteren Zärtlichkeiten, aber allzu schnell zog er sich wieder zurück.

»Sag mir die Wahrheit? Ist dir das unbehaglich?« Er wartete geduldig auf ihre Antwort.

Fast zögernd schüttelte sie den Kopf.

Seine Hände glitten unter den wollenenen Umhang und zum Seidenmieder ihres geborgten Kleides. Seine Finger fanden die Haken und Ösen am Rücken so schnell, als sei es für ihn eine tägliche Übung, Frauen die Kleider vom Leib zu streifen. Er hatte zwar versichert, seine Frau habe die Roben in der Truhe nie getragen, aber nun fragte sie sich, ob er nicht gelogen hatte.

»Nein, bitte, das dürfen Sie nicht ...« Sie griff nach seinem Arm. Ihre Finger bohrten sich in seine Haut.

»Mißfällt es dir, wenn ich dich so liebe?«

Eine leichte Frage, aber unendlich schwer zu beantworten.

»Nein ...« stöhnte sie schließlich auf. »... und ja.«

Er trat hinter sie und legte ihr die Hände auf die Schultern. Langsam senkte er den Kopf und fuhr mit den Lippen behutsam über ihren Nacken. Sie erschauerte. »Was denn nun? Ja oder nein? Beides ist unmöglich.«

»Es mißfällt mir nicht.« Ihre Stimme war leise, rauh, furchtsam.

Er drehte sie zu sich herum. Langsam griff seine Hand zu ihrem Kinn und zwang sie, ihn anzusehen. »Dann laß mich dich glücklich machen wie ein Mann eine Frau glücklich machen kann.«

Sie reagierte nicht, und wieder wurde Untätigkeit ihr Verhängnis. Er stöhnte tief auf und senkte den Kopf, um sie zu küssen. Sie hätte lediglich den Kopf abzuwenden brauchen, damit er von ihr abließ. Doch zu ihrem Entsetzen reckte sie sich auf die Zehenspitzen, ihm entgegen. Sein Mund traf ihre schockierend bereitwilligen Lippen, und die Niederlage war komplett.

Beim ersten Mal hatte sie alles in einem Wirrwarr der Gefühle wahrgenommen, in einem Nebel unterschiedlichster Empfindungen, doch diesmal registrierte sie jede Einzelheit mit fast kristallklarer Deutlichkeit. Die weiche, purpurfarbene Wolle ihres Umhangs kratzte im Rücken, als er sie auf das Stroh legte. Ihre Seidenrobe raschelte wie Herbstlaub, als er sie ihr auszog. Die blaßrosa Unterwäsche fiel von ihr ab wie Rosenblätter.

Ich müßte mich gegen ihn wehren, sagte sie sich. Die Vernunft hielt ihr vor, daß sie eine schwache, willfährige Beute war, konnte sie aber nicht zum Aufhören bewegen. Lord Niall Trevallyan zog sie unwiderruflich in seinen Bann. Schon bald lag er nackt und warm auf ihr, und küßte sie mit einer Leidenschaft, die ihrem eigenen – höchst verwerflichen – Verlangen entsprach. Seine Lippen liebkosten ihre Brüste, ihren Bauch, das dunkle Dreieck ihrer Scham.

Widerspruchslos ließ sie es zu, daß er ihre Schenkel auseinanderschob.

»Wenn du an mich denkst, dann erinnere dich an diesen Augenblick.« Er sah auf sie hinunter und alle seine Gefühle lagen in seinem meerdunklen Blick. Ganz langsam nahm er ihre Finger, drückte einen brennenden Kuß auf ihre Handfläche und legte sie an seine Wange. »Erinnere dich an den Mann, dessen Schicksal du in deinen kleinen Händen hältst, Ravenna. Und ich flehe dich an, habe Erbarmen mit ihm.«

Mit einem einzigen heftigen Stoß drang er in sie ein. Sie warf den Kopf zurück ins Stroh, und ihre überwältigenden Gefühle hinderten sie daran, den Sinn seiner Worte ganz zu erfassen. Über ihr begannen die Sterne am Himmel zu tanzen.

Nur einmal wagte sie, ihn anzusehen. Es war ein verhängnisvoller Fehler. Die Sehnsucht seines Herzens ergriff sie mit ähnlicher Macht, wie ihre Beine ihn umklammerten. Sie konnte den Blick nicht abwenden, bis er die Sterne über ihnen dazu zwang, funkelnd und taumelnd auf sie herunterzuregnen.

*

Sie betrachtete ihn im Schein des kleinen Feuers, das er entzündet hatte. Die Flammen warfen seltsame Schatten auf sein Gesicht. Seine zusammengezogenen Brauen, der durchdringende Blick ließen sie an Druiden denken, an keltische Krieger und Könige. An Männer aus einer längst vergangenen Zeit, Männer, die keine Feuer in verlassenen Scheunen entfachten und keine schwarzledernen Stiefel zu flaschengrünen Cordsamthosen trugen.

»Wenn ich einen Topf hätte, könnte ich uns wenigstens eine Brennesselsuppe kochen«, sagte sie und hoffte inständig darauf, daß er ein Gespräch mit ihr begann.

»Brennesselsuppe? Ist das eine Hexenmahlzeit?« Der

Blick seiner Augen hellte sich auf und er verzog den Mund auf eine Weise, daß sie am liebsten gelächelt hätte.

»Nay, wir essen nur *bairi'n breac*«, verwies sie neckend auf das Brot, das am Abend vor Allerheiligen gegessen wurde. »... und kleine Kinder natürlich.«

»Natürlich«, nickte er.

»Adlige finden wir ziemlich unverdaulich.«

»Wie bedauerlich.« Er sah sie mit halbgeschlossenen Lidern an. »Dabei habe ich mir stets gewünscht, von einer Hexe verspeist zu werden.«

Seine Bemerkung machte sie seltsam beschwingt.

»Komm, setz dich zu mir ans Feuer.« Er streckte die Hand nach ihr aus.

Langsam stand sie auf und hüllte sich in ihren Umhang. Die Haare hingen ihr wirr auf die Schultern, ihre Beine schienen sie kaum tragen zu wollen. Es war eine Erleichterung, seine Hände um ihre Hüften zu spüren, als er sie dicht neben sich zog.

Schweigend starrten sie in die Flammen.

Schließlich hob er ihre Haare an und küßte sie auf den Nacken. »Du duftest so ... nun, wie soll ich es beschreiben? Geheimnisvoll. Wie zerdrückte Orchideen.«

»Was sind Orchideen?«

»Blumen. Aus dem tiefsten Dschungel. Sie sind sehr zart. Ich habe ihren Duft oft im botanischen Garten der Königin in Windsor wahrgenommen.«

»Meinen Sie ... meinen Sie die richtige Königin?« stotterte sie.

»Ich bin häufig in Windsor gewesen. Albert geht gern auf die Jagd – wie jeder Mann.«

Ravenna schloß unwillkürlich die Augen. Er verkehrte mit der Königin und dem Prinzgemahl, während sie ihre kümmerlichen Märchen niederschrieb und davon träumte, eines Tages eine Anstellung in Dublin zu finden. Die Kluft zwischen ihr und Trevallyan war einfach zu groß, um überwunden werden zu können. Sie trennten Welten, das hatte ihr seine Bemerkung über Windsor wieder bewußt gemacht.

»Warum so schweigsam?« fragte er und küßte sie aufs Ohr.

»Bin ich das?« fragte sie spröde zurück.

»Ja. Hat meine Erwähnung der Königin deine irische Rebellenseele in Wallung gebracht?«

»Nein.« Sie machte sich ganz steif.

Er hörte auf sie zu küssen. »Was hast du dann?«

Ihr Mund war so trocken, daß sie sich zwingen mußte, die Worte über die Lippen zu bringen. »Sie ... Sie sagten, Sie wollten meine Liebe erringen ...«

»Ja?«

»... Aber Sie haben noch nie von Ihrer Liebe gesprochen.«

Sein Griff um ihre Hüfte verstärkte sich. Ein langes, quälendes Schweigen breitete sich aus. »Vor langer Zeit, als ich noch ein junger Mann war, dachte ich, ich würde Helen lieben, meine Frau.«

»Haben Sie sie geliebt?« fragte sie fast unhörbar.

»Sie hat mich hintergangen, betrogen.« Seine Stimme klang so leidenschaftslos, als spräche er von Wunden, die inzwischen geheilt waren. »Jetzt weiß ich, daß meine Gefühle zu ihr keine Liebe waren. Es war eine Art Rebellion, ein Bedürfnis, meine Einsamkeit zu beenden.«

»Und wie ... empfinden Sie mir gegenüber?« wollte sie wissen und hielt den Atem an.

»Ich habe sie nie so gewollt wie ich dich will.«

»Und die anderen?« fragte sie und dachte an die Ansammlung seiner Verlobten.

»Und sehnte mich nach einer Frau und nach Kindern. Das mußt du verstehen. Du warst doch noch ein Kind, Ravenna. Aber mit jedem Jahr, mit jeder Frau, die ich nicht belügen konnte, rückten meine Träume in weitere Ferne.«

»Also ... lieben Sie mich?«

Er rang mit sich. Das spürte sie am Griff seiner Hände, an seiner fast hölzernen Haltung. »Ich weiß es nicht«, gestand er schließlich ein. »Jetzt ist mir bewußt, daß ich nichts über die Liebe weiß. Ich habe sie noch nie empfunden.« Er drehte ihr Gesicht so, daß sie ihn ansehen mußte. Sie tat es, mit Tränen in den Augen. »Ich weiß nur, daß ich dich will. Verzweifelt will. Mein Verlangen nach dir ist so übermächtig, daß es alles andere in meinem Leben belanglos erscheinen läßt. Es ist so groß, daß es mir Angst macht. Ich fürchte, es könnte mich zerstören, ohne daß ich es verhindern kann.«

Besessenheit, zuckte es ihr durch den Kopf. Sie würde ihn nicht zerstören. Er würde sich selbst zerstören.

»Ich habe Ihnen doch schon gesagt«, brachte sie mühsam heraus, »daß ich keineswegs eine Art Besitz für Sie werden will. Ich schulde Ihnen bereits viel zuviel.« Sie wandte hoffnungslos den Blick ab. »Im Schloß hätte ich vor Ihnen davonlaufen sollen. Nun stehe ich in Ihrer Schuld, weil Sie meinen Vater für mich gefunden haben.«

»Du bist mir gar nichts schuldig. Was ich dir gegeben habe, gab ich dir freiwillig. Als mir Grania sagte, du brauchst auf dieser finsteren Schule Silberbesteck, habe ich es etwa mit einer Rechnung geschickt? Das habe ich nicht getan.«

Mit Ingrimm erinnerte sie sich daran, daß er nicht einmal vergessen hatte, ihre Initialen auf jedes einzelne Stück gravieren zu lassen. Seine Manipulation war gründlich gewesen, umfassend.

»Sobald wir wieder in Lir sind, werde ich Ihnen das Silber bezahlen«, verkündete sie.

Er fuhr sich übers Gesicht, rieb sich erregt die Bartstoppeln. »Ich will das Geld nicht. Begreifst du denn nicht? Ich möchte nur eins – daß du glücklich wirst. Was du auch willst, ich werde dafür sorgen, daß du es bekommst. Du wünschst dir, daß deine albernen Erzählungen veröffentlicht werden?

Nun, ich habe einen Freund in Dublin, der Bücher verlegt. Er wird sie für dich herausbringen. Ich werde alles tun, um dich glücklich zu sehen.«

Sie zuckte zurück, als hätte er sie verbrannt. Er verstand nichts, aber auch gar nichts von ihren Wünschen und Träumen. »Das können Sie nicht tun. Ich werde sie selbst veröffentlichen oder das ganze Unternehmen aufgeben. Ich werde mich doch nicht so weit demütigen, Ihren Einfluß zur Publikation meiner Bücher zu nutzen.«

»Warum, bist du nur so starrsinnig? Ohne Fürsprache werden sie nie gedruckt.«

»Entweder sie werden publiziert, weil sie überzeugen – oder gar nicht.«

Er seufzte tief auf und sah sie an, als wäre sie ein Wesen von einem anderen Stern. »Gut. Beiß dir ruhig die Zähne aus. Mir ist es egal. Solange du dich von Malachi und seiner Bande fernhältst und dich wie eine Lady benimmst, magst du tun, was dir beliebt.«

»Ich soll mich wie eine Lady benehmen? Und wie sollte ich das tun, nachdem Sie schon zweimal dafür gesorgt haben, daß ich mich keineswegs damenhaft verhalten habe?« Es gelang ihr nicht, ihre Verbitterung zu bemänteln.

Er schüttelte sie so heftig, daß sie fast das Gleichgewicht verloren hätte. »Sag so etwas nie wieder, hörst du? Was zwischen uns gewesen ist, war gut und richtig. Versuche nicht, es anders darzustellen.«

»Als ich Grania nach meiner Mutter fragte, erzählte sie mir von den sinnlichen Freuden«, entgegnete Ravenna fast schluchzend. »Sie hat mir in dieser Hinsicht nie irgendwelche Beschränkungen auferlegt. Sie hat mir den Eindruck vermittelt, daß die Vereinigung von Mann und Frau etwas Schönes und Kreatives ist, und weil ich nicht katholisch bin und außerhalb der Gesellschaft aufgezogen wurde, habe ich ihr geglaubt.« Sie wischte sich energisch die Tränen von den

Wangen. »Aber dann hat mich ein Mann auf eine englische Schule geschickt. Und dort haben sie mir mehr als deutlich gemacht, welche Art Frau meine Mutter gewesen ist. Sie sagen, ich soll mich wie eine Lady benehmen. Nun, die Direktorin der Weymouth-Hampstead School hatte eine andere Bezeichnung für mich ...«

»Zum Kuckuck damit! Sie sollten dich nicht verbiegen. Darauf habe ich geachtet. Deine Ausbildung war – und ist – meine Aufgabe, und ich sage dir, in diesem Punkt hat sich die Direktorin dieses verfluchten englischen Gefängnisses, in das ich dich geschickt habe, gründlich geirrt. Die Welt wird von vielen Regeln bestimmt. Richtet man sich nach allen, endet man im Elend.«

»Und wenn man sich nach keiner richtet, stirbt man sehr einsam.« Sie sah, daß Verärgerung über seine Züge huschte.

»Ich habe den *geis* verlacht, damit aber nur Unglück geerntet. Jetzt bin ich bereit, mich mit ihm abzufinden, aber auch das funktioniert nicht. Also was soll ich tun? Welchen Weg soll ich einschlagen?«

»Sie sollten Ihrem Herzen folgen.«

»Ja.«

Sie blickte ihn an und sah in seinen Augen – ganz flüchtig – etwas, was sie noch bei keinem Mann erlebt hatte. Sie sah eine Mischung aus Einsamkeit und Verzweiflung, gepaart mit einer wachen Intelligenz, die sich nicht mit Selbsttäuschungen abspeisen ließ. Doch dann versteckte er sich so schnell wieder hinter der Fassade des düsteren, unzugänglichen Lord Niall Trevallyan, daß sie sich fragte, ob sie sich das alles nicht doch eingebildet hatte.

Und doch war es dagewesen. Wäre es nicht so, hätte sie den bittersüßen Schmerz schnell verdrängen können, den es in ihrem Herzen hinterlassen hatte.

»Ich werde dich nicht gehen lassen, Ravenna«, sagte er leise.

Sie zwang sich zum Kämpfen, obwohl alles in ihr nach Aufgabe verlangte. »Sie können mich nicht halten, wenn ich Sie nicht liebe.«

»Warte es nur ab«, flüsterte er drohend. »Warte es nur ab.«

22

Für ein Mädchen, das in einer irischen Kate aufgewachsen war, bot Cinaeth Castle einen überwältigenden Anblick. Der elegante und im Vergleich mit dem düsteren Familiensitz der Trevallyans moderne Sandsteinbau war ein wahrgewordener Traum. Seine Mauern zeigten die Farbe reifen Weizens, die Türme eine exquisite grüne Kupferpatina. Ravenna hatte den Eindruck, mitten in eines ihrer Märchen hineingeraten zu sein und mußte sich dazu zwingen, nicht den schneeweißen Kiesweg hinaufzustürmen und sich gegen das vergoldete Portal zu werfen.

Sie wünschte sich inständig, einen präsentableren Eindruck zu machen. Ihre Haarnadeln waren im Stroh verlorengegangen, und die mit einem seidenen Band zusammengehaltenen Haare fielen ihr über den Rücken. In ihrem Saum hatten sich noch immer ein paar Brennesseln verfangen, und das Kleid selbst – gestern noch blütenfrisch und adrett – war inzwischen nicht mehr als ein zerdrückter Fetzen.

Aber sie hatte noch andere Sorgen. Wie sollte sie sich vorstellen? Was war die beste Vorgehensweise, sich nach ihrem Vater zu erkundigen? Über derlei Fragen hatte sie zwar früher schon nachgedacht, aber Trevallyans Gesellschaft hatte soviel Ablenkung geboten, daß sie zu keiner Lösung gekommen war. Als sie die Treppe zum Hauptportal hinaufschritt, kam sie sich vor, als sei sie dabei, die Höhle eines Löwen zu betreten.

»Wer sind Sie?«

Noch bevor sie geklopft hatte, öffnete sich die Tür und ein Butler starrte sie an. Er war das ganze Gegenteil von Greeves. Von eher kleiner Statur, mit nur einem Arm und einem deutlichen anglo-irischen Akzent war Greeves nur allzu menschlich. Aber dieser Mann, dieses kalte Standbild aristokratischer Überheblichkeit, schien keines menschlichen Gefühls fähig. Er sah auf sie herab, als wäre sie das Mädchen, daß die Nachtgeschirre entleerte.

»Ich bin gekommen, um ...« Die Worte erstarben ihr auf den Lippen. Weshalb war sie eigentlich wirklich gekommen? Sie nahm mit Sicherheit an, daß der Mann, der ihr Vater gewesen war, längst in seinem Grab lag. Also wer konnte ihr von ihm erzählen?

»Ich bin gekommen, um Lord oder Lady Cinaeth zu sprechen, bitte«, vervollständigte sie ihren Satz tapfer, obwohl sie unter dem Blick des Butlers am liebsten davongelaufen wäre.

»Was ist Ihr Anliegen?« Der Butler musterte sie von Kopf bis Fuß und schien ernsthafte Bedenken gegen ihre Herkunft zu hegen.

Nun, das konnte sie kaum übelnehmen, aber sie konnte kämpfen. Und zum Kämpfen war sie entschlossen.

»Führen Sie mich zu Lady Cinaeth, oder Sie werden es bereuen.« Verbittert nahm sie zur Kenntnis, wie unüberhörbar ihr irischer Akzent wurde, wenn sie erregt war.

»Lady Cinaeth, die Viscountess, schneidet im Garten die Rosen. Dabei darf sie nicht gestört werden.«

Ravenna nahm allen Mut zusammen und trat ohne ein weiteres Wort an ihm vorbei in eine herrliche Halle mit von Watteau inspirierten Tapisserien und großen Fenstern. »Führen Sie mich ins Morgenzimmer«, ordnete sie so hochmütig an, wie er sich ihr gegenüber gebärdet hatte, »und bringen Sie mir eine Tasse Tee. Ich werde auf Ihre Herrin warten.«

Der Butler stand reglos neben der Tür. Sie wandte ihm den Rücken zu und wartete darauf, daß er ihr den Umhang abnahm.

Es verging gewisse Zeit, in der er offenbar über die möglichen Folgen nachdachte, wenn er sie abwies. Dann spürte sie mit gelindem Triumph, daß er ihr zögernd den Umhang von den Schultern streifte.

»Wenn Sie mir folgen würden, Miss. Ich werde Lady Cinaeth sagen, daß Sie da sind.« Er führte sie durch einen Bogengang zu einer verglasten Flügelür, stieß sie auf und bat sie in einen lichtdurchfluteten kleinen Salon.

»Darf ich Ihren Namen erfahren, Miss?« Der Butler sah zu, wie sie auf einem grüngoldenen Sofa Platz nahm.

»Ravenna«, erwiderte sie mit ihrem betörendsten Blick. Wenn der seine Fragen nach einem ordentlichen Nachnamen nicht abwehrte, konnte ihr nichts mehr helfen.

»Sehr wohl. Der Tee kommt in Kürze.« Er bedachte sie mit einem hochnäsig-zweifelnden Blick, verbeugte sich knapp und entschwand.

Ravennas zitternde Finger umkrallten die Sofalehne. Bisher war alles glattgegangen, aber das eigentliche Problem stand ihr noch bevor. Wie sollte sie vor Lady Cinaeth das Thema ihres Vaters ansprechen? Sie wußte so gar nichts über die Frau. Sie konnte ihre Großmutter, ihre Tante, vielleicht sogar ihre Cousine sein. Es war durchaus vorstellbar, daß die alte Dame sie mit einem Fußtritt vor die Tür beförderte, sobald sie von ihrem Vater zu sprechen begann. Vielleicht war Lady Cinaeth ein Drachen.

Sie blickte zum Deckengemälde empor, an der junge Mädchen vor einem Zauberschloß einen Reigen tanzten. Nein, in dieser Umgebung konnte kein Ungeheuer leben.

Plötzlich fühlte sie sich wesentlich optimistischer. Unter Umständen würde sie die Frau sogar als langvermißte Verwandte willkommen heißen. Als Enkelin, von der sie bislang nichts gewußt hatte. Sie könnten Freunde werden, und Ravenna hätte endlich eine Familie – über Grania hinaus.

»Wer sind Sie? Warum holen Sie mich von meinen Rosen fort?«

Ravennas Blick flog zur Tür. Dort stand eine schöne braunhaarige Frau in einem grünen Satinkleid, etwa fünfzehn Jahre älter als sie. Auf ihrem wohlfrisierten Kopf trug sie einen breitkrempigen Hut mit lavendelfarbenen Bändern und einem Strauß künstlicher Veilchen. Ihre hübschgeformten Lippen verzogen sich zu einem Strich, als sie Ravenna mißbilligend musterte.

»Wer sind Sie?« fragte die Viscountess noch einmal.

»Ich heiße Ravenna und komme aus der Grafschaft Lir.« Mit angstblassen Wangen stand Ravenna auf.

»Und was wollen Sie von mir?« Die Viscountess klopfte ungeduldig mit der Rosenschere auf die Handfläche ihrer anderen Hand. Sie trug cremefarbene Ziegenlederhandschuhe, die sie bis zu den Ellbogen vor den Stacheln schützten. Als Ravenna nicht antwortete, warf sie Schere und Handschuhe auf eine Louis-Seize-Kommode und trat in den Raum.

»Sind Sie eine Zigeunerin? Hebblethwaite, mein Butler, hält Sie dafür. Er glaubt, Sie seien gekommen, um uns zu berauben.« Mit offensichtlicher Abscheu musterte Lady Cinaeth ihre locker zusammengebundenen Haare und den beschmutzten Kleidersaum.

»Ich bin keine Zigeunerin«, flüsterte Ravenna, während die Frau sie unverwandt musterte.

»Also, was wollen Sie?« Als Ravenna gerade antworten wollte, hob Lady Cinaeth die Hand und erklärte: »Ich möchte Sie davon in Kenntnis setzen, daß ich Sie auf der Stelle festnehmen lasse, sobald Sie versuchen, mir Talismane zu verkaufen oder zu weissagen. Wir unterstützen hier keine Zigeuner. Die Iren sind schon schlimm genug, kleine, kartoffelessende Kulis...«

Die Viscountess senkte die Hand und wartete ungeduldig.

»Ich bin auf der Suche nach meinem Vater«, sagte Ravenna und merkte, daß Zorn und Stolz in ihr aufstiegen. Sie war kein kartoffelessender Kuli, und wenn einige der Iren so beschrieben werden konnten, dann nur, weil sie von den englischen Hunden um ihren Reichtum gebracht worden waren.

»Weshalb sollte ich Ihren Vater kennen?« fragte die Viscountess gereizt.

»Ich habe Grund zu der Annahme, daß er seine Abstammung von Castle Cinaeth herleitet. Er war ein Adliger...« Ravenna brach hilflos ab. Die Reise nach Antrim erschien ihr plötzlich sinnlos. Diese Lady Cinaeth mit ihrem wunderschönen, kalten und harten Gesicht würde ihr nie helfen.

Lady Cinaeths Lippen verzogen sich verächtlich. »Wenn Ihr Vater ein Adliger gewesen wäre, würden Sie doch wissen, wer er war? Ich glaube, der Anstand verlangt, daß man seine legitimen Kinder auch anerkennt.«

Jedes einzelne Wort traf wie ein Messer. Ravenna wußte, daß sie illegitim war, doch das aus dem Mund dieser reichen und privilegierten Schönheit hören zu müssen, einer Frau, die vielleicht sogar eine Blutsverwandte von ihr war, traf sie tief. »Er hat meine Mutter geliebt. Das weiß ich. Ich weiß es!« sagte sie leise.

»Dann hätte er sie heiraten sollen.«

»Lady Cinaeth, sind Sie seine Schwester? Meine Tante?«

Helles Lachen perlte durch den Raum. »Machen Sie sich doch nicht lächerlich. Ich soll eine Tante von Ihnen sein? Wenn der letzte Lord Cinaeth vor seinem Tod eine illegitime Tochter gezeugt haben sollte, dann ist das eine Angelegenheit meines Mannes. Er war sein Bruder, nicht meiner.«

»Und Ihr Mann ist Lord Cinaeth? Der jüngere Bruder meines Vaters?« Ravenna mußte die Wahrheit erfahren, auch wenn sie weh tat, wenn sie schmerzte.

»Mein Mann ist in der Tat Lord Cinaeth. Und nun ...« Die Frau hob eine Braue und blickte zur Tür. »... fort mit Ihnen. Für Gespräche mit unehelichen Zigeunern habe ich keine Zeit.«

»Bitte«, flehte Ravenna. Tränen der Wut und der Hoffnunglosigkeit traten in ihre Augen. »Ich muß den Namen wissen. Nennen Sie mir nur seinen Namen. Wie hieß Lord Cinaeths Bruder?«

»Ich werde Ihnen gar nichts sagen. Entweder Sie gehen jetzt oder ich lasse Sie von Hebblethwaite hinauswerfen.« Gelassen nahm Lady Cinaeth Gartenhandschuhe und Schere von der intarsierten Kommode.

»Bitte, ich komme von sehr weit her ...«

»Gehen Sie. Und hoffen Sie darauf, daß mein Mann nichts erfährt. Für Ihre Verdächtigungen könnte er Sie sehr wohl ins Gefängnis werfen lassen.«

»Dann werde ich ins Gefängnis gehen«, rief Ravenna verzweifelt. »Aber nennen Sie mir seinen Namen. Wenigstens das können Sie doch tun.«

»Oh, ihr Iren. Wenn man euch den kleinen Finger reicht, wollt ihr bald die ganze Hand – und unsere Häuser und unser Land dazu.«

»Sagen Sie mir doch bitte seinen Namen«, flehte Ravenna und kämpfte mit den Tränen. Sie war mit so großen Hoffnungen gekommen, und nun überflutete sie die Enttäuschung wie eine Woge, gegen die sie sich nicht wehren konnte.

»Mylady ...« Ravennas Blick zuckte zur Tür. Dort stand der Butler und war offenbar bereit, sie kurzerhand aus dem Schloß zu werfen.

»Hebble, sorgen Sie dafür, daß diese ... diese ...« Lady Cinaeths Blick flog verächtlich über Ravennas Gestalt. »Sorgen Sie dafür, daß diese Kreatur auf der Stelle das Schloß verläßt.«

»Nein ...« ächzte Ravenna.

»Lady Cinaeth, Sie haben einen weiteren Besucher«, verkündete der Butler unbehaglich und trat von einem Fuß auf den anderen. »Lord Trevallyan aus der Grafschaft Lir.«

Ravenna wurde ganz steif. Er war ihr gefolgt, obwohl sie sich solche Mühe gegeben hatte, ihn bei ihrem wohlüberlegten Aufbruch aus der Scheune nicht zu wecken. Er war ihr gefolgt, um ihr wieder einmal ihre Selbständigkeit zu nehmen.

Lady Cinaeth schlug die Augen zur Zimmerdecke. »Heute bleibt mir aber auch nichts erspart. Ich kann einen der höchstgeachteten Earls diesseits der Irischen See wohl kaum in meinem Gartenkleid empfangen.« Ihre gepflegte Hand deutete auf Ravenna. »Werfen Sie dieses Mädchen hinaus, Hebble, und sagen Sie Lord Trevallyan, daß ich ihn in zehn Minuten im Salon begrüßen werde.«

Hebblethwaite wirkte mehr als unschlüssig.

»Was gibt es denn noch, Hebblethwaite?« fauchte Lady Cinaeth. »Soll ich denn nun auch noch Ihre Gedanken lesen? Werfen Sie das Mädchen hinaus und bringen Sie Lord Trevallyan eine Erfrischung.«

»Lord Trevallyan ...« Hebblethwaite brach ab und warf einen Seitenblick auf Ravenna. »Lord Trevallyan ist auf der Suche nach seiner Frau.« Hebble sah seine Herrin an wie ein geprügelter Welpe. »Es sieht so aus, als wäre Lady Ravenna seine Frau.«

Lady Cinaeths Gesicht verlor jede Farbe. Auch Ravenna war mehr als schockiert, ließ es sich jedoch nicht anmerken. Trevallyan hatte Nerven, das mußte ihm der Neid lassen. Üblicherweise reizte sie seine überhebliche Frechheit zum Widerstand, aber nun war sie ihm fast dankbar – wenn ihr auch ein bißchen unbehaglich bei dem Gedanken war, als seine Frau ausgegeben zu werden.

Lady Cinaeth sah Ravenna an, murmelte eine unverständliche Entschuldigung und eilte aus dem Raum.

Eine Minute später hörte Ravenna eine bekannte Stimme.

»Ah, da bist du, Liebling. Gott sei dank ist dir nichts zugestoßen.« Er kam auf sie zu und küßte sie wie ein liebevoller Ehemann auf die Stirn, aber in seinen Augen stand mühsam unterdrückter Zorn, dem er zweifellos die Zügel schießen lassen würde, sobald sie allein waren.

»Mein lieber Mann ...« murmelte Ravenna peinlich berührt. Aus irgendwelchen unerklärlichen Gründen hatte er es vermieden, sie in Verlegenheit zu bringen. Aber dafür würde er sie zahlen lassen.

»Als du nach dem Zusammenbruch unserer Kutsche im Wald plötzlich verschwunden warst, bin ich fast verzweifelt. Und jetzt, da ich dich wiedergefunden habe, werde ich dich nie wieder aus den Augen lassen.«

Ravennas Mund war eigentümlich trocken. Sie mußte schlucken. »Wie du siehst, geht es mir gut. Notfalls kann ich sehr gut selbst auf mich achten.«

»Ja«, flüsterte er ihr unterdrückt zu, »aber das paßt mir ganz und gar nicht.« Er räusperte sich, ergriff Ravennas Hand und sagte zu Lady Cinaeth, die hinter ihm den Raum wieder betreten hatte: »Lady Cinaeth, meine Frau befindet sich auf einer recht delikaten Mission hier. Ich weiß nicht, wieviel sie Ihnen schon erzählt hat ...«

»Oh! Ich verstehe, Lord Trevallyan, ich verstehe alles. Die Situation verlangt äußerste Bedachtsamkeit«, nickte Lady Cinaeth eine Spur zu enthusiastisch. »Aber sagen Sie, Mylord, als wir uns das letzte Mal in London trafen, waren Sie nicht verheiratet, und ich habe von keiner Hochzeit erfahren ...«

»Wir haben in aller Stille geheiratet, Mylady.« Trevallyans Mundwinkel verzogen sich spöttisch. »Die Situation meiner Frau ist der Ihren sehr ähnlich, Lady Cinaeth. Als Lord Cinaeth sich entschloß, die Tochter eines Flickschusters zu heiraten, war es vernünftig, die Hochzeitsfeierlichkeiten auf ein Mindestmaß zu beschränken.«

Die Frau wurde tiefrot. Es tat Ravenna fast leid, diese pompöse Schönheit von ihrem hohen Thron geholt zu sehen. »Selbstverständlich, Mylord. Sehr vernünftig«, murmelte sie.

Sie drückte Ravennas Hand und flüsterte ihr zu: »Sie müssen mir mein Benehmen vorhin verzeihen.« Dann fuhr sie lauter fort: »Ich werde Edward holen. Er wird sich freuen, Sie ...« Ihr Blick zuckte zwischen ihnen hin und her. »Sie beide zu sehen«, fügte sie hinzu und entschwand.

»Erlauben Sie mir, Ihnen eine Erfrischung zu holen.« Der Butler verneigte sich und entschwand gleichfalls.

Als sie allein waren, konnte Ravenna Trevallyan kaum in die Augen blicken. Sie ging zu einem Sofa und setzte sich. »Ich habe Ihnen für Ihr Erscheinen zu danken. Kurz bevor Sie kamen, wollte sie mich gerade vor die Tür setzen lassen.«

»Ich hätte dir sagen können, daß du mit einem solchen Empfang zu rechnen hast.« Er trat zu ihr, legte die Hand unter ihr Kinn und zwang sie, ihn anzusehen. »Warum verhältst du dich so unvernünftig? Du läufst von mir fort, du lehnst meine Angebote ab. Was erhoffst du dir von diesem Leben, das ich dir nicht geben könnte?«

»Unabhängigkeit«, flüsterte sie.

Wieder blitzte Zorn in seinen Augen auf. »Und lohnt es sich, dafür zu sterben? Du hättest getötet werden können, als du da allein und ungeschützt durch den Wald gelaufen bist.«

»Glaubt Malachi, es lohne sich, dafür zu sterben?«

»Das ist nicht dasselbe.«

»Ich kämpfe nicht für ein Land«, sagte sie ruhig. »Ich kämpfe für mich selbst. Ich bin keine Katholikin, ich bin keine Protestantin. Für die Bewohner von Lir bin ich eine Verfemte, eine Ausgestoßene. Und doch wurde ich ein Opfer der teuflischen Behandlung, die Engländer den Iren angedeihen lassen. Ich bin nichts, ich habe nichts – ich bin nur ich selbst. Und ich werde nicht zulassen, daß Sie mich Ihrem Willen gefügig machen.«

Ihre Worte schienen ihn zu berühren. Sie wußte, daß er sie verstand. Sie wußte gleichzeitig aber auch, daß sein Verständnis nur weiteren Zorn, weitere Enttäuschung bringen würde. »Warum mußt du dich nur so gewandt ausdrücken?« fluchte er leise.

»Sie sind derjenige, der mich auf die Schule geschickt hat. Ich bin Ihr Werk, Ihre Schöpfung.«

»Und nun wendest du dich gegen mich.«

»Nein. Ich wende mich keineswegs gegen Sie. Um so etwas zu tun, müßten Sie mein Herr und Gebieter sein. Das waren und sind Sie nicht.«

»Ich höre Schritte.« Er seufzte tief auf und der Griff um ihr Kinn wurde zu einer Liebkosung. »Darüber unterhalten wir uns weiter in unserem Schlafzimmer.«

Sie wollte protestieren, erkannte plötzlich aber die Falle, die er ihr gestellt hatte. Entweder posierte sie weiterhin als seine Frau und teilte damit auch sein Zimmer, oder sie ließ die ganze Sache auffliegen. Damit wären allerdings auch all ihre Träume dahin, etwas über ihren Vater zu erfahren.

»Wie du siehst, erfülle ich meinen Schwur, dich festzuhalten«, spottete er, als sich die Schritte näherten.

»Sie werden mich nie halten können.« Sie blickte ihn herausfordernd an. »Ich bin eine Ausgestoßene, denken Sie daran. Und wenn man niemanden hat, dem man sich mitteilen kann, wendet man sich nach innen. Meine Liebe ist sehr tief verborgen, und ich fürchte, nicht einmal ein Mann von Ihrer Intelligenz kann sie finden.«

An seinem Kinn zuckte ein Muskel. »Ich *werde* sie finden. Vergiß nicht, wen du da zurückweist. Und wenn der *geis* kein Schwindel ist, bringst du Unheil über ganz Lir.«

»Der *geis* ist ein Ammenmärchen. Aber wenn es wider alle Vernunft nicht so sein sollte, liegt die Schuld bei Ihnen, nicht bei mir.«

»Biest«, zischte er leise. »Kaum zu fassen, welch eiskaltes Herz dieses Feuer in deinen Augen verbirgt.«

Die Tür flog auf. Lord und Lady Cinaeth traten ein. Nervös sprang Ravenna auf die Füße und sah dem Mann schweigend entgegen, der ihr Onkel sein konnte.

»Wie schön, Sie zu sehen, Trevallyan.« Der Viscount schüttelte Niall die Hand, und Ravenna betrachtete ihn unauffällig.

Lord Cinaeth war ein hochgewachsener, gutaussehender Mann von etwa fünfzig Jahren, dessen offenes Lächeln Herzlichkcit ausdrückte. Seine Haare waren ergraut, doch Ravenna nahm an, daß sie ursprünglich braun oder schwarz gewesen waren, und er besaß verbüffend blaue, fast violette Augen – Augen, die die Farbe von Immergrünblüten hatten.

»Meine Frau hat mir da ja eine fast unglaubliche Geschichte erzählt, Trevallyan«, sagte Lord Cinaeth und sah Ravenna an.

»Ich fürchte, Lady Ravenna hat es einfach nicht mehr abwarten können, Mylord.« Trevallyan drückte ihren Arm. »Mitunter ist sie eigensinniger als ihr guttut. Unsere Kutsche ist zusammengebrochen, und wir sahen uns gezwungen, in einer Scheune zu übernachten. In ihrer Ungeduld ist Ravenna auf eigene Faust losgezogen und hat Sie hier ... nun ja, überfallen. Gestatten Sie mir, mich dafür zu entschuldigen und den Schaden so gut es geht, wiedergutzumachen.«

Lord Cinaeth lachte. »Aber Sie brauchen sich doch nicht zu entschuldigen, lieber Freund. Allerdings muß ich sagen, ein wenig schockiert war ich schon, als Lady Cinaeth mit dieser Geschichte zu mir kam.«

Die Hand auf Ravennas Arm wurde schwer wie Blei. Auch Trevallyan lachte, wenn auch ein wenig freudlos. »Das ist nur allzu verständlich. Sie müssen meiner Frau ihre Jugend und Impulsivität nachsehen.«

»Ja, ja.« Der Viscount deutete auf das Sofa. »Wie wäre es mit einer Erfrischung?«

Trevallyan zögerte. Er blickte Ravenna an und fuhr leicht mit dem Daumen über die lavendelfarbenen Schatten der Erschöpfung unter ihren Augen. »Wenn Sie nichts dagegen haben, Cinaeth, meine Frau hat sich auf ihrem Weg hierher erheblichen Strapazen unterzogen. Wie ich schon sagte, hat unsere Kutsche einen Achsenbruch erlitten ...«

»Wie unaufmerksam von mir«, stammelte Lady Cinaeth und nickte Hebblethwaite zu. »Führen Sie Lady Trevallyan bitte in einen Raum, in dem sie sich ausruhen kann. Sorgen Sie dafür, daß unverzüglich Tee und Gebäck hinaufgebracht werden – was immer sie mag ...«

»Sie können Gedanken lesen, Lady Cinaeth«, lächelte Trevallyan.

Lady Cinaeth gewann etwas von ihrer Haltung wieder. »Wie großzügig von Ihnen, Mylord, so nachsichtig mit uns zu sein.«

»Wissen Sie eigentlich«, mischte sich Lord Cinaeth ein, »daß Sie und Ihre bezaubernde Frau großes Glück hatten? Haben Sie schon von der Mordtat in Hensey erfahren?«

»Mord, sagen Sie?« fragte Trevallyan gelassen zurück.

»Ja«, nickte Cinaeth. »Ich möchte Ihre Frau nicht unnötig beunruhigen, halte es jedoch für ratsam, daß Sie so lange unsere Gäste sind, bis Ihre Kutsche instandgesetzt ist. Gestern wurde in Hensey ein Mann erschossen, als er in den Ort kam. Die Feiglinge, die ihn umgebracht haben, sind geflüchtet. Man hat sie noch nicht dingfest machen können. Das Opfer trug einen Überrock, den er erst im vergangenen Monat seinem Herrn abgekauft hatte, und wenn der alte Jack Kilarney kein Ire wäre, würde ich annehmen, daß er in seinem feinen Aufzug für einen Engländer gehalten wurde, und daß irgendwelche irischen Hitzköpfe die Schandtat verübt haben. Sonst macht das alles keinen Sinn.«

»Nein, sonst macht es keinen Sinn«, murmelte Trevallyan. Dann sah er Ravenna an. »Geh, Liebes, ruhe dich ein wenig aus. Ich werde in Kürze zu dir kommen.«

»Aber . . .« Die Sorge in seinen Augen ließ ihren Protest ersterben. Folgsam nickte sie Lord und Lady Cinaeth zu. »Ich fürchte, ich bin wirklich ziemlich erschöpft. Für Ihre Gastfreundschaft danke ich Ihnen herzlich.«

»Es ist uns eine Freude, Sie bei uns zu haben.« Lord Cinaeths Stimme hatte einen sonderbaren Beiklang. Als sie Hebblethwaite folgte, sah sie noch einmal zurück und hatte den Eindruck, daß er fast so verwirrt war wie sie, in ein Paar Augen zu blicken, die den eigenen so ähnlich waren.

*

»Wir sind auf der Suche nach Ravennas Vater hierhergekommen.« Trevallyan nahm einen tiefen Schluck Brandy. Lady Cinaeth kümmerte sich um die Vorbereitungen des Abendessens, und die beiden Männer saßen in der Bibliothek vor dem lodernden Kamin.

»Es gibt da die Schilderung eines alten Geschichtenerzählers«, fuhr Niall fast zögernd fort, »nach der Lady Ravennas Vater von hier stammen könnte. Ich weiß, wie abwegig es sich anhört, aber wir vermuten, daß es sich um Ihren Bruder handelt.«

»Mein Bruder Finn Byrne, Lord Cinaeth, ist tot.«

»Das ist uns bekannt.«

Lord Cinaeth sah Trevallyan verwundert an. »Und woher wissen Sie das?«

Trevallyan lachte fast kläglich. »Ravennas Großmutter hat ihr gesagt, daß ihr Vater tot ist. Die alte Frau hat es einfach ... gewußt.«

Der Viscount hob eine Augenbraue.

»Einige Leute in Lir halten Ravennas Großmutter für eine Hexe«, grinste Niall.

Lord Cinaeth brach in Gelächter aus. »Faszinierend. Wirklich faszinierend. Ich muß Ravennas Großmutter irgendwann kennenlernen.«

»Ich glaube, Ravenna ist Ihre Nichte, Cinaeth.«

Unvermittelt ernst starrten sich die beiden Männer an.

»Finn Byrne ist vor zwanzig Jahren ganz unerwartet gestorben«, sagte Lord Cinaeth. »Nach seinem Tod ging der Titel an mich über.«

»Wie er gestorben ist, wissen wir nicht.« Niall wartete gespannt auf die Reaktion.

»Das war eine furchtbare Tragödie.« Lord Cinaeths Blick wurde so abwesend, als denke er an etwas, das ihn noch immer schmerzte. »Finn Byrne war fünf Jahre älter als ich. Bevor mein Vater starb, bekam ich ein Offizierspatent der Royal Navy. Ich war achtundzwanzig Jahre alt, als Finn mir schrieb, er würde nach London kommen, um mir etwas Bedeutsames mitzuteilen. Wir standen einander sehr nahe. Er schrieb, ich sollte es als erster erfahren ... doch dazu ist es nicht mehr gekommen.«

»Was ist ihm zugestoßen?«

»Finn wollte zum alten Arsenal kommen, unserem üblichen Treffpunkt, da ihm das Betreten der Navy-Unterkünfte nicht gestattet war. Ich wußte nicht, daß das Gebäude zu dieser Zeit instandgesetzt wurde. In dem Durcheinander von Gerüsten, Arbeitern und Passanten hatten wir ziemliche Schwierigkeiten, uns zu finden.«

Lord Cinaeths Stimme wurde rauh. Er räusperte sich und

fuhr fort: »Doch dann entdeckten wir uns. Ich weiß noch, wie froh ich war, ihn zu sehen. Er wirkte unbeschwert und glücklich, ungewöhnlich glücklich. Ich konnte es kaum erwarten, seine Neuigkeiten zu erfahren. Wir machten uns auf den Weg zum *Rod and Staff,* um ein Glas zu trinken, als wir plötzlich die Schreie einer Frau hörten.

Noch heute muß ich oft daran denken. Es ist wie ein Alptraum, dem ich nicht entkommen kann. Wir rannten zu der armen Frau, und sie zeigte nach oben. Ein kleiner, vielleicht fünfjähriger Junge war so hoch auf das Gerüst geklettert, daß es für seine arme Mutter keine Hoffnung gab, ihn von dort oben herunterzuholen. Er mußte irgendwie ihrer Aufmerksamkeit entwischt sein, als sie sich mit Bekannten unterhielt, die sie zufällig getroffen hatte. Und nun sahen wir mit Schrecken, daß der Junge in Gefahr war, das Gleichgewicht zu verlieren und herunterzustürzen.

Schließlich konnte es Finn nicht mehr ertragen. Ich, ein Navy-Offizier, ein ausgezeichneter Kriegsheld King George IV., stand wie angewurzelt da, während Finn handelte.

Kurzentschlossen kletterte er auf das Gerüst, während wir mit angehaltenem Atem zusahen, wie er sich in rund zehn Metern Höhe an den Jungen heranarbeitete. Über ihm schrie das arme Kind nach seiner Mutter, unten jammerte die arme Frau ebensolaut. Und jeden Moment konnten Finn oder das Kind den Halt verlieren.

Schließlich packte Finn den kleinen Mann und warf ihn sich über die Schulter. Ganz langsam machte er sich mit seiner Last auf den Weg nach unten. Als er noch etwas mehr als drei Meter vom rettenden Erdboden entfernt war, riß sich der Junge los und kletterte allein weiter. Da geschah es.

Vom Turm löste sich eine Metallspitze und kam heruntergestürzt wie ein Geschoß. Ich weiß nur noch, daß das Gerüst krachend in sich zusammenfiel. Inzwischen befand sich der Junge sicher in den Armen seiner Mutter, aber Finn war noch auf dem Gerüst. Als wir ihn inmitten der Trümmer fanden, kam jede Hilfe zu spät.« Lord Cinaeth versagte die Stimme. »Die Spitze hatte ihm die Brust durchbohrt«, fügte er schließlich hinzu.

Aus Trevallyans Gesicht war alles Blut gewichen. »Sie haben also nie erfahren, was er Ihnen sagen wollte?« fragte er.

Der Viscount schüttelte traurig den Kopf. »Es gab nur wenige Anhaltspunkte, aber wir taten alles, was wir konnten. Ich hielt Finn in den Armen, als er starb. Er sagte nur die Worte: ›Ich möchte ... ich möchte ...‹, dann rief er den Namen einer Frau.«

»Und wie lautete dieser?«

Lord Cinaeth sah Trevallyan ernst an. »Mir ist die Ähnlichkeit zwischen Ravenna und Finn nicht entgangen. Die Augen, der Mund ... Ich denke, Gott hat mir mit ihr meinen geliebten Bruder wiedergegeben. Ich wünsche mir nichts sehnlicher, als wenn es so wäre. Also sagen Sie mir – hieß Ravennas Mutter Mabelle?«

Trevallyan blickte den Viscount ungläubig an. Nach längerem Schweigen trank er einen tiefen Schluck Brandy. »Immerhin ist die Möglichkeit eines Mißverständnisses nicht auszuschließen«, meinte er schließlich mit ungewöhnlich ernstem Gesicht. »Der Mann lag im Sterben. Können Sie ihn vielleicht falsch verstanden haben?«

Lord Cinaeth wirkte tief enttäuscht. »Nein, ein Irrtum ist ausgeschlossen. Er nannte den Namen Mabelle.«

»So hieß Ravennas Mutter nicht. Ich fürchte, Finn Byrne hat eine andere Frau geliebt.«

»Dennoch könnte Ravenna seine Tochter sein.«

Trevallyan schüttelte den Kopf. »Vielleicht, aber wie will man das beweisen?« Er starrte in die lodernden Flammen im schwarzen Marmorkamin. »Vielleicht ist es besser so.«

»Dieses Mädchen ist Finns Tochter, Trevallyan. Davon bin ich fest überzeugt.«

»Vielleicht hat er den Namen durcheinandergebracht. Er muß große Schmerzen gehabt haben«, wagte sich Niall noch einmal vor. »Sind Sie ganz sicher, daß es sich nicht doch um ein Mißverständnis handeln kann?«

Lord Cinaeth schüttelte verzweifelt den Kopf. »Ich habe den Namen klar und deutlich gehört. Er verfolgt mich bis zum heutigen Tag. Ravenna ist Finns Tochter, aber wie soll ich sie anerkennen, wenn ich keine Verbindung zu ihr herstellen kann?«

»Das können Sie nicht.« Frustriert fuhr sich Trevallyan durch die Haare. »Ravenna wird sich mit ihrer illegitimen Geburt abfinden müssen.«

»Aber Finn war kein unverantwortlicher Lebemann, Trevallyan. Ich wünschte, Sie hätten ihn gekannt.« Plötzlich schlug er mit der Faust in die Sofakissen. »Mein Bruder war nicht der Typ, der Bastarde in die Welt setzt und sie dann ihrem Schicksal überläßt!«

»Kein Mensch ist gänzlich ohne Fehl.«

Doch so schnell gab Lord Cinaeth nicht auf. »Überlegen Sie doch einmal. Eine andere Möglichkeit gibt es nicht. Ravenna ist doch auch in dem genau passenden Alter. Finn war auf dem Weg nach London, um mir von einer Frau zu erzählen, davon bin ich überzeugt. Und das muß Ravennas Mutter gewesen sein.«

»Wiederholen Sie doch noch einmal, was Finn kurz vor seinem Tod sagte.« Trevallyan sah den Viscount finster und durchdringend an.

Lord Cinaeth hob hilflos die Schultern. »Noch heute klingt mir der Name schmerzlich deutlich in den Ohren. Ich habe ihn ganz genau verstanden. Wir haben dann überall nach der Frau gesucht, aber sie war unauffindbar.«

»Was genau hat er gesagt?« Nialls Brauen stiegen langsam in die Höhe.

»Er sagte: ›Ich möchte ... ich möchte ... Mabelle Brilliant …‹ Wir haben überall nach ihr geforscht. Die einzige Mabelle Brilliant, die wir fanden, war eine Art Opernsängerin in London und gut und gern fünfzig Jahre alt. Kaum die Frau, in die sich mein Bruder verliebt hätte.«

Trevallyan saß stocksteif, dann trat ein Glitzern in seine Augen. Während Lord Cinaeth noch immer seinen Verlust beklagte, stand er auf und entschuldigte sich unter dem Vorwand, nach seiner Frau sehen zu müssen.

*

Ravenna stand am Fenster und blickte hinaus. Ihr Gesicht war blaß, ihre Augen riesengroß. Er sehnte sich danach, sie lachen zu sehen.

»Ravenna«, sagte er leise und zog den widerstrebenden Körper in seine Arme. »Noch ist nichts verloren.«

»Wann kann ich mit Lord Cinaeth über meinen Vater sprechen?« fragte sie fast unhörbar.

»Ich habe bereits mit ihm gesprochen.« Er wünschte, sie würde ihn endlich ansehen.

»Und was hat er gesagt?«

»Er bestätigte, daß sein Bruder Finn Byrne in der Tat tot ist. Er starb vor zwanzig Jahren.«

»Finn Byrne«, flüsterte sie fast andächtig. »Was hat er noch gesagt? Konnten Sie herausfinden, ob …« Sie brach ab, schien die Worte nicht finden zu können.

»Der Viscount konnte keine Verbindung zwischen dir und seinem Bruder herstellen.« Niall blickte auf sie hinunter und genoß die Vorfreude auf den Moment, an dem er ihre Träume wahr werden ließ und ihr den folgenschweren Irrtum erklärte, dem Lord Cinaeth aufgesessen war. Sein Wissen machte ihn nahezu schwindlig, und es fiel ihm schwer, es nicht auszukosten.

»Damit wäre ja alles klar«, sagte sie mit ganz leiser, mühsam beherrschter Stimme. »Wenn es einen Beweis dafür gäbe, daß Finn Byrne meine Mutter geliebt hat, hätte ich vielleicht auf eine Verwandschaftsbeziehung schließen können. Aber da das nicht der Fall ist, werde ich Ihre Zeit und die des Lords nicht länger in Anspruch nehmen. Wir sollten so schnell wie möglich abreisen.«

Er strich ihr lächelnd über die Wange. »Sobald die Kutsche repariert ist, werden wir fahren.«

Sie nickte, gab sich tapfer den Anschein, ihre Gefühle komplett zu beherrschen. Doch dann, fast gegen ihren Willen, fragte sie leise: »Was hatte meine Mutter an sich, daß er sie nicht lieben konnte?«

Die Frage erschütterte ihn. »Er hat sie geliebt, Ravenna. Ich habe deine Mutter nur einmal gesehen, aber ich weiß, daß ihr Inneres der Schönheit ihres Äußeren entsprach. Und ich weiß, daß er sie geliebt hat«, fügte er bedeutungsvoll hinzu.

»Aber warum ...?« Ihre Stimme versagte.

Er hielt sie ganz fest. Wie üblich war ihr eine schwarze Haarsträhne über die Augen gefallen. Liebevoll strich er sie aus der Stirn und unterdrückte den Wunsch, sie zu küssen. Dafür war jetzt nicht der rechte Zeitpunkt. Nicht in dem Moment, in dem ihm eine Frage auf der Seele brannte, vor deren Antwort er sich fürchtete.

»Ich möchte dir eine Frage stellen, Ravenna«, begann er ganz langsam. »Was würdest du tun, wenn wir erfahren hätten, daß Finn Byrne deine Mutter geliebt hat, daß er sie sogar heiraten wollte? Wärst du dann am Ziel deiner Wünsche und Träume?«

Sie sah zu ihm auf und wirkte so überrascht, als habe sie eben erst festgestellt, daß sie sich in seinen Armen befand. »Ob ich dann am Ziel meiner Wünsche wäre? Nun ja, sicher. Schließlich würde sich für mich dann sehr vieles – alles ändern.« Ihre vollen Lippen begannen zu zittern. »Lord Cinaeth ist ein guter Mensch. Wenn ich meine Verwandtschaft mit ihm beweisen könnte, würde er mich auch in irgendeiner Form anerkennen ...« Sie sah ihn fast schuldbewußt an. »Und wenn ich von einem Viscount anerkannt bin, hätten Sie keinerlei Macht mehr über mich. Mein Onkel würde Ihnen nicht gestatten, seine Nichte so zu behandeln, wie Sie mich behandeln.«

Ihm war, als hätte sie ihn ins Gesicht geschlagen. Das war nicht die Reaktion, die er sich erhofft hatte. Er war die Treppe heraufgestürmt, um ihr so schnell wie möglich sagen zu können, daß Finn Byrne Brilliana tatsächlich geliebt hatte. Und nun sah er sich vor der unangenehmen Alternative, es ihr zu erzählen, um mitzuerleben, daß sie sich ihm mit Cinaeths Hilfe entzog – oder es ihr zu verschweigen, ihr die Wahrheit vorzuenthalten, von der er genau wußte, wie glücklich sie sie machen würde. Dabei hatte er gehofft, daß ihr Glück sie einander näherbringen würde. Irgendwo tief in seinem Inneren hatte er sich sogar vorgestellt, sie würde die Arme um ihn schlingen, ihn – halb lachend, halb weinend – umarmen und – vielleicht! – sogar dankbar küssen.

»Du bist mir gegenüber zu nichts verpflichtet«, erklärte er eine Spur zu heftig.

»Sie halten mich wie eine Gefangene. Sie zwingen mir immer wieder Ihren Willen auf. Meinen Sie, so etwas wäre möglich, wenn Sie keine Macht über mich hätten?«

»Und was würdest du tun, wenn es anders wäre?« Er mußte sich dazu zwingen, sie nicht zu schütteln.

»Wenn Lord Cinaeth mich als Verwandte anerkennt ...« begann sie und ihre Augen nahmen einen verträumten Ausdruck an. »Vermutlich würde ich dann reisen. Mir die Welt ansehen. Ein ganz anderes Leben führen als jetzt.«

»Das alles könnte ich dir geben.«

Sie blickte auf seine Hände, die ihre Arme umspannten. »Nein – nicht so, wie ich es mir wünsche. Auf keinen Fall so, wie ich es mir wünsche.«

Er schloß die Augen und wußte, wie abscheulich die Entscheidung war, die er gerade getroffen hatte. Wenn er ihr sagte, was er wußte, würde er sie verlieren. Sie würde nie wieder zu ihm zurückkehren. Warum sollte sie auch? Sie war jung und schön, und mit Cinaeths Stellung und Vermögen als Unterstützung konnte sie tun, was ihr beliebte. Sie würde Anträge aus den höchsten Adelskreisen erhalten. Sie könnte auswählen. Und was hatte er ihr demgegenüber zu bieten? Nur sein Herz, sein ganzes Sein – aber er sah bereits, wie sie sein Liebesgeständnis verspottete, da sie so viele andere hatte ...

»Laß dir Finns Verrat eine Lehre sein«, sagte er und strich ihr sanft über die Wange. »Brilliana war wie du. Sie war verletzlich und gehörte zu einer Gesellschaftsschicht, die von Männern wie Byrne keinen Schutz zu erwarten hat. Deshalb hat er sie verlassen.« Er erstickte fast an der Lüge, aber die Wahrheit wäre schlimmer gewesen. Unendlich viel schlimmer.

»Sie wissen also, daß er sie verlassen hat?« Ihr Gesicht wurde noch bleicher.

Er verspürte eine Macht, die ebenso süß wie grausam war. »Cinaeth sagte mir, daß er mit dem Namen Mabelle auf den Lippen gestorben ist. Ich zweifle nicht daran, daß du seine Tochter bist, Ravenna, aber nach Cinaeths Aussagen hieß die Frau, die er geliebt hat, Mabelle.«

Sie schien zu erstarren.

»Du könntest schon etwas dankbarer sein.« Er empfand eine fast diabolische Lust an seiner Macht. »Ich verspreche dir immerhin, dich anders zu behandeln als Finn Byrne deine Mutter. Ich möchte nicht, daß du so endest wie Brilliana – arm und verlassen.«

»Das werde ich auch nicht«, entgegnete sie kühl, wandte sich ab und blickte zum Fenster hinaus.

Er trat neben sie und sah, wie Haß in ihre Augen trat. Eine

Zeitlang standen sie schweigend da, lauschten dem Wind, der in den riesigen Buchen an der Schloß-Auffahrt spielte, und er fragte sich, ob sie das Schloß jetzt haßte, weil sie es einst geliebt haben könnte. Der Gedanke ließ ihn innerlich zusammenzucken.

»Dann ist es also abgemacht. Du bist bereit, bei mir zu bleiben«, sagte er fast heiser.

»Ich bin nicht bereit, Ihre Gefangene zu sein.«

»Ich möchte, daß du meine Frau wirst.«

Überrascht sah sie ihn an. Als er ihr in die Augen blickte, wußte er, daß er alles für sie tun würde. Alles – nur sie nicht gehen lassen.

»Sie machen mir einen Heiratsantrag«, sagte sie leise.

»Ja«, flüsterte er.

»Sie haben die Absicht, mich zu Ihrer Frau zu machen.«

»Ja«, wiederholte er.

»Aber Sie können doch jetzt schon nach Belieben mit mit verfahren.«

»Nein«, erklärte er heftig. »Du wirst meine Frau.«

»Dem Namen nach vielleicht, aber nicht wirklich.« In ihrer Stimme lag Hoffnungslosigkeit. »Sie wollen mich, wie Finn Byrne meine Mutter gewollt hat. Sie bieten mir zwar die Ehe an, aber nur, weil Sie sich vor dem *geis* fürchten. Sie haben Angst davor, daß das vorausgesagte Unheil schließlich doch eintreten könnte. Wenn ich Sie heirate, können Sie mich bis zu meinem letzten Atemzug herumkommandieren, weil ich Ihnen nicht ebenbürtig bin und nie sein werde. Sie lieben mich nicht. Wenn Sie mich liebten, würden Sie mir jeden Wunsch von den Augen ablesen, mich so höflich behandeln, wie Sie Lady Cinaeth behandelt haben. Aber statt dessen machen Sie mich zu Ihrer Marionette.«

Er schwieg und zweifelte keine Sekunde daran, daß sie ihn in diesem Moment fast ebenso haßte wie Finn Byrne.

»Aber ich bin keine Marionette«, flüsterte sie und wandte sich ab.

Verzweifelt riß er sie an sich und erkannte im Bruchteil einer Sekunde, daß er sie so oder so verlieren würde. Je fester er sie hielt, desto mehr entglitt sie ihm. Aber er hatte keine Wahl.

»Du siehst das alles ganz falsch«, stöhnte er auf. « Du unterschätzt die Stärke meiner Gefühle.«

»Nein.« Sie riß sich los und funkelte ihn zornig an. »Jedesmal, wenn Sie mich berührten, haben Sie mir die Stärke Ihrer Gefühle bewiesen. Aber was nützt das, wenn Sie in mir noch immer das zerlumpte Kind sehen, das sich einst in Ihr Schlafzimmer stahl, um ein paar Haare zu stehlen? Sie sind von Adel, Mylord. Genau wie mein Vater. Brilliana war Finn Byrne nie ebenbürtig, ebensowenig wie ich Ihnen. Was kann ein Lord schon mit einem einfachen Landmädchen anfangen?« Ihre Stimme begann zu zittern. »Nicht viel, wie Finn Byrne bewiesen hat.«

Er wollte widersprechen, erkannte dann aber rechtzeitig die Falle, die er sich selbst gestellt hatte, und schloß den Mund wieder.

»Du urteilst nach sehr ungerechten Maßstäben«, sagte er schließlich und verabscheute die geringe Überzeugungskraft seiner Festellung, wo ihm doch andere Argumente zur Verfügung standen, die er jedoch nicht vorzubringen wagte.

Die Tränen, die sie so lange zurückgehalten hatte, begannen zu fließen. Er sah, daß der Besuch in Castle Cinaeth alle ihre Träume zerstört hatte, erkannte aber auch, daß er es nicht über sich bringen konnte, seine eigenen Träume zu opfern, um ihre zu retten.

»Können Sie denn nicht einsehen, daß Sie mich nicht dazu zwingen können, Sie zu lieben? Dieser *geis* ist weiser, als wir angenommen haben«, sagte sie und streckte flehend die Hände aus. »Er sagt die Wahrheit.«

»Wodurch kann ich deine Liebe gewinnen? Sag es, und ich werde es tun.«

»Ich erwarte vom Leben mehr als die Befriedigung körperlichen Verlangens ...«

»Das weiß ich«, unterbrach er sie bitter.

»Sonst hätte ich mich auch für Malachi entscheiden können. Er begehrt mich, aber ich weiß, daß ich mehr von ihm nie erhalten würde ... und ich will mehr.«

»Dann sag mir, was du verlangst.«

»Ich verlange Liebe und Gleichheit. Ohne das bin ich für Sie nur ein weiterer Dienstbote zur Befriedigung Ihrer Bedürfnisse.«

»Fühlst du dich nie einsam?« Die Frage schockierte ihn. Er hatte sie nicht stellen wollen, aber nun stand sie zwischen ihnen.

Sie wandte ihm den Rücken zu. »Mylord, ich bin der einsamste Mensch auf Erden. Nie habe ich zu irgend jemandem oder irgend etwas gehört. Ich hatte nur Grania. Ich schreibe gern, aber selbst dabei bin ich allein. Das Schreiben ist ebenso einsam wie all die freudlosen Jahre, die hinter mir liegen.«

»Dann komm zu mir.«

»Und auf welche Weise wollen Sie eine Gleichheit zwischen uns herstellen?«

Er konnte nicht antworten, und sie begann unkontrolliert zu weinen. Sie verbarg das Geischt in den Händen, und jede Träne zog die Schlinge um seinen Hals enger zu.

»Bitte, Liebes, höre auf zu weinen«, flüsterte er und zog sie erneut in die Arme.

»Ich weiß, daß er sie geliebt hat.« Sie hob den Kopf und sah zum Fenster hinaus, auf die grünen Wiesen von Cinaeth. Sie wirkte, als wollte sie sie nie wiedersehen. »Grania hat mir gesagt, das es so war. Ich glaube es und werde stets daran glauben.«

»Dann glaube es. Glaube es«, sagte er leise und verdrängte jeden Gedanken an die Lügen, in denen er sich verfangen hatte.

23

Lord Chesham sprang von seinem Rappen und warf dem Stallburschen die Zügel zu.

»Ich habe einen prachtvollen Ritt hinter mir, Junge! Genau das, weswegen ich aus London gekommen bin!« rief er dem Stallmeister zu, einem Iren, der alt genug war, sein Vater sein zu können.

»Lord Trevallyan erwartet Sie in der Bibliothek, Mylord«, erwiderte der Mann, während der Stallbursche den Vollblüter davonführte.

»In der Bibliothek? Gut, gut«, schnarrte Chesham und zog seine Handschuhe aus. In der Halle warf er sie zusammen mit seinem Zylinder Greeves zu. Er betrat die Bibliothek und stieß unwillkürlich einen kleinen Pfiff aus. »Gott, du siehst ja schrecklich aus, Cousin. Ich kann nur hoffen, daß es die Gicht ist.«

»Die Gicht? Lieber Himmel, so alt bin ich noch nicht.« Trevallyan blickte von seinem mit Papieren übersäten Schreibtisch auf und musterte Chesham mißbilligend. »Wie ich hörte, bist du schon seit Tagen hier. Seit meiner Abreise nach Antrim. War London nicht nach deinem Geschmack?«

»Nicht unbedingt. Aber wenn dieses Schloß nicht so verdammt groß wäre, hättest du mich schon gestern Abend zu Gesicht bekommen.«

»Nun, das war mir nicht vergönnt.« Er schob die Rechnungen zur Seite und stand auf. »Greeves informierte mich von deinem Plan, hier in wenigenTagen einen Ball zu veranstalten.«

»Nichts Großartiges. Zweihundert Leute vielleicht.«

Trevallyan verschränkte die Arme. »Sag ihn ab. Es ist kaum der rechte Zeitpunkt für einen Ball. Die Menschen hier sind tief besorgt. Ich möchte nicht, daß sie uns tanzen sehen, während sie vor Sorgen kaum in den Schlaf kommen.«

»Lade sie doch auch ein.«

»Dann könnte ich ihnen genauso gut raten, Kuchen zu essen. Du erinnerst dich an Marie Antoinette ...«

Gelangweilt warf sich Chesham in einen Ledersessel. »Sei doch kein solches Ekel, Cousin. Eine kleine Ablenkung würde ihnen sehr gut tun. Abgesehen davon wirst du sie schon über diese Kartoffelseuche hinwegbringen. Davon bin ich überzeugt.«

»Das hat seinen Preis. Dafür muß ich Vieh und Getreide kaufen, und das gibt es nicht umsonst. Wenn ich etwas für sie tun soll, kann ich mir Bälle kaum leisten.«

»Natürlich kannst du es. Du wirst jedem ein paar Schafe kaufen, und bevor man es sich versieht, haben sich die Gewinne verdreifacht.« Chesman betrachtete beiläufig seine Fingernägel und polierte sie am Samtrevers seines roten Jagdrockes.

»Es ist einfach kein guter Zeitpunkt für einen Ball ...« beharrte Trevallyan.

»Nein, es gibt keinen besseren.« Chesham hob den Kopf und blickte ihn an. »Ich habe Ravenna eine ganze Weile nicht zu Gesicht bekommen, aber gerüchteweise gehört, daß sie sich in meiner Abwesenheit hier im Schloß aufgehalten hat. Du stellst ihr doch nicht etwa nach? Wie du weißt, hege ich bestimmte Hoffnungen auf sie ...«

Niall kniff die Lippen zusammen. »Und du meinst, ein Ball würde ihre Einstellung dir gegenüber ändern?«

»Musik, Champagner, ein Walzer im Mondlicht ... Das würde mir schon sehr gefallen.«

»Dir würde gefallen, wenn du Ravenna endlich herumkriegen könntest«, zischte Trevallyan.

»Das bestreite ich doch gar nicht. Welcher Mann würde denn nicht ...« Bevor Chesham den Satz beenden konnte, packte ihn Trevallyan heftig am Kragen und zog ihn halb aus dem Sessel.

»Ich möchte, daß du das Schloß verläßt. Du wirst Ravenna nicht bekommen. Jetzt nicht, morgen nicht – nie!«

»Ich werde Ravenna nicht bekommen. Jetzt nicht, morgen nicht, nie«, wiederholte Chesam verdutzt und benommen. »Würdest du mich jetzt bitte loslassen?«

Abrupt gab Trevallyan ihn frei.

Chesham sank in den Sessel zurück. »Was ist denn eigentlich in dich gefahren? Hast du dich am Ende selbst in sie verguckt?«

Als Trevallyan schwieg, verzog Chesham spöttisch den Mund. »Du willst sie also zu deiner Geliebten machen?«

»Ich habe sie gebeten, meine Frau zu werden.«

Chesham blickte ihn an wie vom Donner gerührt. »Das ist doch nicht dein Ernst?«

»Was denn sonst?« fuhr Trevallyan ihn an.

Chesham schluckte trocken. »Ich gebe zu, die Kleine gefällt mir. Sie ist sehr schön, aber ... aber sie ist ein einfaches Mädchen vom Lande. Schlimmer noch, sie ist Irin. Großer Gott, Niall, du wirst ihrer sehr schnell überdrüssig werden, und dann ... brrr, ich wage nicht einmnal daran zu denken. Es ist schlichtweg unvorstellbar. *Lady* Ravenna ... murmelte er so verächtlich, als rede er von einer Dubliner Dirne.

»Du vergißt dich, Cousin.« Trevallyans Blick war hart wie Granit. »Du vergißt, daß meine Mutter Irin war, daß ich Ire bin.«

Cheshams Lippen verzogen sich. »Sie ist eine ganz andere

Art Irin, das weißt du genau. Du willst mich aufziehen, stimmts? Beim Dinner werden wir uns darüber vor Lachen ausschütten.«

Trevallyan verschränkte die Hände im Rücken, trat zum Fenster und blickte hinaus. »Ich ziehe dich keineswegs auf. Ich liebe sie und habe sie gebeten, meine Frau zu werden, aber bisher ...« Er brach ab, als wären ihm die nächsten Worte zu schmerzlich. »Bisher hat sie abgelehnt.«

Chesham stand auf und schien bemüht, seinen Schock über das gerade Gehörte zu verarbeiten. »Aber wie kann sie den Heiratsantrag eines wohlhabenden Adligen ablehnen? Den Antrag eines der mächtigsten Männer der Grafschaft, vielleicht sogar Irlands?« fragte er verblüfft.

»Das ist eine sehr lange und sehr schmerzliche Geschichte«, seufzte Trevallyan und sah weiter zum Fenster hinaus, als wollte er aus der Landschaft Zuversicht beziehen. Er schien sie nicht zu finden. »Aber auch eine, über die ich nicht zu sprechen geneigt bin. Es reicht wohl, wenn ich dir noch einmal erkläre, daß ich für einen Ball nicht in der richtigen Stimmung bin.«

»Vielleicht ist genau das dein Problem. Vielleicht möchte sie, daß man ihr ein bißchen mehr den Hof macht, sie umwirbt. Und dafür ist ein Ball genau das Richtige.«

Trevallyan fuhr so schnell herum, daß Chesham zusammenzuckte.

»Kinder und Narren ...«

»Was habe ich denn nun wieder Falsches gesagt?« empörte sich Chesham.

»Ganz im Gegenteil! Vielleicht ist das die Lösung.« Niall runzelte die Stirn, als würde er intensiv nachdenken. »Ein Ball. Eine ganz große Feier. Wir bringen die Menschen in Lir dazu, für einen Abend ihre Sorgen zu vergessen. Und bei dieser Gelegenheit werde ich ihnen meine Pläne für eine wirtschaftliche Gesundung der Grafschaft verkünden –

Viehzucht und Getreideanbau. Dann wird Ravenna sehen, daß ich nicht ...« Seine Stimme wurde ganz leise, kaum verständlich. »Daß ich nicht ...«

»Daß du was nicht?« hakte Chesham nach.

Trevallyan sah ihn an, als bemerkte er seine Anwesenheit erst jetzt. Er antwortete nicht.

Chesham schüttelte den Kopf. »Wenn die Lage so hoffnungslos sein sollte wie deine Miene verrät, Cousin, dann kann ich dir nur nahelegen, jede, aber auch jede Möglichkeit zu nutzen.«

»Vermutlich sollte ich das tun«, erwiderte Trevallyan abwesend und klingelte bereits nach Greeves.

*

Ravenna wußte, daß Trevallyan in den Raum gekommen war, obwohl sie ihn eigentlich nicht gehört hatte. Sie fühlte seine Anwesenheit. So wie Grania Geister aufgrund der Gefühle spürte, die diese auf der Erde hinterließen, empfand sie die Atmosphäre des Zorns, die plötzlich den Raum erfüllte.

Sie sah schweigend vom Schreibtisch auf, begegnete seinem Blick, griff nach dem Tintenfaß und schleuderte es in die Richtung seines Kopfes.

Er wich geschickt aus. Das Tintenfaß zerschellte an der Wand und hinterließ dort ein indigoblaues Rinnsal.

»Ist das eine höfliche Begrüßung?« fragte er wütend.

»Was haben Sie sich denn vorgestellt? Ich habe Ihnen doch gesagt, daß eine Sklavin keine Zuneigung für ihren Herrn empfindet.« Sie packte eine kleine Isis-Statue aus Staffordshire-Porzellan und hob sie drohend. »Wenn Sie nicht die Absicht haben, mir die Freiheit zu geben, dann verschwinden Sie hier!«

»Ich bin gekommen, um dich zu Cheshams Ball einzuladen.« Sein Blick flog zur Tür seines Ankleidezimmers. »Und um mir etwas anderes anzuziehen. Selbst mein Schneider kann keine Wunder über Nacht vollbringen.«

»O nein, das werden Sie nicht!« Sie lief zur Tür des Ankleidezimmers, hob die Statuette wie eine Waffe und verwehrte ihm den Zugang. »Verschwinden Sie. Ihre Kleidungsstücke sind in meiner Gewalt. Wenn Sie frische Wäsche wünschen, dann müssen Sie mich zuerst freigeben.«

Er trat auf sie zu. Sie hob die Porzellanfigur der ägyptischen Göttin höher.

Er duckte sich gerade rechtzeitig, als das wertvolle Stück über seinen Kopf flog und an der Wand in tausend Stücke zerbarst.

»Fühlst du dich jetzt besser?« erkundigte er sich gelassen.

Zornige Tränen traten in ihre Augen. »Sie bezeichnen sich als modernen, aufgeklärten Menschen, halten mich hier jedoch gefangen, als wären Sie so rückständig wie Ihre amerikanischen Sklavenhalterfreunde.«

»Welche Wahl bleibt mir denn? Sobald ich dich gehen lasse, verschwindest du doch irgendwohin, wo ich dich nie im Leben aufspüren kann.«

»Das sehen Sie ganz richtig«, fauchte sie. Er schob sie sanft, aber entschieden zur Seite und betrat sein Ankleidezimmer.

Er nahm ein paar Sachen aus den Schubladen und kam wieder zurück. »Kein Interesse an meinem Ball?«

»Wenn Sie glauben, ich würde als Ihre Gefangene an einem Ball teilnehmen, müssen Sie den Verstand verloren haben«, rief sie mit zornfunkelnden Augen.

»Selbst dann nicht, wenn ich die gesamte Grafschaft einlade? Selbst dann nicht, wenn deine Großmutter daran teilnimmt und sich unendlich grämen müßte, wenn sie Grund zu der Annahme hätte, du wärst meine Gefangene?«

Erschüttert über seinen Erpressungsversuch starrte ihn Ravenna an. »Aber Sie wissen doch, daß ich flüchten werde, sobald Sie mich hier herauslassen, um an einem Ball teilzunehmen.«

»Ich werde dich keine einzige Sekunde lang von meiner Seite lassen.«

»Unmöglich. Sie können mich nicht die ganze Nacht lang ununterbrochen bewachen.«

»Laß es darauf ankommen.«

Schweigend sahen sie sich an. Keiner von ihnen war bereit, auch nur einen Millimeter nachzugeben.

»Für Ihren Ball wünsche ich Ihnen viel Glück«, sagte sie schließlich. »Bis es soweit ist, werde ich längst von hier fort sein. Und wenn ich Malachi zur Hilfe rufen muß.«

Er verzog den Mund zu einem bösen Lächeln. »Sobald Malachi hier auftaucht, bringe ich ihn um. Das weißt du genau. Ist dir ein bißchen Freiheit seinen Tod wert?«

»Ich verabscheue Sie«, sagte sie fast unhörbar.

Er trat so nahe an sie heran, daß sie seinen Atem auf ihrer Wange spürte. »Koste das voll aus.«

Gleich darauf fiel die Tür hinter ihm ins Schloß.

*

Der Nachmittag gestaltete sich im Vergleich zu ihrer sonstigen Abgeschiedenheit ungewöhnlich lebhaft. Zusammen mit den Dienern brachte Katey die kupferne Badewanne nach oben, ließ sie dann aber wieder allein, sobald Ravenna in das mit Blüten angereicherte Wasser gestiegen war.

Und sie nahm Ravennas einziges Kleid mit sich, das aus blauer Wolle.

Verwundert fragte sich Ravenna, was Katey wohl vorhatte. Wenige Minuten später war das Dienstmädchen wieder da, und angesichts der Menge anderer Mädchen, die hinter Katey mit Ballen von Samt und Seide auf den Armen hereinströmten, wußte Ravenna Bescheid.

»Sagen Sie Lord Trevallyan, daß ich keine neuen Kleider

und Roben brauche«, sagte sie, sobald sie aus der Wanne gestiegen war und sich in ein Badetuch gehüllt hatte.

»Aber Sie können doch nicht ewig in diesem einzigen alten Kleid herumlaufen, Miss. Und was ist mit dem Ball? In zwei Tagen ist es soweit.« Katey breitete das abgetragene blaue Kleid fast widerwillig auf dem Sessel aus.

In ihrer Verärgerung zog sich Ravenna ihr altes Hemd so hastig über den Kopf, daß es zerriß. »Verdammt nochmal«, murrte sie und betrachtete das Loch unter ihrer Achsel.

»Was haben Sie gesagt, Miss?«

»Ich habe nur einen Lieblingsausdruck seiner Lordschaft wiederholt.« Zornbebend schlüpfte Ravenna in ihr Korsett und schnürte es zu. Was nahm sich Katey eigentlich heraus? Nie hätte sie gedacht, daß sich das Dienstmädchen zur Gefangenenwärterin herablassen würde. Und nun? Nun agierte sie als Handlangerin des Teufels und unterstützte Trevallyan bei jeder seiner Unverschämtheiten.

Verstohlen musterte sie Katey und machte sich bekümmert bewußt, warum das Dienstmädchen so willfährig war. Für die Ascendency galten eben andere Regeln als für Menschen wie sie. Und die ersteren waren nun einmal bestimmend.

»Ich werde an Cheshams törichtem Ball nicht teilnehmen, und dabei bleibt es.« Ravenna schloß ihr Kleid und zupfte am Rock. Selbst im Vergleich mit Katey's einfachem schwarzen Leinenkleid wirkte es nicht besser als ein Fetzen.

»Aber Sie müssen zu dem Ball gehen, Miss. Jedermann ist eingeladen. Die ganze Grafschaft. Abgesehen davon«, senkte Katey die Stimme zu einem vertraulichen Flüstern, »wage ich nicht daran zu denken, was seine Lordschaft sagen wird, wenn Sie durch Abwesenheit glänzen.« Sie überhörte Ravennas Proteste, entließ die anderen Mädchen, trat ans Bett und griff zu den kostbaren Stoffen. »Was gefällt Ihnen am besten? Der Herr möchte, daß Sie sich fünf Stoffe aussuchen.«

Ravenna warf einen flüchtigen Blick auf den Stoffberg. Da gab es weinrotes Moirée, schweren Satin mit purpurfarbenen Streifen, selbst karierten Taft in rosa, schwarzen und grünen Tönen. Alle Stoffen waren wundervoll. Teuer. Ein wahrer Traum. Unter anderen Umständen wäre sie selig gewesen, sich davon ein Kleid anfertigen lassen zu dürfen. Aber nicht als Geschenk vonTrevallyan. Sie war weder seine Geliebte noch seine Sklavin. Sie konnte sich allein kleiden.

»Nehmen Sie alles wieder mit. Ich werde mir gar nichts davon aussuchen.« Sie drehte sich um, wandte dem Bett entschlossen den Rücken zu.

»Aber, Miss ...« Nach einem Blick in Ravennas Gesicht schloß Katey den Mund wieder. »Also gut, ich nehme sie wieder mit«, sagte sie schließlich unbehaglich. »Aber wundern Sie sich nicht, wenn seine Lordschaft mich die Stoffe für Sie auswählen läßt. Schließlich hat er von mir ja auch verlangt, von dem Kleid, das Sie da tragen, die Maße zu nehmen.«

»Nehmen Sie nur alles mit. Ich möchte keine Kleider, kein einziges.« Sie sah Katey durchdringend an. »Das werden Sie ihm doch sagen, oder?«

Katey nickte. »Das werde ich, Miss. Davon können Sie überzeugt sein.«

Nachdem das Dienstmädchen den Raum verlassen hatte, verschloß es sorgsam die Tür. Ravenna verspürte das dringende Bedürfnis, auch ihr etwas hinterherzuwerfen.

Als sie das Abendessen brachte, erwähnte Katey die Kleider mit keinem Wort, und Ravenna war es gleichgültig, ob man die Stoffe nach Paris, Spitalfields oder wo sie sonst herkamen, zurückschickte. Sie wollte nicht mehr an sie denken.

Doch als dann die Dunkelheit hereinbrach und sich der Abend scheinbar endlos vor ihr ausdehnte, an dem sie sich nur mit einem Buch vor den Kamin setzen konnte, überkam sie tiefe Niedergeschlagenheit. Sie wollte nach Hause –

nicht nur, weil sie Grania vermißte, sondern auch, weil sie sich endlich wieder Gesellschaft wünschte. Die langen Tage im Turm, in denen sie sich lediglich mit Katey unterhalten konnte, begannen an ihren Nerven zu zehren.

Sie bemühte sich, nicht an Trevallyan zu denken, fragte sich aber ganz gegen ihren Willen, was er jetzt wohl tat. Vermutlich hatte ihm Greeves das Abendessen in dem kleinen Gobelin-Salon serviert. Und zweifellos mußte er es im Gegensatz zu ihr nicht allein einnehmen. Chesham befand sich im Schloß. Wahrscheinlich amüsierten sich die beiden Männer in der Bibliothek gerade über irgendeine schlüpfrige Geschichte. Mit Sicherheit hatte Trevallyan den ganzen Tag lang keinen einzigen Gedanken an sie verschwendet.

Unbehaglich rutschte sie auf dem Sessel und begann mit einem Faden zu spielen, der sich aus einer Naht ihres Ärmels gelöst hatte. Nein, ich werde nicht an Trevallyan denken, rief sie sich zur Ordnung, und konnte doch nicht verhindern, daß sich sein Gesicht – lächelnd, lachend, gedankenverloren – in ihre Gedanken stahl. Dann mußte sie an ihr rastloses Nichtstun vor wenigen Stunden denken und zuckte in der Erinnerung zusammen. Da sie nichts anderes zu tun gehabt hatte, war sie in der Hoffnung ins Ankleidezimmer getreten, dort etwas zu finden, was sie vielleicht etwas ablenken konnte. Natürlich fand sie nichts dergleichen, mußte jedoch eine weitere beunruhigende Entdeckung machen.

Nachdem sie den Schrank geöffnet hatte, in dem seine Hemden und Röcke hingen, nahm sie einen Duft war. Trevallyans Geruch. Er hing in den Kleidungsstücken, füllte das gesamte Innere des Schranks aus und verursachte ein ganz eigentümliches Gefühl in ihrer Magengegend. Ganz so, als reagiere ihr Körper unabhängig von Verstand und Willen ganz spontan auf diesen Geruch. Sie wollte es nicht, mußte aber die Augen schließen und stellte sich seine Gesichtszüge vor. Und ihre Strafe für soviel unbedachte Unvernunft war die beklemmende Tatsache, daß sie sich nun noch sehr viel einsamer fühlte als vor dem Betreten des Ankleidezimmers.

Sie riß an dem Faden und trennte sich fast den ganzen Ärmel ab. Wütend sprang sie auf und lief zum Bücherschrank hinüber. Sie würde nicht an Trevallyan denken. Sie nicht!

Aber sie dachte an ihn. Und ganz so, als hätte sie damit die Realität heraufbeschworen, sah sie ihn plötzlich auf der Schwelle stehen. Er betrachtete sie mit einer seltsamen Mischung aus Sehnsucht und Zorn.

»Sind Sie hier, um mich endlich freizulassen oder wollen Sie noch eine Porzellanfigur an den Kopf bekommen?« Mit hochgezogener Augenbraue parodierte sie ihn spöttisch, wandte dann ihre Aufmerksamkeit wieder den Büchern zu und hoffte inständig, daß er ihre zitternden Hände nicht bemerkte. Es war plötzlich auch sehr warm im Zimmer geworden. Zu warm.

»Katey sagte mir, daß du weder etwas gegessen hast noch an deiner Geschichte weiterschreibst«, meinte er und kam herein.

Also deshalb macht sich Katey bei jeder passenden und unpassenden Gelegenheit an Trevallyans Schreibtisch zu schaffen, dachte Ravenna mißmutig. »Ich hoffe, Sie bezahlen Katey gut. Schnüffelei ist nicht billig.«

»Sie ist loyal und ergeben.« Er ließ sich einen Sessel fallen.

»Zu ergeben«, murmelte sie.

»Deinen mangelnden Appetit kann ich ja noch verstehen, aber warum schreibst du nicht?«

»Wie kommen Sie auf den Gedanken, ich könnte hier überhaupt etwas tun? In Gefangenschaft?« Ihre Augen sprühten böse Blitze.

»Ich möchte aber, daß du schreibst.« Sein Blick wich keine Sekunde lang von ihrem Gesicht. »Du mußt schreiben.«

Da sie wußte, daß ihre Augen sie ja doch verraten würden, daß sie nicht lügen konnte, sagte sie nach kurzem Schweigen leise: »Ich habe beschlossen, gar nicht mehr zu schreiben. Es wäre eine Zeitverschwendung. Als Sie sagten, ich würde ja doch nicht veröffentlicht, haben Sie mich überzeugt.«

»Unsinn. Deine Formulierungen sind ganz ausgezeichnet. Und deine Geschichte ist so spannend, daß ich wissen möchte, wie sie weitergeht. Erzähl es mir.«

Sie glaubte ihren Ohren nicht trauen zu können. Nun ordnete dieser Mann sogar noch an, daß sie weiterschrieb. Seine Bosheit kannte offenbar keinerlei Grenzen. »Ich habe nicht vor, den Abend mit meinem Gefängniswärter zu verbringen, um ihn mit meinen Märchen zu unterhalten.«

Er schob den zweiten Sessel mit dem Fuß ein wenig näher zu ihr hin. »Setz dich und erzähl mir eine Geschichte. Erzähl mir mehr von deiner kleinen Heldin. Dann hast du etwas, was du morgen zu Papier bringen kannst.«

»Das werde ich *nicht* tun.« Mit gerunzelter Stirn betrachtete sie die Buchrücken. Die Titel waren so aufregend, als sähe man Father Nolan beim Verzehr seiner Kohlsuppe zu.

»Komm schon. Erzähl mir eine Geschichte, die erst noch geschrieben werden muß.«

Ravenna kniff die Augen ganz fest zu. Sie wollte es nicht. Immer, wenn sie mit ihm zusammen war, kam sie sich wie eine Verräterin an ihrer Selbstachtung vor.

Ganz langsam drehte sie sich um und setzte sich mit einer Mischung aus Abscheu vor sich selbst und Dankbarkeit für die Gesellschaft auf den Sessel ihm gegenüber.

»Wie heißt sie?«

Sie wußte, was er meinte. »Skya«, sagte sie leise.

»Und er?« Die zuckenden Flammen des Kaminfeuers spiegelten sich in seinem ernsten, fast strengen Gesicht. Sie fühlte sich, als hätte sie Cuchulain zum Vortrag zitiert.

»Adain«, hauchte sie.

»Und in welcher Situation waren sie zuletzt?«

Verwirrt fuhren Ravennas Finger über ihre glühenden Wangen. Seine Augen hielten ihren Blick gefangen. »Muß ich Ihnen das sagen?

»Ich möchte, daß du es mir erzählst, Liebes.« Seine Stimme war ein rauhes Flüstern. »Du bist eine Bardin. Du bist eine Bardin, auch wenn du das selbst vielleicht noch gar nicht weißt.«

Ihre Zunge fuhr blitzschnell über die trockenen Lippen. Dann begann sie zögernd und fast unwillig zu sprechen ...

*

Ravenna sah zu Trevallyan auf, als bemerke sie erst jetzt, daß er im Raum war. Er saß in seinem Sessel, schaute sie durchdringend an, aber seine Augen verrieten nichts von seinen Empfindungen.

Unwillkürlich errötete sie und wurde sich unbehaglich bewußt, wie sehr das ihre Unsicherheit verriet. »Ich habe mich hinreißen lassen, bin zu ausschweifend geworden ...«

Er schwieg, starrte sie nur weiter an. In seinen meerblauen Augen tanzten die Flammen.

»Wahrscheinlich ist die Geschichte nicht viel wert. Wer würde sie schon glauben? Eine Frau, die einen Prinzen gefangenhält ...«

»Du mußt sie beenden.«

Der Ton der Entschlossenheit in seiner Stimme überraschte sie.

»Weshalb? Um sie – verschnürt mit Seidenbändern – in einer Schublade vergilben zu lassen?«

»Nein, um sie zu veröffentlichen. Sie wird deine Leser begeistern.« Sein Blick wanderte zum Schreibtisch hinüber. »Morgen wirst du das alles niederschreiben.«

»Ich soll also auf Ihren Befehl schreiben?«

»Nicht auf meinen Befehl, sondern weil du es selbst so

gern willst. Und weil ...« Er sah sie durch halbgeschlossene Lider an. »Weil du etwas kannst, was andere nicht können.«

»Wenn meine Geschichten publiziert werden, sollte ich nach Dublin ziehen«, erklärte sie.

»Nein, denn zu diesem Zeitpunkt bist du längst meine Frau. Welch ein Schock für die ganze adlige Gesellschaft, daß Lady Trevallyan eine Schriftstellerin ist.« Lächelnd betrachtete er seine verschränkten Hände. »Ich kann es kaum erwarten.«

»Wie sicher Sie sich doch in allen Dingen sind.«

Er sah sie an. Der Sarkasmus in ihrer Stimme schien ihm nicht entgangen zu sein, denn der alte Zorn brannte wieder in seinen Augen. »Nicht in allen. Was dich anbetrifft, bin ich mir alles andere als sicher. Du bist so kompliziert, daß im Vergleich zu dir alles andere wie ein Kinderspiel erscheint.«

Sie schwieg.

Er stand auf und trat auf sie zu. »Gute Nacht.« Er strich ihr zart über die Wange. »Wenn du dich einsam fühlst, brauchst du mich nur zu rufen.«

Sie wandte den Kopf ab. Wie konnte er annehmen, sie wäre in diesem Turm nicht allein, fern allen, denen sie etwas bedeutete?

Sie sah ihm nach. Auf seine fordernde, beherrschende Art liebte er sie. Wenn er in seiner Liebe doch nur einen Schritt weitergehen könnte und sie freilassen würde.

Immerhin war es vorstellbar, daß sie dann zu ihm zurückkehrte.

24

Der Abend des Balls war gekommen. Katey hatte tatsächlich die Stoffe ausgesucht und fünf Roben nähen lassen. Jetzt stand Ravenna in einer davon vor dem Spiegel und betrachtete sich.

Die kleinen schwarzen Locken, die der festigenden Veilchenpomade widerstanden, mit deren Hilfe Katey ihre Haare zusammengefaßt und im Nacken zusammengesteckt hatte, und ihr über Stirn und Hals fielen, ließen sie mehr wie eine Renaissance-Prinzessin aussehen als wie eine moderne junge Frau des neunzehnten Jahrhunderts. Die Volants am Rocksaum ihrer Robe aus purpurfarbenem Satin trugen eine attraktive schwarze Handmalerei. Doch die Krönung ihrer Erscheinung war weniger das Kleid selbst als vielmehr das exquisite Bouquet aus tiefpurpurnen, samtenen Veilchen, das an ihr Decolleté geheftet war.

Ravenna erkannte sich kaum wieder. Verschwunden war die Range ihrer Kindertage. Verschwunden auch die lernbeflissene junge Frau, die aus der Weymouth-Hampstead School zurückgekehrt war. Aus dem Spiegel blickte ihr eine aristokratische Lady entgegen. Alle Selbstzweifel und Unsicherheiten verschwanden unter dem Faltenwurf des Kleides, seinem untadeligen Schnitt. Die Verwandlung nahm ihr fast den Atem. Zum ersten Mal fühlte sie sich schön, und das war eine höchst angenehme Empfindung, gab ihr fast so etwas wie Macht.

Dennoch würde sie auf gar keinen Fall zu diesem Ball gehen, ganz gleichgültig, wie begeistert sie auch von dem Kleid war.

»Heute abend werden Sie Ihre Großmutter wiedersehen, erfreut Sie das denn gar nicht?« fragte Katey, als sie Ravennas Rock glattstrich und den letzten Haken an ihrem Oberteil schloß.

»Oh doch. Ich werde ihr sagen, daß mich Trevallyan als Gefangene hier festhält«, entgegnete Ravenna und warf einen weiteren verstohlenen Blick auf die Fremde im Spiegel.

»Sie wissen, daß das Ihre Großmutter nur unnötig aufregen würde. Sie findet es wundervoll, daß seine Lordschaft Sie unter seine Fittiche genommen hat.« Katey schnitt einen störenden Faden vom fischbeinverstärkten Mieder und ließ die kleine Schere dann in einen mit einer silbernen Troddel verzierten Beutel gleiten.

»Warum hat eigentlich niemand Verständnis für mich?« Ravenna vermied es, Katey anzublicken. »Sie tun ja so, als wäre Lord Trevallyan Gott und ich nichts anderes, als eine widerspenstige Dienstmagd, die nicht weiß, wo ihr Platz ist.«

»Aber das stimmt doch nicht! Sicher, wir verehren seine Lordschaft, aber wir sorgen uns auch um Sie, Miss. Was sollte denn aus uns allen werden, wenn es Sie nicht gäbe? Die ganze Grafschaft müßte doch im Elend versinken.«

Ravenna fuhr überrascht zu ihr herum. »Also wissen auch Sie von dem *geis*? Offenbar wußten es alle, während ich jahrelang in Unwissenheit gehalten wurde ...«

»Ich weiß es nur, weil meine Schwester früher einmal bei Reverend Drummond saubergemacht hat. So etwas spricht sich herum, Miss. Es gibt ja sonst nicht viel Gesprächsstoff – würde man sonst wohl Nachrufe die irische Unterhaltung nennen?«

Ravenna lächelte geringschätzig. Sie verschränkte die Arme, achtete aber darauf, die kostbaren Samtveilchen nicht zu zerdrücken. »Wer weiß sonst noch davon?«

»Nun, auf jeden Fall Greeves. Er muß es wissen. Er hat früher häufig mit Peter Maguire, dem alten Bürgermeister, ein Glas getrunken.«

Ravenna sank auf eine Polsterbank. »Ich will nicht zur Ehe mit Trevallyan gezwungen werden.«

»Nein«, meinte Katey gelassen.

»Warum lassen Sie mich dann nicht gehen? Sie können mich doch nicht auf ewig hier festhalten.«

»Eines Tages werden Sie ihn lieben, Miss.«

»Wie wollen Sie das wissen, wo doch nicht einmal ich es weiß?«

»Weil alle guten Männer irgendwann geliebt werden.«

Ravenna sah in den Spiegel. Ihr Gesichtsausdruck stand in eklatantem Gegensatz zu ihrem festlichen Kleid. »Ich würde wesentlich mehr von ihm halten, wenn er mich freigeben würde.«

»Wollen Sie Ihrer Bestimmung entkommen, Miss Ravenna?«

Ravenna betrachtete Katey im Spiegel. »Ich würde es zumindest gern versuchen. Mehr verlange ich doch gar nicht – nur die Chance, frei entscheiden zu dürfen.«

»Dann sei Ihnen Gott gnädig, Miss. Vergessen Sie aber nicht: Reue ist eine Wunde, die selten heilt.« Kummervoll lächelte Katey sie an, unterzog sie einer letzten Inspektion, nickte tiefbefriedigt, knickste und verließ den Raum.

*

Die Uhr im Nebenzimmer schlug gerade achtmal, als Trevallyan über die Schwelle trat.

Ravenna stand am Fenster und blickte auf die lange Reihe der Kutschen hinunter, die auf den Schloßhof rollten und ihre Passagiere entluden. Laternen erhellten die weiten Grasflächen, die sich bis hin zu den Briney Cliffs erstreckten. Die Hälfte der Einwohner der Grafschaft erging sich bereits – lachend und trinkend – auf dem Rasen. Irgendwo spielte ein Geiger »The Piper's Chair«.

»Ich sehe, daß es Katey trotz deiner Proteste gelungen ist, dich anzukleiden.«

Ravenna drehte sich zu ihrem Besucher um. Niall sah hinreißend aus. In seinem schwarzen Abendanzug mit goldfarbener Satinweste wirkte er wie der Prinz aus dem Märchen. Jede Frau mußte sich glücklich schätzen, von ihm zu einem Ball geführt zu werden. Obwohl er weder ein Riese war noch Fabulosos muskulöse Gestalt besaß, verfügte doch kein anderer Mann annähernd über Trevallyans Ausstrahlung. Selbst in einer Menschenmenge zog er unweigerlich alle Blicke auf sich, das hatte Ravenna immer wieder erlebt. Lord Trevallyan betrat keinen Raum, er ergriff von ihm Besitz.

So wie jetzt.

»Ich werde nicht hinuntergehen.« Trotzig hielt sie seinem Blick stand, mit dem er sie von Kopf bis Fuß musterte. Ihre Widerspenstigkeit schien ihm ganz und gar nicht zu behagen, trotzdem konnte sie in seinen Augen auch so etwas wie Bewunderung erkennen.

»Haben Sie gehört? Ich gehe nicht hinunter«, wiederholte sie.

»Doch.« Die kleine Silbe ließ keinen Widerspruch zu.

»Was wollen Sie den Leuten denn sagen? Daß wir verlobt sind – trotz meiner eindeutigen Weigerung?« Entschlossen schob sie das Kinn vor. Sie wollte nicht kindisch erscheinen, aber er brachte sie dazu. Diese unsinnige Gefangenschaft im Turm ließ sie beide wie Toren aussehen.

»Ich habe nicht vor, irgend etwas zu sagen ... Hast du es vor?« Ein Mundwinkel verzog sich zu einem trockenen Lächeln. Er durchquerte lässig den Raum und lehnte sich an einen Bettpfosten.

Sie raffte die Röcke und stürmte ihm nach. »Wenn ich mit Ihnen da unten erscheine, wird alle Welt wissen, daß ich im Schloß wohne. Wollen Sie mich auch dann noch heiraten, wenn jedermann davon ausgeht, daß ich längst Ihre Geliebte bin?«

»Mir ist gleichgültig, was andere Menschen denken. Aber sie werden gar nichts denken. Grania und Father Nolan sind längst da. Wenn du an meiner Seite erscheinst, werden alle annehmen, daß du mit ihnen gekommen bist.«

»Sie denken wohl an alles, was?« entfuhr es ihr verbittert.

»Ja.«

Er fing ihre Hand ein und zog sie an sich. Als sich seine Hände um ihre Taille legten, überrann sie ein Schauer.

»Und doch habe ich noch nicht daran gedacht, dir zu sagen, wie wunderschön du heute abend bist.« Seine Worte kamen wie ein nahezu widerwilliges Geständnis über seine Lippen. »Ravenna, du nimmst mir den Atem.«

Sie schloß die Augen. Seine Hände ruhten so angenehm auf ihren Hüften. Sie brauchte nur den Kopf ganz leicht zu heben, und er würde sie küssen. Seine Verführungskünste erwiesen sich wieder einmal als berauschendes Elixier.

Sie spürte, daß sich etwas Kaltes um ihren Hals legte. Sie schlug die Augen auf. Im fernen Spiegel sah sie, daß er ihr ein kostbares Smaragd-Collier anzog.

»Sie haben meiner Mutter gehört. Die Trevallyan-Smaragde.« Auch er starrte in den Spiegel. »Ich habe mir gedacht, daß sie an dir bezaubernd aussehen müssen ... und sie sehen bezaubernd aus.«

Ihr Gesicht verfinsterte sich. »Nicht einmal Juwelen werden mich dazu bewegen, an diesem Ball teilzunehmen. Ich sage Ihnen noch einmal, daß ich auf keinen Fall hinuntergehen werde.«

Seine Finger glitten über ihr Mieder. Sein Atem kitzelte auf ihrer nackten Schulter. »Aber du wirst doch Chesham nicht enttäuschen wollen. Schließlich ist es sein Ball. Und wenn ich mich recht erinnere, hat er ihn vor allem in der winzigen Hoffnung anberaumt, dich endlich wieder einmal zu Gesicht zu bekommen.«

Sie hob eine Augenbraue. »Lord Chesham? Ach ja, es ist ja tatsächlich sein Ball. Also sagen Sie ihm bitte, ich sei bereit, mich von ihm hinunterführen zu lassen. Er ist ein so eleganter junger Mann, nicht wahr?«

»Ein echter Gentleman«, erwiderte er und fuhr mit seinen Lippen aufreizend über ihren Hals. »Du erinnerst dich doch sicher daran, wie er dich in deinem Bad gestört hat?«

»Dennoch ist er sehr gutaussehend und jung. Und er macht einer Frau ganz hinreißend den Hof.«

»Ja. Komm ihm ein bißchen entgegen, und er gehört dir.«

Verärgert versuchte sie, sich aus seinem Griff zu befreien. Trevallyan behielt doch stets die Oberhand. »Haben Sie eigentlich schon einmal darüber nachgedacht, daß ich von Chesham tatsächlich einen Heiratsantrag erhalten könnte?«

»Ja«, erwiderte er und sah mit ernstem Gesicht zu, daß sie sich ein paar Schritte von ihm entfernte. »Heute abend, in diesem Kleid, bin ich fest davon überzeugt, daß dir jeder Mann einen Heiratsantrag machen könnte.«

»Und ohne dieses Kleid? Ohne diese Juwelen? Bin ich dann nichts?« Sie konnte ihre Gekränktheit nicht verbergen.

Er trat hinter sie und legte erneut seine Arme um sie. Seine Finger fuhren leicht über ihre Brüste, die von dem tiefen Decolletée kaum verborgen wurden. »Wenn du unbekleidet hinuntergehen müßtest, würde sich jeder Mann für dich umbringen.«

Sie sah zu ihm auf. In seinen schönen Augen las sie Verlangen.

Er küßte ihren Hals und flüsterte: »Du vergißt, daß ich dich bekleidet und unbekleidet gesehen habe, Liebes. Und ich ziehe dich unbekleidet ganz entschieden vor.«

Sie wünschte sich inständig, Katey hätte ihren Fächer nicht in ihr Abendtäschchen gesteckt. Sie hätte ihm liebend gern damit auf den Kopf geschlagen. Abgesehen davon hatte sie keine Ahnung, warum es in dem ansonsten so kühlen Turmzimmer mit einem Mal fast unerträglich heiß war.

»Ich wünschte, es wäre noch nicht Zeit zum Aufbruch. Kommst du mit mir? Oder soll ich durch Greeves bekanntgeben lassen, daß ich heute Nacht leider hier oben aufgehalten werde?«

Er ließ ihr kaum eine Wahl. Entweder konnte sie mit ihm hinuntergehen und versuchen, irgendwann während des Abends zu entkommen, oder sie müßte die halbe Nacht damit zubringen, sich seiner zu erwehren. Und wie sie nur allzu gut wußte, waren ihre Abwehrkräfte im Zusammensein mit ihm beklagenswert unterentwickelt.

»Dann gehe ich doch lieber zu diesem verdammten Ball«, seufzte sie und entzog sich seinen Küssen.

Er zog sie wieder an sich. »Du mußt nicht. Unser Katz-und-Maus-Spiel hat mir schon immer sehr gefallen.«

»Zu sehr«, fauchte sie. »Und nun führen Sie mich zu Cheshams schrecklichem Ball.«

»Hast du heute an deiner Geschichte geschrieben?«

»Ja.« Sie konnte ihre Wut kaum noch zügeln.

»Du mußt mir unbedingt das Ende erzählen.«

»Das steht noch nicht fest.«

Er sah sie an. In seinen meerblauen Augen lag Belustigung, aber auch eine gewisse Angst. »Aber eins muß ich wissen: Erringt Skya Aidans Liebe?«

Ein seltsames Gefühl meldete sich in ihr, fast eine Art Schmerz. Es traf sie unvorbereitet. Ihr Zorn löste sich auf wie der Nebel in den Sorra Mountains an einem sonnigen Tag.

Sie hob die Schultern und zwang sich dazu, die Wärme seiner Umarmung zu verlassen. »Das ist noch ungewiß«, war alles, was sie erwiderte.

*

Anstelle des großen Auftritts, mit dem Ravenna gerechnet hatte, brachte sie Trevallyan ganz unauffällig zunächst in die Bibliothek. Von dort aus betraten sie die große Halle und mischten sich so selbstverständlich unter die Gäste, daß niemand auf den Gedanken kommen konnte, Ravenna wohne im Schloß.

Fest dazu entschlossen, ihrem Bewacher zu entkommen, suchte Ravenna unablässig nach passenden Gelegenheiten.

Doch das erwies sich als unmöglich. Als der Earl und Lady Devon herbeieilten, um Niall zu begrüßen, lag Ravennas Hand fest auf Trevallyans Arm. Als sie dann durch die Halle schlenderten, ruhte seine Hand besitzergreifend auf ihrem Rücken. Sie hatte keinen Zweifel daran, daß er sie bei der ersten unberechenbaren Bewegung packen und ins Turmzimmer hinaufschleppen würde – ohne jede Rücksicht auf seine Gäste.

»Ich möchte, daß du jemanden kennenlernst«, flüsterte ihr Trevallyan ins Ohr und nickte dann in die Richtung eines älteren Herrn. Der grauhaarige Mann drehte sich um, und Ravenna sah mit Entsetzen, daß es sich um Lord Quinn handelte.

»Quinn, wie kommt die neue Scheune voran?« fragte Trevallyan und zog Ravenna mit sich auf den Lord zu.

Ravennas Anblick brachte die blauen Augen des Mannes zum Strahlen. Er schwankte leicht hin und her, eindeutig angetrunken. »Gut, gut, Trevallyan. Und wer ist dieses appetitliche Wesen? Wie hübsch die Maid dieses Kleid ausfüllt ...«

Peinlich berührt trat Ravenna einen Schritt zurück. Lord Quinn war alt genug, ihr Vater zu sein, hatte sogar eine Tochter in ihrem Alter. Ihre Vorstellung von ihm als würdevollen Lord und Beschützer geriet bedenklich ins Wanken.

Trevallyan überhörte die Bemerkung, wandte sich zu Ravennas Mißbehagen einer älteren Frau neben Quinn zu und verbeugte sich. »Lady Quinn, wie geht es Ihnen an diesem wundervollen Abend? Ravenna, darf ich dir Lady Quinn vorstellen?«

Nun waren Ravennas Ansichten über die Ascendency endgültig über den Haufen geworfen. Sie konnte kaum glauben, daß Lord Quinn derartige Worte im Beisein seiner Gattin über die Lippen brachte – noch, daß die betrunkene, grauhaarige Frau neben ihm, deren Gesicht nur noch Spuren einstiger Schönheit aufwies, tatsächlich Lady Quinn war.

»Es ist mir eine Ehre, Sie kennenzulernen, Lady Quinn«, brachte Ravenna mühsam hervor und bemühte sich vergebens, in der Frau vor ihr die Lady wiederzuerkennen, die vor so vielen Jahren stolz in ihrer Kutsche an ihr vorbeigefahren war. Fast unwillig erkannte sie, daß sie über die Quinns nichts wußte.

»Konnte uns Lady Kathleen gleichfalls mit ihrem Erscheinen beehren?« erkundigte sich Trevallyan, eindeutig verstimmt über Lord und Lady Quinns Zustand.

»Ja, sie ist hier, Lord Trevallyan«, erwiderte Quinn und zog ein blondes Mädchen aus der Gästeschar zu sich heran.

Damit stand Ravenna der Königin gegenüber, die ihre Kindheit beherrscht hatte. Ihr ganzes Leben lang hatte sie Kathleen Quinn bewundert, sie vermutlich sogar dann und wann um ihre Privilegien und ihren Reichtum beneidet, aber jetzt sah sie, daß die Königin von ihren Eltern unterdrückt worden war. Die blasse, scheue Schönheit, die nun vor ihr und Trevallyan knickste, hatte so gar nichts von dem Bild in Ravennas Vorstellung. Die hochmütige Kathleen Quinn existierte nur in ihrer Phantasie.

Als Lady Quinn ihre Tochter auf Trevallyan zuschob, empfand Ravenna keine Spur von Neid, sondern vielmehr eine Woge des Mitgefühls. »Kathleen, mein Kind, nun sage doch etwas. Du beschämst uns mit deiner Schüchternheit. Fallen dir gegenüber dem begehrenswertesten Junggesellen Irlands nicht wenigstens ein paar interessante Formulierungen ein?«

Kathleen wurde hochrot. Ihre hübschen himmelblauen Augen füllten sich mit Tränen. Ravenna war Trevallyan dankbar, der die grausame Bemerkung der Mutter einfach ignorierte, und das Mädchen freundlich anlächelte.

»Lady Kathleen«, sagte er liebenswürdig. »Ich würde Sie gern mit Ravenna bekannt machen. Sie beide haben sehr viel gemeinsam, und ich möchte annehmen, daß Sie eines Tages gute Freundinnen werden.«

Lady Kathleen nickte, und Ravenna befürchtete, daß die bedauernswerte junge Frau zu schluchzen beginnen könnte.

»Wie schön, Sie endlich kennenzulernen«, sagte sie schnell. »Sie können nicht wissen, wie lange ich Sie schon bewundere.«

»Auch mir ist es eine Freude, Sie kennenzulernen«, erwiderte Kathleen mit verlegen abgewandtem Blick.

Es entstand ein peinliches Schweigen, während Ravenna verzweifelt nach Worten suchte. Sie sah auf und begegnete Lord Quinns Blick. Dessen Augen ruhten wie gebannt auf den Veilchen an ihrem Decolletée – oder genauer: auf der nackten Haut darunter.

Errötend wandte sie sich Trevallyan zu. Der bemerkte ihre Verlegenheit und murmelte etwas von der Notwendigkeit, endlich Ravennas Großmutter zu suchen. Dann nahm er ihren Arm und führte sie davon. Ravenna drehte sich noch einmal um und sah zu Kathleen zurück. Das Mädchen wurde ganz offensichtlich von seiner betrunkenen Mutter beschimpft.

»Ich hätte ja keine Ahnung ...« sagte Ravenna leise, wie zu sich selbst.

»Er ist ein unverbesserlicher Schürzenjäger, und sie trinkt«, erwiderte Trevallyan mit angewidert herabgezogenen Mundwinkeln. »Und die arme Kathleen muß mit den Auswirkungen fertigwerden.«

»Sie tut mir sehr leid. Sie scheint sich in einer ausweglosen Situation zu befinden.« Ravenna blickte Trevallyan an.

Er lächelte sie an. »Ich denke, meine Voraussage wird eintreffen. Eines Tages werdet ihr Freundinnen werden. Ihr habt tatsächlich wirklich viel gemeinsam. Der Grad eurer

Stärke ist zwar unterschiedlich, aber es war das einzige, auf das ihr zurückgreifen konntet.«

»Ich dachte, früher hätte ich sie sehr bewundert«, meinte Ravenna fast abwesend. »Aber ich glaube, jetzt bewundere ich sie noch weitaus mehr.«

»Sie hat Geld, aber sonst nicht viel. Sie ist unendlich einsam.«

»Und sehr schön.« Plötzlich verspürte Ravenna zu ihrem Entsetzen etwas, was der Eifersucht sehr nahe kam. »Warum machen Sie ihr nicht den Hof?« fragte sie äußerlich nonchalant, aber innerlich tief beunruhigt.

Er sah sie lange schweigend an. »Weil eine andere mein Herz erobert hat«, sagte er dann leise.

Sie blickte ihm in die Augen und sah dort etwas, was er offenbar nicht in Worte kleiden konnte, aber auch das Verlangen, das sie inzwischen so verabscheute, weil sie befürchtete, er könnte es für Liebe halten.

«*Ma chère*!« unterbrach eine bekannte Stimme ihre Überlegungen.

Sie drehte sich um. Trevallyans Gesicht zeigte einen mürrischen Ausdruck.

»Ah, Monsieur de la Connive, wie schön, Sie wiederzusehen.« Fast abwesend streckte Ravenna die Hand aus. Guy verbeugte sich steif aus der Hüfte heraus und küßte sie.

»Sie müssen mir diesen Walzer schenken. Ihre Ablehnung wäre mein Tod.« Er sah sie so übertrieben schmachtend an, daß sie ein Lachen unterdrücken mußte.

»Es wäre mir ein Vergnügen«, erwiderte sie doppeldeutig und sah auf Trevallyan. Dessen Blick war finster, doch keineswegs übertrieben.

»Ravenna kann im Moment leider ...« begann er abweisend.

»Cousin! Endlich geruhst du, hier zu erscheinen, und wen entdecken wir an deinem Arm? Glaube nur nicht, daß du sie ganz für dich beanspruchen kannst. Sie ist endlich hier, und – bei Gott! – wir werden mit ihr tanzen! Wie geht es Ihnen, meine Schöne?« Lord Chesham verbeugte sich und küßte gleichfalls ihre Hand. »Haben Sie meinen neuen Freund Stavros schon kennengelernt?«

Ein junger Grieche mit langen schwarzen Locken trat zu ihnen. Mit seinem gerüschten Hemd und dem allzu schönen Gesicht sah er aus wie eine fast feminine Ausgabe von Lord Byron.

»Es ist mir eine Freude, Sie kennenzulernen«, sagte Ravenna und fühlte sich inmitten der herausgeputzten, eitlen Männer ziemlich unbehaglich.

»Tanzen Sie mit mir«, wiederholte Guy.

»Und danach mit mir.« Lord Chesham drückte seine Lippen erneut auf ihre Hand.

»Sehr gern.« Ravenna legte ihre Hand auf Guys muskulösen Arm und wagte es nicht, Trevallyan anzusehen. Aber das brauchte sie auch nicht. Sie konnte sich seine Reaktion sehr gut vorstellen. Mit Sicherheit funkelte er Guy an, als würde er ihm am liebsten den Hals umdrehen. Doch was kann er schon tun, fragte sie sich erheitert. Wenn er kein peinliches Aufsehen erregen wollte, mußte er sie mit Guy tanzen lassen.

»Ein wundervoller Abend für einen Ball – fast so wundervoll wie Sie, liebreizendes Kind«, balzte Guy und führte sie gekonnt durch die Menge der Tanzenden. Er tanzte so gut wie er aussah, aber seine Worte verursachten ihr Widerwillen. Seine Konversation war so klebrig wie alter Honig.

»Von welcher Farbe sind Ihre Augen denn nun wirklich, Ravenna?« fragte er und blickte sie erneut schmachtend an.

Sie fühlte sich versucht, auf sein Gehabe einzugehen – nur, um sich über ihn lustig zu machen.

»Grundgütiger Herr im Himmel, Sie machen mich ja

sprachlos mit Ihrer Schönheit ...« schwadronierte er. »Bei Gott, sie sind so purpurfarben wie die Heide an den Hängen der Klippen hoch über der wildtosenden See ...«

Wirklich sprachlos, dachte sie sarkastisch.

»Jetzt bin ich an der Reihe, Monsieur.«

Ravenna war fast dankbar für Cheshams Auftauchen. Trevallyan reizte sie zwar häufig durch sein Verhalten bis aufs Blut, aber wenigstens beleidigte er ihre Intelligenz nicht mit dümmlichen Komplimenten.

»Ich glaube, ich sollte mich ein wenig ausruhen. Hätten Sie etwas dagegen, wenn wir diesen Tanz auslassen?« Auf der Suche nach Trevallyan ließ sie ihren Blick über die Menge schweifen.

Sie fand ihn am Rand des Tanzparketts. Einen kurzen Moment trafen sich ihre Blicke. Ein Schauer rann ihr über den Rücken. Trotz der Entfernung spürte sie seine Verärgerung fast körperlich, und das verwirrte sie so sehr, daß sie erleichtert war, als sich Tanzpaare zwischen sie schoben und sie ihn nicht mehr sehen konnte.

»Sie sehen ein wenig blaß aus, meine Schönheit.« Chesham lächelte sie betörend an. »Wollen wir uns nicht in den Garten zurückziehen? Ich kenne da eine kleine, abgelegene Bank hinter einer Hecke.«

Sie sah ihn schweigend an. Sie sehnte sich brennend nach einer Gelegenheit, dem Ball und Trevallyan zu entkommen, um endlich wieder nach Hause und zu Grania zurückkehren zu können – aber nicht an Cheshams Arm, in der Dunkel heit ...

»Nun ist es aber höchste Zeit für meinen Tanz. Ich habe lange genug gewartet.«

Chesham schoß herum wie vom Blitz getroffen. Mit angehaltenem Atem blickte Ravenna zu Count Fabuloso auf, der seine Hand fest auf Cheshams Schulter gelegt hatte. Er trug noch immer seinen Hut zum schwarzen Frack, war aber der bei weitem bestaussehendste Mann, den sie je zu Gesicht bekommen hatte.

»Hör mal, ich habe ja noch nicht einmal zu tanzen begonnen«, beschwerte sich Chesham.

Man muß auch verlieren können, dachte Ravenna spöttisch und ließ zu, daß der Count die Arme um sie legte.

Das war die Chance, auf die sie gewartet hatte. Guy oder Lord Chesham hätte sie nur schwer entkommen können, aber der gutaussehende Schwachkopf, mit dem sie jetzt tanzte, würde wie Wachs in ihren Händen sein.

»O weh«, sagte sie nach wenigen Tanzschritten, blieb stehen und drückte die Fingerspitzen gegen die Schläfen. »Ich habe plötzlich unerträgliche Kopfschmerzen. Macht es Ihnen etwas aus, diesen Tanz ein wenig später fortzusetzen? Ich würde gern vor die Tür treten und frische Luft schöpfen.«

Der Count nickte lächelnd, in seinen Augen stand keine Spur von Mißtrauen.

Schnell schlüpfte sie an ihm vorbei ins Freie, mußte unwillkürlich auflachen und fuhr sich schnell mit der spitzenbehandschuhten Hand an die Lippen. Vermutlich würde er noch morgen früh auf dem Randparkett stehen und auf ihre Rückkehr warten.

Noch einmal auflachend lief sie über den Rasen und fühlte sich unendlich frei und leicht. Endlich konnte sie nach Grania suchen. Endlich konnte sie nach Hause gehen. Ihre Gefangenschaft auf Trevallyan Castle war vorüber.

»Da sind Sie ja, Sie bezauberndes Wesen.« Lord Quinn trat hinter einem kunstvoll beschnittenen Baum hervor und wollte nach ihr greifen. Erschreckt trat Ravenna ein paar Schritte zurück.

»Mylord, ich bin sicher, daß Ihre Frau bereits nach Ihnen sucht«, kam es ihr über die Lippen.

»Sehr unwahrscheinlich, meine Liebe. Als ich sie zuletzt sah, war sie auf einem Sofa im Ballsaal fest eingeschlafen.«

»Dann wäre es vielleicht Zeit, sie nach Hause zu begleiten.«

»Aber warum denn? Ihre Ruhepause gibt mir erfreulicherweise die Gelegenheit für weit angenehmere Betätigungen.« Wieder griff er nach ihr, und wieder wich sie ihm geschickt aus.

»Wenn Sie mich bitte entschuldigen würden, Mylord ... Ich glaube, Lord Trevallyan hat nach mir gerufen.« Erfreut nahm sie zur Kenntnis, daß ihre Worte Eindruck auf ihn zu machen schienen.

»Ich muß gehen. Wie Sie wissen, ist Lord Trevallyan mitunter unberechenbar.«

»Ja, ja«, stimmte Lord Quinn zu. »Dann vielleicht ein anderes Mal.«

»Vielleicht auch nicht«, entgegnete sie und hoffte, den alten Lüstling damit in die Schranken verwiesen zu haben. Sie raffte die Röcke und lief davon, ohne sich auch nur einmal umzublicken.

Die Nacht wirkte wie verzaubert. Das Kerzenlicht in den vielen Fenstern des Schlosses malte ein Schachbrettmuster auf die Rasenflächen, überall klang Gelächter der Gäste auf. Ravenna empfand fast so etwas wie Widerwillen, diese festliche Atmosphäre zu verlassen, aber noch lieber wollte sie nach Hause.

«A mhúirnín«, flüsterte es hinter ihr.

Ravenna blickte sich suchend um, sah aber nur die uralten Eiben, die den Friedhof der Trevallyans bewachten.

«*A mhúirnín*«, wisperte es erneut.

»Wer ist da?« fragte sie und trat um einen dicken Baumstamm herum.

»Ravenna.« Eine Hand kam aus einem Gebüsch, ein Arm legte sich fest um ihre Taille, rauhe Finger verschlossen ihre Lippen.

»Kein Wort, hörst du?«

Endlich erkannte sie die Stimme. Sie nickte. Der Mann nahm die Finger von ihrem Mund.

»Malachi, was tust du hier? Wenn dich Trevallyan entdeckt, läßt er dich hängen«, flüsterte sie.

»Er ist derjenige, dem es an den Kragen geht, nicht ich. Ich bin gekommen, um dich zu warnen. Heute nacht wollen sie das Schloß niederbrennen.«

Sie starrte ihn an. Nur langsam sanken seine Worte in ihr Bewußtsein. Sie hob den Kopf und blickte über den weiten Rasen zum festlich beleuchteten Schloß hinüber. Es wirkte wie ein Bollwerk der Standhaftigkeit, wie das Monument eines zerbrechlichen Waffenstillstands.

»Du mußt ihnen sagen, daß sie ihn in Ruhe lassen sollen, Malachi.« Sie griff nach seinem Hemd und zog ihn an sich heran, obwohl er sehr viel schwerer und kräftiger war als sie. »Kannst du es denn nicht begreifen? Er ist nicht der Übeltäter, für den du ihn hältst. Er ist die einzige Hoffnung für Lir, mit den Folgen der Kartoffelseuche fertig zu werden. Er will Schafe, Rinder und Getreide kaufen, um uns durch diese Zeit der Not zu bringen. Trevallyan, nur Trevallyan kann Lir helfen. Welche Hoffnung bleibt uns denn noch, wenn ihr ihn tötet?«

Er musterte sie von Kopf bis Fuß, und trotz der Dunkelheit schien ihm nichts zu entgehen. Weder die kostbare Robe noch das funkelnde Smaragd-Collier. »Sean O'Malley hat mir erzählt, daß du mit in Antrim gewesen bist«, sagte er bitter. »Er glaubt, daß du mit ihm geschlafen hast. Hat dich Trevallyans Geld lauter stöhnen lassen, als er auf dir gelegen hat?«

Sie schlug zu. Als ihr bewußt wurde, was sie getan hatte, starrte sie ihn entsetzt an, konnte ihn in der Dunkelheit aber kaum richtig sehen. Er rührte sich nicht, rieb sich nicht einmal die Wange. Irgendwann bemerkte sie, daß ihre Hand ebenso schmerzte wie ihr Herz.

»Liebst du ihn, Ravenna?«

Die Frage hing wie eine Anklage zwischen ihnen. Sie wollte leugnen, brachte es aber nicht über sich. Fast benommen sank sie gegen den Stamm einer knorrigen Eibe und klammerte sich an sie, als hätte sie sonst keinen Halt mehr auf der Welt.

Malachi ließ sie nicht aus den Augen. »Du hast also mit ihm geschlafen. Daran ist nichts mehr zu ändern. Aber du wirst nicht noch einmal mit ihm schlafen.«

»Nein«, flüsterte sie heiser. »Du mußt zu Sean und den anderen gehen und ihnen sagen, sie sollen ihn in Ruhe lassen. Wenn sie heute nacht das Schloß in Brand setzen, würden sie viele der eigenen Leute gefährden.« Eine neue Woge der Furcht überkam sie. »Grania ist im Schloß und Father Nolan auch. Willst du deren Leben gefährden, nur, um dich an Trevallyan zu rächen?«

»Ich habe nicht die Absicht, irgend jemanden zu töten«, erklärte Malachi heftig. »Aber auch du solltest etwas begreifen. Die Jungs wollen ein Exempel statuieren. Und wegen des Balls ist heute die beste Gelegenheit ...«

»Ich bin davon ausgegangen, daß du dich von ihnen getrennt hast! Ich nahm an, du wärst längst in Galway!« rief sie verzweifelt. »Jetzt mußt du sie auffordern, Niall nichts anzutun.«

»Sie würden nicht auf mich hören, *á mhúirnín.* Das alles liegt nicht in meiner Hand. Ich bin nur gekommen, weil ich dich sehen wollte. Ich wollte dafür sorgen, daß du dich nicht im Schloß aufhältst ...«

»Ich werde aber im Schloß sein. Also bring sie von ihrem wahnsinnigen Vorhaben ab! Hindere sie daran!«

Sie entwand sich seinen Armen und begann, über den Rasen auf das Schloß zuzulaufen. Er rannte ihr nach und fing sie ein.

»Du kannst ihn nicht retten!«

Sie schrie leise auf und biß ihn ganz instinktiv in den Unterarm. Er gab sie frei, und sie begann zu rennen.

»Ravenna!« rief er ihr nach.

»Halt sie auf, Malachi! Halt sie auf, denn auch ich werde im Schloß sein«, schluchzte sie auf, hob den schweren Satinrock an und lief weiter.

Sie drehte sich nicht um, daher sah sie nicht, daß er das Veilchenbouquet aufhob, das sich von ihrem Decolletée gelöst hatte.

25

Kathleen Quinn trat auf die Terrasse hinaus. Hinter ihr klangen Rufe und Gelächter der Feiernden in die Nacht, aber sie schien es nicht zu bemerken.

Sie ging zum dunklen Rand der Terrasse und suchte in ihrem Pompadour. Als sie eine Münze gefunden hatte, ließ sie sie in die Tiefe fallen. Der Halfpenny klirrte leise, als er von den Felsen abprallte, an deren Fuß der Sorra River zum Meer strömte.

Sie legte ihre Hände auf die Terrassenbrüstung und schloß die Augen. Der Mond trat aus den Wolken hervor und enthüllte die Tränen auf ihren Wangen. Kathleen faßte einen Entschluß, den kein Beobachter erahnen konnte. Ihm wäre nur die Entschiedenheit ihrer Gesichtszüge aufgefallen. Langsam öffnete sie die Augen und trat – noch langsamer – auf die Terrassenbrüstung zu.

Und sah aus dem Augenwinkel einen Schatten in ihrer Nähe.

Das verblüffte sie so, daß sie sich umdrehte. Den Schatten

hatte sie dort bemerkt, wo die Terrasse endete und Gebüsch und Strauchwerk begannen, um dann in den Friedhof überzugehen. Wäre Kathleen Quinn abergläubisch gewesen, hätte sie geglaubt, einen Geist zu sehen.

»Wer ist da?« rief sie der Gestalt zu, die an dem gußeisernen Tor lehnte, durch das sie bekommen war.

Der Geist gab keine Antwort, wandte aber den Kopf in ihre Richtung. Gleich darauf war er neben ihr und zog sie von der Terrassenbrüstung herunter.

»Wer zum Teufel sind Sie denn?« fragte der Geist, der gar kein Geist war, sondern ein Mann aus Fleisch und Blut, mit einem eisernen Griff.

»Sie tun mir weh!« beschwerte sie sich leise, unternahm aber gar keinen Versuch, sich zu befreien.

»Wer sind Sie, und was machen Sie hier?«

»Das gleiche könnte ich Sie auch fragen. Aus Ihrer Stimme und Ihren schlechten Manieren schließe ich, daß Sie nicht zum Adel gehören.« Sie hatte nicht die Absicht, anmaßend zu sein, sondern stellte nur eine Tatsache fest.

Wieder gaben die Wolken den Mond frei. Sie betrachtete den Mann, der sie festhielt. Auch er konnte sie jetzt besser sehen und schien bei ihrem Anblick zusammenzuzucken. Ihr sagte das Gesicht vor ihr nichts – doch er wußte, wer sie war.

»Wer sind Sie?« fragte sie leise.

Aber er starrte sie noch immer an, als wollte er seinen Augen nicht trauen.

»Sollte ich Sie kennen?« kam es nervös über ihre Lippen.

»Nein«, entgegnete er mit einem eigentümlichen Gesichtsausdruck. Er hob die Hand und berührte sanft ihre Wange. »Sie haben geweint. Warum?«

»Das geht Sie nichts an.«

»Und was wollten Sie auf der Terrassenbrüstung? Dahinter fällt das Gelände sehr steil zum Fluß ab.«

Sie wandte schweigend den Blick ab.

»Wollten Sie sich etwa wegen eines Mannes umbringen? Sind Sie verliebt?« Er schien sich über sie lustig zu machen. »Ich glaubte immer, die Ascendency tut so etwas nicht. Ich dachte, dafür wären die Herzen der Adligen zu verhärtet.«

»Wollen denn Menschen aus Liebe sterben?« Sie wischte sich über die Wangen und zeigte ihm den Anflug eines Lächelns. »Ich dachte eigentlich, so etwas würden sie tun, weil es ihnen an Liebe fehlt.«

»Also glauben Sie, daß niemand Sie liebt?«

Frische Tränen liefen ihr über die Wangen. Sie schwieg.

»Es ist unnatürlich, daß eine Frau so verstohlen weint«, erklärte er fast unwillig.

»Das tun Frauen, wenn sich lange Zeit niemand um ihre Tränen kümmert.«

Ein seltsamer Ausdruck trat in seine Augen. Sie rührte ihn, aber das schien ihm ganz und gar nicht zu gefallen.

»Verschwinden Sie. Hier haben Sie nichts zu suchen«, sagte er heftig.

»Haben Sie irgend etwas vor? Gehören Sie vielleicht sogar zu der Bande, die unsere Scheune niedergebrannt und meine teure Windsweep getötet hat?«

»Ich habe kein Feuer gelegt.« Seine Stimme klang ebenso trotzig wie abwehrend.

»Wie heißen Sie?« fragte sie leise.

»Ich werde doch nicht so dumm sein, Ihnen das zu sagen.« Sein Griff um ihren Arm verstärkte sich. »Aber ich weiß, wer Sie sind, Kathleen Quinn. Sie sind das Mädchen mit den hübschen Kleidern ...« Seine Stimme wurde fast unhörbar: »Und dem hübschen Gesicht.«

»Wer sind Sie? Nennen Sie mir doch wenigstens Ihren Vornamen.«

»Damit ich morgen früh gelyncht werde? Nein, vielen Dank.«

»Aber ich weiß, wie Sie aussehen. Im Mondlicht kann ich sehen, daß Ihre Haare rot sind ... Und Ihre Gesichtszüge sind recht grob ... aber ich erkenne auch Freundlichkeit in ihnen.«

Er schob sie von sich, und sie wich an die Brüstung zurück.

»Lassen Sie sich von mir einen guten Rat geben, schöne Kathleen Quinn: Verlassen Sie sofort das Schloß und kommen Sie nicht wieder zurück. Heute nacht ist mit Zwischenfällen zu rechnen, und Sie sollten sich da heraushalten.«

»Sie haben die Kühnheit, mir Ratschläge zu erteilen? Also sind Sie einer der Männer, von denen man so oft spricht. Die Burschen, die nachts ausziehen, um Unheil anzurichten.«

»Ich habe Ihnen das Leben gerettet«, zischte er und zog sie von der Brüstung fort. »Als Angehörige der Ascendency ist Ihnen Dankbarkeit vermutlich unbekannt, aber vielleicht können Sie bei mir einmal eine Ausnahme machen. Eine gute Tat ist einer anderen wert. Und nun fort mit Ihnen. Halten Sie sich vom Schloß fern.«

Er drehte sich um und wollte sich unhörbar davonmachen. Doch bevor er im Strauchwerk verschwand, rief sie ihm noch nach: »Haben Sie jemals geliebt, Rebell?«

»Aye, aber sie liebt mich nicht.«

»Lassen Sie das nicht an anderen aus.«

Sein Profil verhärtete sich. »Das hier hat mit ihr gar nichts zu tun.«

»Ich verstehe.«

»Verschwinden Sie von hier, Kathleen Quinn, und retten Sie Ihr hübsches Gesicht«, schnarrte er.

»Sie wissen, daß ich sie jederzeit warnen kann.«

»Ja, aber verschwinden Sie trotzdem.«

»Warum wollen Sie mich verschonen?« fragte sie kaum hörbar.

»Weil ich eine Schwäche für hübsche Gesichter habe, selbst wenn Sie zum Adel gehören.«

»Beten Sie darum, daß wir bekommen, wonach uns verlangt, Rebell. Ich glaube, wir trachten nach der gleichen Sache.«

»Aye«, flüsterte er und sah sie unverwandt an.

*

Ravenna rannte, bis sie kaum noch atmen konnte. Sie hatte Seitenstiche, ihr Kleid war zerrissen, aber sie hatte nur eins im Sinn: Trevallyan. Sie mußte ihn finden, ihn warnen, ihn retten.

»Kind, Kind, warum hast du es denn so eilig?«

Sie fuhr herum und sah, daß Father Nolan ihr aus der Gästeschar heraus zuwinkte. Sie konnte nicht innehalten, um ihm von der bevorstehenden Katastrophe zu berichten, denn sie mußte zunächst einmal Niall finden, doch plötzlich bemerkte sie, daß hinter ihm Grania auf einer Bank saß. Mit wild klopfendem Herzen hastete sie auf die alte Frau zu.

»Grania! Grania!« schrie sie und fiel ihrer Großmutter vor die Füße. »Grania, gerade habe ich Malachi getroffen! Du mußt von hier fort! Er sagte mir, daß sie heute nacht das Schloß niederbrennen wollen!« Mit fliegenden Fingern wischte sie sich die Tränen aus den Augen. »Sag mir, ist es so? Hast du vielleicht irgendwelche Visionen gehabt?«

Grania strich ihrer Enkelin über die Haare, und zum erstenmal fiel Ravenna auf, wie unglaublich alt Grania wirkte. Sie hatte sie nur ein paar Tage lang nicht gesehen, aber es schienen inzwischen Jahre vergangen zu sein.

»Ravenna, meine liebe Ravenna. Ich hatte mich schon gefragt, wo du eigentlich steckst. Nein, ich hatte keine Gesichte, Kind.«

Ravenna klammerte sich an Granias Röcke und nahm all

ihren Mut zusammen. Niall brauchte sie. Sie mußte los, um ihn zu warnen.

»Ich muß ihn suchen, Grania. Sie wollen ihn umbringen«, schluchzte sie und erkannte voller Entsetzen, daß sie etwas verlieren konnte, von dem sie gar nicht gewußt hatte, daß sie es besaß.

»Also liebst du ihn endlich doch, Kind?« fragte Grania und richtete die milchigen, blicklosen Augen auf sie. Im Licht der Fackeln sah sie aus wie eine Hexe – alt und häßlich, mit Warzen auf der Nase, genauso, wie es sich Aidan vorgestellt hatte. Aber Hexen wurden nicht so geliebt, wie Ravenna ihre Großmutter liebte. Impulsiv warf sie sich an ihre Brust.

»Ich muß ihn wohl lieben, Grania, denn er verursacht in mir mitunter ein ganz eigentümliches Gefühl, und jetzt ... fürchte ich um sein Leben. Ich glaube, es wäre mir lieber, wenn sie mich an seiner Stelle töteten.«

»Dann geh zu ihm und gesteh ihm deine Liebe.«

»Ja, ja«, rief Ravenna und stand auf. Sie sah zu Father Nolan hinüber und sagte: »Ich fürchte, es wird hier bald ein Unglück geben. Bringen Sie Grania bitte nach Hause.« Dann umklammerte sie die Hand ihrer Großmutter. »Ich bin bald wieder bei dir im Cottage, das verspreche ich. Er wird mich nicht mehr gefangenhalten, wenn er weiß, daß ich ihn liebe.«

»Sag es ihm, Kind. Schenk ihm dein ganzes Herz. Ich habe gesehen, daß er dir seins dafür geben wird.«

Father Nolan half Grania beim Aufstehen und versprach Ravenna, sich um ihre Großmutter zu kümmern. Gleich darauf rannte Ravenna weiter auf das Schloß zu.

*

»Mylord, im Dienstbotenaufgang schwelt es, und Lady Kathleen Quinn hat mich gerade darüber informiert, daß sie auf einen Rebellen gestoßen ist, der versuchte, sich Zugang zum Schloß zu verschaffen.« Tiefbesorgt blickte Greeves seinen Herrn an.

Trevallyan verschränkte die Arme vor der Brust, und Reverend Drummond, mit dem er sich gerade unterhalten hatte, wurde aschfahl.

»Lassen Sie das Schloß räumen. Vergewissern Sie sich, daß sich auch wirklich jeder unserer Gäste ins Freie begibt.« Dann zog er den Butler an sich heran und setzte sehr viel leiser hinzu: »Suchen Sie Ravenna. Ich glaube, sie wird zu ihrer Großmutter zurückgegangen sein, aber überprüfen Sie das. Ich muß wissen, daß sie in Sicherheit ist.«

»Aye, Mylord.«

Drummond wandte sich an die Gästegruppe, die gerade den Salon betrat: »Rufen Sie den Stallmeister! Wir brauchen Leute, die eine Eimerkette bilden! Es ist ein Feuer ausgebrochen!«

Mit schnellen Schritten durchquerte Niall den Raum und trat auf die Tapetentür zu, die zum Dienstbotenaufgang führte. Aus ihren Ritzen quoll bereits bläulicher Rauch.

Er stieß die Tür auf. Dichte, beißende Rauchschwaden trieben in den Salon.

»Verfluchte Rebellen!« knurrte ein Gast hinter ihm.

Trevallyan ignorierte die Bemerkung und versuchte, in den Treppenaufgang zu gelangen. Nach wenigen Sekunden verzog sich der Rauch etwas und er konnte das Treppenhaus betreten.

»Was ist denn das, Trevallyan?«

Der Mann hinter ihm bückte sich schwankend, hob einen Gegenstand vom Boden auf, kehrte mit ihm in den Salon zurück und legte ihn dort auf einen Tisch.

Niall blieb keine andere Wahl, als ebenfalls zurückzukehren.

»Was ist denn das? Was hat das zu bedeuten?« murmelten einige Gäste und starrten den Gegenstand auf dem Tisch an.

Als Nialls Blick auf das Objekt fiel, wurde ihm eiskalt. Es war ein zerdrücktes Veilchenbouquet.

»Habe ich das nicht am Decolletée dieser jungen Frau gesehen?« erkundigte sich ein Herr.

»Auch ich habe diese Blumen an Ravennas Robe gesehen«, stimmte ein anderer zu.

»Aber sie war auf dem Ball. Was hätte sie im Dienstbotenaufgang zu suchen?« meldete sich ein dritter.

»Vergeßt nicht, daß die Kleine lange Zeit mit diesem verdammten MacCumhal befreundet war. Und jedermann weiß, daß dessen Vater zu den White Boys gehört hat.«

»Genug«, rief Niall.

»Sie steckt mit diesem Lumpen MacCumhal unter einer Decke«, rief ein Gast ungerührt.

Als Niall aufblickte, kam Lord Quinn in den Raum geschwankt. »Das stimmt, Trevallyan. Vor einer knappen Viertelstunde habe ich Ihre *amour* in der Nähe des Friedhofs gesehen – in inniger Umarmung mit MacCumhal.«

Trevallyan schwieg. Was hätte er angesichts dieser Anschuldigung auch sagen sollen. Murmelnd steckten die Gäste die Köpfe zusammen, einige sahen bekümmert drein, während er wie eine Statue mitten im rauchgeschwängerten Adam-Salon stand und fast hilflos auf das Veilchenbouquet blickte.

»Kommt, Männer. Wir werden die Hure fangen, die dabei geholfen hat, Ihnen das anzutun, Trevallyan.«

»Verlassen Sie den Raum«, flüsterte Trevallyan.

»Was?« fragte Reverend Drummond, dessen Gehör auch nicht mehr das beste war.

»Ich sagte, daß alle den Raum verlassen sollen. Es ist nicht auszuschließen, daß das Feuer bald auch diesen Salon erreicht, und ich möchte nicht, daß irgend jemand Schaden erleidet. Sie stehen ohnehin den Männern mit den Wassereimern nur im Wege.« Trevallyan schien den Blick noch immer nicht von den Veilchen abwenden zu können.

»Aye, aye«, stimmte Drummond fast abwesend zu. Dann machte er sich schwerfällig auf den Weg zur Tür.

»Ich werde nach ihr Ausschau halten. Dafür gehört das Mädchen an den Galgen. Wir werden hier keine weiteren Verbrechen dulden«, erklärte Lord Quinn und verließ mit den anderen Gästen den Salon.

Trevallyan blieb zurück und starrte noch immer fassungslos auf das Bouquet.

*

Minuten vergingen. Der Stallmeister erschien mit einer Reihe junger, kräftiger Männer, die schnell eine Kette bis in den Treppenaufgang hinein bildeten und einander wassergefüllte Ledereimer zureichten.

Doch die Flammen fanden an dem trockenen Gebälk, den schweren Samtvorhängen im Schloß reiche Nahrung. Schon bald erfuhr Trevallyan, daß ihnen der gesamte Ostflügel zum Opfer gefallen war. Er nahm die Unheilsbotschaft gelassen auf, fast desinteressiert. Als ihm der Tumult seiner freiwilligen Feuerwehr zuviel wurde, nahm er das Veilchenbouquet an sich und stieg in seine Turmgemächer hinauf.

Und dort fand ihn Ravenna endlich. Er saß in seinem Ledersessel und betrachtete einen Gegenstand in seiner Hand. Sie wußte, daß sie ganz instinktiv ihrem Herzen folgen mußte, lief in ihrem zerrissenen Kleid und dem rußgeschwärzten Gesicht auf ihn zu und fiel vor ihm auf die Knie.

»Ich hatte unvorstellbare Angst«, sagte sie leise, legte ihre Wange an sein Knie und umschlang sein Bein – unendlich erleichtert, ihn lebendig und wohlauf vorzufinden. »Ich wollte Sie warnen, konnte Sie aber nirgendwo finden ...« Sie sah zu ihm auf und brauchte einen Augenblick, um zu begreifen, daß er ihre Berührung nicht erwiderte. Auf ihrem Kopf lag keine zärtliche Hand, niemand strich ihr liebevoll über die Haare.

Unwillkürlich lief ihr ein kalter Schauer über den Rücken. »Was machen Sie hier oben im Turm, während Ihr Schloß in Flammen steht, Mylord?«

Er sah sie an und hielt die Veilchen hoch, die sich von ihrem Kleid gelöst hatten. »Dieses Bouquet hat jemand im Dienstbotenaufgang gefunden, und Lord Quinn erzählte, daß er dich wenige Minuten vor Ausbruch des Feuers zusammen mit MacCumhal in der Nähe des Friedhofs gesehen hat. Stimmt das?«

»Lassen Sie Malachi nicht verfolgen, ich flehe Sie an ...«

»Stimmt das?« schrie er.

»Ja«, kam es fast unhörbar über ihre Lippen. »Aber es war kein verabredetes Rendezvous. Er hat mich zufällig dort getroffen und wollte mich vor dem Feuer warnen. Ich glaube sogar, daß er auch Sie warnen wollte.«

»Quinn hat allen erzählt, daß er dein Zusammensein mit MacCumhal beobachtet hat. Allen. Und nun glaubt man, daß du das Feuer gelegt hast ... Oder zumindest den Brandstiftern geholfen hast.«

Am ganzen Körper zitternd nahm sie ihm die Veilchen ab. »Ich habe damit nichts zu tun. Ich bin gekommen, um Sie zu warnen.«

»Lady Kathleen hat mich gewarnt, nicht du.«

»Aber ich war doch nicht einmal in der Nähe der Dienstbotentreppe. Die Veilchen sind mir vom Kleid gefallen, als ...« Sie brach ab und verzog gequält das Gesicht.

»Malachi hat den Strauß dort hingelegt, stimmt's? fragte er langsam. »Er wollte, daß ich erfahre, daß du mit ihm zusammen warst. Das war seine Botschaft für mich.«

»Unser Treffen war völlig belanglos«, hauchte sie.

»O ja, völlig belanglos«, wiederholte er verbittert. »Immerhin war er dir nahe genug, um dieses Bouquet von deinem Decolleté lösen zu können.«

Sie hatte nichts Unrechtes getan, fand aber keine unverfängliche Möglichkeit, ihm das zu erklären.

»Du bist ihm auf der Flucht vor mir begegnet, oder? Du konntest es doch kaum erwarten, von mir fortzukommen. Du bist nur von mir weggelaufen, um zu ihm zu kommen.«

Wieder sah sie ihn nur schweigend an.

Er griff ihr in die Haare und zog sie sanft auf seinen Schoß. »Ich bin der Richter. Quinn und die anderen adligen Gäste wollen, daß ein Exempel statuiert wird. Sie geben dir die Schuld.«

»Aber Sie geben mir doch sicher keine Schuld«, sagte sie, und ihre Augen füllten sich mit Tränen.

»Ich liebe dich. Mein Fluch ist es, dich zu lieben.«

Sie schlang ihre Arme um ihn und begann zu schluchzen: »Ich könnte Ihnen doch nie ein Leid antun. Habe ich das nicht bereits bewiesen? Ich bin gekommen, um Sie zu warnen ...«

»Deine Warnung kam zu spät.«

»Ich habe Sie verzweifelt gesucht. Dieses Schloß ist so schrecklich groß. Ich konnte Sie einfach nicht finden.«

»Du konntest es gar nicht abwarten, vor mir zu fliehen. Du hast die erste Gelegenheit ergriffen und bist verschwunden.«

»Sehen Sie mich doch nicht so an«, schluchzte sie verzweifelt auf. »Ich habe nichts Unrechtes getan. Ich bin zurückgekommen, um Sie zu warnen.«

»Du bist zurückgekommen, um dich selbst zu retten. Du willst nicht am Galgen enden wie diese Rebellen, wenn ich sie endlich gefangen habe.«

»Nein, ich bin zurückgekommen, weil ...«

»Gib es doch endlich zu. Du würdest dich brennend gern an mir dafür rächen, daß ich dich in den letzten Wochen im Schloß festgehalten habe. Deine Gründe sind nicht politisch, sie sind persönlich.«

»Ich habe Malachi ganz zufällig getroffen. Das wissen Sie

genau. Und Sie wissen auch, daß ich mit irgendwelchen Verbrechen absolut nichts zu tun habe ...«

»Zunächst war da diese Nachricht, die Seamus den Tod brachte, und dann versuchte dein guter alter Freund Sean O'Malley, mich nach Hensey zu locken.« Fast kam es ihr so vor, als kämpfe auch er mit den Tränen. »Jedesmal, wenn mir etwas zustieß, standest du in irgendeiner Beziehung dazu. Und ich war nahezu bereit, diesen unsinnigen *geis* zu fürchten – dabei hätte ich von Anfang an dich fürchten sollen. Dich und mein verfluchtes Herz, das du eingefangen hast.«

»Aber Sie sollten den *geis* fürchten«, flüsterte sie, »denn er ist wahr. Erkennen Sie das denn nicht? Der *geis* hat seine Berechtigung. Davon bin ich überzeugt. Alles wird gut werden.«

»Warum?« stieß er heiser hervor.

»Weil ich ...«

Sie wischte sich über die Augen, sah ihn an und nahm allen Mut zusammen, den sie für ihr Geständnis brauchte.

»Weil ich Sie liebe«, hauchte sie. »Endlich weiß ich, daß ich Sie liebe.«

Der Zorn schwand aus seinem Gesicht, wurde durch ruhige Gelassenheit ersetzt. Er umfaßte ihr Gesicht mit den Händen und betrachtete sie, als wäre sie eine Geständige und er der Henker. Eine Minute verstrich, jede Sekunde davon erschien ihr wie eine qualvolle Ewigkeit.

»Wie praktisch«, sagte er schneidend.

»Nein«, stöhnte sie auf. Das durfte er doch nicht von ihr glauben. Doch bevor sie noch etwas sagen konnte, senkte er seine Lippen auf ihren Mund und begann, sie leidenschaftlich zu küssen. Sie versuchte, sich zu wehren, sich zu befreien, aber er ließ ihr keine Chance. Mit jedem Widerstand von ihr wurden seine Küsse heftiger, intensiver, verlangender –

und schließlich hatte sie keine Kraft mehr, sich gegen ihn zur Wehr zu setzen.

»Glauben Sie mir doch, bitte glauben Sie mir«, flüsterte sie zwischen seinen Küssen und stöhnte auf, als er die Haken ihres Mieders öffnete. Ihr Instinkt riet ihr, sich zu wehren, ihn irgendwie zur Vernunft zu bringen, aber mit jedem Kuß, mit jeder Zärtlichkeit sagte ihr ihr Verstand, daß sie ausweglos gefangen war. Sie liebte ihn. Selbst wenn er so zornig war, ersehnte sie sich nichts mehr, als mit ihm zusammenzusein. Doch trotz dieses brennenden Verlangens verzweifelte sie fast an der Schuld, die er ihr unberechtigt zuwies. Er hielt sie für seine Feindin. Es widerstrebte ihr, ihn zu lieben, während er so aufgebracht und zornig auf sie war, aber sie wußte auch, daß es sein mußte. Wenn sie ihn von ihrer Unschuld überzeugen wollte, mußte sie ihn zunächst von ihrer Liebe zu ihm überzeugen.

Seine Leidenschaft war so ungezügelt und wild wie die Wogen, die donnernd gegen die Briney Cliffs schlugen. Er behandelte sie kaum besser als eine Hure, entblößte ihre Brüste und umfaßte sie schamlos mit beiden Händen, während sie ihn mit Tränen in den Augen ansah. Als sie dann nackt unter ihm auf dem Bett lag, erschauerte sie unter seiner Heftigkeit, war aber dennoch unendlich glücklich über die Vereinigung.

Sie liebte ihn. Und das sagte sie ihm bei jedem wilden Stoß, mit dem er sie auf die Laken drückte, bis er – stöhnend und erschöpft, ihr die Lippen mit seinem Mund verschloß.

Ganz so, als könnte er die Lüge nicht mehr hören.

Teil 4

Na Sé Seachtaine Dona
(Die bitteren sechs Wochen)

Im Gesicht meiner Liebsten ist's April,
und Juli in ihren Augen.
In ihrem Herzen ist es September,
aber in ihrer Seele kalter Dezember.

Thomas Morley (1594)

26

Sie weinte, bis sie keine Tränen mehr hatte.

Mutlos und verzweifelt verließ Ravenna schließlich das Bett und begann sich anzuziehen. Nur mit seiner Hose bekleidet stand Trevallyan am Fenster und blickte auf die mondbeschienene Silhouette des niedergebrannten Ostflügels. Er sagte kein einziges Wort. Selbst ihr leises, unaufhörliches Weinen hatte ihn nicht rühren können. Seine Gesichtszüge waren starr, wie aus Marmor gehauen. Das einzige Gefühl, das sich darin zeigte, war die Bitterkeit in seinen Augen.

Mit unbeholfenen Fingern schnürte sie sich das Korsett zu. Die purpurfarbene Robe war zwar ruiniert, aber alles, was ihr zur Verfügung stand. Sie streifte sich das schlammbespritzte Kleid über den Kopf, hakte es im Rücken soweit zu, wie sie reichen konnte und ließ den Rest offen. Ein Träger rutschte über ihren Arm, aber ihr war gleichgültig, wie sie aussah. Seltsamerweise war ihr im Moment alles egal.

Verzagt sah sie zu ihm hinüber. Der Kummer über sein Schloß, die Verzweiflung über sie schienen ihn gelähmt zu haben. Der Mann, der stets so stolz darauf verwiesen hatte, sich ausschließlich von Vernunft leiten zu lassen, war verschwunden. Jetzt stand da einer, der ausschließlich von Zorn und Zwangsvorstellungen beherrscht wurde.

»Mylord«, flüsterte sie, wußte dann aber nicht weiter.

Er drehte sich nicht um. Statt dessen richtete sich sein Blick auf die Tür. »Was wollen Sie?« fuhr er die dort stehende Person an.

Sie wandte den Kopf. Greeves betrat fast zögernd den Raum. Sein Gesicht war aschfahl, seine Lippen zu einem Strich zusammengepreßt. »Lord Trevallyan, ich bin gekommen, um Ihnen zu sagen, daß das Feuer endlich gelöscht ist. Der Ostflügel ist jedoch verloren und eine Reihe der Antiquitäten im Schloß hat durch Raucheinwirkung Schaden genommen.«

Trevallyan nickte so abwesend, als hätte er es längst gewußt.

»Es gibt noch weitere Neuigkeiten, Mylord. Man hat einen der Rebellen gefaßt.«

Ravenna spürte, wie sich ihre Hände verkrampften. Mußte sie doch noch miterleben, daß Malachi am Galgen endete? Der Gedanke bereitete ihr Übelkeit.

»Wer ist es?« fragte Niall und sah zu ihr herüber.

»Sean O'Malley«, erwiderte Greeves.

Ravenna entspannte sich. Sie würde auch O'Malley nur ungern verurteilt sehen, hielt ihn aber für einen der Anführer der Rebellion. Ohne ihn könnte Malachi vielleicht auf den rechten Pfad zurückfinden.

»Danke, Greeves, wenn das alles ist ...« Niall sah noch immer Ravenna an.

»Ich habe veranlaßt, daß er zunächst in dem alten Verlies untergebracht wird, Sir.«

»Ja, vielen Dank. Morgen früh werde ich mich damit befassen.«

Greeves zögerte.

»Gibt es noch etwas?« fauchte Trevallyan schließlich.

»Aye, Mylord.« Greeves' Blick flog unbehaglich zu Ravenna, die neben dem Bett stand. »In der Bibliothek halten sich noch sechs Gäste auf, alles Adlige. Unter ihnen auch Lord Quinn und Lord Devon. Sie verlangen, daß Ravenna zusammen mit O'Malley eingesperrt wird. Sie haben überall nach ihr suchen lassen. Ein Dienstbote sagte ihnen, daß man sie hier heraufgehen sah.«

Ravennas Herz begann zu hämmern wie eine keltische *bodhra'n*. Sie sah Niall an. Er schloß gequält die Augen. »Gott sei uns gnädig«, murmelte er kopfschüttelnd.

»Sie verlangen, daß die Rebellen gefaßt und bestraft werden«, fuhr Greeves fort. »Man fordert, daß Sie als Richter endlich etwas unternehmen, bevor sich der Aufruhr weiter ausbreitet und auch ihre Häuser in Brand gesteckt werden.«

Nialls Faust donnerte auf die Schreibtischplatte, aber er äußerte kein einziges Wort.

»Was soll ich ihnen nun sagen? Daß ich sie nicht finden konnte?«

Trevallyan schwieg noch immer, dann hob er endlich den Kopf. »Schicken Sie zwei Männer herauf. Sie sollen Ravenna ins Verlies hinunterbringen.«

»Nein!« entfuhr es Ravenna entsetzt. Greeves sah sie mitleidig an, machte dann auf dem Absatz kehrt und verließ den Raum.

»Aber das können Sie doch nicht machen! Sie wissen, daß ich mit dem Feuer nichts zu tun habe!« Sie schluchzte trokken auf und senkte dann ergeben den Kopf. »Ich liebe Sie. Tun Sie mir das nicht an«, flüsterte sie.

»Du bist vor mir davongelaufen. Du hast mich verlassen. Nur, um zu ihm zu gehen«, erwiderte er tonlos.

»Bringen Sie mich nicht dazu, Sie zu hassen«, flüsterte sie.

»Warum nicht? Du hast mich nie geliebt. Zumindest werde ich dafür sorgen, daß du ihm nie gehören wirst. Selbst wenn ich dich in meinen Verliesen gefangenhalten muß – nie wieder wirst du mir entfliehen!«

»Aber diese Grausamkeit ist doch völlig überflüssig«, klagte sie leise. »Wollen Sie denn nicht einsehen, daß ich Sie längst liebe?«

Seine Mundwinkel verzogen sich zu einem zynischen Lächeln. »Verschone mich mit dem, was du Liebe nennst, Ravenna.«

»Verschonen Sie mich mit *Ihrer* Liebe, Mylord!« brach es aus ihr heraus. »Ich bezweifle jedoch, daß Sie überhaupt zu irgendwelchen Empfindungen fähig sind.«

Bedrückendes Schweigen breitete sich aus. Er schien etwas sagen, ihr widersprechen zu wollen, fand aber offenbar nicht die richtigen Worte. Dann drehte er sich um, betrachtete sich kurz in seinem Rasierspiegel und fegte ihn mit einer einzigen Handbewegung vom Mahagonisekretär.

Das Klirren ließ Ravenna zusammenfahren. Glasscherben flogen durch den ganzen Raum und gefährdeten ihre nackten Füße, aber das war ihr egal. Sie dachte nur daran, daß es keine Möglichkeit zu geben schien, ihn von ihrer Unschuld und ihrer Liebe zu überzeugen – und von der Wahrheit.

»Warum nur? Warum hast du mich verlassen? Warum mußt du immer wieder von mir fortlaufen?«

Sie konnte ihm nicht antworten. Sie konnte nur den Kopf schütteln und ihre Arme um sich schlingen, um ihr Zittern zu verbergen.

»Sag mir endlich, warum!« forderte er heiser.

Wieder gab sie keine Antwort. Abrupt bückte er sich, hob das Rasiermesser vom Boden auf, das dem Spiegel gefolgt war, zog sie heftig an sich und hielt es ihr dicht vor die Augen. »Wenn du und dieser *geis* mein Leben vernichten wollt, warum hast du dann nicht eines Nachts einfach zu diesem Messer gegriffen und mir die Kehle durchgeschnitten, als ich in deinen Armen schlief?«

»Lassen Sie das«, flüsterte sie fast unhörbar.

Er legte ihre Finger um den Mahagonigriff des Rasiermessers und zog ihre Hand an seine Brust. »Oder – noch besser – warum hast du mir nicht gleich das Herz herausgeschnitten?«

Verzweifelt versuchte sie, ihre Hand zu befreien, aber er hielt sie eisern an sich gepreßt. »Bitte«, hauchte sie.

Ein Klopfen an der Tür enthob ihn jeder Antwort. Zwei stämmige Reitknechte betraten mit Greeves den Raum – bereit, sie abzuführen.

Ravenna sah Travellyan an und hoffte wider besseres Wissen, daß er diesem Wahnsinn endlich ein Ende machte. Er zeigte jedoch keine Reaktion.

»Miss Ravenna?« Greeves deutete mit einer höflichen Handbewegung zur Tür.

Sie fühlte sich wie Anne Boleyn auf dem Weg zum Schaffott.

»Warte.« Niall umfaßte ihren Ellbogen. Langsam, ganz langsam kniete er sich hin und hob den Saum ihres Kleides, um ihr behutsam die Schuhe über die nackten Füße zu streifen, damit sie sich an den Spiegelscherben nicht verletzen konnte. Dann stand er auf und nickte den Männern zu. Ravenna trat gelassen auf die Reitknechte zu. Plötzlich war es ihr völlig gleichgültig, was mit ihr geschah.

»Sorgen Sie dafür, daß es ihr an nichts fehlt«, sagte Trevallyan mit versteinertem Gesicht.

Greeves nickte.

Ohne sich umzublicken, ließ sich Ravenna davonführen.

*

Ravenna lief über den strohbedeckten Steinfußboden, starrte in die Dunkelheit hinter den Eisenstäben und dachte über die Zerbrechlichkeit der Liebe nach. Wie leicht sie doch zerstört werden konnte. Ein einziger heftiger Windstoß konnte sie zum Verlöschen bringen wie eine Kerze. Innerhalb weniger Wochen war es Niall gelungen, ihre anfängliche Faszination in glühenden Haß und schließlich in uneingeschränkte Liebe zu verwandeln.

Und nun wieder in Haß.

Seit zwei Tagen befand sie sich nun schon im Verlies. Nur einmal war er heruntergekommen, um sie zu besuchen. O'Malley befand sich irgendwo links von ihr in einer Zelle. Nachts – oder war es Tag? – in der Finsternis hatte sie inzwischen jedes Zeitgefühl verloren, hörte sie Sean in seinem Kerker rumoren. Doch das Geräusch klang so fern und undeutlich, daß sie nicht sicher sein konnte, daß es von O'Malley und nicht etwa von Ratten verursacht wurde.

Während Trevallyans Besuch hatte er kaum ein Wort mit ihr gewechselt, sondern ihr lediglich eine Laterne, Papier, Federhalter und Tinte durch die Eisenstäbe gereicht und befohlen, sie möge an ihrer Geschichte weiterschreiben. Bevor er wieder ging, griff seine Hand durch die Stäbe und umfing ihren Nacken. Er zog sie an sich heran und küßte sie auf den Mund.

Unter Tränen hatte sie ihn gebeten, sie freizulassen, was er jedoch ablehnte und lediglich schwor, ihren guten Namen wiederherzustellen.

Und da war der Haß wiedergekehrt, den sie schon verschwunden geglaubt hatte.

Hoffnungslos wie nie zuvor in ihrem Leben wandte sie sich von den Gitterstäben ab und setzte sich auf ihren Strohsack. Sie sollte tatsächlich zu schreiben versuchen, sagte sie sich. Das würde ihr zur Flucht verhelfen, sie in eine andere Welt versetzen. Und doch konnte sie sich nicht dazu aufraffen. Bis sich unbändiger Zorn in ihr meldete. Sie würde nicht zulassen, daß er ihr auch noch ihre Schriftstellerei nahm. Ihr Roman war ihr einziger Ausdruck persönlicher Freiheit. Sie würde seine Veröffentlichung durchsetzen, auch wenn Trevallyan behauptet hatte, das sei unmöglich. Sie würde es ihm beweisen!

Sie rückte die Laterne auf dem Schreibpult zurecht, das Greeves heruntergeschickt hatte, breitete einen Bogen Papier vor sich aus, tauchte den Federhalter in das Tintenfaß und spann die Saga von Aidan und Skya fort.

*

Father Nolan hatte große Mühe, sich mit seinen altersschwachen Händen des regenschweren Umhangs zu entledigen. Behende packte Greeves Hand zu.

»Es scheint, als suchten Sie sich für Ihre Besuche im Schloß stets das unwirtlichste Wetter aus, Father«, sagte der Butler mit einer kleinen Verbeugung.

»Offenbar werde ich nur bei unwirtlichem Wetter gerufen«, lächelte der Priester.

»Er ist in der Bibliothek.« Greeves blickte Father Nolan besorgt an und schien nicht zu wissen, was er sagen sollte.

Father Nolan half ihm aus der Verlegenheit. »Seit London haben Sie keine so schweren Zeiten mehr erlebt, nicht wahr, mein Sohn?«

Greeves preßte die Lippen zusammen und nickte. »Der Herr ... Er ist nicht mehr wiederzuerkennen. Helfen Sie ihm, Father. Wir wissen uns einfach keinen Rat mehr.«

Der Priester blickte zu der geschlossenen Tür der Bibliothek hinüber. »Hat er zu trinken begonnen?«

»Nein«, erwiderte Greeves, während er neben Father Nolan die Halle durchquerte. »Er scheint an nichts mehr Interesse zu haben. Er sitzt nur da, brütet vor sich hin und fragt ... nach ihr.«

Sie waren vor den Flügeltüren angekommen, aber Greeves schien unschlüssig, ob er den Priester allein lassen sollte.

Mit einem müden Lächeln legte ihm Father Nolan eine Hand auf die Schulter. »Ich bin schon weit gefährlicheren Löwen gegenübergetreten. Aber sagen Sie, gibt es da drinnen einen guten Sherry? Angesichts der Umstände könnte ich versucht sein, mich dem Trunk zu ergeben.« Greeves nickte, und der alte Mann sagte: »Dann lassen Sie uns ruhig allein.«

Greeves schob behutsam die Tür auf. Ein unwilliges Knurren ertönte, aber Father Nolan ignorierte es. Greeves trat so hastig den Rückzug an, daß der Priester zu der Annahme verleitet wurde, auch der Butler suche das Heil in einer Sherry-Karaffe.

Noch nie hatte es Father Nolan erlebt, daß ein Mensch innerhalb kurzer Zeit derart verfiel. Der Mann im Armsessel, der blicklos in die Kaminflammen starrte, wies keinerlei Ähnlichkeit mit dem Niall Trevallyan auf, den er in Erinnerung hatte. Sein Gesicht war gramzerfurcht, sein Kinn mit blonden Bartstoppeln bedeckt, und als er seine Augen nun dem Priester zuwandte, sah Father Nolan darin eine fast ungezügelte Wildheit. Selbst seine Kleidung war nicht mehr so, wie sie Father Nolan im Gedächtnis hatte. Anstelle der tadellosen Gehröcke oder feinen Cordsamt-Jacketts trug Trevallyan eine ausgebeulte Hose, die nach einem Bügeleisen schrie, und ein zerdrücktes Leinenhemd, dessen Farbe auch bei bestem Willen nicht mehr als weiß bezeichnet werden konnte. Seine Stiefel waren schlammverkrustet.

»Ich bringe schlechte Nachrichten, Mylord«, begann der Priester unbehaglich. »Ich fürchte, was ich Ihnen zu sagen habe, wird kein Balsam für Ihre gepeinigte Seele sein.«

»Mich kann nichts mehr erschüttern«, erwiderte Trevallyan tonlos.

Der Father nahm schwerfällig in einem Sessel Platz und legte seinen Schlehenstock über die Knie. »Ich habe gehört, daß Ravenna in den letzten Tagen sehr abgemagert ist. Sie sind sehr grausam zu ihr, obwohl Sie wissen, daß Sie mit dem Brand nichts zu tun hat.«

Trevallyan schwieg.

»Mein Sohn, sagen Sie mir, warum Sie das Mädchen noch immer in diesem Verlies gefangenhalten?« erkundigte sich Father Nolan fast sanft.

Trevallyan fuhr sich durch die Haare. »Wenn ich sie freilasse, werde ich sie verlieren. Sie ist bereits in der Nacht des Balls davongelaufen.«

»Aber Sie behandeln sie wie eine Gefangene. Jetzt halten Sie sie bereits drei Tage und Nächte in diesem Kerker fest. Sie müssen doch wissen ...«

»Ja, verdammt nochmal!« fuhr Trevallyan hoch und schien den Priester mit seinen Blicken durchbohren zu wollen. »Sean O'Malley hat es mir gesagt. Sie hat mit dem Feuer nichts zu tun. Das weiß ich. Das habe ich schon immer gewußt.«

»Und warum halten Sie sie dann noch immer fest?«

»Weil ich sie für mich haben will«, flüsterte er heiser. »Und weil ich sie liebe.«

»Wenn Sie sie lieben, dann lassen Sie sie frei.«

»Sind Sie närrisch, Mann?« Trevallyan stand auf, trat an den Kamin und stützte die Ellbogen auf das Sims. »Waren Sie es denn nicht, der mir von dem *geis* berichtet hat? Absurd oder nicht: Er ist wahr geworden. Ich habe ihr alles gegeben, aber sie hat es mir auf grausamste Art und Weise vor die Füße geworfen. Ich habe verloren. Mein Leben und diese Grafschaft sind zum Untergang verurteilt, weil es mir nicht gelungen ist, ihre Liebe zu erringen. Aber noch habe ich sie in meiner Gewalt. Sie gehört mir, und ich werde sie nicht fortlassen.«

»Haben Sie sich deshalb hier in die Bibliothek zurückgezogen? Weil Sie Ihr Leben und das Schicksal der Grafschaft betrauern?«

Trevallyan warf dem Priester einen Blick zu, den dieser bis zu seinem letzten Atemzug nicht vergessen würde. Dann wandte er sich ab und sagte mit kaum verständlicher Stimme: »Nach O'Malleys Geständnis bin ich zu ihr hinuntergegangen.« Er brach ab. Jedes Wort schien eine Qual für ihn zu sein. »Sie schlug mir ins Gesicht, sie weinte und sie sagte, wie sehr sie mich haßt. Da hätte ich sie freilassen sollen. Ich wußte, daß alles verloren war. Aber ich konnte es nicht. Ich konnte es nicht! Ich liebe sie. Ich kann ohne sie nicht leben. Lieber lasse ich mir von ihr ein Messer ins Herz stoßen, als daß ich mitansehe, wie sie wieder davonläuft und für immer für mich verloren ist.«

»Mein Sohn, mein armer Sohn«, murmelte Father Nolan voller Mitgefühl.

»Ich kann sie nicht freilassen. Das dürfen Sie nicht von mir verlangen.« Niall ging zum Fenster hinüber, schob die Spitzenstores zur Seite und blickte auf die gelben, verdorrenden Kartoffelfelder hinaus.

»Mylord«, begann der alte Priester begütigend. »Der *geis* konnte nicht erfüllt werden. Es ist vorbei, damit müssen wir uns abfinden. Mit Ihrem Geld können Sie unserer notleidenden Grafschaft zwar helfen, aber nichts kann Ravennas Liebe erzwingen. Lassen Sie sie frei, mein Sohn. Sie sind bereits viel zu weit gegangen. Daß Sie sie wie eine Gefangene halten, muß sie nur noch weiter gegen Sie verhärten.«

»Das können Sie nicht von mir verlangen.«

»Ich muß es verlangen. Grania ist krank, ihr irdisches Leben neigt sich dem Ende zu. Wenn Ravenna Sie schon jetzt verachtet, dann denken Sie darüber nach, wie groß ihr Haß erst sein muß, wenn sie erfährt, daß Sie ihr verweigerten, ans Sterbebett ihrer Großmutter zu eilen.«

Niall Trevallyan warf einen letzten Blick auf die verdorrten Felder, die ihn zu verhöhnen schienen, und schlug dann mit der Faust gegen die Fensterscheibe – ganz so, als wollte er auslöschen, was er da sah.

»Verlangen Sie das nicht von mir, Father. Sie ist alles, was mir geblieben ist«, sagte er heiser und ignorierte seine blutende Hand.

»Ich würde es nicht von Ihnen verlangen, wenn es nicht

dringend geboten wäre. Grania ist dem Tod nahe und verlangt nach Ravenna. Sie müssen sie gehen lassen, Mylord. Sie müssen es tun, auch wenn es Ihnen das Herz zerreißt. Der *geis* hat gesiegt. Der Kampf ist aus. Lassen Sie sie frei.«

Trevallyans Schultern senkten sich wie unter einer unerträglichen Last. »Sie will nicht mehr essen, Father. Sie läßt die Mahlzeiten, die man ihr bringt, völlig unberührt.«

»Gehen Sie in sich, Niall. Steigen Sie in ihr Verlies hinunter und gestehen Sie Ihrer Gefangenen Ihre Sünden. Sprechen Sie zu ihr von Ihrem Stolz und von Ihrer Habsucht.« Father Nolans Stimme wurde zu einem ehrfürchtigen Flüstern. »Erzählen Sie ihr, wie hoffärtig Sie waren, ausschließlich den Verstand gelten zu lassen – und wie Sie Ihr Herz eines Besseren belehrt hat.«

Trevallyan barg das Gesicht in den blutverschmierten Händen.

Falls er weinte, so konnte es Father Nolan zumindest nicht sehen.

»Grania wartet auf ihre Enkelin, Mylord.« Mit gequältem Gesicht stand der Priester auf. »Ich werde ihr sagen, daß Ravenna bald bei ihr ist.«

Wie ein auf übersinnliche Art herbeigerufener Geist erschien Greeves in der Tür, um Father Nolan hinauszubegleiten. Bevor er ging, wandte sich der alte Mann noch einmal Trevallyan zu.

»Ich weiß, daß auch Ihnen die Erlösung gewiß ist, Mylord«, sagte er leise. »Vergessen Sie das nicht, wenn Sie mit ihr sprechen.«

Niall antwortete nicht.

*

Das Flackern von Laternenlicht weckte Ravenna aus einem unruhigen Schlaf. Sie hatte von Dämonen, Liebe und Verrat geträumt, und es war eine Erleichterung, ihnen zu entrinnen.

Eine Gestalt tauchte vor den Gitterstäben auf. Trevallyan.

»Bereitet es Ihnen Genugtuung, mich durch diese Stäbe zu betrachten wie eine Löwin im Käfig?« fragte sie verächtlich.

Sie hörte, daß der Schlüssel im Schloß gedreht wurde, dann ging die schwere Tür scheppernd und klirrend auf. Sie nahm an, er würde eintreten, aber er blieb an der weit offenen Tür stehen, als wartete er darauf, daß sie herauskam.

Ihre Überraschung war mit Händen zu greifen. Sie hatte fast alle Hoffnung aufgegeben, je wieder freigelassen zu werden, da sie Trevallyans eisernen Willen besser kannte als jeder andere.

»Sie lassen mich gehen?« fragte sie ungläubig. Seine Kapitulation verblüffte sie so, daß sie dumm genug war, diese Frage zu stellen – anstelle unverzüglich die Flucht zu ergreifen und nie wieder zurückzukehren.

»Du hast dich keines Verbrechens schuldig gemacht. O'Malley hat dich von jedem Verdacht befreit. Ich habe daher keinen Grund, dich weiterhin gefangenzuhalten.« Seine Stimme war ein tonloses Schnarren.

So hastig, daß sie in der Dunkelheit fast stolperte, sammelte sie die Seiten ihres Romans ein und warf ihm über die Schulter immer wieder ängstliche Blicke zu. Sie wußte, daß sie sich beeilen mußte. Bei seiner Unberechenbarkeit war es durchaus möglich, daß er in der nächsten Sekunde die schwere Eisentür wieder vor ihr zuschlug.

Schnell schob sie sich an ihm vorbei aus der Zelle und drückte sich so eng gegen die Wand des Treppenaufgangs, als hätte sie Angst vor ihm. Nach allem, was er ihr zugemutet hatte, wäre es mehr als töricht, ihm zu vertrauen. Er war ein Wahnsinniger, daher mußte sie mit äußerster Vorsicht vorgehen.

Aber er unternahm keinen Versuch, sie aufzuhalten. Reglos und schweigend stand er da und ließ sie nicht aus den Augen.

Sie begann die schlüpfrigen Stufen hinaufzuhasten. Durch nichts könnte er sie jetzt noch zurückhalten ...

»Geh zu Grania. Sie ist krank.«

Entsetzt fuhr sie zu ihm herum. Es durfte nicht wahr sein, was er da gerade gesagt hatte, und doch wußte sie irgendwie, daß er nicht gelogen hatte. Grania lag im Sterben. Vielleicht war es sogar schon zu spät.

Ihre Welt brach zusammen. Ihr Haß auf Trevallyan verfestigte sich. Er hatte sie nicht nur gefangengehalten, sondern ihr auch wertvolle Zeit gestohlen. Zeit mit Grania, die unwiderbringlich war. Voller Verachtung starrte sie ihn an und unterdrückte mit Mühe ein Schluchzen.

»Geh endlich. Beeile dich!«

Lautlos begann sie nun doch zu weinen. Die vergangenen drei Tage waren kaum erträglich gewesen. Und nun lag Grania im Sterben. Alles, was sie liebte, wurde ihr genommen. Selbst die letzten Tage mit ihrer Großmutter.

»Das werde ich Ihnen nie verzeihen! Niemals!« Entschlossen wischte sie sich die Tränen vom Gesicht. »Bis zu meinem letzten Atemzug werde ich Sie hassen!« Es war eine Erleichterung, es ihm endlich ins Gesicht schreien zu können.

»Hasse mich«, erwiderte er eigenartig ruhig. »Vielleicht habe ich es verdient.«

Verblüfft hielt sie den Atem an. Mit dieser Reaktion hätte sie am wenigsten gerechnet.

»Wenn du in künftigen Jahren an den Ruinen dieses Schlosses vorbeikommst, Ravenna«, fuhr er mit trostloser Stimme fort, »dann denke daran, daß der Schloßherr noch immer an dich denkt, sich nach dir verzehrt.« Er trat einen Schritt vor, in den Lichtkegel der Laterne, und sie sah die Hoffnungslosigkeit in seinem Blick. »Und sage Grania, daß alles vorüber ist. Der *geis* hat gesiegt. Es wird keine Heirat zwischen einem Adligen und einem einfachen Mädchen in Lir geben, um die Grafschaft zu retten. Statt dessen wurde die Familie Trevallyan vernichtet.«

Sie sah zu ihm hinunter und glaubte, ihren Ohren nicht trauen zu können.

»Und sag ihr auch, daß ich für das Land, das die Trevallyans den Gälen genommen haben, teuer bezahlt habe.«

Sie wußte nicht, was sie darauf sagen sollte. Seine Stimme klang noch immer stolz und entschieden, dennoch auch eigenartig resigniert.

»Und sage ihr darüber hinaus auch noch, daß ich meinen Frieden mit dir gemacht habe. Ich habe dich manipuliert und belogen, aber das werde ich in Zukunft nicht mehr tun.« Er machte eine kurze Pause, um dann fast heftig fortzufahren: »Finn Byrne war dein Vater, Ravenna. Das habe ich dir verheimlicht, weil dir dieses Wissen eine Macht gegeben hätte, die für mich unerträglich gewesen wäre. Aber jetzt sollst du es wissen. Du brauchst Lord Cineath nur zu sagen, daß Mabelle kein Vorname ist, daß Finn in seiner Todesstunde von *ma belle* Brilliana gesprochen hat, von seiner schönen Brilliana. Dann wird er ohne jeden Zweifel wissen, daß Finn Byrne dein Vater war.«

Die heißen Tränen in ihren Augen wurden zu Eis. Unbändige Wut nahm ihr fast den Atem. Er hatte also die wichtigste Information ihres Lebens vor ihr geheimgehalten, um sie auch weiterhin seiner Macht zu unterwerfen.

»Ich verachte Sie.« Doch das Gefühl, das sie plötzlich empfand, war weit stärker als jede Verachtung.

»Ich weiß.« Die zwei Worte klangen bitter, hoffnungslos. »Ich habe die falschen Dinge geschätzt und das verhöhnt, was ich nicht verstehen konnte. Aber ...« Ihm schien die Stimme zu versagen, aber er bekam sich schnell wieder in die Gewalt. »Aber inzwischen weiß ich, wie wertlos selbst der großartigste Verstand ist, der sich über die Bedürfnisse des Herzens hinwegsetzt. Du hast mir vorgeworfen, ich könnte dich nie als ebenbürtig betrachten, Ravenna, doch jetzt weiß ich, daß du mir nicht nur ebenbürtig sondern besser bist als ich. Du und alle anderen in dieser Grafschaft, die ich Toren und Narren genannt habe. Ich war nicht dazu fähig, die Ansichten und Überzeugungen anderer Menschen gelten zu lassen. Ich habe nicht verstanden, was man mir begreiflich machen wollte. Die Mächte, die die Geschicke der Menschen lenken, sind zu groß für den menschlichen Verstand, aber darüber vergessen wir sehr leicht die kleinen Mächte, jene kleinen Mächte, die schließlich auch Goliath zu Fall gebracht haben. Vergiß nicht, was ich dir jetzt sagen werde, Ravenna, vergiß es nie: Nicht der *geis* war es, der mich in die Knie gezwungen hat – sondern du. Du allein«, fügte er in gequältem Flüstern hinzu.

Sie sah ihn schweigend an und war viel zu aufgewühlt, um den Sinn seiner Worte ganz zu verstehen. Sie wollte nur fort. Fort zu Grania, bevor es zu spät war. Sich endgültig und für immer aus seinem Bann lösen.

»Dann hat die Gerechtigkeit endlich gesiegt«, sagte sie leise, raffte ihre Röcke und floh die Treppe hinauf – der Freiheit entgegen.

27

Blaß und sorgenvoll beobachtete Ravenna, wie der Arzt seine Utensilien in der schwarzen Ledertasche verstaute.

»Sie ist kein junges Mädchen mehr, Ravenna. Sie kann mir ja nicht einmal sagen, wann sie geboren wurde. Ich habe ihr ein schmerzstillendes Beruhigungsmittel gegeben – zur Erleichterung. Es wird nicht mehr lange dauern. Mach es ihr mit deinen Worten und Tränen nicht unnötig schwer. Es ist Zeit für sie, in eine bessere Welt einzugehen.«

Ravenna nickte und wischte sich mit dem Handrücken die Tränen von den Wangen. »Was ... Was bin ich Ihnen schuldig?« fragte sie, als sie den alten Mann zur Tür brachte.

»Trevallyan wird mich bezahlen.«

»Nein, verdammt noch mal, das wird er nicht!« entfuhr es ihr heftig. Es war ihr gleichgültig, was der Arzt von ihr dachte. Doch dann erinnerte sie sich daran, daß alles Geld, das sie je besessen hatte, ohnehin von ihm gekommen war.

»Ich werde ihm eine Rechnung schicken.« Der Arzt sah ihr ernst in die Augen. »Verabschiede dich jetzt von ihr, Ravenna. Und mache ihr deutlich, daß für dich gesorgt ist. Sie ängstigt sich um dich.«

»Das ist überflüssig.«

»Falls du mich brauchst, schicke mir den Jungen von O'Shea.«

»Ja«, brachte sie mühsam über die Lippen und schloß dann leise die Tür. Sie benötigte ihre ganze Kraft, wieder die Eichentreppe zum Schlafzimmer hinaufzusteigen, in dem Grania auf dem Sterbebett lag.

»Ich bin wieder bei dir, Großmutter«, sagte sie und trat auf das frischbezogene Bett zu. Fiona war aus dem Schloß gekommen, um für Grania in deren letzten Stunden zu sorgen. Jetzt saß sie mit einem Strickzeug unten in der Küche und wartete auf das Unausweichliche.

Granias Augen waren geschlossen, aber Ravenna wußte, daß sie wach war. Sie umfaßte die Hand ihrer Großmutter.

»Bist du die ganze Zeit im Schloß gewesen?« fragte Grania keuchend.

»Aye«, erwiderte Ravenna leise und konnte nicht verhindern, daß ihr schon wieder die Tränen in die Augen stiegen.

Sie senkte den Kopf und legte ihre Wange an die alte, gichtige Hand. Noch war sie warm, und Ravenna hätte alles dafür gegeben, daß das so blieb.

»Tre...vallyan?« ächzte Grania.

»Ihm ...« Ravennas Blick wurde dunkel. »Ihm geht es gut.«

Grania schwieg und schien die ihr noch verbliebenen Kräfte zu konzentrieren. Ihr Atmen wurde leichter und ihre Sprache wurde erstaunlich deutlich und klar. »Liebst du ihn?«

Ravenna wandte den Kopf ab. Grania wünschte sich nichts mehr, als daß sie versorgt war und hielt Trevallyan für den Menschen, der das garantieren konnte. Aber sie brauchte nicht versorgt zu werden. Sie hatte ihren Roman, und dann gab es da immer noch die Möglichkeit Dublin. Sie war sicher, in Dublin Arbeit finden zu können.

»Grania, ich ...« Sie brach ab. In diesem Moment wäre die Wahrheit mehr als unpassend gewesen, nahezu grausam, aber sie konnte ihre Großmutter auch nicht belügen und sagen, daß sie ihn liebte.

»Ravenna?«

Gequält schloß Ravenna die Augen. So sehr sie sich auch bemühte, sie wußte nicht, was sie sagen sollte.

»Er war so grausam ...«

»Bist ...du ...denn ...nie ...grausam gewesen?«

»Doch«, flüsterte Ravenna kaum hörbar.

»Liebt ...er?« keuchte Grania, als schnürte ihr eine unsichtbare Hand die Kehle zu. Ravenna konnte kaum mitansehen, wie der Schmerz das Gesicht ihrer Großmutter verzerrte.

»Er liebt mich, Grania«, sagte sie entschlossen. »Mach dir keine Sorgen. Ich weiß, daß er mich liebt.«

Grania öffnete ganz kurz die Augen, dann schien ein eigenartiger Frieden über sie zu kommen. Die gequälten

Atemzüge verstummten. Durch ihre Tränen sah Ravenna, wie der Tod ganz sanft alle Falten und Runzeln im Gesicht der alten Frau glättete, sie fast wieder zu der schönen Frau machte, die sie einmal gewesen war ...

Lautlos begann Ravenna zu weinen, verlor in ihrem Schmerz, ihrer Trauer jedes Zeitgefühl.

»Kind, komm doch herunter und setz dich zu mir in die Küche. Wir werden nach dem Leichenbestatter schicken.«

In ihrem Leid spürte Ravenna kaum, daß Fionas Hand liebevoll über ihren Kopf strich.

»Komm, Kind. Sie hat ausgelitten. Sie ist in einer besseren Welt.«

Doch Ravenna wollte Granias Hand nicht loslassen. »Sie ist alles, was ich hatte. Alles, was ich je hatte«, schluchzte sie wild auf.

»Du mußt dich von ihr trennen, Kind. Sie kann dich nicht mehr trösten.«

Verzweifelt schüttelte Ravenna den Kopf. Ihre Trauer hüllte sie ein wie eine dichte, dunkle Wolke. Noch Stunden nach Granias Tod weigerte sie sich, ihre Großmutter zu verlassen.

*

Es gab keine Totenwache für Grania. Sie wurde in der Ecke des Friedhofs beerdigt, in der die Armen und jene ihre letzte Ruhe fanden, die keiner der beiden Kirchen angehörten. Es regnete, aber es war kein beständiger Regen. Das Wetter schien sich zwischen auffrischenden Böen und Windstille, Sonne und Schauern, nicht entscheiden zu können.

Wenige hatten sich eingefunden, Grania die letzte Ehre zu erweisen. Fiona war gekommen, in ihrem Sonntagsstaat und mit einem schwarzen Schleier vor dem Gesicht. Father Nolan bot seinem Bischof tapfer die Stirn und sprach ein paar segnende Worte, konnte sich aber den leichten Tadel nicht verkneifen, daß Grania es vorgezogen hatte, ihr Leben außerhalb der Kirche zu verbringen. Tränenlos und wie versteinert sah Ravenna zu, wie die vier Jungen, die für den Totengräber arbeiteten, den Kiefernsarg in die Erde senkten.

Danach sagte niemand ein Wort. Worte wären sinnlos gewesen. Nach einem liebvollen Händedruck, einer tröstenden Umarmung ließen die anderen Ravenna allein am Grab zurück.

»Dem armen Kind hat es das Herz gebrochen«, sagte Fiona zu Father Nolan, nachdem sie den Friedhof verlassen hatten. »In ihrem Schmerz hat sie eine Mauer um sich errichtet. Ich fürchte, daß sie nach Granias Tod keinen anderen Menschen an sich heranlassen wird.«

Der alte Priester warf einen besorgten Blick über die Schulter zurück. Die alte Grania war tot. Zeit, an die eigene Todesstunde zu denken, die nicht mehr allzu weit entfernt sein konnte. Aber er konnte weder seine Augen noch seine Gedanken von dem Mädchen wenden. Ravenna stand vor dem Grab und der Wind ließ ihr Kleid wehen. Es war das alte, blaue Kleid, das sie schon zu Peter Maguires Beerdigung getragen hatte. Sie wirkte unendlich einsam, und doch ...

Ein Mann trat aus einer Baumgruppe auf Ravenna zu, den schwarzen Zylinder in der Hand. Mit angehaltenem Atem beobachtete Father Nolan, wie Ravenna den Kopf wandte. Trevallyan blieb abrupt stehen.

Ravenna und Trevallyan sahen sich an. Eine Ewigkeit schien zu vergehen. Der Priester spürte, daß Fiona ganz dicht neben ihn trat, um die Szene besser beobachten zu können. Selbst der Wind hörte auf zu wehen.

Dann änderte sich das Bild.

Niemand konnte Ravennas kalte Ablehnung übersehen. Niemandem konnte der Zorn entgehen, der über Trevallyans Züge flog. Er senkte kurz den Kopf, als wollte er der Dahingeschiedenen die letzte Ehre erweisen, dann drehte er sich quälend langsam um und ging davon.

Auch Ravenna senkte den Kopf. Die Tränen, die sie während der Beerdigung zurückgehalten hatte, brachen sich vehement ihre Bahn. In dem alten Priester krampfte sich bei diesem Anblick alles zusammen. »Eine Mauer«, flüsterte er wie zu sich selbst. »Ja. Der Herr sei uns allen gnädig.«

*

Der Roman war beendet.

Das Manuskirpt fest an sich gedrückt, machte sich Ravenna auf den Weg ins Dorf. Der Wind zerrte an den Seiten, blies ihr Strähnen ihres schwarzen Haares ins Gesicht, aber es tat gut, die salzige Luft zu atmen. Zwei Wochen lang hatte sie sich nicht aus dem Cottage gerührt, ausschließlich an der Fertigstellung ihres Buches gearbeitet. Jetzt wollte sie es fortschicken.

Hoffnungsvoll öffnete sie die Tür zu McCartys Gemischtwarenladen und legte das Manuskript auf die Ladentheke, aber der Raum war leer. Mr. McCarty war nirgendwo zu sehen. Doch das war nicht ungewöhnlich, da der alte Mann nachmittags gern eine Tasse Tee mit Father Nolan trank. Dann ließ er seine Ladentür meist offen, damit sich jeder nehmen konnte, was er brauchte, und das entsprechende Geld auf der Theke zurückließ.

Ravenna schrieb die Adresse des Verlages in Dublin auf das Manuskript sowie den Namen des Mannes, den Trevallyan angeblich kannte, und legte Two-Pence-Stück auf die Theke. Dann notierte sie eine kurze Nachricht für McCarty, mit der sie ihn bat, das restliche Geld Granias Lebensmittelrechnung gutzuschreiben.

Der Wind wehte inzwischen so heftig, daß das ganze kleine Haus zu erbeben schien. Aus einer Ecke des Raumes hörte sie ein Geräusch, hielt es jedoch für das Klappern eines Fensterladens.

Als sie fertig war, wischte sie die Feder mit dem Taschentuch ab und steckte sie sich in den Kleiderärmel. Sie wollte gerade gehen, als das merkwürdige Geräusch wieder ertönte.

»Ist da jemand?« rief sie und konnte nicht verhindern, daß ihr ein Angstschauer über den Rücken lief.

Jetzt klirrte es in der Ecke, ganz so, als würde Glas zerbrechen.

Mit klopfendem Herzen trat Ravenna um die Ladentheke und entdeckte zu ihrem Entsetzen den alten McCarty gefesselt und geknebelt am Boden. Er warf ihr einen hilfeflehenden Blick zu. Schnell lief sie zu ihm und zog den Knebel aus seinem Mund.

»Wer ... Wer hat Ihnen denn das angetan?« rief sie, während sie hastig an seinen Handfesseln zerrte und den Eindruck hatte, daß McCartys weiße Haare aufgrund seiner Notlage noch weißer geworden waren.

»Die verfluchten Rebellen. Sie hatten Tücher vor den Gesichtern, damit ich sie nicht erkenne, kamen hereingestürmt und haben mir mein ganzes Lager ausgeräumt. Laternen, Whisky – alles!«

Ravenna half dem alten Mann auf die Beine und starrte ihn ungläubig an. »Haben Sie eine Ahnung, wer es gewesen ist?«

»Nay, große Burschen eben. Groß und kräftig. Leider sehr viel kräftiger als ich.«

Sie setzte den schmächtigen, schlotternden Mann neben seinen Herd und warf ein Stück Torf ins Feuer.

»Sie sollten Trevallyan sagen, daß er sich beeilen muß. Diese Burschen sind gefährlich«, murmelte McCarty, während sie nach einem Wasserkessel suchte, um ihm einen Tee aufbrühen zu können.« Es geht das Gerücht um, daß sie in das Schloß eindringen wollen, um O'Malley zu befreien. Und jetzt haben sie alles, was sie dazu brauchen. Selbst die achtundneunziger Aufständischen waren nicht so skrupellos, ihre eigenen Leute zu bestehlen.«

Ravenna wehrte sich gegen die aufkommende Angst. Vergebens. »Er wird sie von ihrem Vorhaben abhalten. Davon bin ich fest überzeugt«, sagte sie mehr zu ihrer eigenen Beruhigung.

»Sie werden ihn lynchen. Das werden sie tun. Ich habe das in der Grafschaft Down selbst miterlebt. Sie haben den Herren aus dem Haus gezerrt und an seiner eigenen Eiche aufgeknüpft.«

Ravennas Hände begannen zu zittern. Zwei Wochen lang hatte sie sich dazu gezwungen, nicht an Niall zu denken. Sie würde es auch jetzt nicht tun, selbst wenn es sie den letzten Rest ihrer Kraft kosten könnte.

Sie blickte sich in dem Laden um. Erst jetzt fielen ihr die leeren Regale auf.

»Vielleicht gelingt es Father Nolan, sie aufzuspüren und zur Vernunft zu bringen«, sagte sie. »Die müssen den Verstand verloren haben! Sie zu bestehlen, um Trevallyan zu überfallen!«

»Der Priester kann gar nichts ausrichten. Die Kirche verurteilt rebellisches Verhalten, also machen sie, was sie wollen.«

»Liam McCarty, was hast du denn hier angestellt?« Mrs. McCarty stand mit einem Korb voller Handarbeiten in der Tür und schaute sich verblüfft um.

»Sie haben uns ausgeraubt!« rief McCarty, den Tränen nahe.

»Trevallyan wird alles in Ordnung bringen. Er wird ihnen ihre Verbrechen nicht durchgehen lassen«, erklärte Ravenna leise. Der Name kam ihr nur widerwillig über die Lippen, aber noch mehr ärgerte sie sich über ihre Nervosität, über ihre Angst ...

»Aye, wenn er nicht vorher aufgehängt wird.«

Ravenna schwieg. Sie konnte nicht antworten. Statt dessen machte sie dem Ehepaar einen starken Tee und hörte zu, wie McCarty seiner Frau die Freveltat in allen Einzelheiten schilderte. Danach verabschiedete sie sich und versprach, sich am nächsten Morgen nach dem Wohlergehen des Ehepaars zu erkundigen.

Während sie zum Cottage zurücklief, ballten sich im Osten so dichte, dunkle Wolken zusammen, daß nicht mehr zu sehen war, wo die See endete und der Himmel begann. Bäume und Sträucher bogen sich wie Streichhölzer im Wind. Auch Ravenna bebte am ganzen Leib. Als sie endlich im Haus war, konnte sie die Kerzen nicht schnell genug anzünden.

Ich hasse ihn, sagte sie sich, als sie aus dem Fenster blickte und zusah, wie sich die Dunkelheit auf das Land senkte. Die Rebellen haßten Trevallyan auch, aber sie wünschten sich seinen Tod. Und sie würden ihn töten, wenn man sie nicht davon abhielt.

Erregt rieb sie sich die schmerzende Stirn. Was war zu tun? Natürlich könnte sie Niall eine warnende Nachricht zukommen lassen, das würde sie für jeden anderen auch tun, aber es wäre eine überflüssige Geste. Trevallyan war sich der Gefahr vermutlich längst bewußt, und ihre Warnung mußte vage und unsicher ausfallen. Sie würde ihm lediglich bestätigen, was er bereits wußte. Sie wollten O'Malley wiederhaben und würden alles tun, um ihn zu befreien. Vielleicht hätten sie Trevallyan sogar für sie getötet, wenn sie nicht von ihm freigelassen worden wäre.

Die Erkenntnis legte sich wie eine Last auf ihre Schultern. Sie machte sich um Trevallyan lediglich die Sorgen, die sich jeder anständige Mensch um seinen Nächsten machen würde, wenn er derart bedenkliche Neuigkeiten erfuhr.

Aber warum klopfte dann ihr Herz fast unerträglich bei der Vorstellung, daß sie ins Schloß eindringen könnten? Warum wehrte sich alles in ihr gegen das Bild, sie könnten ihn ergreifen und am nächsten Baum hängen?

Ihre zitternden Finger fuhren an ihre Lippen. Ein eigentümliches Gefühl stieg in ihr hoch, ein Gefühl, das sie längst für tot gehalten hatte – erstickt durch Anmaßung und Grausamkeit. Aber ich liebe ihn nicht, sagte sie sich energisch und rief sich das Verlies in Erinnerung, ihren Haß, der dort in ihr gewachsen war wie ein Kind im Mutterleib.

Aber es hieß, daß Haß und Liebe einander ähnelten, und jetzt fragte sie sich, ob es nicht wirklich so war. Die Augenblicke der Zärtlichkeit kamen ungerufen und sehr viel mächtiger zurück als die Bilder des Verlieses: Sie sah den Ausdruck seiner Augen, als sie ihm von Aidan und Skya erzählte, sah ihn in der verlassenen Scheune bei Hensey neben sich liegen und sie spielerisch mit einem Strohhalm kitzeln. Er hatte ihr süße, verbotene Freuden geschenkt, und sie hatte sie angenommen, weil sie es so wollte – von ihm, nur von ihm. Sie lebte außerhalb der katholischen Kirche und war laut Father Nolan ohnehin zur Hölle verdammt wie ihre Mutter, ihre Großmutter und Finn Byrne. Und die Hölle war es, in die sie wollte. Das hatte sie sich jedesmal gesagt, wenn sie sich hilflos in Trevallyans Arme und in sein Bett gezogen fühlte.

Doch das alles kann seine Grausamkeit nicht vergessen machen, hielt sie sich vor Augen. Allerdings schien die Ungeheuerlichkeit der Situation ihren Zorn auf seltsame Weise zu dämpfen. Er durfte nicht getötet werden. Das hatte er nicht verdient. Jeder, der Lord Trevallyan nur flüchtig kannte, wußte, daß er ein guter Mensch war. Zu den Problemen zwischen ihnen war es doch nur gekommen, weil sie, Ravenna, nicht die flüchtige Bekannte geblieben war, die sie eigentlich hätte sein sollen. Statt dessen war dieser *geis* ins Spiel gekommen. Er und vieles andere ... Und nun kannte Niall sie vermutlich besser als jeder sonst. Und das gab ihm die Möglichkeit, sie zu manipulieren, mit ihren Gefühlen zu spielen.

Aber dennoch war er ein guter Mensch.

Er liebte sie, das wußte sie.

Gott sei ihr gnädig – denn jetzt wußte sie, daß auch sie ihn liebte.

Die Wucht dieser Erkenntnis ließ ihr die Tränen in die Augen treten. Sie liebte Trevallyan. Liebte ihn mit all seinen Vorzügen, all seinen Nachteilen. Denn ihre Liebe war nicht schwach und zerbrechlich. Sie konnte nicht ausgeblasen werden wie eine Kerze beim leisesten Windzug, wie sie angenommen hatte, sondern war stark und ausdauernd. Auch wenn sie im Moment so klein wirkte wie ein Saatkorn, wie ein Keim, konnte aus ihr doch der mächtigste aller Bäume werden.

Voller Kummer erkannte sie, daß sie Grania nicht die Sicherheit geben konnte, nach der die alte Frau so sehnsüchtig verlangt hatte. Das tiefe Bedauern hinterließ einen bitteren Geschmack in ihrem Mund. Doch dann fragte sie sich, ob Grania es nicht auch so gewußt hatte. Vielleicht war ihre Großmutter tatsächlich eine Hexe gewesen. Immerhin hatte Grania Dinge gesehen, von denen andere Menschen keine Ahnung hatten. Sie hatte von Finn Byrnes Tod ebenso gewußt wie von seiner und Brillianas unsterblicher Liebe. Und nun fragte sich Ravenna, ob sie nicht auch von ihrer Liebe gewußt hatte. Sie war ganz friedlich und ruhig gestorben. Vielleicht brauchte Grania nur auf den Klang von Ravennas Stimme zu achten, wenn sie von Trevallyan sprach, um zu wissen, daß ihre Enkeltochter ihn liebte. Und wenn das so war, dann konnte sie auch in ihr Herz sehen und Dinge erkennen, die Ravenna verborgen gewesen waren.

Bis jetzt.

Ravenna wischte sich die Tränen ab und suchte in dem dunklen Cottage nach ihrem alten, schwarzen Umhang. Sie wußte zwar nicht, wie spät es war, aber sie mußte zum Schloß. Sie mußte zu Niall. Sie mußte ihn vor den Gefahren warnen, die ihm drohten, und sie mußte sich mit ihm aussprechen. Das würde nicht leicht werden, denn da war noch immer ihr Zorn über seine anmaßende Haltung, aber sie mußte ihm ihre Liebe gestehen. Sie würde sich ihm nicht einfach ergeben, keineswegs würde sie ihm gestatten, seine Macht zu mißbrauchen, aber sie liebte ihn und wußte ganz instinktiv, daß er dieses Geständnis so nötig brauchte wie nichts auf der Welt.

*

Die Turmuhr schlug zwölfmal. Greeves hatte sich längst zur Ruhe begeben, und selbst die Küchenmädchen schliefen den Schlaf der Gerechten. Halb ausgebrannt und verrußt lag Trevallyan Castle in mitternächtlicher Stille.

Nur im Turm brannte noch Kerzenlicht. Dort oben war noch jemand wach, brütete vor sich hin, trank und fand keine Ruhe.

Das Knarren der Tür hätte ihn hochfahren lassen müssen. Ein Besuch zu so später Stunde war unvorstellbar. Selbst Greeves hätte sich gehütet, ihn jetzt noch in seinen Privaträumen aufzusuchen. Aber Trevallyan drehte sich nicht um. Die Schritte schienen ihn nicht zu interessieren. Erst als der Eindringling stehenblieb, öffnete Trevallyan den Mund.

»Warum hast du dir so lange Zeit gelassen? Haben dich die Diener bei deinem Weg herauf gestört? Offengestanden hatte ich früher mit dir gerechnet.«

»Derlei Dinge übereile ich nicht gern. Damit verpatzt man sie nur.«

Trevallyan hob schließlich doch den Kopf. Sein Mund verzog sich zu einem verächtlichen Lächeln. »Nun hast du mich also gefunden. Bist du gekommen, um mich zu töten, MacCumhal?«

Malachi trat vor den Kamin, in dem Reste eines Feuers glühten. In seiner Hand hielt er eine Pistole. »Aye«, flüsterte er erregt und drückte den Lauf gegen Trevallyans Schläfe.

»Das ist stark«, zischte Trevallyan. »Und wo sind die anderen? Unten, um die Tragfähigkeit der Eichenäste zu testen?«

»Folgen Sie mir hinunter. Sie wissen, was wir verlangen.«

»Ich werde O'Malley nicht freilassen.«

»Wenn nicht, werden Sie sterben.« Malachis Stimme wies einen eindeutig hysterischen Beiklang auf.

Trevallyan musterte ihn spöttisch. »Du kommst dir wohl sehr mutig vor, MacCumhal, aber das bist du nicht. Du bist ein Feigling. Sieh doch nur, wie deine Hand zittert. Und dir fehlt jene Entschlossenheit, die ich in O'Malleys Gesicht gesehen habe.«

Trevallyan stand auf.

Fast gegen seinen Willen trat Malachi einen Schritt zurück. »Ich bin hier, um Sie entweder zu Seans Kerker oder zum nächsten Baum zu bringen. Sie können wählen. Ich könnte mir denken, daß die da unten bei der Eiche langsam ungeduldig werden.« Er blickte Trevallyan finster an.

Niall lachte laut auf. »Würdest du mir eine Frage beantworten, MacCumhal?« fragte er verächtlich und trat um seinen Sessel herum auf Malachi zu. »Gehörst du wirklich zu den Rebellen oder nicht?« Er stieß ihn sacht vor die Brust. »Bist du von deiner Sache wirklich überzeugt oder nicht?«

»Felsenfest überzeugt, Euer Hochwohlgeboren.« Malachi spannte die Pistole. »Mein eigener Dad wurde niedergeschossen, als er einen aus Ihrer Sippe verteidigte.« Er sah sich in dem luxuriösen Raum um, der sich so sehr von seiner Welt unterschied. »Sie und Ihresgleichen haben uns alles genommen. Uns ist nichts, absolut nichts geblieben.«

»Warum bist du wirklich gekommen, MacCumhal? Wegen Sean, wegen der Rebellion oder aus sehr persönlichen Motiven?« erkundigte sich Trevallyan mit ätzender Schärfe.

»Für mich«, zischte MacCumhal haßerfüllt. »Für sie«, fügte er leise hinzu.

»Ah, endlich ist die Wahrheit heraus.«

»Sie hatten kein Recht, sie mir zu nehmen«, schrie Malachi. »Sie war für mich und meinesgleichen bestimmt. Aber Sie haben sie uns entfremdet, fortgelockt.«

»Und jetzt wünschst du dir sehnlichst, daß ich Sean O'Malley nicht freigebe, stimmt's? Du willst mich hängen sehen. Dann kannst du sie für dich zurückgewinnen, nicht wahr?«

»Ja, ja«, räumte Malachi gepeinigt ein.

»Ich werde dir nicht sagen, wo O'Malley ist. Ich werde ihn nicht freilassen. Er ist ein ebensolcher Verbrecher wie du. Und er wird für seine Vergehen bezahlen.«

»Dann sind Sie ein verdammter Narr, Mylord.«

»Vielleicht, aber das ist immerhin noch besser als ein mieser Schurke. Das einzige, wozu du zu gebrauchen bist, MacCumhal, ist als Todesbote.«

Außer sich vor Wut trat Malachi wieder auf Trevallyan zu und drückte die Pistole an dessen Schläfe. Doch zu seiner Verblüffung zuckte Trevallyan mit keiner Wimper. Er schien den Lauf der Waffe an seiner Stirn sogar zu genießen.

»Nun mach schon. Tu es. Davon hast du doch schon immer geträumt«, spottete Niall leise.

»Sie sind ja verrückt, Mann. Sie haben eine Pistole an Ihrer Schläfe, ist Ihnen das nicht klar?« schrie Malachi. Schweißperlen standen auf seiner Stirn.

»Das ist mir sehr wohl klar«, erwiderte Trevallyan völlig ungerührt.

»Wollen Sie, daß ich Ihnen das Gehirn herauspuste?«

»Nein, ich will von dir und deinen Kumpanen da unten in Ruhe gelassen werden.«

»Nicht ohne O'Malley. Sagen Sie mir, wo er ist.«

»Das werde ich *nicht* tun. Und was wollt ihr noch?« fragte Trevallyan lächelnd, aber seine Augen blieben eiskalt. »Mein Land? Das ist wertlos. Mein Schloß? Das habt ihr bereits zur Hälfte abgebrannt. Geht es also um Geld? Oder um sie?«

»Ich will alles, Trevallyan. Alles, was Ihnen etwas bedeutet.« Malachi drückte den Pistolenlauf noch fester gegen Trevallyans Schläfe.

Trevallyan umfaßte den Lauf mit der Hand. »Wenn du wegen der Dinge gekommen bist, dir mir etwas bedeuten, MacCumhal, dann bist du ein Tor«, sagte er zähneknirschend. Er schob die Waffe beiseite und stieß Malachi gegen den Kamin. »Weißt du es denn nicht?« zischte er und ignorierte, daß Malachi ihm erneut die Waffe an die Stirn setzte. »Geht es denn nicht in deinen Schädel?« fragte er kopfschüttelnd, als könnte er die Dummheit des Mannes nicht begreifen. »Du kommst du spät. Ich habe nichts mehr!«

Malachi schluckte.

Die beiden Männer standen sich bewegungslos gegenüber und starrten sich wortlos in die Augen.

»Aye, halt ihn fest, Malachi!« Ein weiterer Mann betrat den Raum, ebenfalls mit einer Pistole in der Hand. Dann kam noch einer und noch einer. Sie schlossen einen engen Ring um Trevallyan.

»Werden Sie Sean O'Malley freilassen? Sagen Sie uns endlich, wo er ist, oder müssen wir Gewalt anwenden?« fragte einer der Männer drohend.

Niall stieß lustlos gegen die Körper der ihn einengenden Männer. Zu mehr Gegenwehr schien er weder Kraft noch Motivation zu haben. Seit jenem Tag auf dem Friedhof fehlte ihm jede Lebensenergie. Ein Beboachter hätte sogar auf den Gedanken kommen können, er sehne sich insgeheim nach dem Schicksal, das ihm die Männer androhten. Doch den Überlebensinstinkten war schwer beizukommen. Als die Männer ihn zur Tür schleppten, wehrte er sich aus Leibeskräften.

»Geben Sie uns Sean O'Malley, oder Sie bezahlen Ihre

Weigerung mit dem Leben, Trevallyan«, rief einer der Männer und versetzte ihm einen Schlag auf den Kopf.

»Dann bezahle ich mit dem Leben«, fluchte Trevallyan, als sie ihm ein Tuch um die Augen banden, seine Hände fesselten und ihn die Wendeltreppe hinunterstießen, die aus dem Schloß und zu der hohen Eiche führte.

28

Die Nacht war bitterkalt. Der Wind stach wie mit Nadeln und von den Sorra Hills trieb Regen heran. Die Hände auf dem Rücken zusammengebunden und vor den Augen ein schwarzes Tuch, stolperte Trevallyan auf die in der scharfen Brise tanzende Schlinge zu. Die Männer um ihn flüsterten nervös miteinander, ein Pferd wieherte. Offenbar hatten sie es aus den Reitställen des Schlosses gestohlen. Wie passend, dachte Niall, vom Rücken des eigenen Pferdes aus aufgehängt zu werden ...

»Bringt ihn aufs Pferd!« rief eine Stimme, und Niall wurde grob auf den Tierrücken gehievt.

»Trevallyan!« rief ihm einer der Männer zu. »Wir geben Ihnen eine letzte Chance, Sean O'Malley freizulassen. Sagen Sie uns, wo er ist, und wir werden uns gnädig erweisen.«

Niall schwieg. Er wehrte sich nicht, als ihm die rauhe Seilschlinge um den Hals gelegt wurde. Er fluchte nicht, flehte nicht, sondern wirkte so, als hätte er sich mit seinem Schicksal längst abgefunden.

»Ich kann nicht behaupten, daß es mir leid tut, Trevallyan«, hörte er Malachi neben sich sagen. »Jetzt hilft dir dein ganzer Reichtum nichts mehr. Jetzt bist du ein Nichts, ein Nichts!«

»Wenn dich nach meinem Leben gelüstet, MacCumhal, so wisse, daß ich es dir von Herzen wünsche.«

»Ist das Ihre Rache, Mylord?« schnaubte Malachi. »Eine feine Rache, mir Reichtum, Schlösser und Land zu wünschen.«

»Das alles würde ich liebend gern für das eintauschen, was du gehabt hast.«

»Was sollte das wohl sein?« erkundigte sich Malachi höhnisch.

»Das, was sie dir gegeben hat ...« Trevallyan brach ab und fügte dann unendlich bitter hinzu: »Für ein aufrichtiges Lächeln, für einen Augenblick echter, unbeschwerter Zuneigung hätte ich alles gegeben.«

»Leben Sie wohl, Trevallyan«, schrie Malachi. »Ich bin froh, daß Sie sich nicht mehr in unsere Belange einmischen können.«

Das Pferd begann unter ihm nervös zu tänzeln. Niall spürte, daß es jemand festhielt. Sie wollten verhindern, daß es vorzeitig durchging und sie um den Triumph seines Todes brachte.

»Ich liebe sie und will sie zurückhaben«, hörte er Malachi neben sich leise aber trotzig sagen.

Ohne Rücksicht auf die Schlinge um seinen Hals wandte Niall den Kopf in seine Richtung. »Du liebst sie, MacCumhal?« fragte er gebieterisch. »Aber würdest du auch für sie sterben?«

Malachi schwieg.

Niall ließ ein zynisches Lachen hören. »Feigling!«

»Fahren Sie zur Hölle, Trevallyan«, zischte Malachi. »Lieben Sie sie meinetwegen im Tod, denn im Leben haben Sie sie nie geliebt. In Ihrem verdorbenen Herzen hat Liebe keinen Platz.«

»Ich habe sie geliebt und liebe sie noch immer.« Die Worte klangen rauh, gequält, mühsam. »Und ich werde es beweisen«, fügte er ruhig und eigenartig abschließend hinzu. »Denn ich sterbe hier nicht für sie. Ich sterbe für die Erde, auf der sie geht.«

*

Mit beiden Fäusten hämmerte Ravenna verzweifelt, aber erfolglos, gegen das Schloßportal. Zu dieser späten Stunde war die Dienerschaft längst im Bett und konnte ihr wildes Klopfen nicht hören. Trevallyan war noch wach, das wußte sie. Von der Straße aus hatte sie gesehen, daß oben im Turm Licht brannte.

Fröstelnd hüllte sie sich enger in ihren Umhang. Es gab keine andere Möglichkeit, als den Versuch, von der Rückseite durch die Küchen ins Schloß zu gelangen.

»Verdammt!« fluchte sie und versetzte der schweren Tür einen letzten Schlag. Ein Windstoß zerrte an ihrem Kleid und schickte ihr Kälteschauer über den Körper. Es war Herbstwetter, naßkalt und ungemütlich.

Als sie um das Schloß herumlief, kam sie sich vor wie eine Bettlerin, die von einem unwilligen Adligen ein Almosen erflehen will. Wenn die Küchentüren verriegelt waren, was bei unsicheren Zeiten zu vermuten war, müßte sie wohl oder übel zum Cottage zurückkehren, um am nächsten Morgen einen erneuten Versuch zu unternehmen.

Der ausgebrannte Ostflügel wirkte wie ein Skelett, das anklagend die Hände zum nächtlichen Himmel reckte. Die Ruine kam ihr vor wie ein Symbol des unerbittlichen Hasses, der ganz Irland ergriffen zu haben schien. Endlich sah sie die Küchentür und beschleunigte ihren Schritt.

Glücklicherweise stand der Riegel offen, und diese Tatsache nahm sie so in Anspruch, daß sie den Fackelschein zunächst gar nicht bemerkte, die flackernden Lichter unter einer nahegelegenen Baumgruppe.

Doch dann sah sie sie, und eiskalte Angst überkam sie. Sie starrte auf den Fackelschein und wußte, daß das nur eins bedeuten konnte.

Ravenna begann am ganzen Körper zu zittern. Dort unter den Bäumen waren Männer dabei, ein ungeheuerliches Verbrechen zu begehen.

*

»Trevallyan, wir hängen Sie im Namen des ehrwürdigen Daniel O'Connell und im Namen der Selbstbestimmung. Was haben Sie zu Ihrer Verteidigung vorzubringen?«

Trevallyan schwieg. Reglos verharrte er auf dem Pferd und schien für das Tribunal nur Verachtung übrig zu haben.

»Also gut«, fuhr der Mann fort und betrachtete ihn mit einer Art widerwilligen Respekts. »Dann werten wir Ihr Schweigen als Eingeständnis Ihrer Schuld. Doch bevor du den verdienten Tod erleidest, sollst du wissen, daß jene, die du beherrscht hast, eines Tages selbst herrschen werden.«

»Ich bin Ire«, erklärte Trevallyan gelassen. »Mit mir tötet ihr einen der euren – möge euch dieses Bewußtsein bis zum letzten Atemzug verfolgen.«

»Das reicht.« Ein Mann trat aus der Kreis der zwölf, die den Baum umstanden. Seine Laterne flackerte im Wind. Ihr Schein warf gespenstische Schatten auf das Gesicht ihres Opfers. »Wegen der Verbrechen deiner Vorfahren werden wir dich jetzt hängen, Trevallyan. Geselle dich zu ihnen.« Er hob den Arm. Der Mann, der das Pferd hielt, wartete gespannt auf das Signal, die Zügel loszulassen und Trevallyan in den Tod zu schicken. Alle hielten den Atem an.

»Bindet ihn los!« erklang es aus ihrer Mitte.

Alle drehten sich nach dem Verräter um. Alle bis auf Trevallyan, der wegen des pfeifenden Windes nicht mitbekam, was da unter ihm vor sich ging.

Der Verräter war eine Frau, eine wunderschöne Frau, die sich eng in einen abgetragenen, schwarzen Umhang hüllte.

»Verschwinde, Ravenna. Du kannst ihn nicht retten.« Malachi wollte sie zurückhalten, aber sie wehrte seine Arme heftig ab und trat auf den Anführer zu.

»Was ihr tun wollt, ist unrecht«. Sie sah in die Gesichter der Männer, die sie seit ihren Kindertagen kannte. »Patrick O'Donovan, Tim O'Shea, Michael Flaherty – begreift ihr denn nicht? Wenn ihr ihn hängt, müßt ihr auch mich hängen.«

Das Pferd scharrte wiehernd mit den Hufen, und O'Donovan konnte es kaum bändigen.

»Bindet ihn los!« schrie Ravenna in ihrer Angst, das Pferd könnte durchgehen und Niall mit sich in den Tod reißen.

Sie wurde brutal zur Seite geschoben. »Du kannst ihm nicht helfen. Warum bist du eigentlich gekommen, Mädchen?« fragte Michael O'Flaherty, der Anführer der Gruppe.

Sie starrte O'Flaherty an. Eine Erkenntnis begann in ihr zu reifen. Ernst sah sie zu Niall hinüber, dessen Leben von einem lächerlichen Strick abhing. »Ich bin hier wegen eines *geis*«, sagte sie leise, »und wegen einer Gewißheit ...« Sie blickte wieder O'Flaherty an. »Ich liebe ihn und werde nicht fortgehen, bevor ihr ihn freigelassen habt«, erklärte sie entschlossen.

»Geh heim. Misch dich nicht in unsere Belange ein. Du kannst nichts für ihn tun. Er ist verloren«, erwiderte Michael O'Flaherty.

»Nay«, widersprach sie ruhig. »Er ist nicht verloren. Weil ich ihn liebe. Und ich wünsche ihn mir zum Ehemann. Ich dachte, ich könnte ihm nicht geben, wonach er verlangte, weil ich im Grunde nichts zu bieten hätte. Ich war davon überzeugt, daß er mich nicht braucht.« Sie griff nach O'Flahertys Arm. »Aber er braucht mich. Ihr alle braucht mich. Ohne mich gehört er nicht mehr zu uns. Mit mir ist er einer von uns. Unsere Heirat wird dieses Elend beenden und Lir wieder den Frieden bringen.«

»Du erwartest viel von deiner Heirat. Zu viel, befürchte ich«, entgegnete O'Flaherty verächtlich.

»Ich erwarte nichts. Ich weiß. Nun, Michael, willst du wirklich den Mann töten, den ich liebe?«

O'Flaherty schwieg.

Malachi schüttelte den Kopf und lief so wütend auf Trevallyan zu, als wollte er ihn eigenhändig aufknüpfen.

»Malachi!« Ravenna hastete ihm nach. »Du müßtest doch wissen, daß aus uns nie etwas werden konnte. Wenn du ihn tötest, ändert das nichts an meinen Gefühlen. Das mußt du akzeptieren. Ich flehe dich an, geh nach Galway und fang ein neues Leben an.«

Malachi senkte den Kopf. Langsam, fast zögernd schien seine Wut zu verrauchen. Ganz so, als finde er sich mit etwas ab, was er schon seit langem befürchtet hatte. »Sag nicht, daß es vorüber ist«, flüsterte er kaum hörbar.

»Doch, es ist vorüber. Und darüber solltest du froh sein«, sagte sie, ergriff seine Hand und drückte sie. »Geh nach Galway, such dir ein hübsches Mädchen und heirate es. Sei froh, Malachi, so froh, wie ich es bin.«

Sie drehte sich zu den anderen Männern um. »Geht nach Hause und vergeßt diese Nacht, so wie ich sie zu vergessen hoffe. Es ist vorbei. Wenn ihr Trevallyan tötet, würdet ihr damit auch unserem geliebten Lir den Todesstoß versetzen.«

»Er ist die Ursache unseres Elends«, rief ein Mann zornig, »und doch kämpfst du hier um sein Leben?«

»Ja«, sagte sie leise und sah den Rufer durchdringend an. »Denn wir brauchen Trevallyan. Er ist ein guter, großzügiger Mensch. Er wird uns helfen, mit der Seuche fertigzuwerdenm, die unsere Felder heimsucht. Oder möchtet ihr, daß aus Lir ein zweites Numster wird? Wie ich höre, sind dort bereits so viele Todesopfer zu beklagen, daß sie die Straßen blockieren.« Sie sah die Männer an und forderte sie dazu heraus, ihr zu widersprechen. Als keiner den Mund öffnete, fuhr sie fort: »Die Ascendency ist nicht die einzige Ursache unseres Elends. Der Adel hat die Seuche nicht geschaffen, aber er kann dabei helfen, ihre Folgen zu mildern. Trevallyan hat die Bedingungen seines *geis'* erfüllt, also laßt ihn in Frieden. Er wird alles tun, um unsere Lage zu verbessern. Mit Lir wird es schon bald wieder aufwärts gehen.« Sie sah die Männer der Reihe nach an, von denen sie viele kannte, einen sogar sehr gern hatte. »Ich bin gekommen, um für ihn zu bitten. Ich liebe ihn. Bitte, laßt ihn frei. Wenn ihr ihn vernichtet, vernichtet ihr auch mich.«

Unbehaglich traten die Männer von einem Fuß auf den anderen, wandten die Blicke ab. Dann begannen sie nervös miteinander zu flüstern. Schließlich ging Michael O'Flaherty entschlossen auf das Pferd zu.

»Tu es nicht«, flehte sie inständig.

O'Flaherty schien unsicher zu werden. Sie sah, wie er zwischen der Ausführung seines Vorhabens und seinem Gewissen hin- und hergerissen wurde. Er war kein schlechter Mensch, nur ein weiteres Opfer einer an sich gerechten Sache, die irgendwie jedes Maß und Ziel verloren hatte.

»Ich flehe dich an.« Die vier Worte waren nahezu unhörbar, verfehlten ihre Wirkung aber nicht. O'Flaherty sah ihr tief in die Augen und ließ resigniert die Schultern sinken.

»Binde Lord Trevallyan los«, sagte er tonlos zu O'Donovan.

»Aber das dürft ihr doch nicht machen!« schrie ein Mann und reckte die Faust.

»Laß Trevallyan frei, habe ich gesagt«, sagte O'Flaherty lauter und brachte den Mann mit einem Blick zum Schweigen.

»Der Herr segne dich, der Herr segne dich«, schluchzte Ravenna auf, unsagbar erleichtert.

In mürrischem Schweigen sahen die Männer zu, wie ihr die Tränen über die Wangen liefen. Dann wurde die Schlinge über Trevallyans Kopf gezogen. Er wirkte fast verblüfft über die Wendung der Dinge.

Ravenna nahm die Zügel aus O'Donovans Händen. Wortlos wartete sie ab, bis die Männer in der Dunkelheit verschwunden waren. Sie würde ihre Namen geheimhalten, und das wußten sie. Wenn sie künftig einem von ihnen auf der Straße nach Lir oder im Dorf begegnete, würde sie zu ihm so freundlich sein, als wären die Ereignisse dieser Nacht nichts anderes als ein böser Traum gewesen.

»Was geht hier eigentlich vor?« fragte Trevallyan und sprang vom Pferd.

Ein leichter Regen setzte ein. Seine Tropfen mischten sich mit ihren Tränen. Ohne ihm die Binde von den Augen zu nehmen, erhob sie sich auf die Zehenspitzen und küßte ihn auf die harten Lippen.

»Ich hatte gedacht, wir könnten einander nie ebenbürtig sein. Aber jetzt, da auch ich über eine gewisse Macht verfüge, wünsche ich mir dich zu meinem Mann. Willst du mich heiraten, Lord Trevallyan?«

Er umfing sie mit seinen Armen. Ein tiefer Seufzer unendlicher Erleichterung entrang sich seiner Brust. Immer noch blind, senkte er seine Lippen ganz instinktiv auf ihren Mund.

Schließlich – endlich! – hatte er sein Heil gefunden.

Epilog

Lughnasa

Voller Entzücken sehe ich,
wie ein Reiherschwarm zum blauen Himmel aufsteigt.
Der Traum, den ich seit Kindertagen im Herzen hege,
ist wahr geworden.

Waka
Kronprinz Naruhito

Ravenna rannte über den Rasen von Trevallyan Castle und rief immer wieder: »Endlich! Endlich! Endlich ist es da!«

Trevallyan lehnte am Stamm jener Eiche, an der er vor einem Jahr fast den Tod gefunden hätte. Er hatte die vier Felder von Lir überblickt und Gefallen an dem gefunden, was er sah. Noch immer wachte der *ogham*-Stein über das Wohlergehen der Grafschaft, aber erstmals seit vielen Jahren wuchsen auf ihren Feldern keine Kartoffeln. Statt dessen grasten Schafe auf dem steinigen Gelände an der Küste, bog sich gelbblühender Flachs im Wind, der von der Irischen See heranwehte, wuchs Getreide auf einem Feld, gediehen Rüben und Kohl auf einem anderen. Lir war gerettet.

»Himmel, Mädchen! Hör auf, so zu rennen. Oder willst du unser Kind zu Tode erschrecken?« Er fing seine Frau ein und legte seine Hand besitzergreifend-zärtlich auf ihren gewölbten Bauch.

»Es ist gekommen!« rief Ravenna mit blitzenden Augen.

»Dein Buch? Ist es endlich da?« Er griff nach dem roten Lederband, aber sie drückte es fest an ihre Brust.

»Nay, Sir. Ich möchte dir das letzte Kapitel vorlesen. Du hast doch nie erfahren, was aus Skya und Aidan geworden ist.«

Er setzte sich auf den Boden, lehnte sich an die Eiche und zog Ravenna auf seinen Schoß. Sie hauchte einen schnellen Kuß auf seine Lippen und schlug das Buch mit dem feinen Goldschnitt auf. Trevallyan schloß so befriedigt die Augen, als gebe er sich einem unsagbaren Genuß hin: dem Klang der Stimme seiner Frau ...

Als Ravenna das Buch wieder schloß und zu Trevallyan aufblickte, lächelte er sie unbändig stolz an.

»Ich wußte doch, daß man es veröffentlicht. Na, ist es ein Erfolg?«

»Ja«, sagte sie leise. »Der Verleger schreibt, daß sie gar nicht genug Exemplare nachdrucken können. Und es ist schon ein kleiner Skandal, daß die Damen mein Buch verschlingen, was ihren Ehemännern gar nicht gefällt.«

»Aber dennoch kaufen sie es, würde ich annehmen.«

»Selbstverständlich.«

Er nahm ihr das Buch aus der Hand, um es sich genauer zu betrachten und hielt überrascht inne. Mit dem Finger zeichnete er die goldgeprägten Buchstaben auf dem Einband nach und las laut: »Nebelland – Erzählungen aus Irland – von Finn Byrne Raven.«

Sie senkte den Kopf. Dieser Punkt schien sie noch immer zu verletzen. »Unter einem Frauennamen wollten sie es nicht drucken. So offen über die Liebe könne zwar ein Mann schreiben, jedoch nie eine Frau, meinten sie. Also habe ich den Namen meines Vaters als Pseudonym gewählt – aus Hochachtung ihm gegenüber.«

Er umfaßte ihr Gesicht mit beiden Händen und sagte ganz stolz: »Eines Tages werden sie alle wissen, daß du dieses Buch geschrieben hat. Sie werden wissen, daß Lady Ravenna Trevallyan, die Tochter des Neunten Viscount of Cinaeth, die Autorin ist.«

Lächelnd hauchte sie einen Kuß auf seine Lippen. Er hielt sie fest, wollte mehr. Sie gab es ihm.

»Er hat sie geliebt«, sagte sie dann versonnen und schmiegte sich in seine Arme. »Mein Vater. Selbst als Lord Cinaeth seine letzten Worte wiederholte, war ich noch immer etwas unsicher. Aber dann habe ich unter seinen Sachen auf Cinaeth Castle einen Brief an meine Mutter gefunden. Er war nur mit Hawthorn Cottage, County Lir, adressiert und wurde unglücklicherweise nie abgeschickt.« Zärtlich und doch ein wenig melancholisch strich sie sich über den Bauch. »In dem Brief spricht er davon, wie glücklich er über das Kind ist. Er wollte, daß ich ein Mädchen werde, eines, das genauso aussieht wie ihre Mutter. Und dann gesteht er ihr seine Liebe und schreibt von seinen Hoffnungen für ihre gemeinsame Zukunft. Ich glaube nicht, daß ich diesen Brief noch einmal lesen könnte – wenn man bedenkt, wie alles hätte werden können, ist er einfach zu traurig. Aber ich bin froh, ihn wenigstens einmal gelesen zu haben. Denn jetzt weiß ich ganz sicher, daß sie von ihm geliebt wurde.«

Er schwieg. Sie waren längst Mann und Frau, die alles miteinander teilten. Sein Schweigen war Mitgefühl, das wußte sie.

Seufzend warf sie einen Blick auf die blühenden Felder von Lir. »Hatte der *geis* wirklich eine Bedeutung? War er wahr?« fragte sie dann fast unbewußt.

»Vielleicht.« Trevallyan stützte das Kinn auf ihren Kopf und blickte ebenfalls über die Landschaft. »Doch auf meine alten Tage beginne ich mich auch zu fragen, was Wahrheit eigentlich ist. Wenn die Menschen nur fest genug an etwas glauben, dann wird es für sie wahr. Vielleicht ist das die einzige Wahrheit, die uns zur Verfügung steht.«

»Jetzt würde ich gern daran glauben, daß er wahr war.« Sie sah auf ihre Hand. Seit ihrem Hochzeitstag waren die drei Liebesringe an ihrem Finger vereint. Sie paßten so nahtlos ineinander, daß sie wie ein Reif wirkten: Trevallyans, ihr eigener und der von Griffen O'Rooney. Der alte Totengräber hatte ihr den herzförmigen Ring während der Trauung gegeben und ihr erzählt, daß er ihn sein ganzes Leben lang wie einen Augapfel bewacht hatte. Als sie jetzt daran dachte, kamen ihr fast die Tränen, denn nach der Hochzeit hatte sich Griffen in seine Kammer im Schloß zurückgezogen, und am nächsten Morgen hatte man ihn tot im Bett aufgefunden. Fast schien es so, als habe er nur für seine Aufgabe gelebt. Als sie erfüllt war, konnte er in Ruhe sterben.

»Ich würde zu gern glauben, daß mich alle Mächte dieser Welt zu dir gebracht haben«, flüsterte sie.

»Ich hätte dich auch so gefunden. Selbst gegen den Willen aller unbekannten Mächte dieser Welt«, erklärte er im Brustton der Überzeugung.

»Tatsächlich?« Sie sah zu ihm auf.

Ernst nickte er mit dem Kopf. »Ich habe mein ganzes Leben lang nach dir gesucht. Welchen Zweck hätte mein Leben wohl gehabt, wenn nicht den, dich zu finden?«

»Ich liebe dich«, sagte sie tiefbewegt.

»Für diese Worte würde ich meine Seele verkaufen.« Er sah ihr tief in die Augen. »Nie darfst du aufhören, sie mir zu sagen.«

Sie versprach es.